RAVENS

KASS MORGAN
DANIELLE PAIGE

RAVENS

CROSS BOOKS

CROSSBOOKS, 2022
infoinfantilyjuvenil@planeta.es
www.planetadelibrosjuvenil.com
www.planetadelibros.com
Editado por Editorial Planeta, S. A.

Título original: Ravens
Texto de: Danielle Paige y Kass Morgan

Traducción: Ariadna Molinari Tato

Avda. Diagonal, 662-664, 08034 Barcelona

Bajo el sello editorial DESTINO INFANTIL & JUVENIL M.R.
Producido por Alloy Entertainment, LLC
Publicado por acuerdo con Rights People, Londres

Diseño de portada: Jessica Handelman
Ilustración de portada: © Shyama Golden
Fotografías de las autoras: Michael Bisberg y Laura Hanfin

Primera edición: abril de 2022
ISBN: 978-84-08-25390-7
Depósito legal: B. 4.608-2022
Impreso en España

El papel utilizado para la impresión de este libro está calificado como papel ecológico y procede de bosques gestionados de manera sostenible.

Para mi madre, Marcia Bloom, quien me enseñó el mejor tipo de brujería: ver la belleza del entorno y encontrar magia en los lugares más insospechados

KASS

Para Andrea, Sienna, Fiona y el resto del aquelarre. Y para mi madre, Shirley Paige, cuya magia me acompañará toda la vida

DANIELLE

Prólogo

La bruja veía a la joven rubia aterrada en el suelo, con los ojos abiertos como platos y rebosantes de miedo.

—No me mires así. Ya te dije que no es que quiera hacerlo —le dijo la bruja mientras dibujaba el círculo, encendía las velas y examinaba el contenido del caldero burbujeante. La navaja recién afilada resplandecía sobre el altar que estaba junto a su ofrenda.

La joven solo gimoteó, ríos de lágrimas en sus mejillas. Estaba amordazada, pero mentalmente la bruja escuchó sus palabras con la transparencia de un cristal.

«Recuerda quién soy. Recuerda quién eres. Recuerda a las Ravens.»

El corazón de la bruja se endureció. Gracias a su disculpa, la chica había percibido una oportunidad para convencerla de detenerse. Una esperanza. La posibilidad de salvar su vida.

Pero ya era demasiado tarde. La magia no predicaba: solo daba y tomaba. Este era el don. Y tenía un precio.

La bruja se arrodilló junto a la chica y revisó las ataduras una última vez. Firmes, pero no tan apretadas como para cortarle la circulación. Era una bruja, no un monstruo.

Los gritos de la chica retumbaron de nuevo, atravesando la mordaza que tenía en la boca.

La bruja apretó los dientes. Preferiría que la joven estuviera inconsciente, pero el rito que había descubierto era muy específico. Para que funcionara debía llevarlo a cabo a la perfección. De no ser así...

Cerró los ojos. No se atrevía siquiera a imaginarlo. Tenía que funcionar. No había otra opción.

Agarró la navaja y empezó a canturrear.

Al final, le sorprendió lo fácil que había sido. Un corte, un río de sangre, seguido del inconfundible crujido eléctrico de la magia que se derramaba en el aire...

Una magia que ahora le pertenecía.

CAPÍTULO 1

Vivi

—Vivian. —Daphne Devereaux estaba de pie en el umbral de la puerta del cuarto de su hija, con el rostro retorcido por la angustia exagerada. A pesar del implacable calor de Reno, llevaba puesta una bata negra que llegaba al suelo, adornada con borlas doradas, y una pañoleta de terciopelo que le tapaba la rebelde cabellera oscura—. No puedes ir. He tenido una premonición.

Vivi miró con desdén a su madre, contuvo un suspiro y siguió haciendo las maletas. Esa misma tarde se iría a la Universidad Westerly, en Savannah, y estaba intentando meter su vida entera en dos maletas y una mochila. Por suerte, también llevaba toda una vida practicando. Cada vez que Daphne Devereaux tenía una «premonición», se mudaban a la mañana siguiente, y a la mierda el pago del alquiler y la mayoría de sus pertenencias. «Es sano empezar de cero, garbancito», le dijo Daphne alguna vez. En ese entonces, Vivi tenía ocho años y le suplicaba que regresaran a por su hipopótamo de peluche, Philip. «No querrás traer contigo esas malas energías.»

—Déjame adivinar —dijo Vivi mientras embutía unos libros en su mochila. Daphne también se mudaría, dejaría

Reno por Louisville, y Vivi dudaba que su madre tuviera el cuidado de empaquetar su biblioteca—: viste una fuerza oscura y poderosa que viene hacia mí.

—No estarás segura en ese... lugar.

Vivi cerró los ojos e inhaló profundamente, con la esperanza de que eso la tranquilizara. Desde hacía meses su madre era incapaz de pronunciar la palabra universidad.

—Se llama Westerly. No es una palabrota.

Era todo lo contrario. Westerly era la salvación de Vivi. Le sorprendió recibir una beca completa para estudiar allí, ya que la consideraba muy por encima de sus posibilidades. Vivi siempre había sido buena estudiante, pero había estado en tres bachilleratos —en dos de ellos había entrado a mitad del año escolar—, por lo que su historial académico mostraba tantas «I» de incompleto como «A» de aprobado.

Daphne, sin embargo, se opuso con firmeza desde el principio. «Vas a odiar Westerly», le dijo en su momento con una convicción inesperada. «Yo jamás pondría un pie ahí.»

Eso fue lo que finalmente convenció a Vivi. Si su madre detestaba tanto ese lugar, debía ser perfecto para empezar una nueva vida.

Mientras Daphne la observaba desde la puerta con rostro afligido, Vivi miró el calendario de Westerly que había clavado en la pared amarillenta; era la única decoración que se había animado a poner en esta ocasión. De todos los lugares en los que habían vivido durante esos años, este apartamento era el que menos le gustaba: dos habitaciones con paredes recubiertas de estuco y estaba encima de una tienda de empeños, en Reno, donde todo apestaba a cigarrillo y desesperación, como casi cualquier otro lugar en el polvoroso estado de Nevada. Las fotos brillantes del calendario, como odas a los edificios cubiertos de hiedra y los cedros musgosos, se habían convertido en su haz de esperanza. Le recordaban que había algo mejor, un futuro que podría construir lejos de su madre y sus presagios malignos.

Pero entonces vio que su madre tenía lágrimas en los ojos y su frustración cedió un poquito. Si bien Daphne era una actriz consumada —lo cual era indispensable si tu subsistencia dependía de sacarles dinero a desconocidos—, jamás había sido capaz de fingir el llanto.

Vivi dejó de hacer las maletas y cruzó la habitación apretujada hasta llegar a su madre.

—Estaré bien, mamá —dijo Vivi—. Y el tiempo pasará volando. Para cuando te des cuenta, ya será el Día de Acción de Gracias.

Su madre respiró hondo y le tendió el brazo pálido. Vivi tenía el mismo color de piel que su madre, lo que significaba que se quemaba tras quince minutos de estar bajo el sol desértico.

—Mira la carta que te saqué.

Era una carta del tarot. Daphne se ganaba la vida «leyendo la suerte» de personas desesperadas e infelices que la buscaban y pagaban cantidades sustanciosas a cambio de que les dijeran lo que querían oír: «Sí, tu marido... bueno, para nada encontrará trabajo pronto»; «No, tu padre ausente no te odia... de hecho, también está intentando localizarte...».

Cuando Vivi era niña, le encantaba ver cómo su preciosa madre deslumbraba a la clientela con su elegancia y sabiduría. Sin embargo, conforme fue creciendo, empezó a sentirse incómoda cuando se dio cuenta de que su madre se aprovechaba del dolor ajeno. No soportaba ver que engañaba a la gente, pero no podía hacer nada al respecto. Las lecturas de Daphne eran su principal fuente de ingresos y la única forma de pagar el alquiler de esos basureros que tenían por hogar, y comprar alimentos en la sección de ofertas.

Pero ya no. Vivi había encontrado una escapatoria. Podía

empezar desde cero, lejos de la conducta impulsiva de su madre. Como esos arranques que las habían desarraigado por completo a una y a otra, siguiendo las injustificadas «premoniciones» de Daphne.

—Déjame adivinar —dijo Vivi y alzó una ceja al ver la carta de tarot que sujetaba su madre—, ¿la Muerte?

La expresión de Daphne se volvió taciturna y su voz, que solía ser melódica, ahora era tajante y fría.

—Vivi, ya sé que no crees en el tarot, pero, por una vez en tu vida, hazme caso.

Vivi cogió la carta y la giró. Tal y como esperaba, un esqueleto que sostenía una guadaña la miró desde el rectángulo de cartón. Sus ojos eran cuencas vacías y la curva de su boca parecía una sonrisa burlona. Las manos y los pies descarnados se alzaban sobre el terreno fangoso, mientras el sol se ocultaba a lo lejos, envuelto por un cielo rojo como la sangre. Vivi sintió un extraño estremecimiento causado por el vértigo, como si estuviera en el borde de un profundo precipicio, mirando la inmensidad vacua, en vez de estar de pie en su habitación, donde el único paisaje era el letrero amarillo neón que anunciaba «compramos oro», al otro lado de la calle.

—Te lo dije, Westerly no es un lugar seguro, sobre todo para gente como tú —susurró su madre—. Tienes la capacidad de ver más allá del velo y eso te hace vulnerable a las fuerzas de la oscuridad.

—¿Más allá del velo? —repitió Vivi con voz cansada—. Pensaba que ya no hablarías más de esas locuras. —Durante toda su infancia, Daphne había intentado convencerla de que se interesara por el tarot, las sesiones espiritistas y los cristales, bajo el argumento de que Vivi tenía «poderes especiales» que solo hacía falta liberar. Incluso le había enseñado a hacer lecturas sencillas para sus clientes, a quienes les maravillaba ver a una niñita entrando en comunión con los espíritus. Sin embargo, con el tiempo, Vivi se dio cuenta de que no tenía poder alguno y de que tan solo era un peón más en el tablero de juego de su madre.

—Ya sabes que no controlo qué carta sale. Sería una tontería que ignoraras una advertencia así.

Fuera se oyó la bocina de un coche, seguida de insultos y gritos. Vivi suspiró y meneó la cabeza.

—Pero también me enseñaste que la Muerte es símbolo de transformación. —Vivi intentó devolverle la carta a su madre, pero Daphne se mantuvo firme, con los brazos en los costados—. Obviamente se refiere a eso. La universidad es un nuevo comienzo.

Se acabarían las repentinas mudanzas de medianoche a ciudades desconocidas; Vivi dejaría de desarraigarse cada vez que estuviera a punto de hacer amistades de verdad. Durante los siguientes cuatro años podría reinventarse y convertirse en una universitaria común y corriente. Haría amigas, tendría vida social y quizá incluso se inscribiría a actividades extracurriculares... o al menos averiguaría qué tipo de cosas le gustaban. Se habían mudado tantas veces que no había tenido tiempo de descubrir qué se le daba bien. Tuvo que dejar las clases de flauta a los tres meses y abandonar el equipo de *softbol* a media temporada, además de que había dejado incompletos tantos cursos de francés que lo único que había aprendido a decir bien era «*Bonjour, je m'apelle Vivian. Je suis nouvelle*».

Daphne meneó la cabeza.

—Durante la lectura, el Diez de Espadas y la Torre acompañaron a la Muerte. Traición y violencia repentina, Vivian. Tengo la horrible sensación de que...

Vivi se dio por vencida, metió la carta en la maleta y luego se estiró para tomar a Daphne de las manos.

—Es un cambio muy grande para las dos. Y entiendo que estés intranquila. Pero basta con que me digas que me vas a extrañar, como lo haría cualquier otra madre, en lugar de convertirlo en una señal del mundo de los espíritus.

Daphne le estrujó las manos con fuerza.

—Sé que no puedo decidir por ti...

—Entonces, por favor, no lo intentes. —Vivi entrelazó sus dedos con los de su madre, como acostumbraba a hacer cuando era niña—. No quiero que pasemos nuestro último día juntas peleando.

Daphne bajó los hombros, como si por fin entendiera que iba a perder la batalla.

—Prométeme que tendrás mucho cuidado. Recuerda que no todo es lo que aparenta. Hasta las cosas que parecen buenas pueden ser peligrosas.

—¿Estás insinuando que en el fondo soy maligna?

Su madre la miró con tristeza.

—Solo sé lista, Viv.

—Eso siempre. —Esbozó una sonrisa tan soberbia que Daphne puso cara de fastidio.

—¿De dónde has sacado ese egocentrismo? —preguntó, pero igual se acercó a abrazarla.

—Es tu culpa por decirme tantas veces «eres mágica y puedes hacer cualquier cosa» —contestó Vivi una vez que soltó a Daphne para terminar de cerrar la maleta—. Te prometo que tendré cuidado.

Y eso haría. Sabía que en la universidad podían pasarle cosas malas, porque en todos lados podían pasar cosas malas. Pero Daphne se engañaba si creía que una tonta lectura del tarot indicaba algo. La magia no existía.

O al menos eso creía Vivi.

CAPÍTULO 2

Scarlett

«Una no escoge a sus hermanas. La magia se las designa», le dijo Minnie, su niñera, a Scarlett Winter años antes de que entrara en la sororidad Kappa Rho Nu. Recordó esas palabras mientras el coche de su madre se acercaba al portón de hierro del campus de Westerly y navegaba entre ríos de chicas. Algunas, las más jóvenes, se aferraban a sus maletas con mirada nerviosa. Otras observaban el campus con ansias, como si estuvieran listas para conquistarlo. En medio de ese océano femenino debía estar la nueva generación de reclutas de Kappa o, como se llamaban a sí mismas, Ravens, que, si todo salía según lo planeado, y la magia lo permitía, considerarían a Scarlett su lideresa en cuestión de un año.

Tan pronto como atravesaron el portón, ella se sintió más libre y fuerte. Era como si escapara de la sombra de su familia y saliera a la luz. No era muy lógico, en realidad, pues Marjorie, su madre, y Eugenie, su hermana mayor, eran presencias constantes en la casa de las Kappa. Aparecían fotografiadas en todas las tomas grupales que colgaban de las paredes. Las hermanas mayores de la sororidad las mencionaban con frecuencia. Habían dejado su marca antes que ella. Pero, a pesar de las expectativas que llevaba a cuestas,

Scarlett estaba decidida a demostrarles a todas que la mejor Winter estaba por llegar. Llegaría a ser presidenta, igual que su madre y su hermana, pero sería mejor que ellas, resplandecería con más brillo y sería más fuerte e inolvidable. Era la ventaja de sucederlas: tenía en sus manos la posibilidad de superarlas. O eso se decía a sí misma.

—Sigo creyendo que debiste ponerte el vestido rojo —dijo Marjorie, y frunció el ceño mientras miraba a su hija por el retrovisor—. Es más presidencial. Hay que proyectar una imagen de poder, buen gusto, capacidad de liderazgo...

La joven se vio reflejada sobre el hombro de su madre en el mismo espejo. Scarlett, Eugenie y Marjorie tenían distintas tonalidades de piel oscura. Cada una era deslumbrante a su manera, pero mientras que Eugenie era la viva imagen de su madre, Scarlett tenía una apariencia única y se distinguía por la nariz afilada y los ojos grandes. Cuando era niña, Scarlett envidiaba mucho a su madre y a Eugenie por parecerse tanto, hasta el punto de tener la misma nariz perfecta.

Scarlett se alisó el vestido verde de corte A.

—Ay, mamá, dudo que Dahlia elija a la siguiente presidenta de Kappa basándose en el vestido que se ha puesto el primer día de clases. Y vestirte de rojo cuando te llamas Scarlett es un poco paleto.

Marjorie torció la boca.

—Scarlett, todo entra en juego.

—Mamá tiene razón y lo sabes —intervino Eugenie desde el asiento del copiloto.

—Hazle caso a tu hermana. Ella fue presidenta dos años seguidos —agregó Marjorie con orgullo—. Y ahora te toca continuar con la tradición familiar.

Eugenie sonrió con gesto burlón.

—Bueno, a menos que prefieras ser solo una espectadora.

—Claro que no. Soy una Winter, ¿no? —Scarlett se enderezó y fulminó a su hermana con la mirada. No entendía por qué Eugenie había insistido en ir a despedirla a Westerly si todo el tiempo se quejaba de lo ocupada que estaba como asistente jurídica en el despacho de su madre. Por otro lado, Eugenie aprovechaba cualquier oportunidad para demostrarle a Scarlett quién mandaba, incluyendo adueñarse del asiento del copiloto el día en que su hermana menor volvía a la escuela para relegarla al asiento trasero del coche.

Su madre asintió con firmeza.

—Y nunca lo olvides, muñeca.

Marjorie se asomó por encima del hombro para ver a su hija, quien alcanzó a percibir la esencia de jazmín del perfume de su madre. Se acordó de aquellas noches en las que se quedaba hasta tarde en el despacho y al llegar a casa entraba de puntillas en su cuarto para darle un beso en la frente. Scarlett siempre fingía estar dormida porque su madre hacía un gran esfuerzo por no despertarla. Pero a ella no le importaba. Le recordaba lo mucho que su madre la quería, algo que no siempre sentía durante el día.

Y lo que a su madre más le importaba era que sus dos hijas siguieran sus pasos y llegaran a ser presidentas de Kappa. Durante su infancia, Scarlett escuchó con demasiada frecuencia el mismo sermón: «La presidenta de Kappa no es una sola cosa, Scarlett. Debe serlo todo. Lista, glamurosa, amable. Es el tipo de mujer que inspira envidia y respeto en igual medida. Es la clase de mujer que pone a sus hermanas por encima de cualquier otra cosa y que tiene la capacidad de cambiar el mundo».

Desde que tenía uso de razón, Scarlett sabía que era bruja y que su destino era encabezar las Kappa. Lo mínimo indispensable era formar parte de sus filas, pero el objetivo máximo era llegar a presidenta por mérito propio. Por esa razón, Minnie, quien fue la niñera de su madre antes de ser la suya, pasó buena parte de su tercera edad enseñándole a Scarlett los principios de su magia personal, tal y como lo había hecho con Marjorie y con Eugenie.

Cada bruja nacía con su propia magia: Copas, el signo de agua; Oros, el signo de tierra; Espadas, el signo de aire; y Bastos, el signo de fuego. Cada signo iba aparejado con un palo de la baraja del tarot, lo cual a Scarlett le parecía fascinante. Los escépticos que afirmaban que el tarot era una herramienta de charlatanes y farsantes en realidad no tenían idea de lo mucho que se aproximaba a la verdad.

Scarlett era Copa, lo que significaba que sobresalía al trabajar con elementos de agua. Minnie le había enseñado que, si sostenía el símbolo correcto y pronunciaba las palabras apropiadas, podía invocar una magia que convertiría el mundo en un lugar más luminoso y grande.

Minnie no había sido Raven, sino que su familia se adentró en la magia por sus propios medios, con ayuda de secretos y encantamientos heredados de generación en generación. Pero conocía a los Winter de toda la vida y entendía la presión que la familia de Scarlett ejercía sobre la joven. Minnie creyó en ella desde siempre y la reconfortaba cuando sentía la decepción de su madre o el desdén de su hermana. Minnie fue quien le dijo que podría ser la bruja más poderosa del mundo si confiaba en sí misma y en la magia.

En primavera, cuando Minnie falleció por causas naturales, Scarlett lloró tanto en el velatorio que empezó a llover. Seguía sintiendo un hueco en el corazón al recordar a su niñera, pero sabía que Minnie habría querido que ella fuera feliz, por lo que estaba más decidida que nunca a demostrarle a su familia —y a todas las Ravens— que era lo suficientemente poderosa como para que la nombraran presidenta de la sororidad.

Fracasar era impensable.

Marjorie se estacionó frente a la casa de las Kappa. Scarlett sintió que el corazón le daba un vuelco. La casa de color gris, como las palomas, era hermosa, de estilo neorrenacentista, con balcones de hierro forjado en todas las plantas y una plataforma con barandilla en el tejado en donde las hermanas a veces realizaban rituales y encantamientos. Las demás hermanas estaban llegando también a la casa, llevaban consigo maletas, lámparas y se abrazaban las unas a las otras después de haber pasado un largo verano alejadas. Scarlett vio a Hazel Kim, una estudiante de segundo año que se había convertido en la estrella del equipo de atletismo; también estaba Juliet Simms, una alumna de último año que sobresalía en química, por lo que era extraordinariamente buena haciendo pociones; y Mei Okada, otra alumna de tercer año, como ella, que era capaz de cambiar de apariencia con la misma facilidad con la que cambiaba de atuendo.

Marjorie apagó el motor y con la vista recorrió el área como un oficial de mando que inspecciona el campo de batalla.

—¿Dónde está Mason? Quiero que me cuente todo sobre sus viajes.

—No llega hasta mañana —dijo Scarlett, intentando disimular su entusiasmo.

Hacía casi dos meses que no veía a Mason. Nunca habían pasado tanto tiempo separados desde que habían empezado a salir, hacía dos años. Después de que asistió a la boda de un amigo de su familia en Italia, Mason, por capricho, tomó la decisión de irse de mochilero por Europa. Eso significó que ya no sería becario en el despacho de abogados de su padre ni participaría en todos los planes que Scarlett había hecho para ambos. Mientras ella trabajaba en el despacho de su madre, revisando expedientes y planeando el calendario social de las Ravens con sus hermanas de Kappa, esperaba sus fotos y mensajes, breves y esporádicos, acerca de su viaje: «He nadado en el lago Como. Ojalá estuvieras aquí. Tienes que ver el mar de Capri. Te traeré después de la graduación». Mason no acostumbraba a escaquearse de sus compromisos familiares ni a dejarla plantada todo un verano. Por regla general, Scarlett no esperaba nada de nadie, pero él valía la pena.

—Pues tráelo a casa tan pronto como puedas —insistió Marjorie con la ínfima dulzura de la que era capaz. Eugenie se removió en su asiento y empezó a revisar con desesperación sus correos del trabajo.

Scarlett hizo un esfuerzo por contener una sonrisa complaciente. Estar con Mason era lo único en lo que superaba a Eugenie. Mason era un complemento, como llamaban las Ravens a alguien que era digno de ellas. Y el estándar para ser calificado de complemento era bastante alto. Solo los mejores lo lograban y Mason era mejor que cualquiera. No solo tenía los antecedentes adecuados —era hijo del segundo abogado más eminente de Georgia (Marjorie era la primera, por supuesto) y era presidente de la fraternidad gemela—, sino que tenía futuro. Era de los mejores de su clase, además de ser atlético, muy sensual ¡y de Scarlett y nadie más! Por si fuera poco, Marjorie lo adoraba.

—Gracias por traerme, mamá —dijo Scarlett con la mano en la manija de la puerta.

—Ah, toma —dijo su madre como si de pronto se hubiera acordado de entregarle algo. Le pasó una cajita envuelta para regalo por encima del asiento.

En cuanto la cogió sintió alegría. No recordaba que su madre le hubiera regalado algo a Eugenie en su primer día de clases del tercer año de universidad. Contuvo las ansias de romper el envoltorio y lo abrió con delicadeza.

Era una baraja de tarot bellamente ilustrada. Una mujer

con sonrisa de complicidad y vestido hecho de plumas que prácticamente le guiñaba un ojo en el dorso de cada carta.

—¿Eran tuyas? —le preguntó, pues sospechaba que eran las cartas que su madre y Eugenie habían usado cuando las eligieron presidentas. De ser así, era un honor que la incluyeran en esa tradición familiar.

—No, son nuevas. Se las pedí a una Copa poderosa que tiene una posición importante en el Senado. Las pintó ella —contestó con orgullo.

La desilusión le oprimió el pecho. Por mucho que Scarlett adorara a la realeza política, ¿cómo podía su madre regalarle esas cartas?

—Son muy bonitas, mamá, pero ya tengo las cartas de Minnie. —No podía creer que su madre la conociera tan poco. Jamás se atrevería a reemplazar la baraja de su niñera, ni siquiera por una brillante y nueva.

—Año nuevo, vida nueva —contestó su madre—. Sé lo importante que era Minnie para ti. También lo era para mí. Pero también sé que sigues afligida por su muerte y ella no querría que anduvieras cargando con esa tristeza. Ella habría querido que empezaras el año siendo presidenta de las Ravens.

«Eso es lo que querrías tú.» Scarlett guardó las cartas, se asomó entre los asientos delanteros y le dio un beso en la mejilla a Marjorie.

—Vale, mamá. Gracias —murmuró, aunque no tenía la menor intención de usar esa baraja.

Después del obligado beso a Eugenie y de despedirse otra vez de su madre, Scarlett abrió el maletero y sacó las dos maletas previamente encantadas para ser tan ligeras como el aire. Agitó la mano en señal de despedida y miró el coche hasta que se perdió al final de la calle. Luego, cuando retrocedió, chocó contra un cuerpo musculoso y fuerte.

—¡Oye! ¡Cuidado! —resopló.

—¡Pero si has chocado tú conmigo! —contestó una voz indignada a su espalda. Al volverse, se encontró frente a Jackson Carter, con quien había dado clases de filosofía el año anterior. Venía jadeando y llevaba ropa deportiva y auriculares. Tenía gotas de sudor en la piel oscura y la camiseta empapada adherida al torso musculoso. Torció los labios con expresión molesta—. No sé por qué me sorprende. Las Kappa se sienten amas y señoras del lugar.

—¡Y lo somos! —exclamó Scarlett sin titubear. Era la primera vez que hablaban de algo que no fueran filósofos muertos y le parecía que era de pésima educación que él iniciara la conversación con un insulto—. Estás parado delante de nuestra casa.

Jackson no era de Savannah ni de las cercanías. Se le notaba por la falta de modales y de cortesía básica... por no hablar de su falta de acento sureño. Sus consonantes eran planas y tercas, a diferencia de las de Scarlett, quien las alargaba con fines dramáticos. Además, un caballero le habría ofrecido llevarle las maletas. Por otro lado, un caballero no le habría recriminado estar de pie en la acera de su propia casa.

Jackson se le acercó un poco más.

—¿Las Kappa pierden el alma por partes o lo hacen de un tirón, como si se arrancaran una tirita?

Scarlett se erizó como un ave furiosa. Sabía lo que Jackson pensaba de ella y entendía por qué. Había millones de películas que mostraban a las sororidades como grupos de brujas desalmadas y superfluas, pero no del tipo mágico. Por desgracia, había incontables vídeos e historias genuinas que respaldaban esas asociaciones. Scarlett se estremeció al recordar un vídeo de YouTube que se había viralizado hacía poco sobre una chica de una sororidad que escribió a sus hermanas una carta pública en la que detallaba cada una de las cosas que detestaba de ellas. Pero

Scarlett estaba convencida de que, por cada historia de horror, había docenas de anécdotas que justificaban la existencia de las sororidades y demostraban la hermandad que existía entre sus miembros. Además, Kappa ofrecía más que hermandad; la casa proporcionaba protección, un lugar seguro donde el aquelarre podía aprender y practicar su magia. Claro que eso no podía explicárselo a Jackson.

—De un tirón —contestó—. Me sorprende que no lo notaras desde tu pedestal de superioridad moral cuando nos miras a las pobres hermanitas inmorales.

—Al menos estamos de acuerdo en una cosa. —Jackson se cruzó de brazos y la fulminó con la mirada.

—Si tan mal te caemos —dijo Scarlett, conteniendo la furia—, tal vez deberías elegir tu ruta con más cuidado.

—¿Me estás amenazando? —Jackson arqueó una ceja, como si la mirara bajo una luz nueva—. Porque por lo que he oído...

De pronto su mirada se dispersó y luego se enfocó en algo que estaba ligeramente por encima de ella. Era como si Scarlett se hubiera esfumado de su mundo. De golpe, Jackson dio la vuelta hacia un lado y, sin decir una palabra más, siguió su camino.

Scarlett se volvió hacia la casa. Por el sendero de entrada venían Dahlia Everly, la actual presidenta de Kappa, y Tiffany Becket, la mejor amiga de Scarlett. Venían cogidas del brazo y la coleta rubia de Dahlia se mecía al compás de la platinada de Tiffany. Dahlia le guiñó un ojo para hacerle saber que había sido ella la que había embrujado al muchacho.

—Gracias. —Scarlett dejó las maletas en el suelo y miró una última vez la silueta distante de Jackson. No tenía ni idea de por qué despreciaba tanto a las Kappa. Seguramente una de las hermanas lo había rechazado en el baile de primavera. Algunos hombres eran demasiado frágiles y mezquinos.

—¿Cuál era el problema? Tenías cara de estar a punto de conjurar un nivel tres —dijo Dahlia.

—Para nada. Un chico así no merece el esfuerzo.

—¿Y por qué estabas hablando con él? —Dahlia frunció la nariz. Ella era la presidenta de sororidad por antonomasia; si alguien no formaba parte del sistema griego de fraternidades, no merecía un segundo de su tiempo.

—No estábamos hablando. Literalmente ha chocado conmigo —contestó. Tiffany se rio y le tendió los brazos. Scarlett abrazó a su mejor amiga con fuerza, pero no tanta como para arrugarle la blusa de seda que llevaba puesta—. Te he echado de menos.

—Y yo a ti. —Tiffany se alejó un poco para darle un beso en la mejilla. Su labial carmesí no le dejó marca en la piel. El maquillaje de las Ravens era siempre perfecto.

—¿Cómo está tu madre? —le preguntó Scarlett.

La expresión de Tiffany se ensombreció. Dahlia desvió la mirada.

—Estamos probando un nuevo tratamiento. Pronto sabremos más.

Scarlett volvió a abrazar a Tiffany. Su amiga había pasado el verano en Charleston con su madre, quien estaba luchando contra el cáncer. El año anterior, Tiffany le había pedido a Dahlia que entre todas hicieran un hechizo sanador para su madre; aunque las Ravens eran brujas con poder propio, al unirse como aquelarre su fuerza se multiplicaba de forma casi exponencial. En su papel de presidenta, Dahlia era quien decidía qué hechizos implementaban grupalmente, cosa que disfrutaba con absoluto descaro. Como buena joven de alcurnia houstoniana, a Dahlia le encantaba tener el control y ser el modelo a seguir de las otras hermanas. Y gracias a su confianza en sí misma era una excelente presidenta, aunque a veces Scarlett sentía que Dahlia ponía su autoridad o su legado por encima de las necesidades de las demás. Según Dahlia, la historia de Kappa estaba plagada de rituales de sanación de esa magnitud fallidos, por lo que se negó a intentarlo. «Hay cosas que están fuera de nuestras manos», le dijo en ese entonces a Tiffany.

Tiffany seguía sin perdonarle el rechazo, pues sospechaba que a Dahlia le preocupaba más lo que pudieran pensar de ella por intentar un hechizo así o los riesgos que implicarían para ella misma que el que la salud de su madre mejorara. Scarlett, quien percibió entonces el miedo en los ojos azules de su amiga antes temeraria, tampoco se sintió satisfecha con la decisión de Dahlia y había decidido consultar a Minnie. Lo que en ese momento Scarlett no sabía era que su niñera también estaba al borde de la muerte. «Si hubiera una cura para la muerte, no seríamos brujas... seríamos inmortales. Si hechizas a la muerte, la muerte te cobra factura», le advirtió Minnie con una sonrisa triste.

Tiffany soltó a Scarlett con una enorme sonrisa que se notaba fingida. Luego parpadeó velozmente para contener las lágrimas, que Scarlett supuso permanecían latentes, a pesar de que Tiffany fuera Espada y no Copa.

—¿Cómo van las preparaciones para la bienvenida? —preguntó Scarlett con la mirada puesta en la casa y en un intento para distraer a su amiga de la carga emocional.

—Hazel y Jess siguen decorando la casa —contestó Tiffany. Era obvio que agradecía dejar de ser el centro de atención.

Scarlett asintió. La tradición dictaba que las hermanas de segundo año decoraran la casa para el proceso de reclutamiento. Este año el tema era «bar clandestino de los años veinte» y Scarlett estaba muy interesada en saber qué se les había ocurrido a sus hermanas.

—¿Trajiste las bengalas? —le preguntó Dahlia.

—Aquí están —contestó Scarlett con una palmadita a una de sus maletas—. Anoche las embrujé.

Minnie siempre decía que la magia era quien realmente decidía. Y, en términos generales, tenía razón. Todas las chicas crecían con algo de magia en ellas, lo supieran o no. Lo que en realidad importaba era la fuerza de dicha magia. Mientras que en algunas era un susurro apenas perceptible, otras podían conjurar tornados. Las bengalas que las Kappa repartían en su fiesta de reclutamiento servían para revelar quién tenía el mínimo poder indispensable para ser una Raven. Pero no era tan solo una cuestión de capacidad. Ellas también debían ser ejemplares. Era una cuestión de personalidad, linaje, inteligencia y sofisticación. Y, sobre todo, se trataba de ser una buena hermana.

—Quiero conocer a las candidatas ya —dijo Tiffany mientras aplaudía con una gran sonrisa.

—Aunque solo se quedarán las mejores, como de costumbre —dijo Scarlett. Encontrar brujas poderosas entre las novatas de Westerly era como buscar diamantes en un mar de circones. Y Scarlett no quería lidiar con una generación de brujitas rebeldes en su primer periodo como presidenta.

—Por supuesto —agregó Dahlia, frunciendo las cejas, lo cual distorsionó sus facciones—. Hay que proteger Kappa a toda costa. Lo último que querríamos es que se repitiera el episodio Harper.

Scarlett sintió que se le retorcía el estómago y evitó mirar a Tiffany. El episodio Harper. Scarlett y Tiffany compartían un pasado oscuro del que nunca hablaban. Y Scarlett ni siquiera se permitía pensar en ello.

Era algo que podía arruinar todos sus esfuerzos por llegar a la cima.

CAPÍTULO 3

Vivi

Vivi ajustó las correas de su mochila e hizo una discreta mueca de dolor al sentir que el lomo de un libro de tapa dura se le clavaba en la espalda. Una vez que atravesó el portón de hierro, soltó la maleta más grande y estiró los dedos agarrotados. La estación de autobuses estaba a menos de kilómetro y medio de Westerly, pero había tardado casi una hora en arrastrar sus pertenencias desde ahí y ahora le ardían las manos. Aun así, al inhalar el aire inesperadamente perfumado, el chispazo de emoción reemplazó la fatiga. ¡Lo había logrado! Después de dieciocho agotadoras horas —o más bien de dieciocho agotadores años—, por fin estaba sola y tenía la libertad para tomar sus propias decisiones y empezar su vida de verdad.

Se detuvo para revisar el mapa en su teléfono y luego miró el recuadro de césped que se extendía ante sus ojos. A lo lejos había un edificio de piedra cubierto de hiedra; de las ventanas de la segunda planta colgaba una pancarta que decía BIENVENIDA, NUEVA GENERACIÓN. «Ya casi estoy», pensó, y retomó su camino sin prestar atención al dolor de hombros. Sin embargo, al ver la multitud de estudiantes acompañados por sus padres, sintió un ligero retortijón. Estaba bastante acostumbrada a enfrentar situaciones nuevas. Después de haber estado en cuatro primarias, dos secundarias y tres bachilleratos, llevaba casi toda la vida siendo «la chica nueva».

Pero esta vez era distinto. Pasaría cuatro años enteros en Westerly, que era más de lo que había pasado en cualquier otro lugar. No sería la chica nueva por sistema, sino que podía ser quien quisiera ser.

Solo necesitaba descifrar quién quería ser.

Arrastró las maletas hasta la mesa de inscripciones, donde un grupo de voluntarios repartía paquetes de orientación.

—¡Bienvenida! —trinó una chica pelirroja y pálida que se acercó a Vivi—. ¿Cómo te apellidas?

—Devereaux —contestó Vivi mientras observaba la impecable blusa rosa de la chica y su perfecto delineado de ojos. Por lo general, Vivi consideraba que ese tipo de elegancia era un don inusual, algo digno de admiración (aunque no necesariamente de envidia), como la capacidad de tocarse la nariz con la punta de la lengua o caminar sobre las manos. Pero, al echar un vistazo a su alrededor, se dio cuenta de que ese nivel de arreglo personal era la norma y no la excepción. Nunca había visto tantas manos con manicura o camisas color pastel. Por primera vez se preguntó si quizá su madre no tendría razón, que tal vez no era la escuela indicada para ella.

—Devereaux —repitió la pelirroja mientras pasaba las hojas de la gruesa libreta que tenía delante—. Tu habitación es la trescientos cinco de Simmons Hall. Es ese edificio de ahí. Aquí está tu carpeta de orientación... y tu identificación. También funciona como llave, así que no la pierdas.

—Gracias. —Vivi le tendió la mano para tomar la carpeta, pero la chica no la soltó. Estaba paralizada, mirando algo por encima del hombro de Vivi.

Al volverse, se dio cuenta de que el resto de la gente también estaba mirando en esa dirección. El ambiente se había electrizado un poco, como si se fuera a iniciar una tormenta. Vivi siguió la mirada de los demás. Tres chicas venían cruzando el césped terso y verde. A pesar de la distancia, se notaba a la legua que no eran de primer año. En parte por cómo iban vestidas: la chica negra de en medio llevaba un vestido primaveral color menta con una vaporosa falda plisada que rodeaba sus piernas largas, como de bailarina. Sus amigas, blancas y rubias, vestían faldas a cuadros casi idénticas y el tipo de blusas de seda color crema que, hasta ese día, Vivi solo había visto en películas en las que salían mujeres ricas. Pero incluso si hubieran llevado vaqueros raídos, esas tres chicas habrían atraído todas las miradas. Avanzaban con una seguridad hipnotizante, como si confiaran en su derecho de ir a donde quisieran, a la velocidad que quisieran. No temían ocupar su lugar en el mundo. Para alguien como Vivi, que había pasado la vida entera intentando encajar, ver mujeres que se sentían tan cómodas con sobresalir era embriagador.

Vio a las tres chicas acercarse al edificio de ladrillos rojos, donde la multitud de estudiantes esperaba para entrar. Tan pronto como llegaron a su destino, la multitud se abrió; todo el mundo se hizo a un lado para dejarlas pasar, sin chistar.

—Son de Kappa —dijo la pelirroja al percibir la duda en la mirada curiosa de Vivi—. Una de las sororidades del campus. Todo el mundo las llama Ravens. No sé por qué. Tal vez porque son misteriosas y enigmáticas.

—Perdón —dijo Vivi, sonrojada y avergonzada de haber sido tan obvia.

—No te preocupes. Todo el mundo reacciona igual. Si quieres verlas en acción, ve a su fiesta de reclutamiento esta noche. Raramente actúan como cuando buscan nuevas candidatas. —Se encogió de hombros e intentó fingir desinterés, aunque su mirada reflejaba un deseo inconfundible—. Deberías ir, aunque solo sea para ver su casa por dentro. Es el único día del año en el que dejan entrar a chicas que no son de Kappa y es un sitio espectacular.

—Tal vez vaya —contestó Vivi, emocionada en secreto por que alguien pensara que era el tipo de chica que pudiera evaluar si una fiesta era buena o no. En los tres bachilleratos en los que estuvo nunca la invitaron a una fiesta. No estaba segura de que la fiesta de reclutamiento de las Kappa fuera la mejor forma de iniciar su vida universitaria, pero ¿y si lo era? Tal vez eso era lo que a la Vivi universitaria le gustaría.

—Muy bien. Pues ¡bienvenida a Westerly!

Vivi inhaló profundamente y recurrió a lo poquísimo que le quedaba de fuerza para subir sus maletas por tres escalones de piedra y arrastrarlas hasta la puerta de madera que estaba sujeta para que siempre se quedara abierta. Empezó a subir una escalinata angosta, tirando tras de sí del equipaje con torpeza. Esperaba ser capaz de llegar al segundo piso antes de tomar un descanso, pero tras unos cuantos escalones sus brazos se rindieron.

—¡Mierda! —susurró mientras sus maletas se resbalaban y caían en el rellano con un golpe seco.

—¿Necesitas ayuda?

Al volverse, Vivi vio en el rellano a un chico de cabello oscuro y rizado que la miraba con una sonrisa traviesa. Quiso decirle que lo tenía todo bajo control, pero se dio cuenta de lo ridículo que sonaría, puesto que él tenía frente a sí las maletas que se le acababan de caer.

—Sí, gracias, si no te molesta.

—Para nada. Aunque me molestara, lo haría. —El chico alargaba las sílabas con un ligero acento sureño. Alzó ambas maletas al mismo tiempo y subió la escalera sin detenerse cuando pasó junto a Vivi.

—Supongo que eso de los modales sureños no es un mito —dijo ella, pero de inmediato se arrepintió de haber dicho algo tan cursi.

—Bueno, esto no es cuestión de modales —contestó el chico, ligeramente sin aliento—. Es un tema de seguridad pública. Podrías haber matado a alguien.

Vivi sintió el calor de sus mejillas sonrojadas.

—Si quieres llevo una —dijo mientras corría para alcanzarlo.

Llegaron al segundo piso, pero el chico no soltó las maletas.

—Lo siento mucho —dijo él en tono alegre—. Mi deber caballeresco y mi entusiasmo por la seguridad pública hacen que sea físicamente imposible para mí soltar estas maletas hasta que estén fuera de la zona de peligro. ¿Cuál es tu número de habitación?

—Trescientos cinco. Pero en serio no tienes que hacerlo. Puedo llevarlas lo que queda de camino.

—Ni lo sueñes —contestó él. Vivi lo siguió, con el estómago hecho un nudo de culpa y emoción. Nunca un chico le había llevado sus cosas. Cuando llegaron a la tercera planta, él giró a la derecha y, con un gemido, apoyó las maletas delante de una puerta—. Listo. Habitación trescientos cinco.

—Muchas gracias —dijo Vivi y se sintió más cohibida que antes. ¿Se esperaba que le preguntara su nombre? ¿O lo que estaba estudiando? ¿Cómo hacía amigos la gente normal?

—Es un placer —contestó él con una sonrisa y, por un instante, Vivi no pudo concentrarse en otra cosa que no fuera el hoyuelo que se le había formado al chico en la mejilla izquierda. Pero, antes de que pudiera pensar en una respuesta, el chico se dio media vuelta y volvió hacia la escalera—. ¡Trata de no matar a nadie! —exclamó por encima del hombro y se esfumó al adentrarse en el cubo de la escalera.

—No prometo nada. —Intentó decirlo en un tono juguetón y sexi pero dio igual. Él ya se había ido.

Abrió la puerta del cuarto, temerosa de conocer a su compañera de habitación, pero el cuarto estaba vacío. Solo había dos camas individuales, dos escritorios de madera y un espejo de cuerpo completo en la puerta de un armario. Comparada con otras habitaciones, era agradable: espaciosa, luminosa y fresca. Todo lo contrario al apartamento asfixiante y diminuto de Reno.

Arrastró una de las maletas hasta la cama y la abrió, mientras pensaba en si su compañera de habitación llegaría pronto y cuál sería el protocolo para elegir cama. Antes de empezar a sacar sus cosas de la maleta, una ventana se abrió de golpe y dejó entrar una ráfaga perfumada de aire tibio que lanzó por los aires los papeles que estaban en la carpeta de orientación. Qué extraño, pues la ventana estaba bien cerrada cuando Vivi había entrado en la habitación.

Recogió las hojas con un suspiro y recordó que, si había una diferencia significativa de temperatura entre el aire de la habitación y el aire del exterior, eso podía generar la presión necesaria para abrir la ventana con fuerza. Era uno de los múltiples fenómenos que Vivi había memorizado con los años para explicarse las cosas extrañas que solían ocurrir a su alrededor.

En ese momento vio la carta de tarot que descansaba en la cabecera de su colchón desnudo, como si alguien la hubiera puesto ahí con sumo cuidado.

Era la carta de la Muerte que su madre le había dado.

El esqueleto le sonreía con su quijada horripilante y, por un instante, a Vivi le pareció ver un resplandor rojo en su mirada. Se estremeció a pesar de saber que era una ilusión óptica. «Te lo dije. Westerly no es un lugar seguro para gente como tú», le susurró la voz de Daphne al oído.

En el pasillo se oyó un portazo y por la ventana entró el sonido de risas provenientes de la explanada. Vivi meneó la cabeza para salir del ensimismamiento. Por fin había logrado estar un día sin su madre y ya estaba buscando señales del universo. Daphne se habría enorgullecido de ella, o casi.

Resopló con desdén, metió la carta de la Muerte en el cajón de su escritorio y lo cerró de golpe. Vivi no necesitaba señales. No necesitaba magia. No necesitaba escuchar la voz de su madre. Lo único que necesitaba era llevar una vida normal en la universidad.

Y empezaría por asistir a aquella fiesta.

CAPÍTULO 4

Scarlett

La casa de las Kappa se había transformado. El moderno papel pintado gris metálico había dado paso al color rosa claro que antes adornaba las paredes, y el sofá de terciopelo se había convertido en un diván dorado. El salón estaba casi irreconocible. El único indicio de que seguían en el siglo XXI era la música que salía de los altavoces conectados por *bluetooth*. La fiesta de reclutamiento comenzaría en un par de horas y todas las hermanas estaban cumpliendo con sus responsabilidades: las de segundo año estaban a cargo de la decoración, las de tercero se ocupaban de las bebidas y la comida y las de último año revisaban todo para asegurarse de que no quedaran rastros de magia por ningún lado.

Cuando terminaron de darle instrucciones al equipo encargado del banquete, Scarlett y Tiffany subieron a cambiarse. El cuarto de Tiffany estaba a dos puertas del de su amiga, así que aprovechó para asomarse al pasar.

—¡Dios! ¡No puedo creer que todavía lo tengas! —dijo Tiffany mientras entraba y cogía un decrépito elefante de tres patas de la cajonera de Scarlett.

—Supongo que debería guardarlo antes de la fiesta —contestó Scarlett entre risas.

—La primera impresión es la que cuenta —agregó Tiffany.

Scarlett y Tiffany se conocieron en la fiesta de reclutamiento de su primer año en la universidad. Aunque hubiera nacido en una familia de Kappa y la hubieran criado para que fuera una de ellas, Scarlett tenía miedo de que no la consideraran digna y decepcionar a su familia. Pero ese día, Tiffany se paró a su lado, señaló la nariz perfectamente recta de Dahlia y susurró: «Te apuesto mi fideicomiso a que esa nariz es producto de un encantamiento». Scarlett contuvo la risa. De repente, la encargada de seleccionarlas dejó de parecerle tan intimidante y se sintió más confiada. Al final, resultó que Tiffany no tenía fideicomiso alguno, todo lo contrario, pero era rica en magia, espontaneidad e irreverencia. Scarlett no supo lo mucho que necesitaba tener una amiga así hasta que conoció a Tiffany.

Aquel año, el tema había sido un salón de baile en blanco y negro, y ambas bailaron toda la noche con sus vestidos largos, sin importarles que a la mañana siguiente sus faldas estuvieran embarradas. Ese mismo día, Scarlett llevó a Tiffany a su tienda de antigüedades favorita, una que ni los turistas ni las brujas habían descubierto. Cruzaron filas y filas de muebles y lámparas polvosas, figuritas decorativas y libros viejos para poner en centros de mesa; Tiffany se detuvo en el pasillo de los juguetes con la emoción de una cría. «Los peluches y las muñecas son lo más. Su energía es muy pura. ¡Y son puro amor!», exclamó.

Scarlett cogió un elefante al que le faltaba una pata. «Sí, sí, pura pureza purísima», contestó entre risas, y Tiffany se rio también. Aunque Scarlett entendía a qué se refería.

«Gracias por compartir conmigo este lugar especial», le susurró Tiffany mientras abrazaba un peluche de Elmo que alguna vez había sido muy amado.

Ese día volvieron a casa con docenas de objetos idóneos para hacer encantamientos y desde entonces se volvieron inseparables. Tiffany era la hermana que Scarlett siempre había soñado con tener. Congeniaban de maravilla. Scarlett se ceñía a las normas de la magia, mientras que Tiffany se divertía con su don. Los pilares de la ideología de las Kappa eran «Hermandad. Liderazgo. Fidelidad. Filantropía», que Scarlett interpretaba como si su misión fuera gobernar el mundo para salvarlo. Pero Tiffany no creía que las brujas fueran solo superheroínas. «¿Qué gracia tiene ser bruja si no puedes aprovechar tu magia para acelerar la fila del Starbucks?», solía decir. Scarlett entendía a qué se refería: ¿qué había de divertido en ayudar al mundo si no podías ayudarte a ti también?

A Tiffany le resplandecían los ojos azules cada vez que tenía una idea brillante o usaba una pizca de magia para arreglar las pequeñas injusticias cotidianas, como cuando derramaba la bebida de algún chico de fraternidad que se quedaba mirando con lujuria a una hermana o le daba un suero de la verdad a un profesor sexista que solo evaluaba con «Excelente» a los hombres. Era lista y graciosa y solo un poquito traviesa. Tiffany era la única que lograba que Scarlett se relajara y quien le recordaba que ser bruja también era un gozo, no solo una responsabilidad. Cuando estaban juntas, Scarlett se sentía tranquila, pero también emocionada por su siguiente aventura.

Quizá el tarot explicaba la solidez de su vínculo: las Copas y las Espadas siempre se llevaban bien, pero a Scarlett le gustaba pensar que Tiffany y ella habrían sido mejores amigas aun sin magia de por medio. Sin embargo, en ese instante se sentía distanciada de ella. Scarlett tomó una gran bocanada de aire y recordó lo que había dicho Dahlia.

—¿Piensas alguna vez en Harper, Tiff?

Su amiga se puso rígida.

—Quedamos que nunca hablaríamos de ella.

—Sí, pero ¿y si alguien se entera...?

—¿Cómo podrían enterarse? Somos las únicas que lo saben —contestó Tiffany. Sin embargo, no era del todo cierto. Había otra chica de su quinta que también sabía la verdad: Gwen. Pero hacía mucho que se había ido y ellas se habían asegurado de que fuera incapaz de hablar de eso—. Está todo bien, Scarlett. Confía en mí. No va a pasar nada —dijo Tiffany con firmeza mientras batallaba para meter el elefante en el armario de Scarlett y se alisaba el vestido.

—Toc, toc —dijo una voz grave.

Scarlett se dio media vuelta.

—¡Dios! ¡Mason! Pensaba que no llegarías hasta mañana.

—He vuelto antes de lo planeado —respondió él con una sonrisa.

Si no fuera su novio, Scarlett pensaría que su atractivo era tan perfecto que resultaba irritante. Mason acostumbraba a alzar los labios de un lado, como si siempre estuviera a punto de reírse. Su piel era morena y brillante. Llevaba el cabello más largo de lo habitual, incluso se formaban dos rizos en sus sienes, y su camiseta no lograba disimular su musculatura definida.

Tiffany carraspeó.

—Os dejo solos... Te veo abajo, Scar —dijo, y levantó las cejas de forma sugerente.

Tan pronto como Tiffany salió, Mason se acercó a Scarlett, la cogió entre sus brazos y la estrujó mientras la besaba con pasión. En cuanto sus labios se encontraron, Scarlett cerró los ojos y se perdió en él. Aunque habían pasado dos meses, el sabor de Mason era el mismo, como un cálido día de verano.

Marjorie le había dicho alguna vez que el amor a primera

vista no existía, pero que lo que sí existía era el amor a primera risa. El padre de Scarlett la había conquistado con su humor negro y, a pesar de que llevaban treinta años de casados, Marjorie Winter podía mirar a su esposo y recordar en cuestión de segundos por qué lo amaba tanto, aunque en ese instante estuviera furiosa con él.

Mason Gregory, por su parte, había conquistado a Scarlett por partida doble: a primera vista y a primera risa.

Se habían conocido en la fiesta conjunta de Kappa/Pi Kappa Rho, la famosa Pikiki, en las que las Kappa usaban una falda hawaiana sobre el bikini, y los PiKa solo usaban falda hawaiana. Los PiKa cortejaban con sus collares florales a las Kappa que les gustaban mientras recorrían la casa de los PiKa, que decoraban como una isla, con palmeras y un tobogán inflable que iba del techo a la piscina. Mason le hizo una broma tonta pero tierna sobre que él nunca se acostaba a la primera y se negó a darle a Scarlett su collar; en vez de eso, le desprendió una única flor y se la entregó. Ella exigió que le diera el collar entero, pero él contestó que la tradición de la isla era que «la chica se pone la flor detrás de la oreja derecha si está disponible e interesada o detrás de la izquierda si no le interesa en absoluto». Ella se rio y se puso la flor detrás de la oreja derecha. Habían estado juntos desde entonces.

Scarlett tenía su propia teoría sobre el amor; según ella, se necesitaba más que humor y más que belleza. El amor tenía cierto ritmo, como el de un encantamiento. Y Mason y Scarlett lo tuvieron desde el primer instante. De lo que más estaba segura en la vida era de su lugar junto a Mason. O, más bien, del lugar de Mason junto a ella.

Mason concluyó el beso y dio un paso atrás para recorrerla con la mirada, haciendo una breve pausa en donde los botones se encontraban con el encaje blanco del sujetador y donde la falda le rozaba los muslos.

—Estás increíble, como siempre. ¿Cómo lo haces? En serio, nunca te he visto con un pelo fuera de lugar.

—Es magia —contestó Scarlett con un guiño.

Lo que Mason no sabía era que hablaba en serio. Las Ravens hacían un voto de secreto. Solo las Ravens actuales y las egresadas, como la madre y la hermana de Scarlett, sabían que en realidad eran una sororidad de brujas. A Mason le gustaba mucho la historia y en otra vida se habría deleitado inmensamente con el folclore de esas mujeres mágicas. En su cuarto, en la casa de su fraternidad, tenía montones de biografías que leía de forma extracurricular. Le habría encantado saber cómo la magia configuraba el mundo y qué personaje a lo largo de la historia había sido bruja y había influido en los hechos para impulsar de forma subrepticia el avance de la civilización. Pero las reglas eran estrictas; bajo ninguna circunstancia podía saberlo. A veces, el secreto parecía abrir una brecha entre ellos, pero, a pesar de lo mucho que Scarlett amaba a Mason, a pesar de lo mucho que quería contárselo todo sobre ella, era incapaz de traicionar a sus hermanas.

—Tú no estás nada mal. Estás morenísimo. Déjame adivinar, ¿os volvisteis a quedar varados en el yate de Jotham? —Jotham, otro PiKa, era el mejor amigo de Mason y el culpable de que su novio pasara una larga temporada al otro lado del océano: la boda en Europa a la que fue Mason era del hermano de Jotham. Scarlett hizo una nota mental: más tarde tendría que lanzarle un hechizo a Jotham, para castigarlo.

Mason negó con la cabeza.

—No, esta vez no me subí al yate. Resulta que Portugal tiene un rollo surfero increíble.

—No sabía que aspirabas a ser un vago de playa. —Scarlett no alzó la voz, pero estaba molesta. No tenía idea de que a Mason le gustara el surf. ¿Por qué no le contó nada al respecto en sus mensajes? Las últimas semanas habían sido tan caóticas que casi no habían podido hablar. Pero estar ocupada trabajando como becaria en un despacho era muy distinto a estar ocupado surfeando en Portugal.

Mason esbozó una gran sonrisa.

—Jotham se fue en el yate a Ibiza con una chica que conoció en la boda. No quise hacer de carabina. No sé qué me entró, pero me subí al tren. Hasta pasé unas noches en un hostal.

Scarlett abrió los ojos como platos.

—¿Te quedaste en un hostal? ¿En lugar de viajar en yate? —El yate de la familia de Jotham era prácticamente un crucero.

—No fue tan terrible.

—¿Estás seguro de que no traes piojos? —Lo miró con suspicacia, pero él soltó una carcajada.

—Ojalá hubieras venido conmigo. Te habría encantado.

Scarlett arrugó la nariz.

—¿Dormir en un hostal? Lo dudo mucho.

—Te juro que fue como estar en una de esas películas subtituladas que tanto te gustan, Scar —dijo él.

—Pero no soportas esas películas —contestó ella, intentando disimular su molestia. Él siempre decía que, si quería leer, prefería coger un libro.

Mason se puso serio.

—Fue diferente a cualquier viaje familiar o de amigos al que hayamos ido. No había *tours* ni galas ni yates ni expectativas. Nada de eso. Tracé mi propio mapa. Hice mi propio calendario. Decidí a quién quería ver y adónde quería ir. Me sentí... libre —hablaba más rápido de lo habitual, como solía hacer cuando algo lo emocionaba. Pero en general lo que lo emocionaba era Kant o *La Ilíada* o el Dow Jones. En otras circunstancias, Scarlett habría creído que estaba embrujado.

—Casi parece que habrías preferido quedarte ahí —reclamó ella.

Mason se quedó pensativo.

—Una parte de mí, sí. Pero solo si hubieras estado conmigo, claro —añadió de inmediato—. Aquí es todo tan... predeterminado. ¿Me entiendes?

Scarlett alzó una ceja.

—No. ¿A qué te refieres?

Mason gruñó.

—Eso de las pasantías y las prácticas profesionales y los múltiples grados académicos... Mi padre da por sentado que quiero seguir sus pasos y ser abogado.

—Yo también pensaba que querías esas cosas. —«O fui yo la que pensó que ambos queríamos esas cosas.» Una de las cualidades que más la atraía de Mason era su ambición. Casi tan fuerte como la suya. Lo tenían todo planeado desde que cumplieron un mes juntos: estudiarían Derecho en la misma universidad, de preferencia Harvard, volverían a hacer una pasantía en los despachos de sus padres y, cuando tuvieran suficiente experiencia, se independizarían y abrirían su propio despacho.

—Ya lo sé... ¡yo también! Pero a lo mejor... —Hizo una pausa y suspiró, como si estuviera buscando las palabras adecuadas—. No sé... Hay millones de carreras y *startups* por ahí que solo necesitan un ordenador y wifi. ¿Nunca has imaginado simplemente mandar al diablo a nuestros padres y dejar atrás Westerly y todo esto?

Scarlett entrecerró los ojos. ¿*Startups*? ¿Acaso Mason se creía Mark Zuckerberg?

—Pero si todo lo que yo siempre quise está aquí. Kappa. Tú. Nuestras familias. Vagar por el mundo es para la gente que no sabe lo que quiere de la vida. Nosotros no somos así —dijo ella. Mason se encogió de hombros y jugueteó con un brazalete tejido que traía en la muñeca y que ella nunca había visto—. ¿Estás bien, Mason? —Scarlett guardó silencio y lo miró fijamente. A veces, el silencio era más poderoso que las palabras. Algunas personas no lo toleraban, como Mason. Él sentía la necesidad de llenar el vacío como la luz de una vela llena la oscuridad.

Finalmente, alzó la mirada y le sonrió.

—Claro que estoy bien. Estoy contigo. —Se inclinó y le dio un beso antes de sacudir la cabeza ligeramente—. Perdón por estar tan raro. Es el *jet lag*. Creo que mi cabeza sigue entre las olas. —La cogió de la mano y la acercó hacia él. Scarlett sintió la oleada de paz que siempre sentía cuando Mason la tocaba. Cerró los ojos un instante e intentó creer que, en efecto, era solo el *jet lag*. Ella también había terminado exhausta después de varios días de trabajo arduo en el despacho de su madre. Y entendía mejor que nadie el tema de las expectativas parentales. Mason solo necesitaba aclimatarse de nuevo a Westerly. Y, después de pasar un poco de tiempo juntos, volvería a ser el mismo de siempre. No podía ser de otra manera—. Te eché mucho de menos, Scar —dijo él—. ¿Podemos escaparnos un rato para recuperar el tiempo perdido?

Por un instante, Scarlett se sintió tentada a seguirlo hasta la casa de los PiKa. Pero luego recordó sus tareas pendientes y maldijo en voz baja.

—Lo siento, Mason. No puedo. Hoy es la fiesta de reclutamiento —le recordó.

—Ya lo sé, pero tus hermanas parecen tener todo bajo control —dijo, y le acarició el brazo—. ¿Qué más da si desapareces una hora?

Scarlett le puso una mano en el pecho.

—Importa y mucho. No puedo abandonarlas antes de la fiesta. ¿Qué van a pensar de mí?

Mason frunció el ceño.

—¿A quién le importa lo que piensen? No nos hemos visto en meses y...

—¿Y de quién es la culpa? —dijo Scarlett.

—Sabes que estabas invitada a venir conmigo —señaló Mason—. Nos habríamos divertido muchísimo. Dos meses juntos, sin planes, sin rendirle cuentas a nadie, solos tú y yo...

—Bueno, a diferencia de ti, yo no quería decepcionar a mi familia —repuso Scarlett, irritada—. No soy el tipo de persona que hace las maletas y deja todo durante dos meses sin previo aviso. —«Y creí que tú tampoco», estuvo a punto de añadir.

Mason frunció el ceño y Scarlett sospechó de nuevo que algo no andaba bien. No era el reencuentro con el que había fantaseado. Hacía apenas unos segundos había sentido que eran tan cercanos como siempre, pero de repente se había abierto una brecha inmensa. Primero con Tiffany y ahora con Mason. Se suponía que este sería el año de Scarlett. ¿Por qué no lo parecía? ¿Qué le pasaba a Mason?

Desde que lo conoció, Scarlett supo que sería suyo. Haría lo que fuera necesario para conquistarlo. Pero, para lograrlo, usó sus poderes de forma muy cuidadosa. Hizo lo que hacían las demás Ravens: reforzó el brillo de su piel y su cabello, se blanqueó los dientes y le añadió musicalidad a su risa. Pero eso fue todo. Jamás se metió con la mente ni con el corazón de Mason. Claro que era parte de las reglas, no cambiar el corazón bajo ninguna circunstancia, pero nada le impedía asomarse a ver qué tenía dentro.

Tiffany siempre lo hacía; para ella era un acto entre científico y poético. «¿No crees que somos muy afortunadas por poder mirar dentro del corazón humano?», le había dicho una vez. Scarlett negó con la cabeza en ese entonces, pero esta vez se sentía tentada de hacerlo. ¿Qué tendría de malo echar un vistazo para entender qué estaba pensando o sintiendo Mason?

Scarlett le pasó los dedos entre los rizos. Mientras convocaba la magia, sintió un aleteo familiar, pero no era de amor ni de emoción, sino de miedo. Miedo a lo que podría encontrar. ¿Y si al asomarse encontraba menos amor del que esperaba?

No podía arriesgarse. Y tampoco quería invadir la privacidad de Mason de esa manera. Ella no era así. Lo que sí podía hacer era recordarle lo compatibles que eran. Bajó la mano y le acarició el cuello, la espalda y el muslo.

—No tengo una hora entera, pero sí cinco minutos —le murmuró al oído.

Mason abrió los ojos de par en par.

—¿Aquí? —Nunca habían hecho este tipo de cosas en Kappa; no tenían permitido que las parejas pasaran la noche ahí. Scarlett le lanzó una mirada sugerente por encima del hombro mientras cruzaba su cuarto y cerraba la puerta—. Scar... —empezó a decir Mason.

Pero ella ya se había adelantado. Le abrazó el cuello y lo tiró hacia sí. Cualquier duda que tuviera Mason se disipó al instante y empezó a besarla intensamente, con pasión. La puso contra la pared, con una mano en su cintura y la otra tomándola de la nuca.

Ella sonrió mientras se besaban y le pasó las manos por el pecho musculoso. Ese era el Mason que conocía. Así era como debían ser las cosas entre ellos. Pronto se le olvidaría esa locura de dejar todo atrás para viajar por el mundo. Recordaría que estaban exactamente donde querían, que pertenecían a ese lugar, los dos, juntos.

—Se acabó el tiempo —dijo ella después de unos minutos y se separó de él. Mason se dejó llevar hasta la puerta, sin aliento.

—Me vas a matar, Scar —gimoteó.

—Nos vemos mañana por la mañana, después de la ceremonia de selección. Y entonces podremos terminar lo que hemos empezado —contestó ella y contuvo la sonrisa mientras él le daba un último beso y se daba media vuelta, a regañadientes, para irse.

Era así de fácil. No necesitaba magia. Mason ya estaba bajo su embrujo.

CAPÍTULO 5

Vivi

Bastaron quince segundos para que Vivi se diera cuenta de que ir a la fiesta había sido un error enorme.

Tan pronto como puso un pie en la casa de las Kappa, la deslumbró momentáneamente el esplendor que la rodeaba. La fiesta de reclutamiento tenía por tema «bar clandestino de los años veinte», lo cual combinaba de maravilla con el papel pintado rosa claro y las sillas de caoba tapizadas con terciopelo. Todo el mundo llevaba esmoquin o vestido tipo *flapper*; hasta los camareros, que servían los tragos en tacitas de porcelana fina, llevaban atuendos de los años veinte.

Todo el mundo estaba disfrazado de acuerdo al tema, excepto Vivi. Ella llevaba un vestido azul marino con girasoles. Era el único vestido que había metido en la maleta. Su inexistente calendario social en Reno no requería ningún tipo de vestimenta formal. Se alisó la falda y cayó en la cuenta de que estaba manchada, y, con una mezcla de asombro y envidia, miró a los asistentes risueños que bailaban. La semana de orientación había empezado hacía apenas doce horas. ¿Cómo era posible que tanta gente hubiera hecho amistades tan pronto? ¿Cómo sabían las chicas que debían traer un vestido de los años veinte? Al otro lado del vestíbulo concurrido estaban dos chicas de su dormitorio, pero estaban sonriendo y cuchicheando entre ellas y, tras años de ser la nueva, Vivi había aprendido que no era buena idea acercarse a la gente que estaba en medio de una conversación.

Hasta el momento, su reinvención en Westerly no estaba saliendo conforme a lo planeado. Zoe, su compañera de habitación, había llegado al fin y había pegado una tira de cinta adhesiva en la mitad del cuarto para dividir su espacio del de Vivi. También había traído consigo casi una docena de velas olorosas que no combinaban entre sí, por lo que el cuarto olía a una empalagosa combinación entre vainilla dulcísima y pachulí. Cuando por fin Vivi se armó de valor para preguntarle a Zoe si quería acompañarla a conocer el comedor, Zoe apenas alzó la mirada del teléfono antes de murmurar: «Lo siento. Tengo cosas que hacer».

Cuanto más tiempo pasaba Vivi en el vestíbulo de la concurrida casa de las Kappa, más se sonrojaba. Llevaba tanto tiempo fantaseando sobre su vida en la universidad y convenciéndose de que sería su oportunidad de empezar de cero, pero por lo visto ahora más que nunca era la que no encajaba. Tal vez su soledad crónica no tenía que ver con ser la nueva. Tal vez solo era demasiado rara, lo suficiente para no hacer amigos.

Se dio media vuelta para dirigirse a la puerta, pero alguien le bloqueó el camino. Vivi sintió un nudo en el estómago, como cuando veía a una celebridad en Calabasas, el centro comercial de lujo, durante el breve periodo en el que vivieron en Los Ángeles. Era la chica de vestido color menta que había visto cruzar el campus del brazo de otras dos Ravens.

Ahora llevaba un despampanante vestido blanco de perlas, y bajo las enormes pestañas resplandecieron sus ojos oscuros con un destello burlón, como si supiera algo que el resto del mundo ignoraba y disfrutara con guardar el secreto.

—Hola —le dijo la chica y alzó ligeramente las cejas al echarle un vistazo al atuendo de Vivi.

—Hola —contestó Vivi con torpeza. Era la primera palabra que salía de su boca desde que había intentado charlar con Zoe. Vivi se dio cuenta de que la chica le estaba tendiendo algo... una bengala.

—Gracias por venir esta noche —dijo—. Espero que no te sientas muy incómoda con ese vestidito. No te preocupes por no encajar con el tema. No todas tenemos silueta de diva de los años veinte.

Vivi se sonrojó aun más.

—No se me ocurrió traer un vestido de cóctel —dijo mientras tomaba la bengala.

La sonrisa fingida de la chica se volvió más rígida.

—Una Kappa en potencia debería estar preparada para cualquier cosa.

—Eh, no soy... digo, no planeaba... solicitar la entrada. —Era mentira. Le habría encantado hacerlo, pero, después de estar ahí unos minutos, había entendido lo absurdo que sería intentarlo. Lo mejor que podía hacer era asegurarse de que esa chica supiera que ella misma reconocía que estaba fuera de lugar.

—Ya veo —dijo la chica y apretó los labios.

—No es nada contra vosotras, Kappa parece genial. Es solo que no soy... —«Lo suficientemente buena», pensó, pero se quedó callada y frunció el ceño.

—Cuando la gente dice «no es nada contra vosotras» es porque sí lo es. —La chica volvió a sonreír, pero su mirada se endureció—. ¿Me permites darte un consejo? Si no planeas solicitar tu entrada en Kappa, no nos hagas perder el tiempo. Pero si sí lo estás considerando, no te vayas de la fiesta aún. —Se dio media vuelta y los flequillos de su vestido se agitaron como despedida mientras caminaba hacia el patio trasero. Vivi se quedó mirándola y se preguntó cómo sabía que estaba a punto de irse de la fiesta y por qué le importaba. Sea como fuera, decidió quedarse un rato más para guardar las apariencias y, siguiendo los pasos de la chica, cruzó el vestíbulo atiborrado hasta llegar al jardín.

Era como si lo hubieran sacado de un cuento de hadas. El patio estaba rodeado por una altísima reja de hierro cubierta de hiedra y filas de lucecitas blancas colgaban junto al musgo de los robles, suspendidas por alambres que Vivi no llegaba a distinguir. En las mesitas redondas distribuidas sobre el césped había farolillos de parafina con velas encendidas que emitían un brillo halagüeño para los rostros de los asistentes inusualmente atractivos. Había una fila en la barra, donde una camarera servía una especie de ponche de un tazón de cristal.

De repente vio a dos chicas tan guapas que parecían actrices de película. Estaban riéndose y bailando al ritmo de la música.

—Intimidan bastante, ¿verdad? —Al volverse, Vivi vio a otra chica muy hermosa a su lado. Tenía el cabello negro y ondulado, piel morena tersísima y unos inmensos ojos de ciervo, y su belleza no se quedaba atrás con respecto a la de la Kappa que había abordado a Vivi hacía unos minutos. Pero su sonrisa franca la hacía mucho más amigable.

—Sí, un poco —contestó, sorprendida y aliviada de que hasta una chica que a todas luces era digna de Kappa estuviera nerviosa—. ¿Cómo sabían que debían traer ropa especial para esto? —preguntó mientras miraba a su alrededor.

—La fiesta de reclutamiento es todo un acontecimiento. Las candidatas vienen preparadas para lo que sea. Hay algunas que hasta contratan consultores para que las ayuden a presentar su candidatura. Mi madre estudió aquí, así que yo ya sabía más o menos qué esperar —dijo y señaló su vestido de *flapper*.

—¿Vas a solicitar la admisión? —le preguntó Vivi.

—Sí, si recibo una invitación —contestó con nostalgia, como si ansiara comerse la última rebanada del pastel, pero fuera demasiado tímida para tomarla—. Pero no me hago muchas ilusiones. Kappa es la sororidad más selecta y pequeña.

Hasta para una novata ignorante del sistema griego como Vivi, era obvio que Kappa era una organización muy importante dentro de Westerly. En realidad, no había conocido a ninguna de las integrantes y la chica del vestido blanco no le había dicho su nombre, pero era fácil identificarlas en medio de la multitud. A diferencia de las posibles candidatas, cuyos movimientos nerviosos las delataban a pesar de sus sonrisas confiadas, las Kappa se movían con gracia y seguridad. Vivi observó con un asombro innegable a una chica de origen asiático de vestido rojo que se detuvo para darle un sorbo a su bebida. Llevaba el cabello negro resplandeciente cortado a la altura de la barbilla y sus labios color carmesí parecían los de una estrella de Hollywood. Sin duda era la persona más glamurosa que Vivi había visto en la vida real, pero lo que más la cautivó fue su aplomo. Observaba la fiesta con expresión distante, divertida, como si no tuviera la menor prisa por encontrar a alguien con quien conversar. Después de una vida de ser la chica nueva, estaba acostumbrada a estar sola, pero nunca era sencillo. Siempre se percataba de las miradas ajenas preguntándose por qué estaba sola.

—Soy Vivi —dijo mientras se volvía hacia la chica a la que acababa de conocer y le tendía la mano en la que no tenía la bengala.

—Yo soy Ariana —contestó la chica y le pasó una de las dos tazas que acababa de tomar de la bandeja de un camarero—. Al parecer Kappa es la única sororidad que se sale con la suya sirviendo alcohol en las fiestas de reclutamiento, así que hay que aprovecharlo.

Vivi bebió un poco, intentando aparentar que no era la primera vez que bebía alcohol. Era difícil ser una chica rebelde y fiestera cuando no tenías amigos ni te invitaban a fiestas. Se anticipó al ardor en la garganta, pero el cóctel rosa era suave y dulce.

—¿Por qué las Kappa pueden saltarse las reglas?

Ariana se encogió de hombros.

—Según he escuchado, reciben toda clase de tratos especiales.

—Hola —les dijo con una gran sonrisa una chica de piel negra que llevaba un sofisticado y diminuto vestido azul—. Soy Jess. ¿Os lo estáis pasando bien?

Vivi se paralizó, sin saber cómo responder después de su último encuentro con una Kappa. ¿Debía deshacerse en halagos hacia la fiesta y decir que nunca había estado en una tan increíble? ¿O era mejor actuar relajada y comportarse como si nada?

—Totalmente —contestó Ariana, quien por suerte era capaz de hablar con desconocidos sin tener una crisis nerviosa—. Habéis sobrepasado todas las expectativas. ¿Los camareros llevan trajes *vintage*?

Jess asintió.

—Me encanta lograr que un montón de universitarios sucios se vistan como personas decentes —dijo mientras examinaba a la multitud—. Aunque yo solo necesito tres cosas de un hombre: que sea atractivo, implacable y tonto.

—¿Qué? —dijo Ariana, confundida, mientras Vivi se reía.

—Dorothy Parker, ¿no? —preguntó Vivi.

—Perdón, es imposible no citar a Parker cuando estás bebiendo cócteles en tazas de té. —Le guiñó un ojo a Vivi y se despidió.

—Qué raro ha sido eso —susurró Ariana después de que Jess se fuera.

—Raro, pero genial —dijo Vivi con una sonrisa.

En la secundaria había encontrado una colección de poemas y ensayos de Dorothy Parker en la biblioteca, y leerla había sido casi como hacer una amiga de verdad. Nunca había oído a alguien de su edad citar a Parker y jamás habría esperado que ocurriera en la fiesta de una sororidad, pero aquel intercambio fue solo la primera de varias conversaciones inesperadas que tuvo con integrantes de Kappa aquella noche. Una estudiante rubia de Bioquímica, llamada Juliet, le contó a Vivi todo sobre sus investigaciones sobre el papel de las hormonas en el enamoramiento; luego participó en una discusión fascinante sobre política china con una estudiante de historia llamada Etta y algunas de sus compañeras de clase. Era un tema del que sabía poco, así que más que hablar escuchó a las demás, pero en ningún momento se sintió incómoda o fuera de lugar. A pesar de que ninguna de las estudiantes de otros años la conocían, parecían gustosas de dejarla participar en sus conversaciones. Para cuando se reunió con Ariana de nuevo, Vivi irradiaba una alegría inaudita. La hacía sentir una mezcla inusual de alivio y felicidad. Su primera fiesta en la universidad había sido un éxito.

Ariana estaba conversando con la chica del vestido rojo que habían visto antes. Cuando Vivi se acercó, la chica esbozó una sonrisa amable que dejó entrever sus dientes aperlados, del color del collar que le colgaba del cuello. Le dio un largo trago a su bebida y, cuando alejó la taza de los labios, Vivi notó que su labial estaba intacto. La taza blanca no tenía ni el menor rastro del tinte carmesí.

—Soy Mei —dijo, y le tendió la mano—. Es un placer... —Su voz se perdió en medio del *jazz* que repentinamente inundó el jardín. Al volverse, Vivi vio a cinco músicos vestidos con trajes negros impecables que tocaban una canción que le resultaba familiar—. ¡Uy, hora del charlestón! —gritó Mei. Sin soltar la copa, empezó a mecerse de puntitas mientras se movía perfectamente al compás de la música—. ¡Venid! —Sonrió y cogió a Vivi de la mano.

—No, no puedo —dijo Vivi y retrocedió un paso. Nunca había bailado en público. Pensándolo bien, tampoco recordaba haber bailado en privado. Era pésima y le avergonzaba intentarlo, incluso si estaba sola. Mei amablemente le soltó la mano y en centésimas de segundo se dejó llevar por un miembro de la banda musical. Anonadada, Vivi los vio bailar al unísono y se preguntó si habrían practicado la coreografía—. Ojalá supiera hacer eso —le susurró a Ariana, quien también estaba fascinada mirándolos.

—¡Es tu turno! —le gritó Mei con voz alegre. Se alejó del chico y le hizo una seña a Vivi.

—No, en serio, no puedo. —Vivi retrocedió y sintió que el corazón le iba a explotar. Pero el chico, que seguía encantado por Mei, se negó a que lo rechazaran. Vivi apenas tuvo tiempo de entregarle su taza de té y su bengala a Ariana antes de que el chico la tomara de la mano y empezara a llevarla hacia la pista al ritmo de la música. Por un instante, lo único que atinó a hacer fue mirarlo horrorizada y mecerse con torpeza. No sabía qué hacer con los pies ni con la mano libre. Empezó a sonrojarse más que nunca. ¿Cuánta gente la estaría mirando?

Sin embargo, cuando creyó que el pánico se apoderaría de ella, sus pies empezaron a moverse como por voluntad propia. Sus caderas se mecieron de lado a lado mientras el peso de su cuerpo pasaba de un pie al otro. El chico le sonrió y Vivi, sin pensarlo, sonrió también. Sin importar en qué dirección la guiara, ella lo seguía sin chistar, como si estuvieran conectados por dentro.

—Sabía que lo harías genial —le dijo Mei, entretenida y satisfecha. Vivi se estaba divirtiendo tanto que apenas tuvo tiempo de pensar cómo podía escuchar la vocecita de Mei por encima de la música. O por qué parecía escucharla dentro de su propia cabeza. Y es que, cuando Vivi miró por encima del hombro para buscarla, Mei se había ido.

Cuando la canción terminó, empezó una balada. El chico ladeó la cabeza con una sonrisa, invitándola sin decir una palabra a bailar otra pieza con él, pero ella no quería desperdiciar su buena suerte.

—Debería buscar a mi amiga —dijo—. Pero gracias. Fue... —Se sonrojó y se quedó sin palabras—. Gracias.

—¡Ha sido increíble! —exclamó Ariana al ver a Vivi acercarse—. Ojalá me hubieran enseñado a bailar charlestón en la clase de baile de mi escuela. —Recorrió el jardín con la mirada, suspiró y le devolvió a Vivi su bebida y su bengala—. Es muy difícil no sentirte ansiosa por recibir una oferta, ¿verdad?

Vivi asintió. Eso era justo lo que estaba pensando. Jamás se imaginó formar parte de una sororidad, pero tampoco tenía idea de que existieran sororidades como Kappa. Eran chicas inteligentes, curiosas y apasionadas, tal y como Vivi quería que fuera la gente con la que intentaría socializar en la universidad. Pero ¿no era arrogante asumir que se interesarían en ella? Que hubiera sido capaz de pasar unas cuantas horas sin mortificarse no significaba que podía ser parte de la sororidad más glamurosa y exclusiva de Westerly.

Un murmullo recorrió la multitud. Instantes después, Vivi sintió una ligera descarga eléctrica en la punta de los dedos. La bengala cobró vida y produjo chispas grises y azules que volaron por los aires.

Se quedó boquiabierta. Ariana estaba anonadada mirando la suya, la cual producía chispas rojas que caían a sus pies. A lo largo y ancho del jardín, las bengalas de las otras chicas se fueron encendiendo, una por una.

Salvo por algunas.

—Creo que la mía no funciona —gimoteó una chica a la izquierda de Vivi mientras agitaba su bengala e intentaba encenderla con una vela. Otra chica de vestido plateado golpeó la suya contra la palma de su otra mano, como si con eso pudiera obligarla a encenderse.

—Nosotras no hemos hecho nada para encenderlas —le susurró Ariana a Vivi mientras agitaba su bengala y dibujaba un signo de infinito.

—Debe de ser un truco o algo así —dijo Vivi, aunque eso no explicaba el chispazo eléctrico que aún sentía en los dedos.

—¡Dios! ¡Ojalá me hagan una oferta! —dijo Ariana, anhelante.

Vivi sintió una punzada en la nuca que la obligó a asomarse por encima del hombro. La hermosa chica que le había entregado la bengala la miraba fijamente. Era una mirada extraña, casi desafiante. Pero Vivi, en vez de evadirla, se la sostuvo.

—Yo también —dijo al fin, y se dio cuenta de que hablaba en serio.

CAPÍTULO 6

Scarlett

Scarlett observaba el apacible campus desde el techo de la casa de las Kappa. La fiesta de reclutamiento había terminado hacía varias horas y el resto de sus hermanas estaban dormidas. Era una noche oscura, sin estrellas, y la única luz visible provenía de las antiguas lámparas de gas que marcaban el camino hacia la casa. En las alturas, cuervos de verdad volaban en círculos y a lo lejos ululaba un búho. Una ligera brisa agitaba los árboles del bosque que delimitaba su jardín trasero.

Scarlett no sabía bien qué hacía ahí arriba. De hecho, no recordaba haber subido. Se oían los arrullos provenientes del aviario a su espalda. Al volverse vio a las aves alineadas, que susurraban mientras dormían. Los cuervos eran el animal espiritual de las Kappa y en otra época acostumbraban a dormir en las habitaciones de las chicas, para cuidarlas. Pero, con el paso del tiempo, a las nuevas generaciones se les hizo cruel mantenerlos encerrados. Podían ser libres y aun así cumplir su función. Ahora vivían en el aviario y podían ir y venir a su gusto. Pero siempre volvían.

Uno de los cuervos abrió los ojos y la miró. Sus ojos amarillos resplandecieron en medio de la oscuridad. Scarlett sabía que era *Harlow*, su favorito.

De repente oyó ruidos a su espalda.

—¿Quién anda ahí? —preguntó.

Pero solo obtuvo silencio como respuesta.

Se volvió de nuevo y notó que había un pentáculo dibujado en el techo, a sus pies, con un círculo de sal gruesa. Cada uno de los puntos de la estrella estaba coronado con una vela blanca y larga. El trazado de ese ritual le resultaba conocido, pero ella nunca lo había realizado. El blanco era para los amarres o los destierros, para librarse de cosas negativas o impedir que tus enemigos te lastimaran. ¿Acaso una de las hermanas había realizado un encantamiento allá arriba y había olvidado limpiarlo después? Le parecía improbable. Se sintió cada vez más intranquila. En ese instante empezó el cántico. No reconocía las palabras. Parecía griego antiguo, pero no era una de las bendiciones que se sabía de memoria. Era otra cosa, algo oscuro. Las palabras eran casi guturales. Quien las estaba enunciando arrastraba las sílabas.

—¿Qué pasa, Scarlett? —le dijo una voz rasposa al oído—. ¿Has olvidado las palabras? —Scarlett se dio media vuelta, horrorizada. Una figura cubierta con un manto apareció en el techo, entre ella y la puerta que llevaba a la casa. Se le acercó despacio. Dejaba huellas sangrientas a su paso. Scarlett abrió la boca para preguntarle qué estaba pasando, pero se atragantó con su propia lengua. Intentó correr, pero sus músculos no le respondieron. Las ataduras mágicas la convertían en una estatua aterrada—. ¿O hay algo más? —preguntó la voz áspera.

El cántico se convirtió en un gruñido. El viento empezó a soplar de la nada y le tapó la cara con los rizos hasta impedirle ver.

La figura se inclinó tanto hacia ella que Scarlett pudo sentir su aliento cálido en la mejilla. Al quitarse la capucha de la manta, Scarlett ahogó un grito.

«Harper.»

El cabello enredado le caía sobre los hombros pálidos. Sus ojos eran pozos negros e insondables. Una lágrima le caía por la mejilla y dejaba a su paso un rastro de sangre. Del cuello le colgaba el relicario de plata en forma de corazón que siempre llevaba consigo.

—La culpa será tu condena, hermana —le susurró.

Sin advertencia alguna, empujó a Scarlett con mucha fuerza. Scarlett se tambaleó y se tropezó con la barandilla. Sintió que descendía en picado, en una caída libre de cuatro pisos, y gritó, con el corazón en la garganta, y...

—¡Scarlett! —exclamó Tiffany—. ¡Despierta! —Scarlett se levantó de golpe, empapada en sudor. Tiffany estaba de pie a su lado, angustiada—. Estabas gritando en sueños.

Scarlett asimiló que estaba en su habitación mientras tomaba una bocanada de alivio. Pasaron unos instantes antes de que su corazón recuperara su ritmo normal. Se llevó la mano al pecho y entrecerró los ojos para protegerlos de la luz cegadora que se asomaba por las cortinas traslúcidas. «Solo ha sido una pesadilla», pensó.

—Gracias por venir a verme. Espero no haber despertado a toda la casa.

—Por lo visto tu pesadilla fue horrible —dijo Tiffany y se sentó en el borde de la cama.

—Eso es poco decir. —Scarlett sacudió la cabeza.

—Bueno, pero ya ha pasado. Va todo bien—dijo Tiffany mientras se frotaba las manos con entusiasmo—. Las demás ya están despiertas y preparándose para la ceremonia de selección. —De repente, Tiffany vio la baraja de tarot de Minnie que Scarlett había tendido en su mesita de noche; la baraja que le había regalado su madre estaba guardada en el cajón de su escritorio—. Siempre me han encantado estas cartas —dijo Tiffany y revolvió las cartas mientras admiraba sus bocetos simples, pero inconfundibles—. Minnie tenía un gusto impecable.

—Así es —dijo Scarlett—. Qué bien que no las heredara Eugenie, ¿no?

—Ay, sí. Supongo que tengo suerte de ser hija única. No tendré que pelearme con nadie por la baraja de mi madre cuando ella muera —dijo Tiffany, con los ojos llenos de lágrimas.

—Tiff... —susurró Scarlett y le puso una mano en el hombro.

—¡Estoy bien! —exclamó Tiffany con alegría fingida mientras parpadeaba para ahuyentar las lágrimas y asentaba la baraja con delicadeza—. En fin, ¡hora de levantarse! Es momento de hacer la selección final de víctimas.

En cuanto Tiffany se fue, Scarlett gruñó y se obligó a levantarse de la cama. «Tengo que ser una mejor hermana», pensó mientras abría las cortinas y las ventanas para airear su habitación, con la esperanza de que eso le quitara la modorra. Desde su balcón se veían los edificios de ladrillo rojo del campus que formaban un cuadrado en torno al patio central, en cuyo centro estaba el campanario. Al otro lado de la casa estaban los gruesos árboles antiguos que marcaban la frontera con el bosque. Un cuervo del aviario planeó hacia los árboles y se perdió de vista.

Era tranquilizador ver que todo era normal, tal y como debía ser. Salvo por una cosa. Oculto en la hiedra que cubría la barandilla de hierro del balcón había un ligero destello metálico. Scarlett se acercó, quitó algunas hojas del camino y metió la mano entre las ramas para extraer el objeto. El año anterior, esa habitación había sido de una chica de último año llamada Lyric quien al final del año se mudó a Nueva York para trabajar en una asociación civil centrada en la justicia social. Quizá había olvidado algo sin querer. Scarlett forcejeó con las ramas para alcanzarlo. Tiró del objeto, que se desprendió de la hiedra y cayó en su palma. Lo miró durante un buen rato y el corazón se le aceleró. Era un collar de plata. La cadena estaba enredada y el relicario en forma de corazón estaba deslustrado.

Aunque ya habían pasado dos años, Scarlett lo reconocería en cualquier lugar. Era idéntico al de Harper.

Las hermanas se sentaron en círculo en el jardín orientado hacia el sur. Dahlia tomó una botella de pompas, como aquellas con las que juegan los niños, y sopló unas en el aire. Era un hechizo de distracción, para que el resto del campus no se diera cuenta de lo que estaban haciendo. Cada una de las asistentes tenía una carpeta de Kappa en el regazo. De lejos se veían como un grupo de estudio cualquiera. Pero en realidad estaban decidiendo el destino de la nueva generación de Ravens.

—Delante de vosotras tenéis los perfiles completos de cada una de las chicas que anoche mostró habilidades suficientes para encender una bengala —anunció Dahlia—. Empecemos a conocer a nuestras posibles hermanas. —Scarlett estaba sentada entre Mei y Tiffany, y, a pesar de que la carpeta entre sus piernas destellaba y sus páginas en blanco se transformaban hasta mostrar fotografías de las recién llegadas que habían asistido a la fiesta la noche anterior, estaba un poco distraída—. La primera se llama Starla. Es la mayor de tres hermanas...

Scarlett miró fijamente el rostro de la chica pálida de cabello castaño ondulado y de pronto sintió que era como si Harper la estuviera mirando a los ojos. Se le hizo un nudo apretado en la garganta. Al parpadear, la fotografía se modificó. Tenía el pelo dos tonos más claros que Harper, la nariz más larga y la boca más ancha.

Scarlett agitó la cabeza ligeramente. Quizá estaba susceptible por la pesadilla. Nada más. Tan solo había sido un sueño.

¿O no?

El sueño no explicaba que hubiera encontrado el collar. Por otro lado, debía haber millones de collares como ese en el mundo. Hasta Scarlett tenía uno parecido en el joyero que guardaba en casa, y que le habían regalado sus padres cuando cumplió dieciséis. No había indicio alguno de que fuera el collar de Harper. Probablemente llevaba años atascado ahí. Era mera coincidencia que Scarlett lo hubiera encontrado esa mañana.

¿Cierto?

«Tierra llamando a Scarlett.» La voz de Tiffany retumbó en su mente, acompañada de un pellizco en el muslo.

Scarlett levantó la mirada y se desconcertó al ver que todas la miraban. Dahlia había alzado una de sus cejas perfectamente delineadas, como si esperara algo.

—Sí, de acuerdo —dijo Scarlett de forma insegura, con la esperanza de que la pregunta fuera si estaba de acuerdo con votar por la primera candidata.

Dahlia asintió, complacida.

—Es hora de emitir nuestros votos. —Abrió una caja llena de plumas blancas de cuervo y las fue pasando de una en una a las veinte hermanas. La gente solía creer que los cuervos eran aves de mal agüero, pero su verdadera historia era mucho más compleja, al igual que la de la hechicería. En la antigua Grecia se los asociaba con profecías y tenían la responsabilidad de mantener los secretos de la deidad y compartir su sabiduría. Las brujas, al igual que los cuervos, entendían los secretos del universo, razón por la que fueron adquiriendo una mala reputación con el paso del tiempo.

Por eso, hacía muchos siglos, las fundadoras del aquelarre habían decidido apodarse como esas aves. Y se siguieron llamando así incluso después de consolidar la sororidad que las acogía bajo el ala protectora del sistema griego de fraternidades. ¿Qué mejor forma de ocultarse a simple vista mientras reclutaban e iniciaban a nuevas integrantes para su aquelarre?

Para votar a favor de una candidata, bastaba con cambiar el color de la pluma de blanco a negro, el símbolo de un lienzo vacío transformado por el conocimiento y las capacidades. También por el poder. Cuando Scarlett era niña, soñaba con el día en que las plumas cambiaran de color a su favor.

Esta vez, Scarlett tuvo que hacer un esfuerzo para concentrarse. Empezando por la de Dahlia, una por una las plumas se agitaron, como si las acariciara una mano invisible, y el blanco fue dando paso al negro iridiscente.

Técnicamente, la ceremonia era una mera formalidad; este era solo el primer paso, pues la verdadera selección ocurría durante la primera noche de pruebas, cuando las hermanas podían ver qué tipo de cosecha había ese año. Si tenían suerte, encontrarían al menos una chica por cada palo de la baraja, con lo cual la casa mantendría su equilibrio. Las Bastos, como Dahlia, realizaban encantamientos de fuego y tendían a ser sanadoras y atletas. Las Espadas, como Tiffany, se especializaban en el aire, literalmente el aire, el viento y en cosas relacionadas con la memoria, el control mental y las influencias. Las Oros, como Mei, trabajaban con magia terrenal y encantamientos que alteraban la apariencia de las cosas en el plano físico. Además, por lo general eran buenísimas con las plantas.

Como Copa, los encantamientos de agua eran el punto fuerte de Scarlett: adivinación, manipulación de pequeños cuerpos de agua, alteración de la constitución química de los líquidos (incluyendo las bebidas). Se rumoraba también que las Copas tenían ciertas ventajas cuando se trataba de hechizos de amor, aunque Scarlett nunca había tenido la necesidad de usarlos.

Cada uno de los palos tenía un arcano menor —para hechizos sencillos y cotidianos— y un arcano mayor. Este último era algo que las brujas solo podían hacer en circunstancias extremas o con una inversión de energía demoledora. Una Copa podía crear una tormenta como la que Scarlett conjuró cuando murió Minnie; una Espada podía crear un tornado o un huracán; una Bastos podía incendiar un bosque hasta convertirlo en cenizas; y, en teoría, una Oros podía provocar un terremoto, aunque, hasta donde Scarlett sabía, nadie lo había hecho.

La razón por la que era tan importante hacer una selección cuidadosa de candidatas era porque las Ravens habían descubierto la forma de vincular su magia con la de las demás. Cada luna llena, realizaban un ritual de unión entre todas que les daba la capacidad de usar el arcano menor de las demás, no solo el propio. Por eso eran el aquelarre más poderoso del mundo.

La preselección de nuevas integrantes no sería lo único que se decidiría ese día. Durante esa reunión, Dahlia también les asignaría trabajos a las principales candidatas a la presidencia. Scarlett tenía los dedos cruzados, con la esperanza de que la nombrara jefa de reclutamiento, pues cualquiera sabía que era el trabajo más importante de todos. La afortunada tendría la responsabilidad de acompañar a las aspirantes a través del proceso de juramento y de ser básicamente la mentora de la nueva generación. Si la jefa de reclutamiento hacía bien su trabajo, casi siempre llegaba a ser presidenta.

Y, si Scarlett obtenía el trabajo que deseaba, tenía ideada la forma perfecta para celebrarlo. Después de la junta se reuniría con Mason para darle la bienvenida que merecía... suponiendo que lograra ordenar sus ideas después de lo que había ocurrido durante la mañana.

Dahlia concluyó la votación de una candidata llamada Kelsey, en la que solo un puñado de plumas cambió de color. La siguiente era una hermosa chica del sudeste asiático que llevaba el pelo a la altura de la barbilla y tenía una intensa mirada color avellana.

—La madre de Sonali, Aditi Mani, fue una Raven —dijo Dahlia—. Y, aunque sé que el legado no es decisivo, debemos tener en cuenta que lleva la magia en la sangre y que su madre es una Copa poderosa. Dime, Etta.

Junto a Dahlia, Etta estaba sentada descalza, con uno de sus habituales vestidos vaporosos con los que en cualquier momento podría haber solicitado el papel de hada en alguna puesta en escena de *Sueño de una noche de verano*. Bajo el sol, su piel se veía aún más blanca y lechosa.

—Dices que quiere dedicarse a la política, ¿no? O sea, ¿como Reese Witherspoon en *La trampa* o como Elizabeth Warren en 2020? —Las demás se inclinaron hacia delante, interesadas. Etta tenía un buen punto. Las brujas con ambiciones políticas debían someterse a un escrutinio más sofisticado. Las Ravens que mezclaban el poder con la política debían tener una ética impecable.

—Hazel, tú hablaste más con ella que yo —dijo Dahlia—. ¿Qué interpretaste?

Del otro lado del círculo, Hazel, una chica de segundo año, proveniente de Florida con ascendencia coreana y Bastos igual que Dahlia, alzó la mirada de su carpeta. Llevaba mallas deportivas y una camiseta holgada, pero, a juzgar por el moño perfecto y la falta de sudor en la frente, Scarlett supuso que no venía de hacer ejercicio, sino que saldría a correr después de la junta. Por otro lado, con Hazel nunca se sabía.

Era la estrella del equipo de atletismo de Westerly y su tiempo de *sprint* hacía que Scarlett se sintiera muy baja de forma. Además, lograba que la ropa deportiva pareciera sofisticada, como si fuera a una fiesta de día, mientras que Scarlett siempre se sentía desaliñada cuando la usaba, incluso dentro de un gimnasio.

—Es listísima y ambiciosa, pero tiene escrúpulos. Es más idealista que demagoga.

—Me encantaría que una Raven llegara a la Casa Blanca —dijo Etta, y se relajó.

—Y esa será Scarlett Winter —le susurró Tiffany a Scarlett con una sonrisa.

Scarlett sonrió de vuelta, pues apreciaba que Tiffany siempre estuviera de su lado.

—No obstante, Etta tiene razón. Deberíamos ser ultracuidadosas con su candidatura —añadió Jess, la jefa de redacción del *Gazette*. Scarlett sabía que su tono de voz indicaba que ella misma llegaría al fondo del asunto. Las sospechas de Jess hicieron que Scarlett quisiera apoyar a la nueva bruja con futuro en la política. En ese momento decidió el color de su pluma.

—Sé implacable, Lois Lane —bromeó Dahlia—. ¿Quién está a favor de ofrecerle una candidatura a Sonali?

Las chicas del círculo cogieron sus plumas. Scarlett recogió la suya, que se le había caído a un lado. Las plumas se fueron agitando de nuevo y se oscurecieron como la noche misma. Scarlett le susurró a la suya que cambiara de color, con lo cual el voto fue unánime. Miró a su alrededor, a las otras Ravens, sus hermanas, y se llenó de orgullo. Todas se habían enfrentado a ese mismo proceso. Sin importar sus defectos, las unía algo más que simple magia. Eran una hermandad hermosa y diversa, cimentada en amor y poder. Las chicas a las que aceptaran ese año serían sus hermanas menores, la nueva generación. Y algún día continuarían con su legado.

—La siguiente es Reagan Ostrov, quien tiene antecedentes muy peculiares. —Mientras Dahlia hablaba, en la página se dibujó el retrato de una chica pelirroja, acompañado de palabras que contaban su historia y relataban su futuro potencial. Se oyeron murmullos entre las Ravens—. Reagan es bruja, aunque su familia desciende de un aquelarre distinto, de Nueva Orleans. Es muy consciente de sus poderes, pero no queda claro cuánto control tiene sobre ellos. En su escuela anterior hubo un incendio. Lo detectaron a tiempo y por fortuna nadie salió herido. —La sonrisa de Dahlia era desalentadora—. El incendio empezó en el auditorio, casualmente después de que le dieran el papel principal de la obra de teatro a otra chica que no era Reagan. Se necesitaron cuatro camiones de bomberos para apagarlo.

—Al parecer hay un signo de fuego entre las candidatas —dijo Mei.

—Claro, y es muy poderosa, pero eso también conlleva riesgos. Ese tipo de magia no se debe usar en público.

—¿Estás insinuando que no la invitemos? —preguntó Scarlett, sorprendida. Scarlett siempre había defendido la idea de que Kappa se basaba en la hermandad tanto como en la magia. Dahlia opinaba de otra manera. Quería que Kappa fuera lo mejor de lo mejor: la mejor sororidad y el mejor aquelarre. Y eso significaba iniciar a las brujas más poderosas que se postularan.

Dahlia negó con la cabeza.

—Solo digo que hay que tener cuidado.

Antes de que Dahlia terminara de hablar, las plumas cambiaron de color. Reagan Ostrov había sido aceptada, pero Scarlett no pudo evitar pensar que las Ravens pagarían por esa decisión.

—Bien —dijo Dahlia.

Scarlett sintió que se le revolvía el estómago al pasar a la siguiente página, en la que su mirada se encontró con la de la chica blanca de cabello castaño a quien le había dado una bengala en la fiesta. Su ingenuidad era irritante. «Vivian Devereaux», decía el pie de foto.

—Dijo que ni siquiera planeaba solicitar el ingreso —dijo Scarlett antes de que alguien más alzara la voz—. ¿Por qué siquiera contemplamos invitar a alguien a quien no le gustamos?

—¿Dijo literalmente que no le gustamos? —Mei arqueó su ceja delineada a la perfección. El cabello que había llevado muy corto en la fiesta de reclutamiento ahora le llegaba a la cintura y estaba teñido de color lavanda.

Scarlett agitó la mano con gesto casual.

—Dijo que las sororidades no son lo suyo. Y tiene razón, para ser sincera. No veo razón para desperdiciar una de las candidaturas.

Dahlia la miró con los ojos entrecerrados.

—Por lo general estás a favor de aceptar a tantas brujas como sea posible. ¿Qué fue lo que dijiste el año pasado? ¿Que nunca sabremos cuán poderosa es alguien hasta que la pongamos a prueba?

Dahlia tenía razón. Eso se lo había inculcado Minnie.

Tiffany se inclinó hacia delante.

—Estoy de acuerdo con Scarlett —afirmó. Scarlett le dio las gracias a su mejor amiga con una sonrisa—. Además, ¿esto es todo lo que sabemos de ella? —Señaló la página casi en blanco en la carpeta de Kappa.

Madre: Desconocida.

Padre: Desconocido.

Antecedentes: Desconocidos.

—Se mudaba con frecuencia —dijo Dahlia—. Encontramos registros de la última escuela en la que estuvo, en Nevada, pero solo estuvo ahí cuatro meses. Antes de eso, la educaron en casa, en un pueblo cerca de la frontera norte de California...

—Yo creo que tiene potencial —dijo Mei—. Ni siquiera sabe que es bruja. A mí me gustaría saber cuánto es capaz de hacer.

—Bueno, Scarlett —dijo Dahlia, mirándola fijamente—. La decisión depende de ti.

Scarlett parpadeó, desconcertada. Normalmente, era la presidenta quien tomaba ese tipo de decisiones. Pero entendió qué estaba insinuando Dahlia: «Si vas a ser la cabeza de Kappa el próximo año, tienes que ser capaz de tomar decisiones grupales, no personales». Después de respirar hondo y despacio, Scarlett asintió.

—Tienes razón, Mei. Debemos darle una oportunidad.

Mei sonrió. Etta también. Scarlett, en cambio, permaneció impávida y sostuvo en alto su pluma mientras se oscurecía. Que eligiera ser magnánima no significaba que lo hiciera por gusto.

Terminaron de votar al resto de las candidatas: una chica llamada Ariana Ruiz y otra llamada Bailey Kaplan, que tampoco sabían que eran brujas, unas gemelas y la hija de una Kappa cuya bengala apenas había emitido unas cuantas chispas. Scarlett dudó de que fuera capaz de pasar la primera prueba.

Una vez que acabaron, Dahlia carraspeó.

—Antes de que se vayan, señoritas, hay un punto más del que debemos hablar.

Scarlett se enderezó y miró a Tiffany con una sonrisa entusiasta.

—Tiffany. Scarlett. Mei. —Dahlia las fue mirando una por una—. Sois las tres brujas de tercer año más fuertes. —«Somos las únicas brujas de tercer año por el desastre de generación de primer año que tuvimos», recordó Scarlett, pero intentó no pensar en ello—. Para asegurarnos de que la nueva generación de hermanas sea increíble, os asignaré una responsabilidad especial. Vuestro desempeño en estos trabajos nos permitirá elegir el nuevo liderazgo de la sororidad. —«Más bien te permitirá decidir quién se quedará en tus zapatos.» Scarlett miró fijamente a Dahlia. Estaba dispuesta a hacer lo que fuera con tal de que la eligiera a ella—. Tiffany, tú serás la jefa de sociales. La organización de los eventos públicos depende de ti.

A su lado, Tiffany asintió con firmeza.

—Daré lo mejor de mí.

—Mei, tú serás nuestra representante en el Concejo Panhelénico. Deberás interactuar con las otras organizaciones del sistema griego en Westerly y encargarte de las relaciones con exalumnas —dijo Dahlia. Scarlett no envidiaba a su amiga en absoluto. Eso significaba lidiar con mujeres poderosas, como Marjorie, quienes tenían opiniones muy tajantes sobre cómo debía ser la administración de Westerly y de Kappa. Miró a Mei con gesto compasivo y ella contestó con una sonrisa valiente—. Scarlett —continuó Dahlia. Ella se enderezó—: serás la jefa de reclutamiento. Te tocará diseñar las pruebas de la Semana Infernal, examinar a las candidatas y enseñarles hechizos básicos a nuestras nuevas hermanas, no solo durante la Semana Infernal, sino todo el año.

«¡Sí!» Scarlett bajó la mirada para ocultar su enorme sonrisa. De reojo vio que la sonrisa de Mei vacilaba. Era el trabajo más importante de todos, y las demás lo sabían.

—No te decepcionaré.

—Lo sé —contestó Dahlia y asintió—. Recordad, hermanas, que la Semana Infernal y el proceso de incorporación de aspirantes no está hecho para torturarlas. Se trata de encontrar talentos extraños e inusuales en el océano de gente promedio de esta escuela. Necesitamos encontrar chicas que continúen nuestro legado. Chicas que, al igual que nosotras, sean ambiciosas, talentosas, enérgicas, listas y poderosas. Auténticas Ravens. —Cerró la carpeta de golpe y luego agitó la mano para dispersar el encantamiento de distracción. Scarlett y Tiffany se pusieron de pie, y el jardín de Kappa se llenó de nuevo de los sonidos del campus.

—¿Lista para un poco de competición, hermanita? —le preguntó Tiffany.

—Más lista que nunca —contestó Scarlett y entrelazó su brazo con el de su mejor amiga.

Tiffany sonrió y su voz retumbó en la mente de Scarlett. «Que gane la mejor bruja.»

CAPÍTULO 7

Vivi

Por primera vez en muchos años, Vivi despertó con una sonrisa. La luz dorada del sol se asomaba por el espacio entre las cortinas que había olvidado cerrar la noche anterior, pero no le importó. El dulce aroma del árbol del ámbar junto a la ventana llenaba la habitación, y a lo lejos se oían las campanadas de la torre central.

La primera actividad de orientación del día no empezaría hasta dentro de una hora, así que Vivi se volvió a un lado y hundió la cara en la almohada. Luego, reprodujo en su memoria los sucesos de la noche anterior. La música. El baile. Las bengalas. Su primera fiesta no solo había sido un éxito, sino prácticamente un sueño hecho realidad. Le pesaban los párpados y estaba a punto de quedarse dormida cuando algo le llamó la atención: un sobre de color lavanda sobre la mesita de noche vacía. Parpadeó, amodorrada, pero decidió estirarse para tomarlo antes de reacomodarse en la cama. Para su sorpresa, el sobre era bastante pesado y no tenía remitente, solo su nombre escrito en cursivas y un extraño sello de cera en la parte trasera con la forma de una estrella de cinco puntas.

Reconoció el símbolo y frunció el ceño. Lo había visto en

las cartas de tarot de su madre, aunque por lo general el quinto pico apuntaba hacia arriba.

—Ha venido alguien a dejarte eso —dijo una voz agria que hizo que Vivi se estremeciese bajo las sábanas.

Cierto. Zoe. Con el frenesí de la fiesta, Vivi había logrado olvidar la existencia de su compañera de cuarto durante unas horas. Entrecerró los ojos para ver a la chica al otro lado de la habitación: ya se había levantado y, a juzgar por el olor ácido que emanaba de su escritorio, se estaba pintando las uñas.

—¿Quién? —dijo Vivi con un bostezo mientras hacía un esfuerzo por sentarse para luego ponerse en pie.

—No lo sé. Estaba aquí esta mañana cuando volví de ducharme. Sea quien sea, tienes que decirle que no puede volver a entrar en nuestro cuarto sin permiso.

Vivi contestó con un ruido ambiguo mientras metía el dedo detrás del sello para romperlo. Luego, sacó del sobre una tarjeta color crema con un mensaje escrito a mano:

Vivian:

Fue un placer conocerte anoche. Nos encantaría saber más sobre ti, por lo que te extendemos la cordial invitación a solicitar tu ingreso a Kappa Rho Nu. Esperamos verte en la casa de las Kappa el jueves a las ocho de la tarde.

Afectuosamente,

DAHLIA EVERLY, *presidenta*

Vivi miró la tarjeta largo rato, confundida.

—Es de Kappa. Me invitan a solicitar el ingreso —dijo. Hasta Zoe parecía sorprendida y la miró con un interés renovado, como si buscara indicios de algo de lo que no se hubiera percatado en su primera valoración. Vivi no la culpaba. Ella también tenía sus dudas—. No tengo ni idea de qué hice para causarles una buena impresión.

—A caballo regalado no le mires el diente —dijo Zoe en un tono de admiración y envidia—. Además, ¿sabes que si te aceptan puedes mudarte a la casa de las Kappa?

De pronto, Vivi tuvo una razón de mucho peso para querer ser parte de esa sororidad.

Le rugió el estómago, lo que le recordó que era hora de aventurarse a conocer el comedor. El día anterior había almorzado patatas fritas de una máquina expendedora y por la noche hubo una «*pizza*-fiesta de bienvenida» en la sala común de los dormitorios, pero no podía seguir postergando el viaje a la cafetería. Siempre había detestado ir a la cafetería de una nueva escuela por primera vez. Nunca quedaba claro cuánto podías servirte ni qué debías hacer con la bandeja al terminar. Sin embargo, esta vez no podía darse el lujo de dejar que la incomodidad ganara; se negaba a ser la estrella de un nuevo vídeo viral titulado «Chica pasa siete largos minutos intentando hacer funcionar el dispensador de leche».

Se duchó rápidamente en los baños comunes y volvió a su habitación para coger su teléfono y su credencial. En el último minuto, cogió también la invitación de las Kappa que estaba sobre su cama. Tal vez si la releía con algo de cafeína en la sangre entendería un poco mejor la situación.

Se puso unos pantalones de chándal y prácticamente sintió la mirada de desprecio que le lanzó Zoe, pero no le dio mayor importancia. Vivi no tenía atuendo alguno que pudiera impresionar a su compañera *fashionista* y no tenía sentido perder el tiempo fingiendo lo contrario.

Al salir del dormitorio, un elegante edificio de ladrillos cubierto de hiedra, sintió que la ansiedad se iba disipando. Ahora vivía ahí, en una de las universidades más bonitas del país. Pronto la convertiría en su hogar. Estaba segura.

—Así que eres la próxima víctima de las Kappa, ¿eh?

Tras el sobresalto, Vivi se volvió hacia donde estaba una

chica con vaqueros negros ajustados y una camiseta del mismo color hecha jirones, que estaba sentada con las piernas cruzadas sobre el césped. La chica alzó una ceja con un gesto significativo, señalando el sobre color lavanda que Vivi llevaba en la mano.

Como por instinto, Vivi lo guardó en su bolso. No estaba segura de cómo funcionaban esas cosas. ¿Tenía permiso para decirle a la gente que la habían invitado? ¿O debía ser un secreto? Decidió ser lo más ambigua posible.

—En realidad no sé muy bien de qué se trata.

Los gestos hostiles de Zoe parecían amigables en comparación con la mirada penetrante de esta chica, quien casi de inmediato esbozó una sonrisa fingida y se puso en pie.

—Yo que tú me cuidaría de ellas —dijo sin ni siquiera mirar a Vivi, y se fue.

«Qué raro», pensó Vivi mientras seguía su camino hacia el comedor. ¿Estaría celosa de ella? Las Kappa eran muy selectivas y muchas chicas habían asistido a esa fiesta con la esperanza de recibir una invitación, lo que hacía más incomprensible aún que ella hubiera sido una de las elegidas. No iba vestida de forma apropiada ni sabía bailar bien. Las Kappa con las que habló fueron muy amables, pero se veía que lo eran con todo el mundo. ¿Qué había hecho Vivi para llamar su atención?

«Zoe tiene razón», pensó por primera y quizá última vez. «No me preguntaré por qué. Solo me alegraré de que por fin me esté pasando algo bueno.»

Antes de tener siquiera la oportunidad de ponerse nerviosa por entrar a la cafetería sola, vio que Ariana la saludaba desde lejos.

—¿Vas a desayunar? —le preguntó Ariana—. ¡Qué guay! Estaba aterrada por tener que sentarme sola. —Se mordió el labio—. Bueno, pero a lo mejor tú vas a desayunar con alguien más. No quiero que te sientas obligada a comer conmigo.

—Me encantaría —dijo Vivi con una gran sonrisa y se sintió aliviada de que hasta chicas como Ariana tuvieran las mismas inquietudes que ella.

—¿Cómo te sientes después de la fiesta de anoche? —le preguntó Ariana mientras subían la escalera de piedra—. Yo creo que me pasé con esos cócteles en tacita y la cabeza me va a reventar.

—Nada que un buen café no pueda solucionar —contestó Vivi. Pero luego titubeó un instante al recordar el sobre que había guardado en su bolso—. Por cierto, encontré algo en mi mesita de noche esta mañana... —Por una fracción de segundo, se arrepintió de haberlo mencionado por temor a que Ariana no hubiera recibido una invitación.

Por suerte, Ariana reaccionó con una enorme sonrisa.

—¿Te ofrecieron una candidatura? ¡A mí también! Es muy emocionante, ¿verdad? —Luego, casi de inmediato Ariana torció el rostro—. ¡Ay, Dios! ¿Qué me voy a poner? No nos han dado ninguna pista. ¿Crees que será algo elegante, como la fiesta de reclutamiento? ¿O será más bien *chic casual*...? —A Vivi la inundó una angustia inesperada mientras Ariana seguía agregando posibilidades, hasta que el tintineo de su teléfono la interrumpió a media oración—. Demonios. —Ariana se detuvo a media escalera y frunció el ceño al leer el mensaje en su pantalla—. Mi compañera de habitación ha salido sin llave y no puede entrar. ¿Podemos desayunar juntas otro día? Lamento dejarte así. ¿Está bien?

—No hay problema —dijo Vivi, aunque para sus adentros ansiaba que fuera cierto.

—¡Eres la mejor! Ay, dame tu teléfono. En un rato te mando un mensaje.

Vivi recitó los dígitos de su teléfono y vio a Ariana irse

corriendo. Del moño se le escapaban algunos rizos que se mecían en todas direcciones. Segundos después, su móvil vibró al recibir un mensaje nuevo ¡de Ariana Ruiz! Vivi sonrió y se guardó el móvil en el bolsillo. Esta vez tendría que comer sola, pero al menos existía la posibilidad de tener una nueva amiga.

Respiró hondo y siguió subiendo la escalinata. El enorme edificio de piedra parecía más una iglesia que una cafetería; cuando Vivi empujó la puerta pesada, tuvo ante sí una estancia inmensa muy diferente a todo lo que había visto en su vida. Techo adornado con vigas de madera, ventanales de tres metros y medio que llenaban el espacio de luz natural, que se reflejaba en los jarrones de cristal situados en el centro de cada mesa redonda. Era como si Martha Stewart hubiera redecorado Hogwarts.

No había cola para el bufet del desayuno, donde Vivi alegremente llenó su plato de huevos estrellados y tortitas. Sin embargo, cuando iba de camino a una de las incontables mesas vacías, se dio cuenta de su error. ¡Había una barra de gofres! ¿Quién perdía su tiempo comiendo tortitas cuando podías comer gofres? Con cuidado asentó su bandeja en la barra y vertió mezcla en la máquina para hacer gofres que produjo un ruidoso zumbido. Vivi retrocedió asustada al ver que la mezcla se derramaba por los costados y caía a la mesa.

—¡Mierda! —susurró, sin saber qué hacer. ¿Era posible provocar un incendio con harina y agua?

—Eres una auténtica amenaza para la seguridad pública, ¿sabías? —dijo una voz masculina. Vivi contuvo el aliento y, al volverse, vio al chico que le había ayudado con sus maletas el día anterior. Le estaba sonriendo—. Es broma —dijo—. Se nota que tienes todo bajo control, aunque quizá te convenga darle la vuelta en algún momento. Mira, hazlo así. —Se estiró y giró la máquina para hacer gofres.

—¿Es esto algún tipo de pasatiempo rarito que tienes o

qué? —dijo Vivi torpemente, aunque con un poco más de compostura—. ¿Siempre acechas el campus en busca de chicas en problemas para avergonzarlas y actuar como un héroe?

—¿Héroe? —repitió él con gesto pensativo—. ¿Sabes qué? Suena bien. Mason Gregory, héroe del desayuno. —Le tendió una mano—. Salva a las chicas inocentes de la humillación de desayunar gofres deformes. Discúlpame, pero el deber me llama. —Pasó por delante de Vivi, abrió la máquina para hacer gofres, sacó el panecillo cocido a la perfección y lo sirvió en el plato de Vivi—. *Voilà, mademoiselle.*

—*Vous êtes trop gentil, monsieur.*

El chico alzó una ceja.

—Ah, ¡qué elegancia la de Francia! Bueno, pues dadas las circunstancias, no tendrás más alternativa que permitirme prepararte la especialidad de la casa: gofres a la Mason —dijo y empezó a servir ingredientes sobre el dulce de Vivi: primero fresas, luego chispas de chocolate y como toque final un poco de crema batida.

—Bueno, con eso basta —dijo Vivi entre risas e intentó tomar su plato.

—*Non, non, mademoiselle* —contestó él con un pésimo acento francés mientras alzaba el plato—. Aún no está listo. —Llevó el plato a la barra de cereales y le espolvoreó Corn Flakes encima.

—¿Qué? ¡No! —exclamó Vivi e intentó recuperar su plato. Mason la esquivó y logró añadir una cucharada de Lucky Charms antes de que ella le arrebatara el gofre—. ¡Qué asco! —agregó al mirar el revoltijo.

Mason fingió sentirse herido.

—¿Dudas de mis habilidades culinarias? Tú pruébalo. Te dejará sin palabras.

—Bueno, ya te contaré. A menos que... ¿estás sentado con alguien? —Vivi se detuvo al sentir que el corazón se le aceleraba, lo que siempre ocurría cuando algo tenía el potencial de salir muy mal—. ¿Quieres sentarte conmigo? —Tan pronto como se le escaparon las palabras de la boca, se arrepintió de haberlas pronunciado. Había sido un episodio divertido, pero lo había arruinado con sus rarezas.

—¡Será un placer! —contestó él con una sonrisa—. Me llamo Mason, por si acaso no ha quedado claro hace un rato.

—Yo soy Vivi —dijo ella.

—Vivi —repitió Mason—. Me gusta. —Vivi siguió a Mason hasta una de las mesas redondas, donde asentó la bandeja con cautela para evitar que el café o el zumo de naranja se derramaran por los bordes de las tazas—. Ay, la vida de los de primer año —dijo Mason—. Cuánta inocencia y cuánta inexperiencia llevando bandejas. —Y puso la bandeja en la mesa con un ademán ostentoso.

—¿Eres de segundo año? —le preguntó Vivi.

—De último.

—Entonces, ¿cómo es posible que no hayas aprendido a hacer un gofre medianamente comestible?

Mason fingió ofenderse.

—¿Cómo te atreves? Ni siquiera lo has probado. —Sin pedir permiso, metió sus cubiertos en el plato de ella y cortó un trozo que se llevó a la boca. Por un breve instante, su brazo rozó el de Vivi y ella sintió un chispazo inmediato.

Ella ignoró el ardor en las mejillas provocado por la intimidad del gesto y estuvo a punto de cortar un trozo para sí misma cuando lo vio deglutir el bocado y hacer una mueca de repulsión.

—¡Ja! ¿Lo ves? —dijo. Luego bajó los cubiertos y optó por tomar una tira de beicon.

Mason sonrió.

—En fin, además de atacar a la gente con tus maletas y de quemar gofres, ¿qué más te gusta hacer? ¿Eres de esas recién llegadas que ya planeó lo que hará durante los próximos cuatro años? ¿O eres de las que cambia de carrera tres veces?

—Probablemente lo segundo. Llevo toda la vida pudiendo a duras penas planear lo que haré la próxima semana, imagínate hacerlo de cara a años.

—¿En serio? —preguntó él y la miró con curiosidad—. ¿Por qué?

Ella le dio un sorbo a su café para ganar tiempo. Lo último que quería era contarle a un chico guapo lo exasperante que era su madre.

—Tuve una infancia un tanto... fuera de lo convencional. Nos mudábamos mucho, a veces antes de lo esperado.

Se preparó para que Mason la mirara confundido —o, en el peor de los casos, con compasión—, pero le sorprendió ver un destello anhelante en su expresión.

—Suena bien poder empezar de cero de vez en cuando.

—Te juro que eso de ser la chica nueva se vuelve aburrido muy rápido.

—Sí, pero si algo no salió bien en tu antigua escuela, puedes hacer cosas completamente distintas en la nueva. Puedes escribir poesía atormentada con los góticos o unirte al equipo de esgrima o ponerte un sombrero de copa y un monóculo a diario.

Vivi ladeó la cabeza y frunció el ceño.

—Quizá... si fueras el chico nuevo de la escuela en 1894.

Mason se rio.

—Vale, sí. Pero creo que tiene ventajas hacer amistades que no te conocen de toda la vida y que no creen que te conocen mejor de lo que te conoces tú mismo.

Vivi reflexionó. Por un lado, daría lo que fuera por tener un grupo de amigas que la conocieran así de bien. Pero, por otro, era liberador hacer cambios radicales, como postularte a una sororidad sin que nadie te juzgue.

—¿Y qué harías tú si nada de eso importara?

—No estoy muy seguro —dijo él. Dejó los cubiertos en la mesa y se pasó los dedos por el cabello rizado—. Supongo que ese es el problema. —Sonrió y sacudió la cabeza—. Perdón. Es un tema demasiado intenso para el desayuno.

—¿Se te hace intenso? —preguntó Vivi—. Para mí es como el nivel avanzado de una conversación relajada.

—Tienes mucho que aprender sobre los sureños, corazón —dijo Mason, exagerando su acento. Aunque Vivi sabía que él bromeaba para molestarla, escuchar la palabra *corazón* le hizo sentir un aleteo en el pecho—. De lo único de lo que hablamos en el desayuno es del clima y de deportes.

—Bueno, hoy no hace mucho calor y no sé nada de deportes, así que supongo que tendremos que desayunar en silencio. —Vivi hizo una pausa—. O ver si no es demasiado tarde para transferirme a Oberlin.

Mason se rio.

—Cuéntame más, chica nueva. ¿En quién te convertirás ahora que estás en Westerly?

—Esa sí que es una pregunta complicada. —En otras circunstancias, habría guiado la conversación hacia temas menos personales, pero Mason la miraba con un interés tan genuino que hasta podría ser borde no contestarle con sinceridad—. Supongo que quiero encontrar algo que me apasione. Algo de verdad.

—¿Qué significa «de verdad»?

—Algo que me ayude a entender el mundo, como ciencias ambientales o historia o psicología. —Hizo una pausa y creyó que él se burlaría y la tildaría de pretenciosa, pero él no hizo más que asentir para indicarle que continuara—. Llevo demasiado tiempo rodeada de gente que se niega a aceptar la realidad. Y no quiero tenerle miedo a la verdad. ¿Tiene sentido?

—Claro —dijo él y asintió despacio, aunque su expresión se hizo más seria. Tal vez se había excedido y él estaba intentando encontrar la forma de escapar de esa conversación. Contempló la posibilidad de enviarle un mensaje a Ariana para darle un pretexto para retirarse, pero en ese momento la salvó la llegada de alguien más a su mesa. O al menos eso creyó, hasta que la recién llegada le puso una mano en el hombro a Mason.

—¡Aquí estás! —dijo ella—. Pensé que nos veríamos en la explanada.

Era la chica de la fiesta de reclutamiento que le había dado la bengala. Se inclinó para darle un beso a Mason en la mejilla y Vivi sintió un vuelco en el estómago, como si acabara de tropezarse en la escalera. «¡Ay, no!»

—Ups, perdón. Se me ha pasado el tiempo volando. —Mason arrastró la silla hacia atrás y se levantó de golpe, con la bandeja y todo—. Voy a poner esto en su lugar. Ahora vuelvo.

—No te preocupes —dijo la chica con voz dulce mientras Mason se iba deprisa. Luego se volvió para mirar a Vivi—. Soy Scarlett. Tú eres Vivian, ¿verdad?

—Sí. Vivi.

—Ah, bien, Vivi. Veo que ya has conocido a mi novio.

Esa palabra le cayó como un jarrón de agua fría que la empapó de desilusión y vergüenza. Novio. Claro, Mason ya estaba con alguien más. Y con una Kappa, ni más ni menos.

—Sí, me enseñó a usar la máquina para hacer gofres —contestó de inmediato—. No se me da muy bien la cocina.

—El eterno caballero... —dijo Scarlett sin rastro alguno de su anterior dulzura—. Es muy valiente por tu parte venir a desayunar vestida de esa forma. —Señaló con la barbilla los pantalones de chándal de Vivi—. Ojalá yo pudiera ser así de... desinhibida.

Vivi se sonrojó, pero por desgracia seguía buscando una

buena respuesta cuando Mason volvió y cogió a Scarlett de la mano.

—Prométeme que no te meterás en embrollos, Vivi —dijo Mason antes de seguir a Scarlett hacia la puerta de la cafetería.

«Demasiado tarde.» Ya estaba con el agua hasta el cuello.

CAPÍTULO 8

Scarlett

Mientras Mason acompañaba a Scarlett a su clase, en el horizonte el cielo se fue nublando cada vez más. Scarlett no estaba del todo segura de si la tormenta incipiente era obra de la Madre Naturaleza o suya.

—Perdón por no esperarte para desayunar, Scar —repitió Mason. Desde que habían salido de la cafetería había estado deshaciéndose en disculpas—. Pero te lo voy a compensar. ¿Por qué no nos saltamos la clase? Podríamos ir al bistró de la señorita Deenie y comer algo de verdad.

—Te diría que sí, de no ser porque alguien claramente ya está satisfecho —dijo Scarlett con frialdad.

—Scar, solo es un desayuno.

Pero no era solo eso. «Faltar a clase no es fácil para todos. Hay gente como yo a la que sí le importa su educación. Algunas personas estamos donde dijimos que estaríamos, en lugar de dedicarnos a prepararles gofres a novatas impresionables.» No era solo que lo hubiera encontrado jugando al cocinero con la Bruja Avería. Por lo general, los tiempos de Scarlett estaban marcados por la puntualidad de Mason.

—No puedo saltarme la clase —contestó con firmeza.

—Scar —dijo él con voz suplicante. Pero luego entendió

que ella no cedería y suspiró. Le dio un besito en los labios y siguió su camino, cabizbajo.

Después de que Mason se perdiera en los confines de la neblina que acababa de descender de pronto como una cortina, Scarlett fue incapaz de entrar en la sala de conferencias. En vez de eso, cruzó de nuevo el campus para volver a la casa de las Kappa, con los puños tan apretados que se clavó las uñas en las palmas.

«¿Quién diablos se cree que es esa tal Vivi?»

¿Cómo se atrevía Mason a dejarla plantada por una niña insoportable a quien Scarlett ni siquiera quería aceptar como parte de Kappa? No estaba a la altura de ellas, con sus prendas de segunda mano y su supuesta indefensión infantil. ¿A eso se refería Mason cuando le preguntó si alguna vez había considerado mandar todo a la mierda y viajar por el mundo? Pues a la mierda. A lo lejos se oyó el estruendo de los truenos, así que Scarlett se obligó a respirar hondo y despacio. No era un buen momento para usar su arcano mayor. Y menos con tantos testigos. Sin embargo, sentía que la magia le recorría las venas y le suplicaba que la dejara en libertad.

No sería difícil hacerlo. No en un momento así, con los nervios tan a flor de piel.

—Tal vez deberías resguardarte de la lluvia —dijo una voz malhumorada.

«Genial.» Jackson venía corriendo a su lado.

—¿Por qué lo dices? —respondió Scarlett con frialdad.

—¿No se supone que las brujas se derriten con el agua?

Scarlett casi se tropieza con sus propias sandalias. Hizo un esfuerzo por mantener una expresión calmada, distante. Pero también por no prestarle demasiada atención a Jackson mientras lo estudiaba de reojo.

—Alguien ha estado leyendo demasiadas leyendas urbanas.

Él siguió caminando a su lado.

—Yo solo digo lo que veo.

—Jackson, no estoy de humor.

—Vamos, Scarlett. Es solo una broma.

Finalmente, Scarlett se volvió hacia él y su melena se agitó al compás de la tormenta que se gestaba con cada vez más fuerza.

—¡Déjame en paz! —gritó. De no ser porque la tormenta incipiente le estaba drenando todo el poder, habría conjurado un hechizo para mandar a Jackson a volar. Pero hacer ambas cosas requeriría demasiado control. Por muy molesto que fuera, Scarlett no quería equivocarse y lastimarlo. No podía darse el lujo de pasar por algo así de nuevo.

Jackson apretó la mandíbula. Por un instante, Scarlett creyó que la seguiría hostigando. Pero en ese instante se oyó un relámpago y empezó a llover. Jackson frunció las cejas, se puso la capucha de la sudadera y se fue corriendo.

Scarlett lo siguió con la mirada. Todos los músculos de su cuerpo estaban tensos. Cruzó los brazos sobre el pecho, atravesó la explanada y se dirigió al bosque que colindaba con el campus. Era un camino más largo para llegar a la casa de las Kappa, pero los árboles la protegerían un poco de la lluvia.

Normalmente, el sendero estaría repleto de estudiantes que vivían en otras partes del campus. Pero, gracias a la lluvia, esta vez estaba desierto. El cielo estaba tan nublado y oscuro que podría haber sido de noche. Scarlett siguió su camino en la penumbra, con el ceño muy fruncido.

Al menos el clima era el adecuado para su estado de ánimo.

Vivi. ¿Qué demonios iba a hacer con ella? Scarlett supo que no era digna de Kappa desde el instante en que la vio. Era borde y se vestía fatal, y además había coqueteado con Mason delante de ella.

Y, si bien Mason se había disculpado por no esperarla para desayunar, Scarlett notó la forma en que miró a Vivi mientras salían de la cafetería. Como también se percató de su alegría y sus risas antes de que ella se acercara a su mesa...

Y la forma en que dejó de reír y se le cambió la cara cuando Scarlett reemplazó a Vivi.

«Tal vez sea la distancia.» Había sido un error que pasaran el verano lejos el uno del otro. Tendría que tener eso en cuenta para el futuro. Porque aún tenían futuro. Tenían todo un plan de vida dibujado y esto no era más que un bache en el camino. En realidad, no tenía nada de qué preocuparse.

«Díselo a la tormenta», pensó con amargura mientras atravesaba un pequeño parque que llevaba a la calle de las fraternidades. Retumbó otro trueno, seguido de un crujido, como si alguien hubiera pisado una rama.

Scarlett se volvió, pero el sendero seguía vacío. Estaba oscuro. Demasiado oscuro para poder ver más allá de unos cuantos metros. Sintió que se le aceleraba la respiración.

«Otro crujido.»

Otra vez lo oyó a su espalda. Se volvió más despacio, con la mirada fija en los árboles. «Ahí está.» Una sombra casi indistinguible. Esbelta. Alta. Scarlett empezó a susurrar un encantamiento protector. Pero había vertido la mayor parte de su magia en la tormenta y lo que le quedaba no serviría siquiera para encender una vela, mucho menos para protegerla de...

«¿De qué?»

Estaba en Westerly. A unos pasos de su sororidad. ¿En serio creía que había un ente oculto en el bosque que la estaba acechando?

Sin embargo, sabía mejor que nadie que en Westerly sí podían ocurrir cosas malas. Jamás olvidaría la noche de lo de Harper. Ese recuerdo la atormentaría toda su vida. Pero Harper ya no estaba. Gwen tampoco. Y, aunque las brujas existían, los fantasmas no precisamente...

Aun así, se volvió una vez más, y entonces...

—¡Buuuu!

Scarlett gritó y al volverse de nuevo se encontró a Tiffany. Sentía que el corazón se le iba a salir del pecho, así que fulminó a su mejor amiga con la mirada.

—No tiene gracia.

Tiffany sonrió.

—Claro que sí. —Sin embargo, al ver la expresión de Scarlett, entendió que hablaba en serio—. Perdón, no lo pude evitar. Es que se te veía tan tensa.

—Me ha parecido oír... —Scarlett miró de nuevo hacia los árboles. Pero no había nadie ahí—. Olvídalo. —Sacudió la cabeza e intentó relajarse—. ¿Qué haces aquí afuera con este tiempo?

—He salido a buscarte, obviamente —contestó y señaló el cielo—. He supuesto que algo iba mal. ¿Qué ha pasado?

Scarlett se adentró en el bosque para llegar más rápido a la casa de las Kappa y agradeció que su amiga estuviera con ella. Al menos eso impediría que la asustara su propia sombra.

—Nada, solo... Mason —dijo Scarlett con un suspiro.

—¿Tendré que castigar al niño bonito de la universidad por haberle hecho daño a mi chica favorita? —preguntó Tiffany, con una ceja arqueada.

Casi le saca una sonrisa a Scarlett. Pero no del todo.

—Aún no. Pero sí necesito que me ayudes a averiguar qué tiene Mason en la cabeza.

—Está bien. —Tiffany entrelazó su brazo con el de Scarlett—. Sabes que estoy aquí. Y que estoy dispuesta a, literalmente, asomarme dentro de su cabeza si es necesario. —Scarlett se rio y se sintió inmensamente agradecida—. Hablo en serio, Scar. Si hasta Dahlia me pidió ayer que la ayudara a examinar caca de búho para un hechizo que está inventando —dijo Tiffany con la nariz fruncida—. Creo que le molestó que no me diera asco, pero no recordaba que asistí a clases de biología durante dos días en primer año.

—¿No se te ocurrió endiñarle esa responsabilidad a tu hermana menor? —bromeó Scarlett. Llegaron entonces a la calle de las fraternidades y giraron hacia la casa de las Kappa.

—Ya sabes cómo son las cosas. Dahlia dice salta, y... —Tiffany le dio un codazo a Scarlett—. Pero bueno, hablando en serio, ¿estás bien? Porque si Mason necesita que le recuerde que tiene la novia más lista, graciosa y sexi de todo el campus, lo haré en este preciso instante. Te mereces lo mejor y no quiero que nadie te trate como si...

Tiffany se paralizó tan pronto como pudo ver su casa.

—¡Dios mío! —exclamó Scarlett.

En la puerta de entrada, a la vista del mundo entero, alguien había clavado cuatro cartas del tarot: la Reina de Espadas, la Reina de Bastos, la Reina de Copas y la Reina de Oros.

Y, encima de cada una, habían pintado una equis de color sangre.

CAPÍTULO 9

Vivi

Ese martes, al caminar por el estrecho sendero de ladrillos que llevaba a la casa de las Kappa, Vivi se dio cuenta de que en realidad nunca había aceptado formalmente la invitación a solicitar la admisión. No había instrucciones para hacerlo en el sobre, y tampoco había ningún correo o número de teléfono. En su interior se encendió una llama de rebeldía que la obligó a detenerse. Nunca había oído hablar de aquella sororidad hasta hacía unos cuantos días. ¿Por qué asumirían de inmediato que tenía ganas de unirse a ella? Sin embargo, al mirar la elegante casa de las Kappa, supo que no había vuelta atrás.

Aunque los días anteriores habían sido una vorágine de actividades de orientación, clases, fiestas y reuniones con múltiples consejeros vocacionales, no había dejado de pensar en aquella invitación. Estuvo revoloteando al margen de sus otros pensamientos durante la primera clase de neurociencia, que le habían permitido cursar de forma extraordinaria a pesar de estar en primer año y no en segundo. Sintió un escalofrío de emoción que le recorrió la espalda cuando entró en la biblioteca, que parecía un museo, y encontró la sección de libros antiguos y luego se enteró de que, para su sorpresa, cualquiera podía sentarse a estudiar ahí. Lo único que amenazaba con nublar su entusiasmo era el recuerdo de lo tonta que había sido aquella mañana en la que desayunó con Mason. Un chico guapo había sido amable con ella durante cinco minutos y Vivi se había dejado llevar por la fantasía de que quizá le interesaba. Se le revolvió el estómago al recordar la mirada de Scarlett cuando se acercó a la mesa con una sonrisa condescendiente y empalagosa. Vivi sabía que le había caído mal a Scarlett desde la fiesta de reclutamiento; claramente esto solo empeoraría las cosas. Lo que no sabía era cuánto la perjudicaría para ingresar a la sororidad.

La casa gris de cuatro pisos estaba lejos de la calle, enmarcada entre los inmensos robles que cernían largas sombras en el ocaso. Las filas de luces blancas que habían estado colgadas en la fiesta seguían ahí, pero el efecto que creaban era distinto sin la música y las risas.

De los balcones de hierro fundido colgaban enredaderas de hiedras que adornaban todos los pisos; Vivi no pudo evitar imaginar cómo sería sentarse a descansar en el amplio pórtico y beber un julepe de menta. Aunque en realidad no sabía qué era un julepe.

Mientras esperaba a Ariana, a quien le prometió esperar fuera de la casa, observó las edificaciones vecinas. A pesar de que todas eran gigantescas, eran muy diferentes a las grises mansiones estériles de los ricos de Reno. Había algunas de estilo victoriano, otras, de estilo georgiano, y una que imitaba la arquitectura griega clásica, con columnas de mármol y todo. Lo que todas tenían en común eran los balcones de hierro fundido que Vivi ahora asociaba con el paisaje de Savannah. La mayoría tenía al menos un muro cubierto de hiedra y varias tenían la pintura descascarillada, pero, aunque esos detalles habrían sido ofensivos a la vista en otros barrios, aquí solo aportaban efecto al aire decadente. Vivi no pudo evitar pensar en la excéntrica aristocracia británica sobre la que había leído en libros de historia, que usaba ropa de diseñador con botas de plástico llenas de lodo y dejaban que sus valiosísimas pinturas al óleo se desvaneciesen en áticos húmedos.

—Perdón por hacerte esperar —dijo alguien, sin aliento. Al volverse, Vivi vio a Ariana acercándose deprisa, con expresión angustiada. Aun así, se veía guapísima con el vestido negro de cóctel que le había enseñado a Vivi esa mañana. La noche anterior, cuando Vivi le confesó que no tenía nada formal que ponerse, Ariana insistió en que fuera a su cuarto al día siguiente para que le prestara un atuendo; por suerte, Ariana tenía media docena de vestidos de fiesta que había usado recientemente en las celebraciones de los quince años de sus primas.

—Te juro que no tenía prisa por entrar —contestó Vivi—. Bueno, ¿llamamos a la puerta?

—Supongo. —Ariana miró la puerta con cautela.

—Dudo que sea el tipo de lugar en el que una pueda entrar como Pedro por su casa —dijo Vivi. Las persianas estaban cerradas y no se oían ruidos provenientes del interior.

Mientras miraban la puerta, esta se abrió de golpe y dejó entrever el vestíbulo vacío.

—¿Quién ha abierto? —preguntó Ariana.

—Tal vez haya sido el viento —contestó Vivi, pero no entendía por qué el viento insistía en actuar de formas extrañas en su presencia. Ariana y ella se miraron, y en un acuerdo tácito, entraron juntas.

La fiesta de reclutamiento se había llevado a cabo casi por completo en el jardín, por lo que Vivi cayó en la cuenta de que no se había fijado en la decoración del interior. Las paredes estaban cubiertas de pinturas; algunas eran de mujeres con vestidos anticuados, mientras que otras eran de paisajes hermosos, pero un tanto melancólicos: un bosque lleno de niebla y un cuervo pertrechado en un árbol seco en un paraje solitario. No obstante, la casa era elegante y cálida, desde las velas que titilaban en superficies aleatorias hasta los jarrones rebosantes de flores que adornaban distintas habitaciones.

—¡Cielos! —susurró Ariana—. Mira eso. —Estaba señalando un pasillo que llevaba a un invernadero. La luz de la luna se asomaba por las ventanas e iluminaba una maraña de plantas, árboles en macetas y enredaderas que trepaban por las paredes.

—Supongo que a las Kappa les gusta mucho la jardinería —dijo Vivi.

A lo lejos, se oían rastros de una conversación. Vivi le hizo un gesto a Ariana para que la siguiera hacia el salón, donde había dos chicas sentadas en sofás situados uno frente al otro. Jess, la Kappa que había citado a Dorothy Parker en la fiesta, estaba inclinada hacia delante, escuchando a su interlocutora con atención. Llevaba unas gafas de pasta gruesa que acentuaban sus pómulos delicados y una elegante blusa blanca de seda que Vivi no podía creer que alguien pudiera mantener así de limpia. Además, tenía las trenzas recogidas con un broche.

La chica blanca con la que estaba conversando, que claramente era una aspirante, jugueteaba con su larga cabellera negra mientras hablaba.

—Claro que fue un alivio para mí que tanto a mi novio como a mí nos aceptaran en Westerly. Pero bueno, en el último minuto, como cuatro horas antes del límite para aceptar la oferta, él decidió ir a Vanderbilt. Yo ya había enviado el depósito, así que ya no pude hacer nada. Intentaremos mantener la relación a larga distancia, pero me preocupa mucho porque puso una foto en Instagram en la que sale con una chica muy guapa y en el pie de foto puso: «Las ventajas de hacer nuevas amistades». Eso tiene muchas interpretaciones, ¿no? Como sea...

Vivi quería hacerle una seña a la chica para que se callara. No podía creer cuántas intimidades estaba compartiendo con una perfecta desconocida, sobre todo alguien que la estaba evaluando para que entrara en una sororidad. Jess se volvió hacia Vivi y Ariana.

—Es un placer veros de nuevo. Pasad. Sentaos. —Ariana miró a Vivi con una sonrisa nerviosa y se sentó deprisa junto a la otra candidata, por lo que Vivi no tuvo más remedio que sentarse junto a Jess—. Vosotras sois Ariana y Vivian, ¿verdad?

—Vivi —dijo ella e intentó recordar en qué momento de la fiesta le había dicho su nombre a Jess.

—Vivi, claro. ¿Qué te ha parecido Westerly hasta ahora?

—Me gusta. Las clases han sido geniales y toda la gente es muy amable. —«Así se hace, amiga», pensó Vivi. Cordial y alegre, sin escupir todo lo que te pasa por la cabeza.

—¿De dónde eres?

—Pues, de muchos lugares. Es un poco complicado —contestó Vivi y agitó la mano como para ponerle fin a la conversación.

Jess asintió.

—Me lo imagino. —Miraba a Vivi con una mezcla de curiosidad y compasión que le infundió a Vivi cierta calidez en el pecho.

—Nunca estuvimos más de dos años en un mismo lugar —continuó Vivi. Cuanto más la miraba, más difícil era cerrar la boca; era como si una fuerza misteriosa le estuviera sacando la información. Pero no le importaba. Se sentía muy cómoda conversando con la chica empática de ojos amables que parecía estar genuinamente interesada en conocerla. Vivi estaba a punto de contarle sobre su madre cuando otras cuatro chicas entraron en el salón.

—Bienvenidas a Kappa —dijo una de ellas con voz alegre. Era alta, rubia y hermosa, con facciones angulares que eran imposibles de olvidar—. Yo soy Dahlia, presidenta de Kappa Rho Nu. Y ella es Scarlett Winter, nuestra jefa de reclutamiento. —A Vivi se le revolvió el estómago. Scarlett era la encargada del reclutamiento. Nada podía ser peor—. Ah, y ella es Mei, la encargada de relaciones con exalumnas. —Vivi tardó unos instantes en reconocer a Mei. En lugar del cabello corto, ahora llevaba la cabellera hasta la cintura y las puntas teñidas de morado. ¿Cómo era posible? Vivi estaba segura casi al cien por cien de que Mei no llevaba peluca en la fiesta y era obvio que esas no eran extensiones—. Y ella es Tiffany, la encargada de eventos sociales. —Una sonriente chica rubia con expresión amistosa alzó la mano para saludarlas. Durante los siguientes minutos, otra docena de chicas llenó el salón, incluyendo a la pelirroja alta que Vivi había visto bailando sobre una mesa durante la fiesta de reclutamiento y una chica blanca de cabello castaño y gafas de pasta gruesa que parecía tan nerviosa que Vivi temió que fuera a vomitar—. Parece que estamos listas para comenzar —anunció Dahlia—. Sentaos donde podáis. —Vivi se acercó más a Jess para dejar espacio en el sofá y algunas de las integrantes de Kappa acercaron sillones tapizados de terciopelo y taburetes hasta formar un círculo.

—Espero que esto no dure una eternidad —le susurró Jess a la Kappa que tenía al otro lado—. Tengo que mandar un artículo para el *Gazette* antes de medianoche. —A Vivi no le sorprendió que Jess trabajara en el periódico escolar, ya que tenía cierta facilidad para que la gente le soltara sus secretos.

En ese momento, alguien apagó la luz. Pero las velas y la

luna llena que se asomaba por el ventanal proveían iluminación suficiente. Dahlia se inclinó hacia la mesita, en el centro del círculo, y encendió la vela faltante. Finalmente se irguió una llama, aunque Dahlia no parecía tener un mechero ni cerillas en la mano.

—Bienvenidas, hermanas y nuevas integrantes —dijo Dahlia. Su voz era más tenue, aunque Vivi no tenía problemas para escucharla en aquella habitación silenciosa—. Quienes nos acompañan por primera vez verán que Kappa es una sororidad muy pequeña. Somos la sororidad más selectiva de Westerly, quizá incluso de todo el país. Eso es porque buscamos candidatas con cualidades únicas y especiales, cualidades que las distingan del resto de la gente. Vimos que vosotras poseéis algunas de esas cualidades y por eso estáis aquí esta noche.

Vivi sintió una punzada incómoda. Genuinamente no creía tener una sola «cualidad» que pudiera interesarles a las Kappa, a menos que quisieran aspirantes que hubieran obtenido una calificación perfecta en el examen de biología y tuvieran una alergia severa al marisco. Miró a su alrededor y se preguntó si las demás sentían esa mezcla de duda y confusión. Ariana también se veía nerviosa, como buena parte de las aspirantes. Pero había un puñado de candidatas, incluyendo a la pelirroja, que intercambiaban sonrisas de complicidad y emoción.

—El proceso de reclutamiento de Kappa no es convencional —continuó Dahlia—. Si esta noche causáis una buena impresión, estáis dentro. Pero no os confiéis. —Las taladró una por una con la mirada. Vivi no pudo contener el escalofrío que le provocaron los ojos de Dahlia—. Solo iniciamos a aquellas que se dejarían el pellejo por la hermandad. Históricamente, al menos una potencial integrante se queda en el camino. Algunas veces, nadie entra. —Todas contuvieron el aliento hasta que Dahlia volvió a sonreír—. Pero la prueba a la que os vais a enfrentar esta noche es bastante sencilla.

—¿Qué tipo de prueba es? —preguntó Ariana. Abrió los ojos como platos después de intervenir, como si las palabras se le hubieran escapado sin su consentimiento. Vivi se alegró de que alguien más hiciera la pregunta, pues ella tenía la misma duda.

—Lo veréis en unos instantes. Pero no os preocupéis; no podríais haber hecho nada para prepararos por adelantado, ni nada de lo que hagáis será una metida de pata. O sois Kappa o no lo sois. —Dahlia asintió hacia Mei, quien puso una baraja sobre la mesa de centro, junto a la vela que Dahlia acababa de encender en un hermoso candelabro largo de plata. Vivi y Ariana se miraron discretamente. ¿Las Kappa tomaban decisiones basándose en un juego de cartas? Dahlia extendió las cartas boca abajo, en forma de abanico—. Veamos, ¿quién empieza? Bailey, por favor, coge una carta. —Hizo una pausa—. ¿Bailey?

La chica de las gafas gruesas miró con nerviosismo las cartas y luego se volvió para mirar a Dahlia.

—Perdón, estoy un poco confundida. ¿Qué es exactamente lo que estamos haciendo?

Dahlia sonrió.

—Confía en nosotras y relájate. Coge una carta, por favor.

Bailey se inclinó hacia el frente y dejó que sus dedos flotaran unos instantes en el aire, para después sacar una carta del abanico. Tan pronto la puso contra la palma de su mano, la habitación se oscureció. Las llamas de las otras velas se encogieron hasta casi extinguirse, mientras que la de la vela que estaba sobre la mesa de centro se fortaleció y resplandeció con tanta fuerza que proyectó un brillo extraño en la cara de Bailey.

—¡Dios mío! —susurró y casi suelta la carta.

—No la sueltes —dijo Dahlia con serenidad y una expresión curiosa.

La llama creció y bailó hasta ser más grande incluso que el candelabro de plata. Luego se dividió en dos lenguas, como si el pabilo se hubiera partido por la mitad. Segundos después, ambas llamas se partieron de nuevo y empezaron a enroscarse en el aire, como mechones de cabello hechos de fuego. Ariana murmuró algo, pero Vivi no pudo volverse a mirarla. No podía quitar la vista de las llamas danzantes que, para su sorpresa y confusión, parecían estar dibujando una imagen. Un ave rojiza y deslumbrante planeó en la oscuridad por encima de la vela, que se había apagado. Vivi reconoció que era un ave fénix. Agitó sus alas fogosas y se alzó hacia el techo, donde se desvaneció en una nube de chispas que llovieron dentro del círculo.

«Es un holograma —pensó Vivi e intentó convencerse de ello—. O es una proyección, un truco para hacer las cosas más interesantes.» Aun así, esta vez su cerebro solo escuchaba palabras vacías.

—Por favor, pon la carta boca arriba sobre la mesa —dijo Dahlia.

Bailey, con las manos temblorosas, obedeció y reveló la imagen de una hermosa mujer de cabello largo y oscuro que ostentaba una sonrisa misteriosa. Tenía un ave rojiza pertrechada en el hombro y en una mano llevaba un objeto de madera largo y delgado.

Eso no era un juego de cartas. Vivi sintió un escalofrío que le recorrió lentamente la espalda. Eran cartas del tarot. Pero no se parecían en lo más mínimo a la baraja estridente y colorida que su madre usaba con sus clientes. La imagen de esa carta le recordó a Vivi un cuadro al óleo descolorido que había visto al fondo de una iglesia sombría. Era una obra de arte oculta al resto del mundo.

—La Reina de Bastos, signo de fuego —dijo Dahlia con una sonrisa—. Bienvenida a Kappa Rho Nu, Bailey. —«¿Qué diablos acaba de pasar?» ¿Aceptaron a Bailey porque su carta tenía cierto parecido con la imagen que dibujó la flama? ¿Cómo era posible? ¿Cómo podía pasar algo así de extraordinario más de una vez en la vida?—. Es tu turno, Sonali —dijo Dahlia.

Una elegante chica originaria del sudeste asiático que había estado jugueteando nerviosamente con sus brazaletes de oro desde que se había sentado asintió, con una seguridad inesperada. Tan pronto como cogió una carta, la llama de la vela central reapareció y volvió a crecer, igual que antes. Pero esta vez, en lugar de un ave fénix, el fuego formó una nube resplandeciente que flotó en medio de la oscuridad hasta llegar al techo.

«Es imposible», pensó Vivi y parpadeó varias veces. Sin importar cuántas veces la mirara, la imagen brillante seguía siendo la misma. Después de unos segundos, un relámpago produjo rayos y centellas dentro de la nube, que de inmediato se convirtió en una lluvia de chispas.

—Pon tu carta sobre la mesa, Sonali —dijo Dahlia con absoluta tranquilidad. La chica giró la carta y Vivi tuvo que contener el aliento. En esa carta había otra mujer hermosa, esta vestida toda de blanco, que blandía una espada azul brillante. En el tarot, cada uno de los palos estaba conectado con uno de los elementos y las espadas se asociaban con el aire. Por eso la nube borrascosa. Pero ¿cómo habían logrado crearla? Incluso si la vela era una especie de holograma, ¿cómo sabían las Kappa qué carta iba a sacar cada una de ellas?—. La Reina de Espadas, signo de aire. Bienvenida a Kappa Rho Nu, Sonali.

A Vivi se le aceleró el pulso mientras se preparaba para el golpe de miedo. Sin embargo, lo que le inundó el pecho fue una emoción electrizante y los dedos prácticamente le ardían de deseo de coger una carta.

La siguiente fue la chica parlanchina de cabello negro que había estado hablando con Jess cuando Vivi y Ariana llegaron. Titubeó al tomar una carta; Vivi se inclinó hacia delante para ver mejor el espectáculo. Pero la llama no se encendió cuando la chica tocó su carta. No ocurrió nada.

Después de un largo y tenso instante, Dahlia fue quien rompió el silencio.

—Es una pena. —Se puso de pie y prácticamente le arrebató la tarjeta de las manos para entregársela a Mei—. Ven conmigo, preciosa. —Confundida y temblorosa, la chica se puso de pie y le permitió a Dahlia que la guiara a otra estancia. Vivi se volvió para mirar a Mei y a las otras Kappa, pero ninguna se veía consternada. Un minuto después, Dahlia volvió y se sentó de nuevo—. ¿Quién sigue?

—¿Qué le ha pasado? —preguntó Bailey.

—No te preocupes por ella —contestó Dahlia sin darle mayor importancia—. En cuanto ha puesto un pie fuera de la casa, se le han borrado por completo los recuerdos de esta noche. No se ha enterado de nada. En fin, continuemos. Adelante, Ariana.

Ariana se quedó paralizada por el miedo hasta que Vivi le dio un codazo.

—Tú puedes —le susurró, aunque en realidad seguía sin entender qué estaban haciendo.

Ariana eligió una carta con la mano temblorosa. Tras unos cuantos segundos, la llama de la vela creció y se transformó en una inmensa ola marina.

—La Reina de Copas, signo de agua —dijo Dahlia después de que Ariana dejó su carta sobre la mesa—. Bienvenida a Kappa Rho Nu, Ariana. —El proceso se repitió otras tres veces con chicas que no lograron conjurar la flama. Con cada salida, Vivi sentía que su emoción y su terror crecían en igual medida—. Te toca, Vivi —dijo Dahlia y asintió.

Con los brazos en los costados, Vivi miró las cartas sobre la mesa. No quería que la sacaran a patadas y que los sucesos de esa noche quedaran atrás. No quería olvidar lo que había visto ahí. «Pero es imposible —pensó—. La presidenta de una sororidad no tiene la capacidad de borrarle la memoria a alguien.» Tomó una bocanada de aire, acercó la mano a la mesa y dejó que sus dedos flotaran sobre las cartas.

Titubeó, pues no sabía cómo decidir. Al final sintió un tirón en la muñeca tan fuerte que pensó que alguien la había agarrado. Alzó la mirada y descubrió que las demás seguían sentadas en su sitio. Nadie se había movido.

Vivi se relajó y dejó que aquella fuerza la atrajera como un imán hasta que sus dedos rozaron una carta. En cuanto la tocó, la fuerza se disipó. Con la mano temblorosa, Vivi cogió el borde de la carta y la extrajo del abanico.

En menos de un segundo, el pabilo de la vela central se encendió y la flama creció hasta llegar al techo. Vivi ahogó un grito mientras un hormigueo creciente se extendía por toda su piel. Sintió que una corriente eléctrica le recorría el brazo, como si se estuviera electrocutando. Pero no sintió dolor alguno. Todo lo contrario. Se sintió poderosa, viva.

Sin embargo, cayó en la cuenta de que la energía no le subía por el brazo, sino al revés. La energía provenía de ella. Vivi volvió a quedarse boquiabierta mientras la flama se dividía en cinco corrientes que bailaban y se enroscaban en el aire hasta formar una estrella de cinco puntas.

Esta vez, la excepcional imagen no le causó confusión. En vez de eso, Vivi sintió una oleada de tranquilidad que la recorrió por completo y se llevó consigo angustias e incertidumbres de las que ni siquiera había sido consciente.

—Pon tu carta sobre la mesa —le dijo Dahlia con un toque de arrogancia y satisfacción.

Al girar la carta sobre la mesa, la imagen que miró a Vivi a los ojos era la de otra mujer. Esta no era precisamente guapa. Tenía el rostro pálido y un poco más alargado de lo normal, y, además, su expresión era feroz. Pero Vivi no se fijó demasiado en ello, pues ¿qué era la belleza comparada con el poder de esa mujer? En una mano sostenía un largo disco dorado que tenía grabada una estrella de cinco puntas. Del otro brazo le colgaban flores y hiedras gruesas que era obvio que crecían gracias a ella. Estaba rodeada de todo tipo de criaturas imponentes —aves, serpientes, ciervos— que se sentían atraídas hacia su energía.

—La Reina de Oros, signo de tierra. Bienvenida a Kappa Rho Nu, Vivi.

Vivi sintió que Ariana le apretaba la mano, pero estaba demasiado aturdida para hacer algo más que esbozar una sonrisa torpe antes de volver a centrar su atención en el resto del proceso. A otra chica la rechazaron, mientras que la pelirroja, Reagan, quien resultó ser signo de fuego, fue la última a la que aceptaron.

Una vez terminadas las pruebas y descartadas las rechazadas, Dahlia recogió las cartas y dispuso la baraja sobre la mesa.

—Bienvenidas, hermanas, a la sororidad más antigua, prestigiosa y poderosa del país. Os hemos estado esperando. Aunque no os hayáis dado cuenta, el destino os trajo a Westerly, a Kappa Rho Nu.

—¿Quiénes sois? —preguntó Ariana con cierta desconfianza.

Dahlia sonrió.

—Somos brujas.

«Brujas.» Vivi saboreó la palabra. Era tan dulce y suave

como el acento meloso de Dahlia. «Brujas.» Por un instante, le resultó más reconfortante que extraño, pues una parte de ella siempre lo había sabido. Pero luego se obligó a poner los pies en la tierra. Tenía que ser una novatada muy compleja, parte del proceso de selección o, peor aún, una broma con cámaras ocultas para hacerse famosas en YouTube. Aun así, Vivi llevaba toda la vida observando a charlatanas como su madre y hasta para ella era difícil imaginar que las Kappa hubieran sido capaces de montar un truco tan complicado.

—Nacisteis siendo brujas —continuó Dahlia—. Pero esta noche habéis dado el primer paso para convertiros en algo más grande que eso: hermanas. Kappa Rho Nu es mucho más que una sororidad, es el aquelarre más antiguo y poderoso del país. Se fundó en el siglo XVII para ayudar a las jóvenes a escapar de la persecución y, con el paso de los años, se ha convertido en una de las organizaciones más influyentes del mundo. —Miró a su alrededor con expresión seria—. Las brujas por sí solas son poderosas, pero juntas son imparables. Durante los próximos cuatro años os enseñaremos a controlar y canalizar vuestra magia, y desarrollaréis habilidades que no hubierais imaginado ni en sueños. Pero tendréis que esforzaros. —Miró una por una a las nuevas integrantes—. Para ser una Kappa de verdad, tendréis que sobrevivir a la Semana Infernal. Luego, tendréis que seguir impresionando a vuestras hermanas durante varias semanas. No basta con tener magia; tenéis que convertiros en una de nosotras.

Vivi sintió escalofríos al oír la palabra *magia*. Hacía apenas una hora, se habría reído de esa idea. Pero ahora no se le ocurría una palabra mejor para describir lo que acababa de presenciar y el poder que había sentido en su interior.

¿Era posible que fuera una bruja? Era una idea tan atractiva como alarmante, por lo que no pudo evitar soltar una pregunta.

—¿Alguien fuera de Kappa sabe lo que sois..., digo, somos? —preguntó y pensó en su madre. El corazón le retumbó en el pecho. ¿Eso significaba que Daphne también era bruja?

—Por supuesto que no —contestó Mei con voz tajante—. A menos que también hayan sido Ravens.

—Pero durante la fiesta de reclutamiento hubo muchas chicas que no eran Kappa. ¿No es arriesgado? —preguntó Vivi. Prácticamente la magia crujía en el aire, como la sensación eléctrica que precede las tormentas. Se preguntó por qué nunca lo había sentido—. ¿Qué pasa si alguien ve algo extraño?

Dahlia intervino una vez más.

—Las brujas han estado ocultas a simple vista desde hace siglos. Las Ravens son solo uno de los incontables aquelarres que hay en el país. Lo que pasa es que la mayoría de la gente se niega a ver la verdad. Cuanto más nos comportemos como una sororidad cualquiera que no tiene nada que esconder, más probable es que nadie se meta con nosotras. Por eso se creó la sororidad en un principio, porque era el mejor escondite para mantener el aquelarre encubierto. —Miró a las nuevas integrantes—. Hacer magia no es sencillo y, si no se extreman precauciones, puede ser muy peligroso. Por eso a cada una se os asignará una hermana mayor, como se hace en otras sororidades. Sin embargo, las responsabilidades de la mayor van más allá de asegurarse de que vuestro atuendo para la semana de celebración de los valores universitarios combine a la perfección. Serán vuestras tutoras y procurarán que ni vosotras ni la universidad explotéis en pedazos. —Dahlia hizo una pausa mientras las chicas cuchicheaban—. Sonali. —La chica alzó la mirada y asintió—. Tu hermana mayor será Mei. —Mei se puso de pie y esbozó una sonrisa cálida mientras le hacía una seña a Sonali para que se pusiera de pie junto a ella. Dahlia continuó con los emparejamientos hasta llegar a Vivi—. Vivi, tu hermana mayor será Scarlett.

La chica sintió que le estrujaban el corazón. Por supuesto que su hermana mayor debía ser Scarlett, la única chica a la que al parecer no le caía bien. Por primera vez desde que entró en el salón, Scarlett la miró a los ojos. Su sonrisa forzada no se reflejaba en absoluto en su mirada.

Sin embargo, antes de que alguna de ellas pudiera decir algo, alguien llamó a la puerta de la casa de forma estruendosa.

CAPÍTULO 10

Scarlett

Todas guardaron silencio y se volvieron hacia la puerta principal. Dahlia, cuya hermosura estaba ahora transfigurada por el ceño fruncido, miró a Scarlett a los ojos.

—Deshazte de quien sea que esté ahí fuera. Esta noche es solo para nosotras.

Scarlett asintió una sola vez, molesta porque perdería la oportunidad de saborear el terror tangible de Vivi al saber que sería su hermana menor. Así como la magia elegía a las hermanas, también decidía cómo las emparejaba. Las cartas tenían su propia noción de justicia poética; ahora Scarlett tendría el derecho irrefutable de torturar a Vivi.

Le lanzó a su hermana menor una sonrisa superflua y se encaminó hacia la puerta. Habían apagado las luces del vestíbulo y encendido velas gruesas para darle un toque místico a la casa en la primera noche de las nuevas reclutas. Scarlett acarició una de las paredes con las puntas de los dedos mientras sus ojos se acostumbraban a la penumbra y los sonidos provenientes del salón se convertían en susurros. Las velas proyectaban sombras sobre las paredes, cuyas figuras le recordaron el carrusel metálico para velas que Minnie le regaló cuando cumplió ocho años. Tenía delicadas estrellas doradas y lunas que rotaban despacio alrededor de una velita. Minnie le había regalado una pizca de magia antes de que Scarlett pudiera hacer del todo uso de la propia.

TOC, TOC, TOC.

La aldaba chocó una vez más contra la puerta, pero esta vez con más fuerza. Antes de que Scarlett pudiera preguntar quién era, el pomo empezó a girar. Luego la puerta se abrió de golpe y rebotó contra la pared. Un viento salvaje y antinatural inundó el vestíbulo y apagó todas las velas, salvo dos.

Scarlett ahogó un grito.

Había una chica de pie en el umbral de la puerta. Su mirada era severa y oscura. El cabello suelto le caía hasta la cintura, pero al verlo más de cerca se notaba que estaba enredado y descuidado. Llevaba unos vaqueros negros desteñidos y una sudadera negra holgada que parecía llevar semanas sin que la lavaran. En la mano izquierda tenía cinco anillos de plata, uno en cada dedo: un cráneo, una serpiente, un pentáculo, una rosa y una espada. Su otra mano estaba cerrada en un puño en el aire, como si acabara de abrir la puerta de un puñetazo. Y tenía los labios torcidos, en una mueca de furia absoluta.

Era alguien que Scarlett no esperaba volver a ver jamás. Pero no era Harper, la chica que la atormentaba en sueños, sino su mejor amiga, Gwen.

Por un instante, Scarlett se preguntó si era otra pesadilla. No había visto a Gwen desde aquella noche. Gwen había pasado un tiempo en coma, con el cuerpo hecho trizas, conectada a máquinas que respiraban por ella para mantenerla con vida. Cuando al fin le dieron el alta, dejó la universidad y volvió a Nashville con su familia. Desde entonces, nadie había sabido nada de ella. Se suponía que jamás debía volver.

Scarlett obligó a su cuerpo a respirar. Inhaló y exhaló. «Respira.»

—¡Me cago en todo, Gwen! —logró decir Scarlett cuando recobró la voz—. ¿Qué haces aquí? —Gwen no hizo más que mirarla fijamente. El fuego de las velas que seguían encendidas se reflejó en sus ojos negros—. ¡Contéstame! —insistió Scarlett. Pero Gwen se quedó callada, jadeando, como si le costara trabajo el simple hecho de estar de pie—. No puedes estar aquí. Tienes que irte —dijo Scarlett, y retrocedió un paso y luego otro. Oyó voces. Luego un grito sofocado y pasos. Al volverse vio a Tiffany corriendo hacia ella, seguida de un puñado de Ravens veteranas, Etta, Hazel y Jess, quienes se habían asomado y miraban hacia la puerta principal con curiosidad.

Tiffany se detuvo junto a Scarlett y exclamó con frialdad y firmeza:

—¡¿Qué haces aquí?!

—Di algo, Gwen —agregó Scarlett, envalentonada por la presencia de sus hermanas.

Gwen abrió la boca como si fuera a decir algo, pero empezó a asfixiarse. Emitió un horrible gemido gutural que provenía de las profundidades de su garganta. Se llevó las manos al cuello y cayó de rodillas, sin aliento.

«Mierda.»

—¡Dios mío! —gritó Jess.

—Hay que llamar al 911. S-se está a-asfixiando —titubeó Scarlett y corrió a ayudar a Gwen. Tenía el rostro enrojecido y de la boca abierta salían disparadas gotas de saliva, mientras con las manos se aferraba al suelo.

—No, no es eso —dijo una voz relajada. Dahlia se abrió paso entre la multitud—. Es el efecto de la magia.

—¿Qué? —preguntó Scarlett.

—Cogeos todas de la mano —ordenó Dahlia e hizo señas para que todas la acompañaran a la escalera de entrada de la casa.

Scarlett cogió de la mano a Tiffany y a Jess, y las tres se unieron al círculo de hermanas. Por lo general, cuando el aquelarre se cogía de las manos se sentían más poderosas que nunca y más enteras. Pero esta vez, al ver a Gwen retorcerse en un intento por respirar y con el rostro contorsionado de dolor, Scarlett no se sintió poderosa. Se sintió aterrada por ese lado macabro de su poder. Tenía miedo de lo que estaba engendrando.

—¡Concéntrate, Scar! —le ordenó Dahlia, como si percibiera su vacilación. Una vez que Scarlett exhaló el pánico, Dahlia comenzó a susurrar un hechizo. Scarlett permitió que su magia fluyera hacia sus hermanas; los poderes de todas se fusionaron hasta que el hechizo llegó a su objetivo.

Gwen dejó de jadear y boquear, como si fuera un televisor que hubieran apagado. La furia en su mirada también se había disipado. Tenía los hombros caídos, como una marioneta a la que le cortan los hilos. Si bien su furia ya no estaba, ella misma también parecía haberse esfumado. El fuego en su mirada se había apagado y, en su lugar, no quedaba más que una mirada opaca e inexpresiva.

—Buenas noches, Gwen —anunció Dahlia.

Sin emitir sonido alguno, Gwen se puso de pie y empezó a caminar hacia la calle para alejarse de la casa.

Tan pronto como la perdieron de vista, Scarlett se volvió para mirar a Dahlia.

—¿Qué diablos ha sido eso?

—El hechizo de amarre —contestó Dahlia—. La magia tiene reglas muy específicas precisamente por esta razón.

—¿De qué hablas? —preguntó Scarlett y sintió un gran hueco en el vientre.

—No solo le quitamos los poderes, sino que le prohibimos volver a hablar de magia. Y, si lo intenta, eso es lo que ocurre.

—¿Por qué volvió? Y, sobre todo, ¿cómo volvió? La desterramos —dijo Mei mientras miraba a sus hermanas.

—La desterramos del aquelarre, pero no de la casa —contestó Scarlett en voz baja.

—Pero ¿qué quiere de nosotras? —preguntó Mei.

Scarlett bajó la mirada, con cuidado de no mirar a Tiffany. Solo se concentró en recobrar el aliento. La forma en que Gwen la había mirado... era como si quisiera matarla.

—Es noche de luna llena —intervino Vivi en voz baja. Scarlett se sobresaltó. No se había dado cuenta de que la novata se había acercado. Y tuvo la fuerte sospecha de que su nueva hermana menor había sido testigo de la última parte de aquel enredo—. Mi madre siempre dice que provoca que la gente haga cosas extrañas.

Scarlett sabía mejor que nadie que Gwen no necesitaba la luna llena para hacer cosas peligrosas. Tenía otras motivaciones. Claro que eso no era de la incumbencia de Vivi. Se sintió irritada una vez más por la intrusión de su hermana menor en la casa y en su vida.

—Que seas mi hermana menor no significa que tengas que ser mi sombra, Vivi —la increpó—. ¿Quién te ha dicho que podías salir?

—Vivi, vuelve adentro y habla con tus nuevas hermanas. Ahora volvemos —intervino Dahlia. Su voz era más dulce que la de Scarlett, pero sus palabras eran férreas.

Vivi las miró de una en una, con los labios fruncidos y apretados, como si quisiera decir algo más, pero se estuviera conteniendo. Instantes después, obedeció las instrucciones de Dahlia, entró en la casa y regresó al salón.

—Todas deberíamos regresar. Es una noche importante, es para darles la bienvenida a las nuevas. Ni una palabra de esto hasta que las aspirantes se vayan —les ordenó Dahlia con una palmada. Las veteranas asintieron con desánimo y entraron juntas en la casa, entre cuchicheos. Scarlett tomó a Dahlia del brazo antes de llegar al vestíbulo.

—Dahlia —le susurró—. Lo de las cartas de tarot en la puerta... fue Gwen, ¿verdad?

Antes de la ceremonia de selección, Scarlett le había mostrado a Dahlia las cartas que Tiffany y ella habían encontrado clavadas a la puerta principal. Scarlett quiso hacer un hechizo para averiguar su procedencia y su intención, pues creyó que eran un mensaje, incluso una amenaza, pero Dahlia no le dio mayor importancia y dijo que seguramente era una broma de mal gusto e insistió en que Scarlett se deshiciera de las cartas antes de que llegaran las candidatas.

—No queremos ahuyentarlas antes de que hagan el juramento —contestó—. No hagas una montaña de un grano de arena. —Dahlia le recordó que la temática del año anterior había sido el tarot, por lo que podía ser un gesto vengativo de alguna chica rechazada que seguía furiosa. La gente envidiaba a las Ravens. Además, Dahlia le había prometido que su secreto estaba seguro. Pero Scarlett ya no estaba tan segura. Aun así, Dahlia no se veía preocupada, solo molesta. Detestaba que las hermanas pusieran en tela de juicio su autoridad—. Conjuraremos un sello de protección para la casa cuando se vayan las aspirantes. Se lo comunicaremos a todas. Necesitamos unir fuerzas para ese hechizo.

Scarlett simplemente asintió, por si acaso su voz aún le fallaba. Soltó a Dahlia y cerró la puerta delantera con fuerza.

Al llegar al salón, oyó un golpe sordo. Scarlett se armó de valor y salió al vestíbulo para abrir de nuevo la puerta.

—Gwen, ya te dijimos que no puedes...

Pero se paralizó. No había nadie. Solo se escuchaba el rap a todo volumen de la casa de los Psi Delta Lambda, al otro lado de la calle. Se oían también los chirridos de las cigarras ocultas en el césped. Por lo demás, la calle estaba desierta.

Solo había unos cuantos coches aparcados y una vieja bicicleta roja de las que alquilaba la universidad, apoyada contra un roble.

Y entonces lo vio. Algo pequeño y plateado resplandecía en el sendero. Era uno de los anillos de Gwen: el cráneo de plata. Debió resbalársele cuando se estremeció en el suelo. Scarlett avanzó para recogerlo, pero su pie pateó algo suave. Al bajar la mirada, no pudo evitar gritar. A sus pies había un enorme cuervo negro, con el cuello torcido en un ángulo antinatural. Era uno de los cuervos del aviario. Sintió que su corazón iba a explotar, esta era una señal inequívoca.

Muerte.

CAPÍTULO 11

Vivi

Habían pasado casi veinticuatro horas desde la ceremonia, pero el corazón de Vivi aún latía a toda velocidad. Se sentía casi hipnotizada por una combinación de poder y vértigo, como si se hubiera lanzado de un trampolín y estuviera descendiendo en caída libre, sin saber qué ocurriría cuando llegara al agua o si siquiera llegaría. Todo lo que había creído saber sobre el mundo era una equivocación. La magia existía. Ella era una bruja. Y no era la única.

En el pequeño trayecto de su habitación a la casa de las Kappa, Vivi sacó su teléfono y llamó a su madre por tercera vez. De nuevo se fue directo al buzón de voz. Nunca le había molestado que su madre desapareciera, pero esta era una emergencia. Necesitaba averiguar cuánto sabía Daphne al respecto. ¿Ella también era bruja? ¿Sus lecturas del tarot eran en realidad legítimas? ¿O era tan ingenua como Vivi e ignoraba que la magia era muy muy real?

«Magia.» No podía olvidar el pentáculo que surgió de la llama atizada por su carta. Tampoco el hormigueo en la punta de sus dedos. Quería sentirlo otra vez. Entenderlo. Darse cuenta de lo que se había perdido todos esos años. De descubrir cómo cambiaría el resto de su vida.

Usó su llave recién obtenida para entrar en la casa de las Kappa y se detuvo en el umbral, maravillada por el hecho de que el interior fuera completamente distinto a como lo había visto en las dos visitas anteriores. Esta vez la casa estaba llena de acogedores muebles modernos de maderas claras y cojines color pastel que hacían que las habitaciones parecieran espaciosas y atractivas.

Se encaminó hacia el salón para esperar a las demás, pero no había dado ni dos pasos cuando una mano se posó sobre su hombro y la detuvo.

—Cuidado.

Era Mei. Estaba de pie frente a Vivi y le señaló una línea recta de sal de grano rosa en el suelo que había estado a punto de pisar. Mei llevaba en la mano un frasco de algo que parecían hierbas molidas flotando en aceite. Vivi recordó el aceite de oliva con romero con el que a su madre le gustaba cocinar.

—Perdón. No la vi —dijo, mirando la sal antes de volver a prestarle atención a Mei. En lugar de las puntas moradas que había tenido en el pelo la noche anterior, esta vez llevaba el cabello negro azabache y cortado en un *bob* que le resaltaba los pómulos afilados—. Me gusta tu pelo. ¿Te lo...? O sea, ¿es...? —Se detuvo al darse cuenta de que ni siquiera tenía el vocabulario adecuado para hacer la pregunta.

Mei sonrió y se puso el pelo detrás de las orejas.

—Se llaman encantamientos. Es un hechizo que se nos suele dar bastante bien a las Oros como nosotras.

El nosotras hizo que Vivi se estremeciera de la emoción.

—¿Qué significa eso exactamente? —Conocía los palos del tarot, por supuesto. Era imposible haber crecido con Daphne Devereaux y no tener un conocimiento básico de los arcanos mayores y menores, pero quería saber con exactitud qué significaba eso para ella... y para su magia.

—Nuestros poderes pertenecen al signo de la tierra. Eso significa que para nosotras es un poco más fácil manipular la naturaleza, ya sean los árboles o los animales o —agitó su cabello e hizo una exagerada pose como de modelo—... nuestra belleza natural. —Sacó el teléfono de su bolsillo y ladeó la cabeza como si fuera a hacerse un selfi, pero, al fruncir los labios, su corte lacio se transformó en una melena ondulada y su pintalabios color carne se oscureció hasta volverse granate.

—¿Me enseñarías a hacer eso? —preguntó Vivi, anonadada.

—Claro —dijo Mei mientras miraba su teléfono y subía la fotografía a su cuenta verificada de Instagram. Esa mañana, Vivi había buscado en redes a todas las Ravens que pudo recordar y se enteró de que Mei era una bloguera de moda muy popular que venía de California y que tenía casi un millón de seguidores—. Aunque tal vez debas empezar por enfocarte en lo que quiera enseñarte Scarlett.

Vivi disimuló su fastidio al imaginarse la sonrisa falsa de Scarlett.

—¿No deberías ser tú mi hermana mayor si somos del mismo palo?

—Lo que hace especiales a las Ravens es que nuestra magia se complementa. Lo que nos hace poderosas no es lo que tenemos en común, sino las formas en las que somos distintas, cada una con fortalezas particulares. Suena cursi, pero es cierto. Aprendes mucho más de alguien que es diferente a ti. ¿Me explico?

—Sí, lo entiendo. Y ¿para qué es el frasco? —preguntó Vivi.

Mei señaló la puerta principal.

—Estoy ungiendo los puntos de entrada a la casa. Un poco de protección extra contra quienes quieran hacernos daño.

Vivi asintió y recordó los sucesos de la noche anterior. Estaba tan fascinada con la ceremonia que apenas había procesado la conmoción en torno a la chica de pelo oscuro. Pero cuanto más pensaba en ello, más perturbador le parecía el incidente. Pensó que quizá era la chica que la detuvo en la explanada y la advirtió de que se cuidara de las Ravens, pero sus facciones estaban tan retorcidas por la furia y el dolor que no era fácil saberlo.

—¿Quién era esa chica?

Mei apretó los labios y miró por encima de su propio hombro, aunque Vivi no supo si estaba buscando refuerzos o verificando que no hubiera nadie que pudiera escucharla.

—Solía ser una Raven. La expulsamos hace un par de años porque rompió nuestra regla más importante.

—¿Cuál es esa regla? —preguntó Vivi y de repente se sintió ansiosa ante la posibilidad de haber roto reglas que desconocía.

Mei solo esbozó una sonrisa ambigua.

—No te preocupes. Scarlett es la jefa de reclutamiento, ella te dirá todo lo que necesitas saber en la clase. Te está esperando en el invernadero.

—Bien. Gracias. —Vivi notó que Mei no quería seguir hablando del tema. Pero ella no podía quitárselo de la cabeza ni olvidar la expresión histérica de la chica retorciéndose en los escalones de la casa mientras intentaba entrar.

Lo único que sabía es que no quería terminar como ella: exiliada y queriendo entrar.

Vivi nunca había pasado mucho tiempo en invernaderos, pero aun así sabía reconocer que este era extraordinario. A pesar de las paredes de cristal, estaba increíblemente oscuro; a dondequiera que mirara, las plantas se erguían desde sus enormes macetas de barro y sus amplias hojas proyectaban un sinfín de sombras. Inhaló y percibió la inusual combinación de aromas: lavanda, pimienta, menta, fruta madura, savia y un dejo de podredumbre.

Las otras cuatro aspirantes ya estaban sentadas a una mesa redonda en el centro del invernadero: Ariana, Bailey, Sonali y Reagan. A Vivi le tomó un minuto llegar hasta donde estaban, pues no había un camino abierto entre las plantas; de hecho, tuvo que agacharse para pasar por debajo de varias enredaderas, cuyas hojas llenas de rocío le rozaron la nuca.

Se sentó en la silla disponible entre Sonali y Bailey, justo en el instante en el que Scarlett apareció con una canasta de junco en las manos cubierta con una vaporosa bufanda púrpura.

—Bienvenidas, señoras —dijo Scarlett con voz enérgica, mientras metía una mano en la canasta y comenzaba a colocar el contenido sobre la mesa: unas cuantas velas rojas achatadas. Una bandeja de plata grabada. Una pluma de ave negra. Frente a Vivi, Ariana se estremeció cuando Scarlett puso el último objeto sobre la mesa: un cráneo humano. Vivi, en cambio, se inclinó para acercarse más a la mesa, emocionada. ¡Al fin! Tras pasar una vida entera en la periferia, iba a aprender el secreto más poderoso y mejor guardado del mundo: cómo hacer magia de verdad—. Vosotras cinco habéis sido invitadas a ser aspirantes a Kappa porque percibimos vuestro potencial. —Scarlett las miró una por una, pero clavó la mirada en Vivi más tiempo que en las demás. Por alguna razón, a Vivi le resultó inquietante—. Pero el talento innato no es lo único que importa cuando se trata de brujería. La magia requiere disciplina, puede ser vuestra mejor amiga y puede abriros puertas, en el más literal de los sentidos. Pero también puede convertiros en un peligro para vosotras mismas y para quienes os rodean. —A modo de ejemplo, bajo un viento invisible, todas las plantas en el invernadero comenzaron a mecerse y a murmurar. Vivi ahogó un grito cuando algo le rozó el pie. Bajó la mirada y saltó hacia un lado al ver que algo largo y verde se deslizaba a su lado.

—Es solo una hiedra —le susurró Bailey, mientras la miraba con los ojos bien abiertos.

Scarlett chasqueó los dedos y las plantas se detuvieron.

—Ahora bien, antes de que continuemos, es esencial que entendáis y aceptéis nuestras leyes. La primera es no infringir el libre albedrío de nadie... demasiado...

—¿Qué significa eso exactamente? —preguntó Bailey, parpadeando detrás de sus gafas negras.

—Significa que los hechizos de distracción e influencia están bien, dentro de límites razonables. Pero no utilizamos hechizos de control mental ni para que la gente actúe de alguna forma que pueda cambiar el curso de su vida o hacerle daño de alguna manera —explicó Scarlett—. La siguiente ley es no hacerle daño físico a nadie, salvo que sea en defensa propia. Y, por supuesto, la tercera y más importante de nuestras leyes...

—Nunca traicionar a nuestras hermanas Ravens —intervino Sonali de forma veloz.

Scarlett asintió.

—Y esa regla no se refiere solo a la magia. Nos respaldamos unas a otras, pase lo que pase. Estas chicas son vuestras hermanas. Cuando os necesitan, las ayudáis. Vamos en pareja por la noche y nos cuidamos en las fiestas. Nunca dejéis que una de vuestras hermanas deambule sola de noche después de haber bebido y nunca, bajo ninguna circunstancia, que vaya a una habitación privada durante una fiesta en una fraternidad. Recordad que el alcohol nubla el juicio y las habilidades mágicas. Su seguridad es lo más importante.

—Scarlett hizo una pausa para dejar que las chicas procesaran sus palabras y luego continuó—: La mayor parte de la magia que hacemos se basa en hechizos. Comenzaréis aprendiendo vuestros propios hechizos de arcano menor; esos son sencillos, cotidianos. Dejaremos los arcanos mayores, que son sofisticados y complejos, para la siguiente etapa de vuestro entrenamiento. Lo primero que necesitáis es vuestra propia baraja de tarot. —Scarlett metió una mano en la canasta y puso ocho barajas sobre la mesa—. Coged la que más os llame la atención.

Unas cuantas de las barajas, las que tenían decoraciones brillantes y estridentes y figuras en poses exageradas, le resultaron familiares a Vivi gracias a las lecturas de su madre. Le pasó la mano por encima a una baraja con el dorso de color lavanda y delineado blanco y negro en el anverso. Sin embargo, antes de que pudiera tomar la baraja para examinarla más de cerca, vio de reojo algo que centelleó. Era un juego de cartas de un intenso color marrón con dibujos hechos en hoja de oro que resplandecían como joyas, a pesar de que apenas había luz que se reflejara. Pasó los dedos por encima de la carta superior y exhaló a la vez que una extraña sensación de calma le recorría el cuerpo, como si se hubiera dejado caer sobre una cama inesperadamente suave.

—Barajad las cartas y poned las primeras dos boca abajo sobre la mesa —les ordenó Scarlett. Las aspirantes obedecieron—. Ahora, dadles la vuelta.

Con las manos un tanto temblorosas, Vivi volteó sus cartas y reveló al Loco y a la Emperatriz.

—Joder —susurró Bailey a su lado. Vivi vio las mismas dos figuras frente a ella. Las aspirantes intercambiaron miradas exaltadas y nerviosas al darse cuenta de lo que acababa de ocurrir. Todas habían sacado las mismas cartas.

—El Loco representa a un ser inocente e ingenuo al principio de su camino. Esas sois vosotras —dijo Scarlett, a quien claramente no la sorprendió lo sucedido—. La Emperatriz es la diosa encarnada. Esas son las dos fuerzas de arcano mayor que tendréis que encauzar para conjurar vuestros primeros hechizos, aunque a cada una le daré un reto distinto, dependiendo de sus respectivos palos.

—¿Vamos a necesitar siempre tener las cartas para conjurar un hechizo? —preguntó Bailey, todavía hipnotizada con su baraja nueva.

—No —respondió Scarlett—. Las Ravens más poderosas pueden conjurar magia de cualquier tipo. Y, con la práctica, vosotras también seréis capaces de realizar los hechizos de vuestros palos sin las cartas. Bueno, si es que llegáis a ser Ravens oficiales... —Miró de reojo a Vivi—. Porque es posible que algunas de vosotras no lleguéis tan lejos... —Miró a Sonali—: Bien, Sonali, empieza tú. Por favor, gira una tercera carta. —Sonali obedeció y reveló a la Reina de Espadas, la misma carta que había sacado la noche anterior—. ¿Lista para conjurar la magia de una bruja de Espadas? —le preguntó Scarlett—. Repite conmigo: «Invoco tu justicia y prudencia, Reina de Espadas. Concédeme tu poder para al aire acceder». —Sonali repitió las palabras con voz un poco temblorosa, pero no ocurrió nada—. No pasa nada —dijo Scarlett con una gentileza inusual—. En este momento, solo son palabras. Para poder transformarlas en un hechizo, necesitas enunciarlas con más que los labios y el aliento. Necesitas sentir que las palabras salen de tu corazón.

Era algo que Vivi imaginaba a Daphne diciendo mientras trataba de engatusar a uno de sus clientes. Pero ahí, en la casa de las Kappa, era suficiente para provocarle un cosquilleo en la piel.

Sonali respiró hondo y, cuando repitió el hechizo de nuevo, lo hizo con voz firme y sonora.

—Invoco tu justicia y prudencia, Reina de Espadas. Concédeme tu poder para al aire acceder.

De pronto, el invernadero se hizo más frío y el aire, pesado, como cuando se avecina una tormenta. Vivi podría haber jurado sentir una brisa en la nuca, pero era imposible: todas las ventanas del invernadero estaban completamente cerradas.

Sin embargo, para el asombro de Vivi, mientras una suave pero inconfundible brisa recorría el invernadero, las plantas que la rodeaban fueron creciendo poco a poco hasta que el pelo de Sonali se le echó hacia atrás.

Nadie habló. Incluso contuvieron el aliento.

—Bien hecho, Sonali —dijo Scarlett, como si acabara de devolver un golpe complicado en la cancha de tenis y no de transgredir las leyes de la naturaleza—. ¿Bailey? Por favor gira tu tercera carta. —Era la Reina de Bastos, la carta del signo de fuego que había sacado durante su primera prueba—. Durante siglos, las nuevas brujas Bastos han comenzado su entrenamiento mágico con un sencillo hechizo para conjurar fuego —le explicó Scarlett—. Ahora, enfoca tu energía en una de las velas y repite conmigo: «Invoco a la Reina de Bastos. Muéstrame tu poder e ilumina lo que está en mi haber».

Bailey tomó una bocanada de aire.

—Invoco a la Reina de Bastos. Muéstrame tu poder e ilumina lo que está en mi haber. —En cuanto pronunció la última palabra, del pabilo que tenía delante comenzó a salir humo y, segundos después, la vela cobró vida con un chispazo. Bailey la miraba, incrédula. Luego, una enorme sonrisa se le dibujó en el rostro—. ¡No puedo creer que haya funcionado! ¿Cómo diablos se supone que voy a volver a clases de física después de eso?

Mientras Scarlett seguía avanzando por el círculo de aspirantes, el corazón se le aceleró tanto a Vivi que le comenzó a faltar el aire. Ansiaba intentar su primer hechizo, pero también temía que no funcionara y las Ravens descubrieran que era un fraude y tuvieran que borrarle la memoria. No podía volver a su vida anterior después de haber probado algo tan extraordinario.

Cuando al fin llegó su turno, giró su tercera carta y reveló a la Reina de Oros. Aunque para entonces ya se lo esperaba, el poder de las cartas no dejaba de estremecer a Vivi.

Scarlett volvió a hurgar en su canasta y le presentó una pequeña maceta llena de tierra.

—Eres una Oros, así que tu magia tiene sus raíces en la naturaleza —dijo Scarlett tras entregarle la maceta—. Planté una semilla aquí. Quiero que la hagas germinar con estas palabras: «Invoco a la Reina de la Tierra. Muéstranos tu poder sobre la muerte y el renacer».

—De acuerdo —dijo Vivi, intentando controlar los nervios—. Invoco a la Reina de la Tierra. Muéstranos tu poder sobre la muerte y el renacer.

No pasó nada.

—Inténtalo otra vez —dijo Scarlett—. Y tómate tu tiempo. Estás conjurando un hechizo, no pidiendo en el McDonald's. —Vivi respiró tan profundamente como los nervios se lo permitieron y repitió las palabras más despacio. La tierra se mantuvo firme e inmóvil. Scarlett se cruzó de brazos con un gesto de exasperación—. ¿Sabes qué se siente al conectar con tu magia?

Vivi recordó el momento en que su bengala cobró vida y visualizó la energía que fluyó por sus venas. Otro recuerdo le vino a la mente justo después de ese, sin que lo hubiera deseado: Mason tocándole el brazo. Era la misma chispa. Con la garganta hecha un nudo por la preocupación de que Scarlett pudiera asomarse a su cerebro y ver esos pensamientos traicioneros, Vivi se obligó a asentir.

—Invoca esa sensación —ordenó Scarlett.

Vivi cerró los ojos, intentando que no le importara parecer ridícula. Buscó el recuerdo de la bengala una vez más. Pensó en cómo le cosquillearon los dedos, de la misma forma que cuando tocó la carta de tarot horas antes.

Parecía como una descarga eléctrica, o como aquella vez que tocó sin querer la valla electrificada que rodeaba el estanque cerca de su casa en Oregón. La cabeza le cosquilleó. Una picazón le recorrió la nuca, los brazos y le bajó por la espalda, como millones de escalofríos en uno solo.

—Ahora enfócalo —dijo Scarlett. Sonaba como si su voz viniera de un lugar muy muy lejano—. Piensa en lo que quieres que ocurra. Cree que ocurrirá.

Vivi sintió una vibración en el pecho. Cuando comenzó a hablar, su voz sonó rotunda y poderosa.

—Invoco a la Reina de la Tierra. Muéstranos tu poder sobre la muerte y el renacer.

La maceta tembló un poco; Vivi la tomó con más fuerza. Casi alcanzaba a percibir una ligera pulsación, como el latido de un corazón débil, y una imagen le vino a la mente: una semilla temblorosa de la que salían unas frágiles raíces.

Abrió los ojos. Las manos le temblaban y se sentía muy débil, como si hubiera corrido un buen rato a toda velocidad. Pero delante de ella había una plantita diminuta, más pequeña incluso que su meñique, con una única hoja verde encima. Una planta que ella había hecho crecer con su magia.

Vivi quedó tan embelesada después de la clase que pasaron horas antes de que la sonrisa se le borrara de la cara. Ni siquiera la gélida actitud de Scarlett podía arruinarle el buen humor. Que te dijeran que eres una bruja es una cosa; hacer magia de verdad es otra muy distinta. Su ya de por sí boba sonrisa se hizo más grande cuando empezó a imaginar qué más podría lograr con sus poderes. ¿Podía crear platos *gourmet* sin aprender a cocinar? ¿Transformar su habitación en la más lujosa del mundo? ¿Hacer invisible a Zoe?

Pero ahora, sentada con las demás chicas en la biblioteca de ciencias a las tres de la mañana, sentía que la sensación comenzaba a desvanecerse. Para la segunda parte de su sesión de entrenamiento, Scarlett les mandó estudiar libros de hechizos que estaban encantados para parecer aburridos y maltratados volúmenes sobre química orgánica a ojos de cualquier persona no mágica. «Tenéis veinticuatro horas para memorizar todos los hechizos de este grimorio —les dijo—. Mañana, a esta misma hora, nos veremos aquí para la siguiente prueba.»

A diferencia del resto del histórico campus, la biblioteca de ciencias era un rectángulo de catorce plantas, moderno y sin alma. Cada una estaba pintada según la escala del pH. Las demás aspirantes y ella estaban sentadas a una mesa en el primer piso, y eran las únicas allí. Nadie más se dedicaba a estudiar toda la noche en la primera semana de clases. Hasta la bibliotecaria se había ido a casa.

—No es humanamente posible aprender todo esto en una noche —dijo Reagan, frustrada, y cerró el libro.

—Es mucho más divertido que la química orgánica de verdad, créeme —dijo Bailey, mirando su grimorio, estupefacta. Señaló un hechizo impreso con tinta dorada encima de un trío de cartas de tarot del color de piedras preciosas que le hizo pensar a Vivi en un manuscrito medieval ilustrado—. Es un hechizo para silenciar la voz de tus enemigos. ¿Os lo imagináis?

—Me pregunto si podría usarlo con mi compañera de habitación —dijo Reagan, asomándose para verlo mejor—. Llama a su novio en Texas todos los días y se pasa horas contándole hasta el más mínimo detalle insulso de su vida sin sentido.

—Eso es un poco mezquino, ¿no crees? —dijo Sonali.

Reagan la fulminó con la mirada.

—Le cuenta todo lo que comió en el día. To-do. Rollo: «Fui al comedor y me comí cereales con medio plátano. Y para almorzar fui al sitio de los gofres, pero no tenían de pasas con canela, y entonces...».

—Dios mío, ya vale —la interrumpió Sonali, frotándose las sienes—. Tienes razón. Es insufrible.

—Ni siquiera sé en qué idioma está esto —dijo Ariana entre bostezos, y le frunció el ceño a su grimorio—. ¿Es griego antiguo?

—Creo que sí —dijo Sonali, y se acercó para verlo mejor. A diferencia de las demás, parecía llenarse de energía conforme avanzaba la noche y mascullaba cosas mientras estudiaba los hechizos—. Mi madre fue Raven, pero nunca me contó nada sobre memorizar libros enteros en una noche. ¿Habrá reprimido ese recuerdo?

—O no quería asustarte y que no solicitaras el ingreso —dijo Bailey, mientras cerraba los ojos y echaba los hombros hacia atrás un par de veces.

Sonali resopló.

—No creo. Básicamente era nuestro tema de conversación principal. Me dejó muy claro que me iba a desheredar si no recibía una oferta de Kappa.

—Esto es una pérdida de tiempo, creedme —dijo Reagan, antes de volver a bostezar. Estiró los brazos por encima de la cabeza, lo que hizo que su *crop top* se levantara todavía más—. Mi madre y mis tías son brujas increíbles y no creo que hayan memorizado ningún hechizo. Cuando aprendes a controlar tu magia, no necesitas volver a leer ningún libro.

—¿Cómo fue crecer entre brujas? —preguntó Bailey, espabilada de repente.

Reagan se encogió de hombros.

—Nunca conocí otra cosa.

En ese momento, el teléfono de Vivi comenzó a vibrar y la sobresaltó. Nadie la llamaba nunca. Mucho menos de madrugada. Sin embargo, cuando vio el nombre en la pantalla, cogió el teléfono y caminó deprisa hacia un grupo de sillas al otro lado de la sala.

—¿Mamá? —susurró después de alejarse de la mesa y girar en un pasillo oscuro—. ¿Todo bien?

—Corazón, acabo de ver tus mensajes. —Un sonido como de olas crujió al otro lado de la línea—. Perdón por no llamarte antes. Estoy intentando una nueva técnica de meditación inmersiva que...

—Mamá —la interrumpió Vivi—, ¿por qué no me dijiste que era una bruja? —Hubo una larga pausa—. ¿Sigues ahí? —Se acercó a una ventana con la esperanza de encontrar mejor señal. Esa parte de la biblioteca daba a una densa arboleda y una pequeña plaza rodeada de edificios administrativos.

—Sí te lo dije, Vivi. Pero no estabas lista para escucharlo.

«Eres especial, Vivi. Estás llena de magia.» Daphne se pasó toda la infancia de Vivi repitiéndole frases como esa. Vivi nunca entendió que eran literales.

—¿Eso significa que tú también eres bruja?

—Tengo algunas... habilidades elevadas, pero mis poderes no se comparan con los tuyos, querida.

—¿Por qué me has ocultado algo así? —estalló Vivi, y de pronto comenzó a temblar de frustración—. Hay toda una sororidad llena de brujas aquí y puede que no me escojan porque no tengo idea de qué diablos estoy haciendo. —Daphne guardó silencio durante tanto tiempo que Vivi se preguntó si le había colgado—. ¿Mamá? ¿Sigues ahí?

—Escúchame bien, Vivian: hay muchas maneras de ser

bruja. No caigas en la trampa de creer que hay un solo camino a seguir.

—Pues su camino parece bastante mejor que el tuyo. —Vivi sabía que eso heriría a su madre, pero estaba tan enfadada que no le importó—. Estas chicas son increíbles. Van a gobernar el mundo algún día. Es más, creo que algunas ya lo hacen.

Hubo otra larga pausa.

—Tienes que ser muy cuidadosa, Vivi. No sabes lo que el poder le puede hacer a una persona. Yo ya lo he visto. No puedes confiar en ninguna de esas supuestas brujas de sororidad.

Vivi sintió una llamarada de rabia que dispersó la bruma de su agotamiento.

—¡Al menos se han tomado la molestia de decirme que soy una bruja! Por el momento, parece que ellas son las únicas que se preocupan por mí. —Furiosa, cortó la llamada.

Las Ravens no eran el problema; como siempre, el problema era Daphne.

Vivi estaba a punto de volver con las demás aspirantes cuando algo chirrió afuera de la ventana. Alarmada, se dio la vuelta en la silla y arqueó el cuello para mirar más de cerca, pero no alcanzó a ver más que la silueta sombreada de las ramas de los árboles.

El chirrido se volvió a oír unos segundos después, pero seguía sin haber señales de algún movimiento entre las ramas.

—¿Qué diablos? —masculló Vivi. Comenzaba a asomarse hacia delante cuando algo se estrelló en el cristal con un golpe espeluznante. Vivi saltó hacia atrás, con el corazón a tope. Se dio cuenta de que era una polilla, la más grande que había visto en su vida. Se tiraba con furia contra la ventana, una y otra vez, con tanta fuerza que el marco de la ventana crujía. Sus alas eran de color marrón claro y en el centro tenía una figura blanca que... parecía ni más ni menos que un cráneo sonriente.

Vivi se quedó sin aliento y sin querer soltó el teléfono, que se deslizó por el suelo. Antes de que pudiera recogerlo, las luces bajas del techo parpadearon y se apagaron, y el pasillo quedó completamente a oscuras.

—Mierda. —Con un gemido, se acuclilló y comenzó a avanzar a tientas por el suelo, esperando que la siguiente cosa que tocara con los dedos fuera su teléfono—. ¿Sonali? ¿Ariana? ¡¿Estáis ahí?! —gritó. Quizá las otras chicas habían pasado demasiado tiempo quietas y los sensores habían apagado las luces. Pero los ventanales también estaban oscuros; las luces de la explanada se habían apagado y las lámparas que alumbraban la torre del campanario tampoco brillaban. Una sensación inquietante se cernió sobre ella mientras esperaba a que sus ojos se acostumbraran a la penumbra. Pero la oscuridad era demasiado densa, demasiado absoluta; era como si la hubieran encerrado en una bóveda subterránea—. ¡Ariana! —exclamó.

Una silla rechinó en el suelo en la distancia.

—¿Vivi? —respondió Ariana—. ¿Dónde estás?

—En el pasillo. Creo... ¡creo que no estamos solas! —gritó Vivi en respuesta con voz temblorosa. Recordó a la chica que había llegado a la casa de las Kappa la noche anterior y sus enormes ojos enloquecidos—. Se me ha caído el teléfono y no veo nada.

—Quédate donde estás. ¡Ya vamos!

Sin embargo, antes de que las aspirantes pudieran llegar a donde estaba, la puerta principal de la biblioteca se abrió de golpe.

—¡¿Quién anda ahí?! —gritó Vivi, con la espalda contra la pared—. ¿Qué queréis? —Siguió avanzando a tientas en todas direcciones, intentando orientarse. Entonces, un par de manos la cogieron de los hombros de forma brusca y Vivi gritó con todas sus fuerzas.

—¡Feliz Semana Infernal, brujas! —le gritó un coro de voces al oído.

Todas las luces se encendieron al mismo tiempo. Delante de ella estaban Scarlett, Tiffany, Mei, Dahlia y el resto de las chicas de la sororidad. Las brujas mayores estaban todas sonriendo, mientras que Vivi y las demás aspirantes, que acababan de llegar corriendo al pasillo, estaban quietas como tontas, parpadeando bajo las luces brillantes.

—Esta semana os pediremos que hagáis cosas imposibles —dijo Scarlett. Esta vez, su sonrisa era cálida y genuina. Contagiosa, incluso. A pesar de su pulso desbocado, Vivi comenzó a sonreír también—. Si no lo resistís, nunca más podréis siquiera volver a decir la palabra magia. —La mirada de Scarlett se posó sobre Vivi—. Pero, si sobrevivís, entonces tal vez tengamos la oportunidad de convertiros en brujas de verdad.

CAPÍTULO 12

Scarlett

—¿Que quieres que haga qué? —preguntó Vivi, boquiabierta.

Scarlett la miró con mucha calma y repitió la explicación.

—El decano Sanderson regañó a Hazel por quejarse de que solo habrá oradores hombres en el Día de la Generación.

—O sea, eso no está bien, pero eso no es razón suficiente para... Digo, ¿no podríamos pintar el edificio de la administración de rosa? ¿O boicotear el Día de la Generación? —preguntó Vivi.

Scarlett hizo una pausa dramática y luego se tiró a matar.

—Tenemos que proteger a nuestras hermanas por encima de cualquier otra cosa. Por eso quiero que me traigas el corazón del decano.

—Pensé que no debíamos hacerle daño a nadie —dijo Vivi con mucha cautela, mirando a Scarlett con los ojos bien abiertos, como si tuviera miedo a sacar de quicio a un asesino psicótico. Scarlett no pudo evitarlo: las comisuras de los labios se le comenzaron a torcer hasta formar una pequeña sonrisa. Vivi suspiró mientras sus mejillas se empezaban a sonrojar—. Ah. Era broma.

Scarlett estalló en carcajadas.

—¡Deberías haber visto tu cara! —Estaba segura de que no había habido bruja más ingenua en la historia.

Y por enésima vez se preguntó cómo una chica tan simplona había logrado que Mason olvidara su cita. Una parte de Scarlett sabía que estaba siendo injusta, pero esa chica tenía algo que la sacaba de quicio y no tenía que ver con lo de Mason. Era demasiado ansiosa, por decirlo de alguna manera. Demasiado inocente, demasiado... libre. Había pasado la vida entera sin sentir el peso de las expectativas. Todo esto era nuevo y emocionante para ella. Scarlett no estaba segura de si la odiaba o la envidiaba por ello. Lo único que sabía era que iba a disfrutar cada segundo de la Semana Infernal.

Señaló la escalera.

—Segundo piso, tercera puerta a la izquierda. Y que sea exhaustiva, por favor.

—¿Que qué sea exhaustiva?

—La limpieza del baño. Esa es tu tarea.

La vergüenza se borró de la cara de Vivi y la reemplazó una mirada penetrante.

—Déjame adivinar: tengo que hacerla con un cepillo de dientes.

Scarlett, aburrida e inexpresiva, miró fijamente a la chica.

—No, Vivian, se supone que debes usar magia. —Vivi se quedó quieta unos segundos más, vacilante—. No te preocupes, no vas a encontrar a Myrtle la Llorona—dijo Scarlett.

Vio un deje de preocupación en la cara de Vivi, como si una parte de ella creyera que la fantasma que vivía en el baño de Hogwarts se había mudado a la casa de su sororidad.

Esperó hasta que Vivi hubiera subido la escalera principal para intercambiar sonrisas con Tiffany, que estaba desparramada en el sofá contiguo y comenzó a aplaudir despacio.

—Eres malvada —dijo.

—¿Por qué crees que somos amigas?

Tiffany le dio una palmada en el brazo.

—¿Qué le espera a Brujita la Huerfanita ahí arriba? ¿Sangre o cucarachas? —preguntó Tiffany, asomándose hacia la escalera.

—Moho —dijo Scarlett, avergonzándose un poco por haberle encomendado algo tan sencillo a Vivi. Si Gwen no hubiera aparecido la noche del martes, lo más probable es que Scarlett hubiera creado un hechizo aterrador en vez de algo tan bobo, algo a lo que Vivi le tuviera miedo y que la obligara a salir del baño. Pero, después de lo que había pasado, simplemente no pudo.

Tiffany arrugó la nariz con un gesto sentencioso.

—No me digas que te estás ablandando, Winter.

—Nunca. Solo quiero hacerle sentir una falsa seguridad antes de atacar —dijo Scarlett. Tiffany asintió, pero no parecía del todo convencida—. ¿Dónde está tu hermana menor?

—Scarlett no había visto a Ariana en todo el día. Las demás aspirantes estaban realizando recados para sus hermanas mayores, salvo por Bailey, quien se había sacado la lotería de las hermanas mayores con Etta. Las dos habían pasado el día entero en la cocina, riéndose y preparando una poción relajante para el pelo que quería probar Etta.

—Le mandé a hacerles un maleficio a los chicos de Alpha Tau Pi.

—No le va a hacer mucha gracia a Dahlia —apuntó Scarlett. Dahlia era de esas presidentas que querían saber y controlar todo lo que sucedía en la casa. Si planeabas salirte un poco de lo permitido, se sobrentendía que debías avisarle a ella primero—. A menos que te hayan hecho algo de lo que te estés vengando...

—Relájate. El hechizo que le di no sirve. —Tiffany sonrió—. Lo único que va a pasar es que alucinará con que tiene sangre en las manos durante una hora.

Scarlett soltó una risita.

—Tú sí que eres la malvada.

Su mejor amiga puso la cara más inocente que pudo.

—Solamente intento enseñarle a mi hermana menor la importancia de las leyes mágicas. Si le tiras una maldición a alguien, casi siempre hay alguna consecuencia inesperada para ti.

Scarlett suspiró.

—Si te metes con el mal, el mal se te mete dentro. —Incluso después de tanto tiempo, aún oía la voz de Minnie en su cabeza.

Tiffany miró a su alrededor. Estaban a solas.

—Scar —murmuró—, tienes que dejar de obsesionarte con eso. Es cosa del pasado.

—No, no lo es, Tiff. También es cosa del presente y está aquí, en el campus. Gwen ha vuelto. No puedo dejar de pensar en su cara la otra noche. Parecía tan fuera de control, tan desesperada. —Frunció el ceño. Pensó en las cosas extrañas que habían ocurrido desde el regreso de Gwen al campus. La gargantilla en el balcón. Las pisadas que la siguieron por el bosque. Las cartas de tarot en la puerta. ¿Era posible que todo fuera obra de Gwen?

—Después de su... episodio, no hay forma de que se atreva a acercarse a nosotras otra vez —aseguró Tiffany y se ajustó la coleta—. Nunca voy a entender por qué la aceptaron en Kappa, para empezar. Cualquiera podía darse cuenta de que era una perra de la peor calaña.

Pero las palabras de Tiffany solo lograron que Scarlett frunciera más el ceño. La verdad era que Gwen le había caído bien al principio. No tenía los incontables años de refinamiento de Scarlett y su estilo era más vulgar que el de una dama sureña, pero era inteligente y poderosa, y tenía una lengua afilada que siempre la hacía reír... hasta que esa lengua comenzó a atacar a su mejor amiga. Gwen también era una Espada y Tiffany y ella estaban enfrascadas en una competición tácita por ser la Espada más poderosa de la casa. Hacia el final, se había convertido en una pelea bastante desagradable.

—No puedo dejar de verla; era como si la estuvieran estrangulando. —Scarlett hizo una mueca—. Nuestra magia le hizo eso.

—Recuerdas lo que ella me hizo a mí, ¿verdad? —refunfuñó Tiffany.

—Ya lo sé, Tiff.

—Si no la hubiéramos detenido, no sabemos qué más habría hecho ni a quién más habría lastimado. —Tiffany cogió a Scarlett de las manos—. Scar, lo que le pasó a Harper fue horrible, pero tenemos que estar agradecidas por que nadie más salió herido.

Los recuerdos de Scarlett la llevaron de inmediato a su primer año, a una fiesta cualquiera en Psi Delta, al día en el que evitaba pensar, cuando Harper murió. Comenzó como cualquier otro día. Gwen estaba en el balcón, mirando hacia el jardín trasero de la fraternidad, y Harper se asomó.

Todo ocurrió tan deprisa. Demasiada magia. Demasiado horror. Y entonces...

Lo único que recordaba era la cara de Harper. El grito horrible. El miedo en sus ojos mientras el balcón se desplomaba.

Un minuto después, estaba muerta.

—Fue un accidente, Scarlett —susurró Tiffany—. Nada habría traído a Harper de vuelta. Y nos aseguramos de que Gwen nunca volviera a hacerle daño a nadie.

«Y de que no pudiera contar lo que hicimos.»

Scarlett suspiró.

—Es solo... es solo que a veces no puedo evitar pensar que... —«Cuando te metes con la muerte, la muerte te pasa factura»—. Tal vez debimos dejar que se quedara —concluyó.

Tiffany la miró con incredulidad.

—¿Dónde? ¿Encerrada en el sótano? Sí que eres malvada, hermana.

—No, digo que podríamos haber conjurado otro hechizo y desterrarla del campus o...

—No sé si hubiera sobrevivido a más magia —la interrumpió Tiffany.

—Pero... ¿y si el remedio que encontramos fue peor que la enfermedad? —preguntó Scarlett, pudiendo al fin articular sus temores.

—Eso es imposible —dijo Tiffany con firmeza—. Te preocupas demasiado, Scar. Tal vez eres tú la que necesita un hechizo.

—¿Qué? —Scarlett levantó la mirada con brusquedad.

—Estás teniendo pesadillas —agregó Tiffany con un poco más de dulzura—. Tal vez un hechizo para olvidar te vendría bien.

Scarlett negó con la cabeza. Por más que quisiera olvidar, no quería que la tomaran desprevenida. Si Gwen volvía a aparecer, Scarlett necesitaba estar alerta.

—Listo —anunció Vivi a todo volumen desde la escalera.

Scarlett se sobresaltó, se había olvidado por completo de su hermana menor, y se puso de pie.

—Vamos a verlo.

Miró de reojo a Tiffany, quien comenzaba a levantarse del sillón, probablemente para ir a quitarle la sangre mágica de las manos a su hermana menor.

—Oye, Scarlett. Intenta relajarte, ¿vale? No hay factura que pagar.

Scarlett asintió y luego subió la escalera y fue con Vivi.

Para su sorpresa, su hermana menor no estaba bromeando. El baño entero estaba impecable de pies a cabeza. La bañera con patas estaba reluciente, sus acabados de cobre resplandecían como si fueran de oro. Al lavabo le faltaba la habitual colección de manchas de cosméticos en los bordes y hasta el espejo estaba tan pulido que el reflejo de Scarlett parecía brillar.

—¿Y bien? —Vivi rezumaba nerviosismo, claramente esperando una palmadita en la cabeza y una recompensa.

Pero Scarlett no sería quien se las diera.

—Te ha faltado un lugar —dijo.

—¿Dónde...? —comenzó a decir Vivi.

Pero Scarlett ya estaba concentrando sus fuerzas, accediendo a la magia de Oros de sus hermanas. Con un murmullo, pasó la mano por los azulejos de la pared junto a la pila del lavabo, y moho verdoso empezó a aparecer bajo de la palma de su mano que siguió hasta la puerta. —Cuando termines, arréglate para la fiesta de PiKa de esta noche —dijo Scarlett por encima del hombro—. Y hazme un favor: no llegues vestida como JoJo Siwa. Llega un punto en el que alguien parece tan adorable que solo quieres matarla, ¿sabes? Piensa en una restauración mágica, ¿vale?

En teoría, a Scarlett le tocaba ayudarle a Vivi a vestirse para la fiesta, que tenía el tema de James Bond, lo que significaba esmoquin para los chicos y vestidos de cóctel para las chicas. Algunas de las hermanas mayores vestían a las menores como si fueran sus Barbies humanas y Scarlett sabía que era su responsabilidad asegurarse de que, para la fiesta, Vivi no pareciera... Vivi. Pero, a decir verdad, lo único que quería era que desapareciera. Una voz en su cabeza —la de Minnie— le decía que no estaba bien, que así no era como la habían tratado a ella cuando fue aspirante, que eso no era lo que hacía una verdadera lideresa.

Cuando estaba en primer año, Dahlia la invitó a su cuarto para arreglarla para su primera fiesta, levantó la mano y bajó la voz: «No se lo digas a nadie, pero yo no te cambiaría absolutamente nada. Las Winter sí son como las pintan: perfectas. —Tras unos instantes, agregó—: El tiempo dirá si eres tan poderosa como bella».

Si tan solo Dahlia supiera... Scarlett dejó a Vivi en el baño, fue a su habitación y caminó hacia el pequeño altar que había puesto bajo la ventana. Sin importar qué dijera Tiffany, el regreso de Gwen era demasiado sospechoso. Debía de tener motivos importantes para intentar volver a la casa de las Kappa. Y Scarlett no podía dejar de pensar en los ruidos que había proferido.

«¿Qué quería decir? ¿Qué quería... contar?»

Tomó el cuenco de adivinación de ónix puro del altar. Junto a él, tenía una jarra de agua que había llenado en el arroyo que pasaba detrás de la casa y que cargó de energía bajo la luz de la luna llena. Llenó el cuenco y se sentó con las piernas cruzadas frente al altar, con los ojos cerrados, inhalando por la nariz, exhalando por la boca y visualizando una luz dorada que limpiaba el espacio.

Tras unas cuantas respiraciones profundas más, abrió los ojos y se asomó al cuenco que tenía entre las manos. El tazón de ónix comenzó a calentarse entre sus dedos y la superficie del agua ondeó al ritmo de su aliento.

—Invoco a la Reina de Espadas y al cuerpo celestial —le susurró a la magia que le recorría las venas, a la electricidad que flotaba en el aire—. Revelad los pensamientos de quienes me desean mal.

Durante un instante, nada ocurrió.

Y, entonces, de golpe, todas las luces de la habitación se extinguieron. Por las ventanas se colaba luz suficiente para que Scarlett, aterrada, viera lo que ocurría.

Algo comenzó a subirle por las manos desde donde sostenía el cuenco.

Con un grito, lo soltó. Un líquido viscoso salpicó del cuenco y manchó la alfombra. Era oscuro y sanguinolento, como vísceras. Mientras Scarlett lo observaba, creció, se adhirió a la alfombra, manchó las paredes y le embarró las manos y los brazos.

El líquido trajo consigo una horrenda sensación helada. Se apoderó de sus muñecas, se hundió en sus venas. Por más que le aterrara, Scarlett reconoció el sentimiento. Se había enfrentado a él antes, aunque nunca con tanta fuerza. Era más profundo que la ira, más profundo que el desprecio.

Era odio. Puro y simple.

—¿Qué es eso? —preguntó Vivi, con una mezcla de asombro y miedo.

Scarlett jadeó y luchó contra la magia, para desasirse del hechizo. La ilusión se deshizo. Las luces volvieron a encenderse de golpe, al unísono. La sensación fría se derritió y dejó a Scarlett temblando. Las manchas sangrientas en la alfombra y en sus manos se desvanecieron también, solo dejaron el agua del arroyo que había empapado el suelo. Y ahí estaba Vivi, en la puerta, después de, al parecer, haberlo visto todo.

—¿Estás bien? —Vivi dio un paso hacia ella, con el ceño fruncido por la preocupación—. ¿Quieres que busque ayuda?

—Estoy bien —dijo Scarlett, con la voz rasposa, como si tuviera un nudo en la garganta. Tosió y sacudió la cabeza para aclararse la voz. No debió ser tan impaciente. Debió esperar a que Vivi saliera de la casa antes de intentar el hechizo. Era la segunda vez que Vivi presenciaba algo que no debía ver. Y esta vez había sido evitable. Scarlett no volvería a cometer ese error. Se dio media vuelta—: Ve a prepararte

—le ordenó. Cuando se volvió de nuevo, percibió que Vivi seguía en el umbral de la puerta, con una expresión de angustia. Por alguna razón, eso fue lo que enfureció a Scarlett más que cualquier otra cosa. Quizá era porque la expresión de Vivi se acercaba demasiado a la lástima—. ¡He dicho que te vayas!

CAPÍTULO 13

Vivi

La casa de los PiKa era tal y como Vivi imaginaba una casa de fraternidad. La estructura tenía por fuera una imponente fachada de tabiques rojos con gruesas columnas blancas y unas prominentes letras griegas encima del pórtico. En el jardín había un banco pintarrajeado de verde, una pelota de *ping-pong* destruida en el patio y algo que parecía un par de calzoncillos enredados en los arbustos que marcaban la entrada de la casa. El aire que salía despedido de la puerta olía a cerveza rancia y hombre. La música hacía vibrar las ventanas.

Vivi respiró hondo e intentó tranquilizarse. Oficialmente ya había ido a una fiesta, pero esta era la primera que también incluía chicos universitarios. La fiesta era para cuatro de las fraternidades y sororidades más prominentes: Psi Delta Lambda, Kappa Rho Nu, Theta Omega Xi y PiKa, la fraternidad de Mason, según había descubierto Vivi. La posibilidad de volver a verlo le retorcía el estómago con una mezcla de emoción y vergüenza residual. ¿Se habría dado cuenta de que Vivi estaba haciendo el mejor y más patético esfuerzo por coquetear con él? ¿Por eso actuó tan raro y se fue casi corriendo cuando apareció Scarlett? Por un instante, la idea de cruzar el umbral de la casa de los PiKa se volvió más abrumadora que la de hacer magia por primera vez: si no podía entablar una conversación con un chico sin hacer el ridículo, ¿qué haría en una casa llena de ellos?

Pero, si bien era la primera vez que iba a una fiesta mixta, también era la primera vez que entraba en un lugar con todas las Kappa de su lado. En cuanto entró acompañada de sus hermanas, entendió lo que era el poder de verdad. La fiesta se quedó en silencio y todos los ojos se posaron sobre ellas. Pero no eran las miradas furiosas y desconfiadas a las que Vivi estaba acostumbrada por ser siempre la chica nueva. Todos las miraban con deseo, como si estuvieran dispuestos a dar cualquier cosa por ser ellas.

Scarlett desapareció durante la preparación para la fiesta, así que, antes de salir de la casa de las Kappa, Mei llevó a Vivi a su cuarto y la observó de arriba abajo.

—¿No tengo remedio? —preguntó Vivi, nerviosa, mirando el atuendo que había escogido después de consultarlo con Ariana—. Haz tu magia..., ayúdame como sea.

Mei sonrió.

—No es tan grave. Créeme.

Vivi la miró con escepticismo.

—Ajá, siempre y cuando no me ponga a tu lado en toda la noche.

Mei cerró los ojos y su maquillaje y peinado, tan meticulosos, desaparecieron, únicamente quedó su hermoso pero desencantado y descubierto rostro.

—Esta es la piel con la que nací —dijo, y estiró una mano para tocarle el brazo—. Esta es la piel con la que tú naciste. Acéptala. Úsala. Cámbiala tanto como quieras. Es un instrumento tuyo, pero no es lo que te define... tú la defines; tú puedes decidir. Eso significa ser una Raven.

Al final, Mei le dio una pequeña «pulidita», en sus propias palabras, usando encantos sencillos para alargarle las pestañas, darle un poco más de brillo a su pelo y hacer que los vaqueros se le ajustaran un poco más a la cadera y las piernas. No era nada que Vivi no hubiera podido lograr con unas cuantas visitas costosas a la esteticista y la sastrería, pero nunca había tenido ni el dinero ni la disposición para hacer algo así. Ni hablar de tener a alguien con quien ir. Pero esos cambios tan sencillos bastaron para hacerla sentir como una persona distinta. En vez de arrastrar los pies con la mirada fija en el suelo, intentando no llamar la atención, Vivi entró en la fiesta con la cabeza bien alta.

Dos aspirantes de Theta que reconocieron a Vivi de su clase de biología sonrieron y la saludaron con ojos brillantes y esperanzados. Cuando Vivi les devolvió la sonrisa y el saludo, se rieron y cuchichearon algo, como si hubieran saludado a una estrella de cine. A su lado, Reagan fingía ignorar a los hermanos de PiKa que se la comían con la mirada desde el sofá, mientras ella se pasaba los rizos rojos por encima del hombro con un gesto dramático y exagerado.

A Bailey los ojos le centelleaban por detrás de las gafas, e incluso Sonali, que solía ser muy reservada, pareció relajarse mientras las chicas avanzaban por la estancia de la casa.

—Podría acostumbrarme a esto —le susurró a Vivi mientras comenzaba a mover las caderas al ritmo de la música pulsante.

—Yo también —dijo Vivi, intentando ignorar la punzada de incertidumbre—. Si echo a perder mi admisión en Kappa, espero poder recordar lo genial que me sentí esta semana.

—Ay, por favor —dijo Reagan con una sonrisa exasperada—. No lo vas a echar a perder.

—No sé. Scarlett parece decidida a hacer que me rinda.

—No es personal. Es solo la Semana Infernal. Tiffany me hizo alucinar con sangre —dijo Ariana, estremeciéndose un poco.

—Me pregunto cómo lo hizo —dijo Bailey. La revelación de que la magia era real le había provocado un cortocircuito en su cerebro de científica y todo el proceso de selección para ella era como un gran experimento.

—¿Cómo te va a ti, Reagan? —preguntó Vivi. De las otras cuatro aspirantes, Reagan era la más hermética. Venía de una prominente familia de brujas sureñas que, aunque no estudiaron en Westerly, tenían bastante poder.

—Bien —dijo, encogida de hombros, claramente más interesada en los chicos de fraternidad que en hablar sobre su entrenamiento—. Llevo haciendo estos hechizos desde que aprendí a caminar.

—Qué afortunada. Scarlett me atacó con su asqueroso moho del baño. —Vivi titubeó un poco al recordar lo que ocurrió en la habitación de Scarlett. No había podido dejar de pensar en la expresión de terror de Scarlett mientras la extraña mancha le subía por los brazos. Solo con pensarlo un escalofrío le recorría toda la espalda, como cuando Daphne la dejaba sola en el caserón victoriano que alguna vez alquilaron en Baton Rouge y Vivi oía ruidos extraños en el ático—. Vi algo un poco... extraño. Scarlett estaba haciendo un hechizo y creo que le salió mal o algo así. Parecía como sangre subiéndosele por los brazos.

Sonali abrió los ojos como platos.

—¿Estás segura? Eso suena a magia perversa.

«Magia perversa.» Las palabras describían a la perfección lo que Vivi sintió en el cuarto de Scarlett, la extraña mezcla de amenaza y poder, como si el aire estuviera plagado de serpientes invisibles, listas para atacar.

—No lo sé. ¿Creéis de verdad que Scarlett haría magia perversa? —preguntó Vivi. Su hermana mayor tenía pinta de chica pesada, pero que fuera una abusona que le dedicaba más tiempo a su pelo que a entrenar a su hermana menor no significaba que fuera malvada.

—Solo para conseguir descuentos en Lilly Pulitzer —dijo una voz con alegría fingida.

«Scarlett. Mierda.»

Como de costumbre, se veía perfecta. La piel morena y dorada le resplandecía. El pelo le caía en ondas alrededor de la cara. El vestido de encaje rojizo se le ceñía a la perfección en la cintura. Llevaba en la mano un vaso de vidrio normal, en vez de los rojos de plástico que los demás usaban para beber.

—No, tienes razón, perdón —dijo Vivi, retractándose enseguida—. Es solo que no estoy muy segura de qué fue lo que vi.

—Mmm. —Scarlett ladeó la cabeza—. Bueno, pues lo mejor es mantener los asuntos de la sororidad en la sororidad, a menos que conjures un hechizo de distracción antes. Aunque, por supuesto, no sabes cómo hacerlo.

Vivi se sonrojó al instante.

—Cierto. Sí. Lo entiendo. No volverá a pasar.

—Bien. —Dicho eso, dejó atrás a las aspirantes y se sumó a Dahlia y Tiffany, quienes hablaban con un grupo de chicos embobados con ellas.

Y Mason.

Vivi desvió la mirada antes de que él la pillara.

—Argh —gimió al volver la atención a las demás—. No puedo creer que acabe de hacer eso.

—No ha sido para tanto —dijo Ariana en tono reconfortante.

Reagan se rio.

—Perdón, pero acaba de acusar a su hermana mayor de practicar magia perversa. Es grave.

Vivi se llevó las manos a la cara.

—Vamos. Necesitas beber algo —dijo Bailey, entrelazando su brazo con el de Vivi—. Y yo necesito hablar con el que es idéntico a Drake que está junto a la mesa de *ping-pong*.

Vivi dejó que Bailey la llevara hasta donde estaban las bebidas. Esperaba encontrar una mesa de madera raída, cubierta con botellas de vodka barato, pero PiKa tenía una barra de roble de verdad en una esquina del salón. Estaba repleta de barriles, decenas de botellas de destilados y licores coloridos que Vivi nunca había visto. El único indicio de que estaban en una fraternidad y no en un bar en el centro de Savannah eran los vasos rojos de plástico. Tres aspirantes atendían el bar; Vivi notó que les sirvieron mucho más a Hazel y a Etta que a dos chicas bonitas de Theta.

—¿Qué os pongo? —Un chico guapo de piel morena y ojos color avellana se apoyó en la barra y le sonrió a Vivi.

Vivi no tenía ni idea. Nunca había pedido alcohol.

—Cinco chupitos de tequila —dijo Reagan con una sonrisa traviesa.

—Reagan, no —se quejó Ariana.

—Es obligatorio. Es nuestra primera fiesta. Es casi como un ritual de paso.

—¿Qué, emborracharnos y vomitar? —preguntó Sonali.

—Qué bien que ya domino el arte de limpiar baños —dijo Vivi con amargura.

—Cinco julepes de menta, por favor —dijo Ariana, ignorando la mueca de Reagan al darle un vaso rojo a cada una de las chicas mientras el camarero mezclaba los tragos.

Cuando recibió el suyo, Vivi le dio un sorbo cauteloso y retorció la cara.

—Perdón, pero esto sabe a disolvente de pintura.

—Un momentito —dijo Ariana y las llevó a un rincón con una pared cubierta con remos de madera, cada una con un año marcado, que databan incluso de principios del siglo xx—. No se puede confiar en los chicos para encontrar perfiles de sabor. Voy a intentar algo que me enseñó Etta. —Puso una mano sobre el vaso de Vivi y susurró—: Invoco a la Reina de

Bastos y al As de Copas. Que con su magia imbuida mejore esta bebida.

—Dudo que ese hechizo sea real —dijo Bailey.

Ariana arqueó una ceja cuando el vaso comenzó a temblar un poco y le asintió a Vivi.

—Pruébalo.

Vivi se preparó para otro sorbo abrasador, pero esta vez el mejunje burbujeante sabía dulce y refrescante.

—Guau —dijo, sintiendo cómo los ojos se le ensanchaban mientras pasaba la mirada del vaso a Ariana, quien sonreía con orgullo.

—Pero ten cuidado —dijo despreocupada—. Estoy casi segura de que sigue teniendo la misma cantidad de alcohol que el disolvente.

—¡Ahora el mío! —dijo Reagan, presentando su vaso.

Ariana se puso manos a la obra con los vasos de todas.

—¿Todos los hechizos riman? —le preguntó Bailey a Sonali, quien se encogió de hombros y le dio un largo trago a su julepe.

Con sus nuevas y mejoradas bebidas en mano, las aspirantes navegaron por la fiesta, pasando de grupo en grupo de Ravens. No eran difíciles de encontrar: estaban siempre rodeadas de una horda de hombres cautivados o cerca de otro grupo que las admiraba en la distancia.

Terminaron en un rincón de la fiesta, junto a Jess y su novia, Juliet.

—Vamos. —Jess tiró de la mano de Juliet —. Baila conmigo.

—Alguien tiene que estar atento —dijo Juliet, mirando a su alrededor con recelo.

—Ay, relájate. No necesitamos guardaespaldas. Pero yo sí necesito alguien con quien bailar antes de verme obligada a desperdiciar mi noche con algún tipo de PiKa de manos distraídas.

Juliet la siguió a regañadientes hasta el centro de la sala, pero, para cuando rodeó a Jess con los brazos y comenzó a mecerse, toda la tensión de sus hombros se derritió. No pasó mucho tiempo antes de que la multitud se partiera y se reorganizara a su alrededor, creando una especie de pista de baile improvisada a la que se sumaron otras parejas. A pesar del retoque que los encantamientos de Mei le había dado, Vivi no se imaginaba con la confianza suficiente para ser la primera persona en ponerse a bailar en una fiesta. La expresión seria de Juliet se transformó en una sonrisa mientras se mecía en perfecta sincronía con Jess; la admiración de Vivi se transformó en envidia al sentir una oleada de anhelo que no había sentido antes. ¿Cómo sería que alguien la viera como si fuera la única persona en el mundo? Desvió la mirada, pues no quería entrometerse en un momento que cada vez parecía más privado y terminó mirando hacia donde estaba Mason.

Estaba hablando con dos chicos, al parecer sus hermanos de fraternidad: uno apuesto de piel morena y mucha seguridad en sí mismo, y otro espigado y pálido con el típico pelo grisáceo y pajizo de alguien del equipo de natación. En vez de los esmóquines que llevaban todos los demás chicos, Mason llevaba vaqueros y una camisa blanca ajustada a la perfección y abierta en el cuello, que solo revelaba un poco del bronceado veraniego de su pecho.

Como si hubiera sentido la mirada de Vivi, Mason se volvió. La vio y sonrió, lo que provocó que ella sintiera una descarga eléctrica por todo el cuerpo, una descarga parecida a la que sentía cuando practicaba su magia.

Antes de que Vivi pudiera decidir si sonreír, saludar o fingir que no lo había visto, Scarlett se materializó junto a Mason. Con el corazón palpitándole a toda velocidad, Vivi dio media vuelta, tomó unos largos tragos de su bebida e hizo una mueca. Quizá Ariana había mejorado el sabor, pero el alcohol seguía siendo lo suficientemente fuerte para quemarle la garganta. Mientras estaba con las demás aspirantes, oyendo a medias la historia de Reagan sobre cómo una bruja a la que conocía fue finalista en «The Bachelor», la sala repleta de gente comenzó a verse borrosa y una calidez reconfortante se le posó en el pecho. De pronto, la pista de baile comenzó a parecerle mucho menos intimidante, atractiva incluso.

Vivi miró a su alrededor hasta que su mirada se detuvo en el camarero guapo. Esperó un momento para ver si él alzaba la mirada, pero estaba muy concentrado sirviendo bebidas, y Vivi, aun con unas cuantas copas encima, ni de broma tenía el valor de atravesar la sala para hablarle a un extraño. Entonces recordó haber leído en el grimorio un hechizo para llamar la atención de alguien que estaba distraído con otras cosas. Era uno de los tantos hechizos que no estaba en español, pero el francés básico de Vivi bastaba para entender las partes importantes.

—*J'en appelle à la Reine d'Épées et invoque la Force. Que ma volonté soit exacuée* —murmuró por lo bajo.

Sintió una presión que aumentaba conforme la calidez en su pecho comenzaba a esparcirse por el resto de su cuerpo, con intensas pulsaciones, como si intentara escapar. Un segundo después, el chico alzó la cabeza y la miró desde el otro lado de la fiesta.

Vivi inclinó la cabeza hacia la pista de baile y arqueó una ceja de forma sugerente —un gesto que ni siquiera sabía que podía hacer—, y sintió una ráfaga de emociones cuando él sonrió y asintió. Se encontraron en el centro de la pista de baile. Sin decir nada, el chico le puso las manos en la cintura y la acercó a su cuerpo. Era la mayor cantidad de contacto físico que había tenido con un hombre desde la secundaria, cuando tuvo un novio durante exactamente una semana, periodo durante el cual hablaron tres veces y se besaron una. Y, aunque la sensación del tacto del chico le era desconocida, no era para nada desagradable.

El peso de sus manos le hacía cosquillas en la piel mientras la guiaba de lado a lado al compás de la música. Y aunque sin duda era el hombre más sexi que había mostrado interés en ella, Vivi no podía evitar imaginar que estaba bailando con alguien más, alguien a quien, en ninguna circunstancia, podía desear.

Pero alguien a quien deseaba de todos modos.

Una hora después, Ariana la cogió de la mano y se la llevó de la pista, donde había estado bailando con un segundo chico, quien se le acercó sin la necesidad de hechizo alguno. La fiesta se había reducido un poco, pero las parejas y los grupos de amigos seguían con el ánimo hasta el techo, cantando a todo pulmón la canción de Lizzo que retumbaba en los altavoces.

—¿Qué pasa? —preguntó Vivi, jadeando un poco. Estaba sudando por bailar y, aunque no había tomado nada más, el mundo seguía girando un poco en su visión periférica.

—Nico quiere enseñarnos la sala de billar —dijo Ariana con una risita, luego la llevó hacia una escalera en la parte de atrás de la casa, donde Reagan, Bailey y Sonali estaban de pie.

—¿Quién es Nico? —preguntó Vivi.

—El chico con el que estaba bailando. ¿No lo viste? De donde vengo no hay de esos. Estos hombres de Savannah sí que saben usar un esmoquin. Vamos, vamos. —Ariana le tiró del brazo—. Sus amigos y él nos están esperando abajo.

Vivi estaba un poco ebria, pero no tanto para no escuchar las alarmas en su cabeza.

—No creo que sea buena idea. Scarlett nos dijo que no nos fuéramos de la fiesta principal, sin importar lo que pasara.

—Venga ya —dijo Reagan, que estaba tan entretenida como irritada—. No es como si fueran desconocidos. Es nuestra fraternidad hermana.

—Vivi no está diciendo que sea peligroso. —Sonali miró nerviosa a Vivi y luego al resto de las chicas, y luego de nuevo a Vivi—. Está diciendo que no deberíamos desobedecer a Scarlett.

—Creedme. No queréis enfadar a Scarlett —dijo Vivi, estremeciéndose.

—Me da igual. Vi a Dahlia, Tiffany y Mei subir al segundo piso hace media hora —dijo Ariana—. Ni siquiera siguen sus propias reglas.

—¿Van a venir, señoritas? —preguntó un chico apuesto de pelo rubio revuelto. Pasó a su lado y desapareció por la escalera.

—¡Sí! —dijo Ariana con firmeza. Cogió a Sonali de la mano y tiró para seguir a Reagan, quien ya había comenzado a bajar.

—¿Tú qué piensas? —le susurró Vivi a Bailey.

—No sé —respondió Bailey, inquieta—. No me gusta que Scarlett me diga qué hacer, y jugar al billar unos minutos no parece gran cosa. Dicho lo cual, nunca he enfadado a una bruja.

La escalera llevaba a una habitación sin ventanas y un techo con tejas mugrientas donde unos cuantos chicos de PiKa estaban jugando a *beer pong*. Al ver que uno de ellos era Mason, el estómago se le retorció a Vivi.

Intercambiaron miradas; él sonrió, luego volvió a su juego.

Vivi frunció el ceño. Había algo raro en la expresión de

Mason. La sonrisa no parecía pertenecerle al chico simpático y dulce que le llevó las maletas y la ayudó a hacer gofres. Sus ojos parecían más fríos y la risa que oyó desde el otro lado de la habitación tenía un deje casi como de crueldad. Entonces, la boca se le abrió más y más y se le retorció en una figura extraña y antinatural, como si la mandíbula se le hubiera dislocado. Vivi miró horrorizada cómo la piel comenzó a caérsele como cera derretida, igual que a los demás chicos.

—¿Qué rayos? —mascculló Bailey, cuyas palabras quedaron ahogadas por el grito de Ariana.

Las caras de los chicos siguieron derritiéndose y rearmándose hasta que, unos segundos después, aparecieron Tiffany, Scarlett, Dahlia y Mei en su lugar. Dahlia las miraba con dureza, cruzada de brazos, y Mei ostentaba una sonrisa pícara mientras fingía examinarse las uñas. Vivi supo que debía haber sido alguno de los encantos de Mei, aunque no tenía idea de que la magia de las Oros pudiera ser tan poderosa que transformara a elegantes Ravens en chicos de fraternidad.

—Como seguramente ya habréis intuido —dijo Scarlett—, esto era una prueba. Y habéis fallado.

—Os lo había dicho —farfulló Sonali en voz baja.

—Sois brujas —continuó Scarlett—. Sois más poderosas de lo que os imagináis. Ese poder conlleva la responsabilidad de proteger a vuestras hermanas y protegeros a vosotras mismas. Si os decimos que os mantengáis juntas, que os quedéis con el grupo, es porque eso es lo que tenéis que hacer. No importa quién esté intentando persuadiros, ya sea un grupo de chicos encantadores en una fiesta o un antiguo demonio al que invocasteis por accidente con un hechizo mal conjurado.

—Un momento. ¿Los demonios también existen? —preguntó Bailey.

—Pronto lo descubriréis —dijo Tiffany con una sonrisa que rayaba en lo diabólico—. Vuestra recompensa por hoy es trabajar en el cementerio.

—¿Qué significa eso? —preguntó Ariana, todavía temblando por la imagen de la horripilante transformación.

Las cuatro chicas mayores intercambiaron miradas cómplices.

—Ya lo veréis —canturreó Mei.

Scarlett meneó los dedos hacia las aspirantes y subió la escalera con las demás hermanas mayores.

—¡Solo espero que no tengáis miedo de la oscuridad! —gritó—. Ni de los muertos.

CAPÍTULO 14

Scarlett

La mañana después de la fiesta, Scarlett estaba recostada en la explanada principal del campus, con la cabeza sobre el pecho de Mason. Había estudiantes pasando por todos lados, corriendo a sus clases o a encontrarse con sus amigos. Un grupo de chicos lanzaba un frisbi de lado a lado. Uno de chicas colgaba un cartel que anunciaba la inauguración de una galería de arte estudiantil. La brillante normalidad de la escena le resultó reconfortante a Scarlett. Estar acostada ahí, con el pulso regular y calmante del corazón de Mason en el oído, era justo lo que necesitaba.

Apenas había dormido. No podía dejar de pensar en el hechizo que le explotó en el cuarto antes de la fiesta. Nunca había visto que la magia reaccionara de esa forma. La magia tenía una energía particular, cierta efervescencia. Podía agotarte, pero nunca parecía como si intentara devorarte desde dentro. Cuando el hechizo estalló, fue como si una fuerza hambrienta e iracunda intentara invadirle el cuerpo. Pasó toda la noche preocupada por lo que eso podría implicar, pero mientras estaba ahí, bajo la clara luz del sol resplandeciente y con los dedos de Mason entrelazados con los suyos, era difícil pensar que algo ominoso se cernía sobre la Universidad Westerly.

Y la noche anterior no había sido del todo mala. Disfrutó de torturar a las aspirantes, cuando todas se encantaron para hacerse pasar por chicos de PiKa. La expresión de terror en el rostro de Vivi bastaba para hacerla sonreír, incluso un día después.

—¿Qué es tan gracioso? —preguntó Mason, con el pecho resonando bajo la cabeza de Scarlett.

—Solo estaba pensando en la fiesta de anoche. Fue divertida, ¿no?

—Supongo —respondió él. Scarlett sintió cómo se encogía de hombros.

—¿No fue lo suficientemente entretenida para usted, señor Gregory?

—O sea, fue una fiesta de fraternidad. La misma mierda de siempre. Jotham se pasó la mitad de la noche intentando reconquistar a Molly y la otra mitad besuqueándose con una de sus mejores amigas. Benjamin vomitó en la piscina cuando todo el mundo se fue. Y los aspirantes... te juro que son clones de mi generación. El mismo tipo de chicos con diferente color de polo. Aburrido.

—Bonita manera de hablar de la fiesta de tu casa. —Scarlett frunció el ceño. Se empeñó en arrastrar a Mason a la pista de baile para que pudieran pasar tiempo juntos. Parecía que lo estaba pasando bien. ¿Había malinterpretado la situación? ¿Lo había malinterpretado a él? Si bien no se había puesto esmoquin, como se suponía que debía, Mason le había explicado que olvidó meterlo en la maleta después de sus vacaciones y ella lo creyó. Pero ahora Scarlett veía otra cosa. Tal vez había decidido no ponérselo. Y, sí, quizá hubo demasiados PiKa pidiendo un Martini «mezclado, no agitado» para sus vasos rojos. Pero eso era parte de la vida de las fraternidades y sororidades: reírse de los chistes gastados con tus amigos. Con Gwen de vuelta, Scarlett deseaba que el peor problema para las Kappa fuera el aburrimiento.

—La verdad, no sé si va a seguir siendo mi casa mucho tiempo —dijo Mason.

Scarlett frunció el ceño.

—¿De qué hablas?

—¿Cuándo fue la última vez que leíste un libro por placer?

Scarlett se tensó. Esa pregunta parecía una prueba. Y hacía mucho que Mason y ella habían superado la fase de «¿Somos compatibles?».

—¿Por qué?

Mason suspiró y miró a la distancia.

—Jotham se pasó media hora burlándose de mí por leer algo que no era para una de mis clases.

—Es solo Jotham siendo Jotham.

—PiKa siendo PiKa —la corrigió.

—No me parece que estés siendo justo con tus hermanos.

—Esa es la cosa: no son mis hermanos. Ni siquiera son mis amigos, o no todos. Me estaba preguntando si los escogería como amigos, y la verdad es que no estoy muy seguro.

Scarlett entrecerró los ojos al mirar hacia el sol.

—¿De dónde ha salido todo esto? Adoras a Jotham.

—Y va a ser mi amigo con o sin PiKa.

—¿Sin PiKa? —preguntó Scarlett, ya en alerta máxima.

Sintió que el pecho de Mason subía y bajaba al suspirar.

—Estoy pensando en dejar PiKa.

—¿Qué? —Scarlett se sentó de golpe y se volvió para mirar a su novio a los ojos. Mason se irguió y también se sentó, pasándose una mano por los rizos oscuros y desaliñados.

—¿Qué? No es tan importante.

—¿Qué hay de tus hermanos, Mason? ¿Qué hay de tu padre? Desde hace tres generaciones todos los hombres de la familia Gregory han pertenecido a PiKa.

Mason se rio y le cogió la mano.

—Scar, admiro tu lealtad, pero te tomas esto de la vida griega mucho más en serio de lo que yo jamás lo hice. Sé que Kappa es muy especial para ti y lo respeto. Pero... «hermanos», «aspirantes». —Se encogió de hombros—. PiKa es solo un club social. Es una buena forma de hacer contactos, supongo. De conocer gente. Pero solo me uní porque mi padre quería que lo hiciera. Y anoche, mientras estábamos hablando con la misma gente de las mismas estupideces de siempre, me sentí... aburrido. O sea, ¿así es como quiero pasar las noches durante el tiempo que me queda en la universidad?

—¿Con tu novia y tus mejores amigos? —dijo Scarlett. Recordó el momento en que se conocieron: la fiesta de Pikiki, la plumaria. PiKa era parte de su historia. Y ahora a Mason le parecían tonterías.

—Scar, nuestra relación no depende de que pertenezca o no a una fraternidad. —Su expresión se tornó seria—. O al menos no debería.

—No, claro que no. Es solo que no entiendo. ¿Pasó algo? ¿Te peleaste con algún otro PiKa?

Mason negó con la cabeza.

—No, no es eso.

—¿Cuál es el problema entonces?

—Es solo... —Volvió a suspirar, claramente frustrado—. ¿No sientes a veces la necesidad de probar algo nuevo? ¿De tirar todas las reglas y los planes a la basura y descubrir cómo podría ser tu vida si dejaras de pensar en cómo debería ser?

Scarlett miró a su novio. ¿De dónde estaba saliendo todo eso? ¿Por qué estaba cambiando tanto y tan rápido? Le vino a la mente la imagen de Mason riéndose con Vivi en la cafetería, la forma despreocupada en que le puso la mano sobre el hombro. No se hablaron durante la fiesta —Scarlett se aseguró de que no ocurriera—, pero hubo un momento, tan breve que no sabía si lo había imaginado, en el que le pareció que habían compartido una mirada de un lado a otro de la habitación.

Mason extendió los brazos.

—El mundo es más grande que PiKa. Es más grande que Kappa. Nosotros somos más grandes que las dos. Quisiera que pudieras verlo.

—Y lo veo.

¿Estaba juzgándola por quedarse con sus hermanas? Y, si no lo estaba haciendo, ¿lo haría después? ¿Era ese el primer paso antes de que le pidiera que escogiera entre ellas y él?

Una marejada de emociones se le vino encima a Scarlett. Se puso de pie antes de que Mason pudiera ver la pesadumbre en sus ojos.

—No olvides que vamos a cenar con mis padres esta noche —dijo, evitando mirarlo a los ojos—. A menos que ese sea el tipo de plan que quieras tirar a la basura.

Mason la miró con una expresión de dolor.

—Scarlett..., no seas así. Quédate.

—¿No tienes grupo de estudio de sociología? Deberías irte. Tienes un examen pronto —dijo Scarlett.

Mason titubeó. Scarlett sabía que él quería seguir hablando, pero ella sentía que la garganta se le cerraba y los ojos le ardían. Se negó a perder la compostura en medio de la explanada, donde todo el mundo podía verla. Las Ravens no lloraban en público. Invocó su magia; el ardor en los ojos se transformó en un cosquilleo en las yemas de los dedos. «Vete —le ordenó—. Vete ya.»

—Tengo que irme a estudiar, Scar —dijo Mason de repente, respondiendo a la orden mágica subliminal. Le besó la mejilla y se dio vuelta.

Y, aunque fue ella quien le ordenó hacerlo, le rompió el corazón verlo alejarse.

CAPÍTULO 15

Vivi

—¿Te vas a poner eso? —preguntó Vivi, mirando los *shorts* ajustados de Reagan, mientras las dos estaban recostadas a la sombra de uno de los muchísimos robles que rodeaban la explanada principal de Westerly.

Reagan y Vivi estaban en la misma clase de astronomía y esa noche sería su primera visita al observatorio, un edificio nuevo donado por una adinerada exalumna de Kappa. Vivi no estaba muy segura de cuánto duraría la actividad, así que estaba intentando avanzar en sus lecturas tanto como pudiera esa tarde. Las clases acababan de empezar y, por alguna razón, ya iba atrasada. Era mucho más fácil estar al día con los estudios cuando no tenía amigas.

—¿Te preocupa que los telescopios se escandalicen? —preguntó Reagan, volviéndose para quedar boca abajo y cerrando los ojos, claramente molesta por usar la tarde para estudiar. Por lo que Vivi había podido sacar en claro del rompecabezas que era Reagan, sabía que era muy inteligente, pero no tenía interés alguno en lo académico. Ariana le contó que la habían expulsado de tres internados muy prestigiosos. Vivi sospechaba que las Ravens habían movido muchas influencias para que la aceptaran en Westerly, a pesar de sus lamentables resultados, posiblemente para estar en buenos términos con sus tías y su madre, todas brujas poderosas. A Vivi no dejaba de parecerle alucinante la idea de que hubiera brujas viviendo por todo el país... y por todo el mundo. Eran mujeres cuyas antecesoras usaron su magia para dar forma a la historia... y que en ocasiones pagaron un precio por hacerlo.

—Me preocupa más que los bichos te piquen el trasero —dijo Vivi, con más levedad de la que estaba sintiendo—. Al parecer, el observatorio está junto a un gran pantano.

—Buen punto, Devereaux. —Regan se volvió de nuevo y se puso de pie—. Supongo que me cambiaré antes de la cena. Te veo esta noche.

Reagan se alejó. Vivi abrió su libro de matemáticas, pero no avanzó mucho antes de que una sombra se cerniera sobre la página.

—Un poco de lectura ligera, ¿eh?

Alzó la mirada y encontró a Mason mirándola desde arriba con una cálida sonrisa. Vivi alzó el libro y miró la portada, extrañada.

—Es solo cálculo. Sí, diría que es bastante ligera.

—¿En comparación con qué? ¿Neurocirugía avanzada?

—En comparación con la clase de álgebra no lineal a la que asisto como oyente. Los de primer año no podemos apuntarnos oficialmente.

—¡Ay, la pequeña sobresaliente! —La sonrisa de Mason se ensanchó y dejó ver el hoyuelo que le hacía revolotear el corazón a Vivi.

«Contrólate —se dijo—. Es el novio de tu hermana de sororidad. No seas una rastrera.»

—No vayas de guay, ¿eh? —dijo Vivi, intentando sonar juguetona, sin rayar en lo coqueto, aunque ella misma sería la primera en admitir que no estaba muy bien equipada para hacer esa distinción. Señaló un libro que se asomaba de la bandolera de piel de Mason, un desgastado ejemplar de *El amor en los tiempos del cólera*, repleto de pósits de todos los colores—. ¿Es para una clase?

—Por placer —dijo Mason con timidez.

—¡Ajá! Así que eres tan empollón como yo.

—No, no, soy mucho más empollón que tú, créeme. Ven. Hay algo que quiero mostrarte. —Le tendió una mano para ayudarla a levantarse, pero Vivi vaciló. Quería ir con él, pero no estaba muy segura de qué pensaría Scarlett si se enteraba de que había pasado tiempo a solas con su novio—. Perdón —dijo Mason mientras dejaba caer el brazo con torpeza a un lado—. Sé que eres capaz de levantarte sola. Las lecciones de etiqueta de mi madre son un poco anticuadas.

—No, está bien —dijo Vivi, poniéndose de pie a toda prisa—. Solo estaba pensando en mi horario, pero sí tengo tiempo. ¿Qué quieres enseñarme?

El rostro de Mason se iluminó. Vivi no estaba segura de haber conocido antes a alguien cuyas emociones se mostraran con tanta claridad en su rostro.

—Es por aquí. Ya lo verás.

Mason la condujo por la explanada y el sendero franqueado por árboles que llevaba hacia la biblioteca más famosa de Westerly, Hewitt, la cual, según el guía que condujo la visita que Vivi hizo, albergaba una colección de objetos únicos que pertenecían a la escuela.

—¿Podemos entrar? —preguntó Vivi—. El guía nos dijo que era para estudiantes de posgrado y académicos invitados.

—Se necesita un permiso especial para ver los archivos, pero el museo es gratis y está abierto al público.

—¿Hay un museo en el campus?

—Mmm... mmm... —Mason sacudió la cabeza—. O tuviste un guía lamentable o no estabas poniendo atención. No estoy seguro de cuál me rompe más el corazón.

Mientras subían por la escalinata de mármol blanco hacia la fachada con columnas, Vivi miró a Mason con una sonrisa.

—Si el corazón se te rompe así de fácil, la vida será muy dura para ti.

Mason se llevó una mano al pecho.

—No tiene la menor idea, señorita Devereaux.

—¿Cómo sabes mi apellido?

—Estuviste a punto de asesinarme en tu primer día en el campus. Te dije que necesitaba tenerte bien vigilada por motivos de seguridad pública.

Vivi arqueó una ceja. Bueno, esperaba haberlo hecho. No era un gesto que tuviera muy dominado y cabía la posibilidad de que más bien hubiera contorsionado la cara de la forma más extraña. Mason le abrió la puerta, y, aunque Vivi estaba segura de que era algo que hacía por todas las mujeres, la cortesía le hizo sentir un cosquilleo en el pecho.

—Los archivos están por ahí —dijo Mason, apuntando hacia un par de puertas de madera. Junto a las puertas había un ornamentado escritorio ocupado por una imponente mujer de pelo plateado y gafas con montura de acero—. Ahí es donde guardan la mayor parte de la colección. El museo, que está por aquí, solo tiene espacio como para una décima parte de las cosas. ¿Cómo está, señora Irma? ¿Necesita ver nuestras credenciales?

—No hace falta, Mason —dijo la mujer, suavizando su expresión adusta—. Pasad.

Mason llevó a Vivi a una sala alargada y estrecha repleta de aparadores.

—¿Qué clase de museo es este? —preguntó Vivi mientras sus ojos pasaban de un caparazón de tortuga con joyas incrustadas a una antigua pipa para tabaco, y luego a algo que parecía un instrumento musical hecho con el colmillo de un elefante.

—Creo que su nombre oficial es Colección Hewitt de Rarezas y Curiosidades, pero, en pocas palabras, es un revoltijo de cosas extrañas y valiosas que la gente ha donado.

Vivi dio unos cuantos pasos hacia un diorama de un ratón disecado y vestido para una fiesta de té.

—No puedo creer que alguien se haya querido deshacer de esto.

—Hay cosas muy interesantes, créeme. Vamos, te voy a enseñar mi pieza favorita. —Se apresuró a llevarla al pasillo central, hacia un aparador en un rincón en la parte de atrás, donde un pequeño libro forrado en tela reposaba sobre un cojín rojo.

Vivi se acercó y entrecerró los ojos, intentando descifrar lo que decían las letras de la portada, hechas con hojas de pan de oro.

—¡Es una colección de poemas de Emily Dickinson!

Mason asintió.

—La encontraron en el bolsillo de un soldado que murió en Francia meses antes de que terminara la Primera Guerra Mundial.

—Qué triste —susurró Vivi, y le dolió el pecho por el pobre chico que nunca volvió a casa—. ¿Por qué es tu favorito?

—Me encanta pensar que ese soldado llevó un libro de poesía a la batalla. Después de toda la muerte y destrucción que seguramente vio, aún podía encontrar belleza y sentido en el lenguaje. Me parece muy inspirador. —La melancolía en sus ojos revelaba que hablaba en serio.

—Deberían dejar que tú hicieras las visitas guiadas —dijo Vivi, temerosa de lo que podría decir si no llevaba de nuevo la conversación al territorio de las bromas.

—Ah, pero es que me dejan. Soy uno de los guías más populares del campus.

—¿Por qué no me sorprende? —dijo Vivi mientras se dirigían a la salida. Miró el reloj de su teléfono y soltó un gritito—. Cielos, me tengo que ir, perdón. Tenemos trabajo en el cementerio mañana por la noche y eso me ha descuadrado todo el calendario.

—Ah, sí, trabajo en el cementerio. Es lo que dicen todas las chicas cuando se quieren deshacer de mí.

—Es en serio. Es una cosa de Kappa... Me tengo que ir. ¿Nos vemos luego?

—Eso espero —dijo Mason con una expresión que Vivi no logró descifrar.

El corazón se le aceleró. Se dio la vuelta a toda velocidad para que Mason no viera su expresión, la cual supuso que no tendría problema alguno para interpretar.

Una enorme nube pasó por encima de ella y proyectó largas sombras sobre el césped. La explanada se había vaciado; no había nadie sentado en los bancos ni reposando bajo los robles. Vivi bajó los escalones saltando, animada por la sensación efervescente que comenzó a burbujear en su interior durante la conversación con Mason.

Mientras avanzaba deprisa por el sendero que la llevaría a la puerta principal, alcanzó a ver una silueta solitaria al otro lado de la explanada. Una persona de pie, inmóvil, con los ojos fijos en Vivi.

Era Gwen.

La luz se atenuaba deprisa, debido a lo cual se veía casi sobrenatural, con el pelo oscuro y la cara tan pálida que daba miedo, y miraba a Vivi con una expresión que nunca le habían dirigido antes.

Odio puro.

CAPÍTULO 16

Scarlett

Scarlett estaba sentada en la biblioteca de Kappa, delante de ella permanecía intacto un libro abierto de psicología. Era su lugar favorito de la casa. Las cuatro paredes estaban cubiertas de suelo a techo de antiguos libros con cubierta de cuero, algunos de los cuales databan del siglo XVI, mucho antes de que las Ravens se consolidaran como aquelarre. Entre las estanterías había cajones de boticario que contenían cristales, hierbas y remanentes amarillentos de conjuros esbozados por antiguas hermanas. El techo estaba pintado de azul lapislázuli, con estrellas hechas de hoja de pan de oro. En el centro había una brújula redonda y los puntos cardinales estaban marcados no con letras, sino con los signos elementales de fuego, aire, agua y tierra. Estar sentada ahí era como viajar en el tiempo, un recordatorio de quienes la habían precedido, un recordatorio de que sus problemas eran insignificantes en el marco de la historia, en el marco de la inmensidad del universo. Un recordatorio que le hacía mucha falta en ese momento.

Había vuelto a casa hacía una hora, después de una típica cena de la familia Winter. Su madre se había deshecho en halagos para Mason, mientras que su padre lo interrogó sobre los planes que tenía para cuando se graduara y sobre sus resultados del examen para entrar a la facultad de Derecho. Eugenie había pasado la noche entera presumiendo de la montaña de casos en los que había estado colaborando mientras hacía preguntas insidiosas sobre la postulación de Scarlett a la presidencia de Kappa. Mason, por su parte, había cautivado a los Winter como acostumbraba a hacerlo. También le había pedido perdón a Scarlett por la pelea que habían tenido y le había llevado una plumaria, una flor idéntica a la que le había arrancado a su collar hawaiano la noche en que se conocieron.

Tendría que haber sido una experiencia positiva, incluso buena. Pero... algo no encajaba. Incluso estando en la casa de quienes se suponía que la querían más que nadie en el mundo, Scarlett se sentía sola. Como si fuera la única que se daba cuenta del sutil movimiento del suelo bajo sus pies. Por otro lado, cuando estaba en casa era cuando más se resentía de la ausencia de Minnie, pues los espacios que ella acostumbraba a ocupar se veían más vacíos que nunca.

Así de vacía estaba también la casa de las Kappa esa noche, lo cual no la hacía sentir mejor. Todas habían salido, ya fuera a estudiar o a beber.

Scarlett suspiró y abrió su cuaderno de psicología, pero entonces se le escapó una carcajada repentina. En el margen de la página, alguien había dibujado una persona hecha de palos y bolitas y la había hechizado para que bailara. Parecía como si se estuviera haciendo el baile del hilo dental. Scarlett sonrió al recordar las noches que Tiffany y ella habían pasado ensayando rutinas ridículas que luego Tiffany reproducía en público para alegrar a Scarlett cuando tenía un mal día. Seguramente Tiffany le había dejado ese dibujito ahí; al parecer siempre sabía cuándo su mejor amiga necesitaba que le sacaran una sonrisa. Scarlett lo habría dado todo con tal de que su amiga estuviera con ella en ese momento para no estar sentada sola en la casa.

Se asomó por la ventana y vio a uno de los cuervos del aviario pertrechado en la rama de un árbol, quieto como una estatua. La luna que se asomaba por el tragaluz era menguante y tenue; Minnie solía decir que era el mejor momento para hacer encantamientos para cambiar y mejorarse a una misma. Era la luna de los nuevos comienzos.

Y a veces no importaba si querías volver a empezar o no.

Scarlett se quitó la plumaria que llevaba detrás de la oreja y la dejó sobre la mesa. Luego la pondría en su carpeta de Kappa, junto a la original que había conservado ahí desde hacía dos años. Sin embargo, esta flor no había tenido el mismo efecto que la primera. Aquella había sido un símbolo del futuro prometido. Ahora sentía que Mason y ella estaban teniendo dificultades para recordar sus promesas.

De repente, oyó voces y risas provenientes de la escalera; segundos después, Dahlia, Mei y Tiffany entraron en la biblioteca.

—Hola, chicas. ¿Dónde estabais? —les preguntó Scarlett con una sonrisa improvisada.

—Uf, en una horrenda junta del presupuesto para la fiesta de bienvenida —contestó Tiffany con los ojos en blanco. Kappa tenía la responsabilidad de ser la sororidad anfitriona de aquella fiesta anual para estudiantes y exalumnos de todo el campus. Cada año, el comité quedaba maravillado de que Kappa no rebasara el presupuesto para decoración y le reportaban al concejo del sistema griego de hermandades que habían organizado un baile elegante con un toque de magia artesanal.

—Si hubieras visto a María. Intentó convencer al concejo de que Theta se hiciera cargo de la fiesta de bienvenida y de que Kappa se hiciera cargo del baile de invierno —dijo Mei.

—Típico —contestó Scarlett. María era la presidenta de Theta, que llevaba años intentando competir con Kappa para consolidarse como la mejor sororidad. Pero no tenían posibilidad alguna—. Nadie va al baile de invierno.

—Eso fue justo lo que yo dije —intervino Tiffany, tras lo cual se dejó caer en el sillón de piel contiguo al de Scarlett.

—«¿Estás bien? —preguntó la voz de Tiffany en la mente de Scarlett—. Pareces molesta.»

Solo su mejor amiga podría ver a través de ella. Scarlett aprovechó la magia de Espada de su amiga para contestarle:

—«Te cuento luego.»

Tiffany asintió y le dio un ligero apretón en el brazo.

—¿Te imaginas qué dirían nuestras madres si perdiéramos el control de la fiesta de bienvenida? —preguntó entonces.

—Se morirían —contestó Dahlia y sacudió la cabeza.

Mei se rio, pero Tiffany, en cambio, se quedó callada, y los ojos se le llenaron de lágrimas.

—Sí, bueno, eso literalmente le va a pasar a mi madre —dijo.

Dahlia se puso pálida.

—Ay, Tiffany, perdón. No quería... No era mi intención...

Antes de que pudiera terminar la oración, se oyó un estruendo agudo, casi como un disparo. Lo siguió un fuerte crujido y luego otro estruendo.

—¿Qué diablos es eso? —preguntó Tiffany.

Las chicas se miraron entre sí, confundidas.

—¿Eso que huele es humo? —preguntó Mei y arrugó la nariz.

—¡Argh! Si Sig Tau está disparando petardos de nuevo, juro que... —Scarlett dejó su libro a un lado, se puso de pie y fue a la ventana que daba hacia el patio delantero y la calle de las fraternidades. Pero no eran petardos.

En el césped delantero, alguien había enterrado cuatro estacas de madera en la tierra. Y cada una tenía atada un espantapájaros vestido con una túnica y un sombrero negro puntiagudo.

Y les habían prendido fuego.

Por un instante, Scarlett no pudo más que mirar. Luego gritó, desesperada, y las cuatro entraron en acción. Scarlett bajó corriendo la escalera hasta la planta baja y salió disparada hacia la noche húmeda, seguida de sus hermanas.

Los espantapájaros ardían en llamas que centelleaban y bailaban conforme consumían la paja, y la tela de las túnicas se derretía y se retorcía. Al acercarse, Scarlett alcanzó a ver que los espantapájaros tenían unas enormes sonrisas burlonas pintadas con marcador negro. Casi de inmediato, las caras se les desplomaron y fueron devoradas por el fuego.

Scarlett alzó los brazos y por puro instinto empezó a conjurar agua con su magia para apagar las llamas.

—¡No, Scarlett! —le susurró Dahlia.

En ese momento, Scarlett se dio cuenta de que había un pequeño grupo de gente observando la escena. Un par de hermanos ebrios de Sigma Zeta Tau estaban de pie a un lado, boquiabiertos, cervezas en mano. Un grupito de chicas de Beta Beta Beta había salido en pijama y sandalias, y cuchicheaban entre sí. Dos Theta salieron de su casa cogidas de la mano, con expresiones de angustia.

—¡Hoguera! —exclamó alegremente uno de los chicos de Sig Tau mientras alzaba el puño en el aire.

—¿Estáis bien? —preguntó un chico que se bajó de su bicicleta y corrió a ayudarlas.

—¿Se supone que son... brujas? —dijo una chica. Scarlett vio que era la presidenta de Gamma Theta Rho.

—Creo que alguien está llevando la Semana Infernal demasiado lejos este año —dijo Scarlett de inmediato mientras más estudiantes preocupados y curiosos se acercaban. Alguien incluso sacó su móvil para grabar.

—Si es obra de otra fraternidad, debemos llevar el caso al Concejo Panhelénico. ¡Y llamar al 911! —exclamó una de las Tri Beta, con la mirada fija en las llamas que se reflejaban en sus ojos oscuros. Dicho eso, sacó el móvil.

—No queremos que las demás casas se metan en problemas, aunque lo merecerían —argumentó Scarlett para tratar de quitarle importancia a la situación y se volvió para mirar a Dahlia con desesperación.

La presidenta susurró algo, y Scarlett sintió el zumbido característico de la magia. De inmediato, los ojos de las Tri Beta se empañaron y la multitud quedó hechizada. Las Tri Beta se dieron media vuelta y volvieron a su casa; el resto de los observadores se dispersaron también, y volvieron a sus bicicletas o a sus casas.

—¡Mierda! —murmuró Scarlett con voz temblorosa tan pronto como se quedaron solas. Después, sin titubear siquiera, recurrió a su magia. Una descarga eléctrica le recorrió las venas y sintió el habitual hormigueo ardoroso en las puntas de los dedos. Estiró los brazos cada vez más hasta que sintió que hasta la última gota de agua suspendida en la atmósfera le cantaba, atrapada en su red expansiva. Scarlett tejió las moléculas hasta cerrar el más mínimo hueco entre ellas, y luego, con un desplome final, las liberó. De inmediato, empezó a diluviar. Las llamas sisearon y chisporrotearon hasta apagarse. Scarlett cayó de rodillas, exhausta.

Las estructuras carbonizadas mantuvieron sus sonrisas burlonas hasta que Mei conjuró un hechizo para que se pulverizaran y luego encantó el césped para eliminar las marcas del fuego.

—Pudo haber sido una tragedia —dijo Mei, jadeando por el esfuerzo.

—Eso es poco decir. —Scarlett sacudió la cabeza mientras se ponía de pie—. Todo esto es muy sospechoso, Dahlia —dijo, dándole nombre a la creciente incomodidad que se había apoderado de su cuerpo desde que vio el primer destello de las llamas—. Primero, las cartas de tarot. Y ahora esto. No creo que sea coincidencia ni que sean bromas inofensivas. Alguien viene a por nosotras y cada vez se acerca más.

Scarlett creía que Dahlia iba a rebatirle el argumento, pero la presidenta solo asintió.

—No parece una coincidencia, en efecto. Alguien quiere hacernos daño... o ponernos en evidencia.

—Entonces, tenemos que protegernos —intervino Tiffany con voz firme—. Somos brujas. Somos poderosas. Es nuestro deber mantener a salvo a las hermanas y nuestro secreto.

—¿Qué haremos con la prueba del cementerio de mañana? —le preguntó Scarlett a Dahlia—. ¿La cambiamos por otra cosa? Podríamos hacer que las de segundo año armen un cementerio en el patio trasero de inmediato.

Dahlia lo consideró un instante mientras se daba golpecitos con las uñas recién arregladas en la palma de la otra mano.

—No. La última prueba de la Semana Infernal sigue en pie. Es tradición. No permitiremos que nos ahuyente un maniático. Tiffany, Mei y yo te acompañaremos para controlar todo. —Una vez que Scarlett asintió, Dahlia agregó—: Mei, ven a casa conmigo. Quiero revisar los hechizos de protección. Tiff y Scarlett, avisad a las demás de que estén alerta.

Mientras Mei y Dahlia volvían a la casa de las Kappa, Scarlett se volvió para mirar a Tiffany.

—Puedo enviarles un mensaje a todas para que estén alerta y... —Se paralizó al ver un destello de pelo negro detrás de un farol al final de la calle.

Era Gwen.

La chica tenía los ojos entrecerrados, y su boca era un tajo rojizo y furioso.

Tan pronto como Scarlett la vio, la chica se ocultó de nuevo en la oscuridad y se esfumó.

—Tiff. —Scarlett cogió a Tiffany del brazo.

—Ya lo sé. Yo también la he visto —dijo Tiffany con seriedad.

Scarlett sintió un escalofrío que le recorrió la espalda.

—Tienes que reconocer que no puede ser coincidencia. Gwen vuelve al campus después de muchos meses justo cuando empiezan a pasar cosas extrañas.

Tiffany alzó las cejas.

—¿Insinúas que lo ha hecho ella?

—¿De verdad es tan descabellado creerlo? —preguntó Scarlett.

—Pues pusimos hechizos de protección en la casa; ella no puede poner un pie en la propiedad sin sentir que está caminando sobre brasas ardientes o lo que sea que se le haya ocurrido a Dahlia como castigo...

Scarlett sabía que Tiffany estaba intentando negar la única explicación lógica porque era el único razonamiento que implicaba que ellas eran las responsables. Pero, en el fondo, Scarlett sabía que Gwen había encontrado la forma de evadir el hechizo para incendiar los espantapájaros.

—Anoche conjuré un hechizo para buscar malas intenciones en el campus.

Tiffany respiró hondo y su expresión se tornó sombría.

—¿Qué te dijo?

—Nada muy específico —reconoció Scarlett—. El hechizo medio me explotó... pero sé lo que sentí. Y era muy... oscuro.

Había otro tipo de magia que era más oscura y peligrosa

que la que practicaban las Ravens. Ese tipo de magia implicaba dolor y muerte.

Esa magia podía matar a alguien.

Sin embargo, en lugar de hacer eco del terror creciente de Scarlett, la expresión de Tiffany se calmó.

—Suena muy aterrador, pero tú misma lo dijiste: el hechizo no funcionó. Además, Gwen ya no es bruja. Nos aseguramos de que así fuera.

—Estoy segura de que Gwen volvió por alguna razón —insistió Scarlett—. ¿Y si todo esto ha sido obra suya? ¿Y si está intentando vengarse de una forma retorcida porque le quitamos sus poderes? Porque, si es así, entonces la culpa es tuya y mía...

Tiffany cogió a Scarlett de la mano. Su expresión dejaba claro que creía que Scarlett había perdido la razón.

—Te quiero con toda el alma, amiga, pero si de verdad fue Gwen, ¿qué crees que podría hacernos? No es más que una exbruja amargada que perdió la oportunidad de ser parte del aquelarre más genial del mundo. Nos dejará en paz si la ignoramos y no dejamos que nos afecte.

Scarlett sacudió la cabeza.

—No sé. Tengo un horrible presentimiento. ¿Y si Gwen encontró la forma de recuperar sus poderes? Si está tratando de hacerle daño a la gente que se lo hizo a ella, entonces todas estamos en peligro. Y tenemos que detenerla.

Tiffany entrecerró los ojos.

—¿Qué propones que hagamos?

Scarlett se mordió el labio.

—Creo que hay que contarle a Dahlia lo que pasó. La historia real.

—Sabes bien que no podemos hacer eso —contestó Tiffany con voz férrea—. Si se lo contamos a Dahlia, ¿qué esperas que haga? En el mejor de los casos, nos castigan; en el peor, nos sacan a patadas y nos quitan los poderes. No podemos arriesgarnos. Somos brujas, y nadie, ni Dahlia ni Gwen, nos lo va a arrebatar. Éramos jóvenes y tontas, y cometimos un terrible error. Eso jamás lo negaré. Pero piensa bien lo que estás diciendo. —Scarlett se frotó los brazos para intentar calmar los escalofríos—. Mira —Tiffany le puso las manos en los hombros y la miró fijamente a los ojos—, lo que pasó fue un accidente. Todo saldrá bien, Scar. Te lo prometo. Tú y yo somos las brujas más cabronas del campus. Nada nos va a pasar a nosotras ni a nuestras hermanas. No lo permitiremos. De ser necesario, tú y yo nos haremos cargo de Gwen. Pero ya lo viste: no ha recuperado sus poderes. El hechizo funcionó. Gwen no puede ni siquiera *pronunciar* la palabra *magia,* no digamos usarla para matar a alguien. No permitas que por su culpa te quiten también tus poderes.

Scarlett miró a los ojos a su amiga, su hermana. La mirada de Tiffany era franca y afectuosa. Scarlett debía reconocer que tenía razón. No podía arriesgarse a perder su magia. Sin ella, no tendría sentido su existencia.

—Tienes razón. —Scarlett suspiró lentamente—. Estoy exagerando.

Sin embargo, por más que lo intentara, no podía quitarse de encima la molesta sensación de que estaba pasando algo por alto, algo tan evidente que ardía.

Algo que podía costarle la vida a otra de sus hermanas.

CAPÍTULO 17

Vivi

Vivi se frotó los brazos, no tanto para entrar en calor como para sacudirse los escalofríos que le habían causado los sucesos de los días anteriores. Tanto el encuentro desconcertante con Gwen como la historia de los espantapájaros en llamas le habían provocado una gélida sensación paralizante y asfixiante que ni siquiera el sol cálido de Savannah había logrado disipar y que solo había empeorado desde que había puesto el pie en el Cementerio Bonaventura esa noche.

Los árboles de esta sección del famoso camposanto habían crecido tan cerca los unos de los otros que sus ramas formaban una especie de techo que bloqueaba casi por completo la luz de la luna. El musgo colgante parecía un velo sobre los robles, como si fueran plañideras en perpetuo llanto por los cuerpos enterrados bajo sus sombras. Hasta los matorrales fortuitos que se asomaban entre las lápidas se veían abatidos por la aflicción, y sus hojas alicaídas y pétalos pálidos distaban mucho de la vegetación frondosa que Vivi había empezado a asociar con Savannah.

Las aspirantes caminaron en silencio, se abrían paso entre las tumbas. Se suponía que se encontrarían con las hermanas mayores en la llamada «Tumba del Dios Cornudo», que quién sabe qué era y sus búsquedas en internet no habían dado frutos.

—Mirad eso —susurró Ariana. Vivi se volvió hacia la estatua de una niña de pie en un recuadro de césped rodeado por una valla de hierro fundido. Los detalles eran minuciosos y exquisitos, desde los lazos en los rizos a las hebillas de los zapatos. Todo, salvo por los enormes ojos vacíos que parecían seguir a Vivi y a Ariana mientras se apresuraban a alcanzar a las demás.

—¿Podría ser esa? —preguntó Bailey, señalando un mausoleo enorme detrás de un bosquecillo de robles. Y entonces distinguieron el destello inconfundible de una antorcha junto a la entrada y un grupo de figuras a su alrededor.

—Bien hecho —dijo Vivi, aunque no estaba muy emocionada por averiguar qué las esperaba. No había logrado impresionar lo suficiente a Scarlett durante la Semana Infernal y cada vez le preocupaba más no estar a la altura de Kappa.

Cuando llegaron al mausoleo, encontraron a Dahlia, Scarlett, Tiffany y Mei sosteniendo velas y ataviadas con túnicas negras, cuyas capuchas les cubrían la mitad de la cara. Estaban de pie bajo el pórtico del mausoleo, el cual tenía tallada la cara retorcida y doliente de un hombre al que le salían cuernos de las sienes.

—Bienvenidas, aspirantes —dijo Scarlett y dio un paso al frente—. Os hemos traído aquí esta noche para explicaros lo importante que es la hermandad y para que sepáis qué puede ocurrir si no os tomáis en serio ese voto de sororidad. —Señaló una tumba de mármol sencilla que le llegaba a la rodilla y que tenía grabado el apellido «Waters»—. Esta es la tumba de Evelyn Waters. O más bien es un tabernáculo dedicado a su memoria. —Hizo una pausa dramática.

—¿Está vacía? ¿Por qué? —preguntó Bailey finalmente, sin poder contener la curiosidad.

—Porque Evelyn desapareció en su último año de universidad y nunca encontraron su cuerpo. —Scarlett apoyó una mano impecablemente tersa encima de la tumba—. Evelyn era presidenta de Kappa. Fue la lideresa de la sororidad durante un año, antes de su desaparición. En esa época, el aquelarre era aún más poderoso e importante de lo que es ahora. ¿Alguna de vosotras ha oído hablar del talismán de Henosis? —Vivi negó con la cabeza, al igual que Ariana, Reagan y Bailey. Solo Sonali abrió los ojos como platos al escuchar el nombre—. Henosis significa algo así como «unidad» o «unificación». El talismán se forjó en la antigua Grecia y fue encontrado durante una excavación a finales del siglo XIX. Westerly lo adquirió para el Departamento de Historia y una bruja de Kappa descifró la inscripción de la tableta que encontraron enterrada con el talismán. Era un hechizo que explicaba no solo cómo compartir poderes entre brujas, sino también cómo arrebatarle permanentemente el poder a una.

Vivi hizo una mueca de dolor al imaginar que alguien le arrebataba su magia. Aunque hacía poco tiempo que era consciente de sus propios poderes, la aterraba imaginar la sensación de vacío y pérdida que experimentaría. Y por eso había sido un descubrimiento tan extraordinario; no fue como si las Kappa hubieran agitado una varita para infundirle magia, sino que solo la habían ayudado a usar las fuerzas que siempre habían estado en su interior.

—¿Cómo puede pasar eso? —preguntó Bailey—. ¿No se supone que...?

—Pensaba que la magia es algo con lo que naces —intervino Reagan—. Siempre me han dicho que las brujas no pueden adquirir más magia de la que recibieron de nacimiento.

—Y así es —contestó Scarlett—. Al menos en la naturaleza. Pero si hablamos de intervenciones antinaturales... —Dejó que el peso de la palabra se cerniera sobre las demás. Tiffany se tensó como las estatuas rígidas que la rodeaban, mientras Mei se mecía de un lado a otro. La única que no se veía inquieta era Dahlia. Su mirada reflejaba el baile de la llama de su vela, que le enrojecía las pupilas—. No es un hechizo fácil —continuó Scarlett—. Y tampoco es permanente, al menos no sin el talismán de Henosis. Es el único objeto sobre la faz de la Tierra que permite atesorar magia robada. Con el talismán, puedes arrebatarle a otra bruja su poder de por vida. Sin él, solo vives en tiempo prestado. Además, ese robo conlleva un precio altísimo. —Scarlett miró a Vivi a los ojos. Bajo la luz de la luna, Vivi tuvo la impresión de que los ojos de Scarlett eran distintos. Más oscuros, casi negros—. Para arrebatarle su poder a otra bruja, tienes que matarla.

Vivi se estremeció mientras el viento silbaba entre los árboles y le ponía los pelos de punta.

Se oyó un crujido en el bosque, como una rama al romperse. Vivi se volvió hacia su lugar de procedencia. Dahlia y Mei no se movieron, pero a Vivi le pareció identificar un destello de miedo en los rostros de Scarlett y Tiffany.

—Entonces..., ¿creéis que alguien mató a Evelyn Waters y le robó sus poderes? —preguntó Reagan con impaciencia, sin percatarse del crujido.

—Lo único que sabemos es que en la primavera de su último año de estudios desapareció de la casa de las Kappa —dijo Scarlett y rozó la lápida con las puntas de los dedos—. Y el talismán se esfumó con ella.

—Por eso, cuando decimos que las hermanas deben protegerse entre sí... —intervino Mei por primera vez.

—Significa que a veces hay que hacerlo, aunque nos cueste la vida —concluyó Scarlett.

El eco de sus palabras se mantuvo latente mientras todas guardaban silencio. Sin embargo, segundos después, oyeron otro crujido intenso, como si la antorcha de la entrada del mausoleo hubiera explotado en llamas. Las aspirantes ahogaron un grito y retrocedieron.

—Esta noche trabajaréis en equipo por primera vez y demostraréis cuánto estáis dispuestas a hacer para protegeros las unas a las otras —dijo Scarlett. Alzó las manos y otras antorchas cobraron vida para iluminar una escalinata que llevaba a las entrañas del enorme mausoleo a su espalda—. Esto es parte de un sistema de túneles que conecta un gran pedazo de la antigua de Savannah con el campus de Westerly. Una vez que entréis, sellaremos la puerta.

—En cada una de las antesalas os hemos dejado pistas —dijo Mei—. Tendréis que colaborar si queréis encontrar el camino de regreso a la casa de las Kappa.

—Eso o arriesgarse a permanecer atrapadas bajo la ciudad para siempre —agregó Tiffany en un tono de deleite morboso.

—Vuestros móviles, por favor. —Dahlia les tendió la mano para que le entregaran sus teléfonos. Vivi cedió el suyo a regañadientes. Apenas podía orientarse con el teléfono, así que no sabía qué haría sin él.

Scarlett le entregó a Vivi un medallón de plata antiguo con símbolos extraños grabados en el metal.

—Esto os ayudará a encontrar el camino. Suerte.

—La necesitaréis —intervino Tiffany y miró a Scarlett con una sonrisa de complicidad.

Reagan y Bailey fueron las primeras en entrar. Sonali titubeó por un instante, pero las siguió casi de inmediato.

Vivi siguió a Ariana hacia la entrada lúgubre del mausoleo y apenas alcanzó a bajar un par de escalones cuando oyó un chirrido agudo. Al volverse, vio que la puerta se estaba cerrando. Durante una fracción de segundo, sus ojos se encontraron con los de Scarlett. Vivi pensó que parecía un tanto preocupada; sin embargo, antes de poder examinar su expresión con detalle, la puerta se cerró por completo y quedaron sumergidas en la oscuridad.

Mientras esperaba a que sus ojos se adaptaran a la falta de luz, Vivi estiró una mano para usar el muro como guía, pero frunció el ceño al tocar algo húmedo y viscoso. La escalinata llevaba hacia abajo y, aunque la lógica indicaba que habría mucho oxígeno ahí, la reacción natural de Vivi fue empezar a respirar rápido y de forma superficial. No pudo evitar pensar en las campanas oxidadas que habían visto junto a algunas tumbas, un vestigio de tiempos en los que no existían los monitores cardiacos ni los sensores cerebrales, cuando en contadas ocasiones alguna persona despertaba de un coma y descubría que la habían enterrado viva.

—¡Qué jodido está esto! —exclamó Reagan.

—Estoy de acuerdo contigo —concordó Ariana—. Habrá más tumbas vacías si no logramos salir de aquí.

—No sé —dijo Bailey y su voz hizo eco en las paredes—. Seguro que inventaron la historia para asustarnos. Apuesto a que nunca hubo una Raven llamada Evelyn Waters.

—Sí que la hubo —dijo Sonali en voz tan baja que Vivi casi no la escuchó—. Mi madre la conoció. Y sí que desapareció.

Nadie dijo una palabra más. Lo único que se oía era el sonido de su respiración desacompasada y un goteo constante a lo lejos.

—Bueno, ¿vamos a buscar la salida o nos vamos a quedar aquí toda la noche? —preguntó Ariana finalmente.

—Sería útil ver el camino —dijo Vivi—. Supongo que nadie ha traído una vela que podamos intentar encender.

—No, lo siento, me he dejado mi colección de velas en mi otro bolso —bromeó Reagan.

—Tal vez no necesitemos velas —susurró Bailey—. He estado practicando. Esperad. —Hubo un ligero murmullo, y luego dijo—: Invoco a la Reina de Bastos. Muéstrame tu poder e ilumina lo que está en mi haber. —En cuanto enunció la última palabra, dos llamas anaranjadas resplandecientes se encendieron en la oscuridad y flotaron encima de las palmas abiertas de Bailey.

—Bien hecho —dijo Ariana—. ¿Traes tus cartas?

Bailey negó con la cabeza, despacio, como si temiera que se le cayeran las llamas.

—Supongo que me ha servido practicar.

—¿Duele? —preguntó Sonali.

—Para nada —contestó Bailey, un poco sorprendida.

—Se necesita más que eso para quemar a una bruja —intervino Reagan con una sonrisa traviesa y conjuró también un par de llamas en sus manos.

La luz de las cuatro llamas bastó para formar un pequeño círculo tambaleante alrededor de las aspirantes, que siguieron descendiendo por la escalera angosta, cuyas paredes de piedra mohosa parecían apresarlas cada vez más.

Después de un rato que pareció durar una eternidad, llegaron al pie de la escalera. Frente a ellas había un pilar de piedra con grabados que parecían jeroglíficos. Detrás se abrían tres caminos que tomaban distintas direcciones.

—Creo que es un encantamiento —dijo Sonali y pasó la mano por encima de los grabados—. Mirad, los símbolos en realidad no están grabados en la piedra. Es solo una ilusión. Debe de ser una de las pistas que ha mencionado Mei.

Bailey dio un paso al frente y alzó las manos para que la luz de las llamas iluminara el pilar.

—Son símbolos alquímicos. —Señaló con la barbilla una flecha que apuntaba hacia arriba, atravesada por una línea—. Este es el aire. La flecha de la izquierda, la que apunta hacia abajo y que está atravesada por una línea, es la tierra. Esta flecha de abajo es el agua y la de la derecha es el fuego. Me las enseñaron en mi clase de historia de la ciencia el año pasado.

—¿Qué significan? —preguntó Ariana—. ¿Son direcciones?

Sonali negó con la cabeza.

—Si fuera una brújula, la tierra estaría arriba, señalando hacia el norte.

Vivi alzó el colgante que Scarlett le había dado.

—¿Qué significa este símbolo, Bailey? —le preguntó, señalando un glifo que se parecía al símbolo de Venus, pero con una luna creciente encima.

—Creo que es Mercurio, pero no tengo ni idea de qué significa en este contexto.

—¿Será algo relacionado con la mitología griega? —sugirió Reagan—. Tal vez... —Se detuvo al oír un zumbido que se fue intensificando, como un aguacero—. ¿Qué diablos es eso?

Vivi se volvió en busca de la fuente del sonido y se le retorció el estómago. De la nada, uno de los pasajes se estaba inundando de agua y el flujo iba directo hacia ellas.

—¡Mierda! —exclamó y dio media vuelta para quitar a las demás aspirantes del camino—. ¡Corred! ¡Vámonos ya! ¡Ahora!

El zumbido se fue convirtiendo en un rugido a medida que el agua se acercaba.

—Mercurio era el dios alado, el mensajero —dijo Sonali, jadeando—. El dios de la velocidad. El símbolo significaba que... que nos diéramos prisa.

Las llamas de Bailey y Reagan se apagaron en la carrera, con lo que volvieron a quedar completamente a oscuras. Vivi se tambaleó en el suelo irregular y se torció el tobillo. Pero al sentir el rocío de la corriente que las acechaba, una descarga de adrenalina la hizo olvidar el dolor y siguió corriendo tan rápido como pudo, hasta que escuchó a Ariana gritar:

—¡Está bloqueado! ¡Hay una pared!

Las cinco se detuvieron de golpe. Vivi cerró los ojos con fuerza y se preparó para el golpe del agua, pero en ese instante se silenció el rugido y el agua empezó a retroceder como perros de cacería que atienden a la llamada de su amo. El ambiente seguía húmedo, pero los túneles estaban en silencio.

Vivi respiró hondo por la nariz varias veces para intentar calmar su corazón acelerado. Debía de haber una forma de volver a la casa de las Kappa sin tener que nadar en un río subterráneo.

—¿Alguien sabe un hechizo de ubicación?

—Hay uno para encontrar al dueño de un objeto —dijo Sonali, jadeando—. Podríamos usarlo en el medallón para encontrar a Scarlett, pero es un hechizo de arcano mayor. Y se supone que no podemos intentar conjurarlos hasta que seamos Ravens de verdad y tengamos el poder de los cuatro palos de la baraja.

—Yo digo que lo intentemos —dijo Reagan—. Cualquier cosa es mejor que estar tiradas en medio de la oscuridad, aguardando otro ataque inesperado.

—Pues hagámoslo —dijo Ariana con firmeza—. Dinos qué tenemos que hacer, Sonali.

—Primero tenemos que darnos la mano. —Hubo algunos tropiezos mientras arrastraban los pies para encontrarse las unas a las otras en la oscuridad. Finalmente, todas se cogieron de las manos. Vivi estaba entre Ariana y Bailey—. ¿Tienes el medallón, Vivi?

—Sí. Lo llevo puesto.

—Vale. Ahora, repetid después de mí: «Invoco al Hierofante Estelar. Te pedimos tu sabiduría para lo alejado encontrar».

Vivi cerró los ojos.

—Invoco al Hierofante Estelar. Te pedimos tu sabiduría para lo alejado encontrar. —Su voz era temblorosa y titubeante. No obstante, a medida que las otras chicas fueron incorporándose al cántico, la voz de Vivi se fue haciendo más fuerte y confiada. Al poco rato, sus voces hicieron eco en los túneles con tal estruendo que parecía que los muertos durmientes se habían unido a ellas.

—Invoco al Hierofante Estelar. Te pedimos tu sabiduría para lo alejado encontrar.

Al principio, Vivi solamente sintió el hormigueo en las puntas de los dedos que reconocía como indicio de su propia magia. Sin embargo, segundos después, el zumbido agradable se fue engrosando hasta convertirse en otras cosas. Unas dolorosas descargas eléctricas le atravesaron el pecho y la sangre se le volvió tan espesa y el pulso tan rápido que sintió que las venas estaban a punto de explotarle. A sus pies, el suelo empezó a estremecerse y del techo cayó polvo y sedimentos.

—¡Vivi! —le gritó Ariana—. ¡Contente! ¡Le estás dando demasiado poder al hechizo!

Vivi rechinó los dientes e intentó imaginar que la magia se contenía, pero era como tratar de contener un tornado.

—No puedo —jadeó, casi sin aliento. El estruendo se volvió más violento; de los muros empezaron a desprenderse piedras más grandes. Vivi intentó alzar las manos para protegerse, pero no podía mover los brazos, ni siquiera cuando algo frío y afilado le rasgó una mejilla.

—¡Tienes que hacerlo! —gritó Sonali mientras el túnel se estremecía—. ¡O nos enterrarás vivas! ¡Las demás, seguid cantando!

Vivi se aferró a las manos de sus amigas e hizo todo lo que pudo para controlar su magia, pero el esfuerzo era tan agotador como intentar alzar un camión con las manos. Cuando creyó estar a punto de explotar, la presión que sentía en las extremidades empezó a amainar y el rugido se fue haciendo más tenue.

—Invoco al Hierofante Estelar. Te pedimos tu sabiduría para lo alejado encontrar. —Las palabras hicieron eco en el túnel.

Instantes después, la cadena que colgaba del cuello de Vivi se tensó.

—Invoco al Hierofante Estelar. Te pedimos tu sabiduría para lo alejado encontrar.

El medallón se alzó por los aires y flotó delante de Vivi. Luego, con un fuerte tirón, giró y la arrastró de vuelta por el túnel del extremo izquierdo. Vivi boqueó mientras la cadena que llevaba en el cuello le hería la piel.

—¿Vivi? ¡¿Qué pasa?! —Ariana gritó en medio de la oscuridad cuando Vivi la soltó de la mano.

Intentó responderle, pero, al abrir la boca, no pudo emitir sonido alguno. Vivi, desesperada, tiró de la cadena para liberarse y, en el mismo momento, empezó a ver estrellitas. Con la poca fuerza que le quedaba, logró quitarse la cadena del cuello. Cogió tanto aire como pudo y contuvo el medallón en ambas manos.

Bailey había vuelto a encender las llamas en sus manos, lo que le permitió a Vivi ver la expresión de angustia de sus compañeras.

—¿Estás bien? —le preguntó Sonali con los ojos abiertos como platos.

Vivi asintió y tomó una bocanada de aire, con una mueca de dolor debido al esfuerzo.

—Es por aquí.

Las guio por un sendero tortuoso mientras el medallón forcejeaba hacia delante, como si lo tirara una cuerda invisible. Finalmente, el objeto chocó contra algo sólido y produjo un ruido sordo. Ariana se paró junto a Vivi y empezó a tentar la pared.

—Es una puerta. —Ariana encontró el picaporte y la abrió. La luz del exterior inundó el túnel. Vivi entrecerró los ojos y se protegió de ella mientras Ariana la cogía del brazo y se reía, aliviada—. ¡Lo hemos conseguido! —anunció con voz cansada.

—¿Dónde estamos? —preguntó Vivi al salir del túnel y entrar en lo que parecía un sótano lleno de botellas polvorientas. Algunas tenían etiquetas extrañas: «Adán y Eva», «Atracción», «Mejores negocios», «Cruz doble». Otras eran botellas más reconocibles, como las de vino.

El medallón dio un fuerte tirón para señalar la escalera cercana en el mismo instante en el que alguien abrió la puerta del sótano.

—¿Ya estáis aquí? —Tiffany estaba al final de la escalera, acompañada por Scarlett, quien miraba a las aspirantes con suspicacia.

Vivi soltó el medallón, el cual cruzó el sótano volando. Scarlett lo atrapó justo antes de que la golpeara y lo giró.

—¿Le habéis puesto un hechizo localizador?

—¿Qué otra cosa podíamos hacer? —preguntó Vivi y miró a sus compañeras.

—Los símbolos que tiene el medallón eran pistas para que siguierais las direcciones que os pintamos en el túnel. Jamás esperaríamos que unas novatas conjuraran un hechizo localizador.

—Bueno, pues ha sido idea de Vivi y ha funcionado —dijo Ariana con voz ligeramente desafiante mientras cogía a Vivi de la mano.

Sonali les contó que los túneles se habían estremecido y que casi se habían derrumbado.

—Nunca había visto tanto poder.

—¡Vaya! —exclamó Tiffany, impresionada. Pero Vivi estaba atenta a Scarlett, quien la miraba fijamente con expresión pétrea.

Vivi se preparó para recibir un broncón, pero, para su sorpresa y alivio, Scarlett no hizo más que sonreír.

—Bien hecho, hermanita. ¡Hora de celebrar!

CAPÍTULO 18

Scarlett

La diminuta marca brujesca oculta en la floritura de la caligrafía del letrero era el único indicio exterior de que aquella tiendecita en Savannah era algo más que un invernadero. En la acera había una explosión de suculentas y orquídeas, plantas medicinales y diminutos árboles frutales. Dentro, en cambio, si sabías cuál de las puertas reflejadas y sin marcas debías abrir...

—¡Guau!

Scarlett no intentó siquiera disimular la sonrisa al ver la expresión de asombro de la chica nueva al entrar a Caldero y Candela por primera vez. Del techo colgaban hierbas secas. Uno de los muros estaba cubierto de cristales y otro, de velas de todos los colores y formas. Las otras dos paredes estaban pobladas de estanterías atiborradas de todo tipo de libros, desde tomos ancestrales hasta libros ilustrados para brujas modernas.

—¡Es una tienda de magia clandestina! —exclamó Vivi. En medio había estantes con equipos para rituales de mayor envergadura: escobas, altares, estatuas de dioses y diosas de casi cualquier panteón imaginable. Y, por supuesto, los calderos y las candelas que le daban nombre a la tienda—. ¿Para qué son estos? —Vivi señaló una fila de cristales.

—El cuarzo rosa es para abrir el corazón, la obsidiana sirve para inmovilizar y el lapislázuli, para abrir el tercer ojo. La gente los usa para mejorar su estado de ánimo o como amuletos protectores. —Scarlett señaló las hierbas que colgaban del techo—. Todo aquí tiene energía en su interior. Determinadas plantas medicinales y cristales le prestan su energía particular a los hechizos que realizamos para fortalecerlos. —Luego señaló los calderos—: Y los objetos rituales sirven para canalizar las intenciones y te permiten ser una bruja más fuerte.

Esta actividad era obligatoria entre hermanas mayores y menores. Habían pasado pocos días desde el incidente de los espantapájaros en el jardín y las Kappa necesitaban más suministros para reforzar los hechizos protectores; en cualquier caso, Scarlett no podía negar que salir de compras con Vivi era divertido, porque ella no tenía reparo alguno en maravillarse ante cualquier objeto como un bebé que prueba azúcar por primera vez. Le resultaba muy entretenido.

Tampoco podía negar que su hermana menor era un poco más poderosa de lo que Scarlett había supuesto en un principio. Según Sonali, Vivi había estado a punto de provocar un terremoto en los túneles. Ese tipo de poder era inusual; además, en las manos incorrectas podía incluso ser peligroso. Pero Vivi estaba haciendo un gran esfuerzo por aprender a controlarlo. Esa misma mañana, durante una lección, fue capaz de encantar el invernadero para que pareciera un bosque tropical.

—Entonces, ¿este es el ingrediente que nos falta? —Vivi le mostró un manojo de enebro.

—Sí. Coge al menos cinco. Lo consumimos como si fuera agua. —Scarlett le tendió el canasto—. Es una especie de limpiador multiusos o hierba genérica. Cuando un hechizo requiere hojas de laurel o de cedro, puedes sustituirlas por enebro.

—¿Cómo sabes todas estas cosas? —preguntó Vivi mientras apilaba los manojos secos en el canasto.

—Me las enseñó mi madre.

—¡Qué suerte tienes! —exclamó Vivi con nostalgia—. Mi madre ni siquiera me dijo que yo era bruja.

—No sé si *suerte* es la palabra adecuada. Mira, no me malinterpretes... Me gusta ser bruja, pero trae consigo muchas expectativas... —Hizo una pausa, pues no quería sincerarse demasiado—. Mi madre me presiona muchísimo.

—Creo que habría preferido una vida así. —Vivi acarició una fila de cristales—. Mi madre nunca me explicó nada de esto. Solíamos mudarnos por puro capricho suyo. Como cuando vivíamos en Las Vegas: un día llegué y encontré todas mis cosas en cajas en el coche. Me dijo que nos iríamos a San Diego en ese instante porque había visto «maldad» en las hojas del té.

—¿En serio nunca te habías preguntado si eras bruja? —preguntó Scarlett sin reparos.

—Podría ser —se rio Vivi—. O sea, supongo que había indicios. Pero pasé la mayor parte de mi infancia asumiendo que mi madre era una charlatana. Y a lo mejor lo es. Sigo sin saber a ciencia cierta si posee algo de magia o si solo se le da genial decirles a mujeres desesperadas que sus inútiles maridos están a punto de tener un golpe de suerte.

Scarlett alzó las cejas. No esperaba eso. Por alguna razón, había imaginado que la infancia de Vivi había sido, pues..., normal. Que no había tenido que lidiar con las presiones del mundo mágico. Que no había tenido que enfrentarse a la necesidad constante de ser la mejor, la más lista, la más fuerte.

—Es probable que sea una bruja de verdad. El tipo de magia que tienes tú no salta generaciones.

Vivi ladeó la cabeza y reflexionó.

—Entonces, ¿me lo ocultó vilmente toda la vida? No sé por qué eso me cabrea más.

—¿Crees que eso es malo? En medio de mi graduación de bachillerato, mi madre dio un discurso sobre lo orgullosa que estaba... ¡de mi hermana!

—Bueno, cuando yo me quedaba atrás en las clases, mi madre les echaba la culpa a mis profesores. Decía que las cartas le habían contado cosas sobre ellos. Una vez incluso se encaró al director y declaró sin tapujos que él estaba aceptando sobornos para manipular las admisiones a la universidad. Y lo hizo mientras yo estaba en el escenario, en pleno concurso de talentos.

Scarlett se rio.

—Seguro que fuiste la más popular después de eso.

—Uy, sí, me llovieron peticiones de amistad. Pero, bueno, supongo que mi madre tenía razón en todo. Solo que no quise creerle —dijo Vivi—. En fin, ¡mírame ahora! Estoy a punto de unirme a la sororidad más poderosa del campus. Quiero decir, si es que me aceptan —agregó de inmediato.

—Han ocurrido cosas más extrañas que esas —dijo Scarlett mientras elegía unos cuantos cristales para aprovisionar la casa—. Sinceramente, al principio no tenía mucha fe en ti.

—Eso me da muchos ánimos, hermana mayor.

Scarlett la silenció con la mirada.

—Déjame terminar. Por suerte, no solo crecí con mi madre. También tuve a mi niñera, Minnie.

—¿Por qué no me sorprende que hayas tenido una niñera?

—Pero Minnie fue mucho más que eso. Acompañó a dos generaciones de mi familia. Era bruja, aunque no pertenecía oficialmente a ningún aquelarre. Prefería practicar sola y seguir sus propias reglas. Siempre ha habido brujas independientes; algunas prefieren evitar los aquelarres a toda costa, mientras que otras eligen enseñar y guiar, como Minnie, que fue mi mentora. Las brujas foráneas son esenciales, ya que son imparciales y no participan en ningún aquelarre en particular. Lo único que les importa es la brujería en general. Y que haya brujas independientes brinda una línea de defensa adicional, en caso de que un aquelarre entero se derrumbe por alguna razón.

—¿Crees que mi madre podría ser una bruja independiente?

Scarlett se encogió de hombros.

—Quizá. ¿Por qué no se lo preguntas?

—Porque para sacarle la verdad necesitaría la magia de una Espada. —Vivi suspiró—. Minnie parece increíble.

—Lo era. No era de abolengo y jamás formó parte de Kappa, pero fue una maestra mucho más generosa que mi madre. Llenó todos los huecos de mi vida, no solo los mágicos. —Al decir eso, se le quebró la voz—. Falleció el año pasado.

—Lo lamento mucho, Scarlett —dijo Vivi en voz baja.

—Aunque Minnie practicaba sola, siempre decía: «Una bruja por sí sola es poderosa. Pero un aquelarre es imparable». Eres poderosa, Vivi. Probablemente eres la Oros más poderosa que hayamos visto en años. Si yo lo veo, Dahlia lo verá también.

Vivi esbozó una ligera sonrisa, pero luego su expresión se tornó angustiosa.

—Scarlett, con todo lo que está pasando... lo de las brujas que quemaron en el jardín... no les pasará nada a las Ravens, ¿verdad?

—Para nada —contestó Scarlett al instante—. Ha habido Ravens desde hace siglos. Somos el aquelarre más poderoso del país. Nada va a detenernos.

Si tan solo Scarlett creyera en sus propias palabras... Señaló entonces las estanterías al fondo de la tienda.

—Si quieres ir adelantando, te recomiendo *Compendio herbolario*. Es lo que os asignaré en la siguiente sesión.

En respuesta, Vivi prácticamente se abalanzó sobre la estantería.

Gracias a eso, Scarlett tuvo oportunidad de buscar aquello por lo que en realidad había ido. Si bien las Kappa necesitaban renovar los hechizos de protección de la casa, ella también necesitaba algo muy específico para sí misma.

Se asomó por encima del hombro para asegurarse de que Vivi tuviera las narices bien metidas en el libro de hierbas. Y luego se fue a la trastienda, al estante marrón cubierto de tela donde había un cráneo sonriente.

Scarlett se cerró bien la chaqueta para guardar el calor. En su bolso, su móvil vibró.

Mason: ¿Necesitas una distracción?

Scarlett: No puedo. Asuntos oficiales de Kappa.

Mason: ¡Anda! Te extraño, Scar.

Scarlett: Y yo a ti. Te escribo luego.

Guardó el móvil en el bolso, pero no pudo evitar sentir una punzada en el pecho. Era la tercera vez en varios días que evadía a Mason, pero ser jefa de reclutamiento le quitaba mucho tiempo. Les había dedicado a las aspirantes varias horas de clases sobre las fases de la luna, práctica de lectura del tarot y revisión del guardarropa de cada una para desechar lo que no fuera digno de las Ravens, que en el caso de Vivi había sido la mitad de su ropa. Aunque en ese instante no estaba cumpliendo con esa función... Revisó de nuevo que el anillo estuviera en el bolsillo de su chaqueta. Era el anillo de plata que a Gwen se le había caído cuando fue a la casa de las Kappa.

El hechizo localizador de Vivi la había inspirado. Decidió modificar un poco el hechizo para que el anillo encontrara el lugar al que pertenecía, no a su dueña. Esperaba que eso la llevara al lugar donde Gwen estuviera viviendo, ya que después de encantar los archivos universitarios había descubierto que ella no vivía en los dormitorios estudiantiles ni en ninguna de las fraternidades o sororidades.

Scarlett llevaba mucho tiempo angustiándose y especulando. Necesitaba saber si Gwen había recuperado sus poderes y si su regreso estaba vinculado con las cosas extrañas que les habían estado ocurriendo.

Al girar en una calle ruinosa, enmarcada por casas abandonadas, Scarlett se preguntó si había sido buena idea ir hasta allá, a las afueras de Savannah.

El anillo la tiró hacia una tienda de electrónica abandonada, al parecer ocupada clandestinamente. Fuera, junto a una angosta puerta mosquitera desvencijada, había un cartel rojo intenso que proclamaba que el local estaba cerrado. Junto a la puerta mosquitera, un cenicero rebosante contenía un sinfín de colillas de cigarrillos, una de las cuales seguía encendida.

Scarlett tomó una bocanada de aire y golpeó el marco de la puerta mosquitera. A través de la malla se veía un pasillo y una escalera.

—¡¿Hola?! —gritó después de unos segundos—. ¿Hay alguien en casa? —Según el registro escolar, Gwen debía estar en un seminario de historia medieval, pero Scarlett no tenía dudas de que una chica a la que le gustaba meterse con magia oscura fuera capaz de faltar a clase. Golpeó una vez más el marco de la puerta.

Pero nadie contestó.

Con el corazón desbocado, revisó los alrededores por encima del hombro. No había nadie a la vista. Empujó la puerta mosquitera, que se abrió.

Entró al pasillo, pero luego titubeó. El anillo la guio por la escalera hasta una puerta que tenía el número tres torcido. Scarlett llamó de nuevo, esta vez con más fuerza; luego contó hasta veinte y susurró un encantamiento.

—Invoco a la Sacerdotisa y a la Fuerza para que me guíen con bien. Permitidme atravesar el terraplén.

Ese hechizo lo había aprendido en su primer año en la universidad, cuando Dahlia, quien en ese entonces era su hermana mayor, le asignó durante la Semana Infernal la tarea de colarse en la oficina de la presidenta de Westerly y reorganizar sus muebles.

Aquella puerta había sido mucho más difícil de abrir que esta. La cerradura en realidad no opuso resistencia. La puerta rechinó al abrirse, como si lo único que la mantuviera sostenida al marco fuera el óxido. Scarlett tragó saliva, miró una última vez el pasillo lúgubre y sucio, y entró en el apartamento. No sabía bien qué esperar. ¿Encontraría animales despellejados, un altar de sacrificios lleno de sangre, o quizá montones de tierra o huesos robados de una tumba? En vez de eso encontró... una sala común y corriente.

Había un sofá al que se le estaba saliendo el relleno por un lado. Un televisor cuadrado que parecía de los años noventa. Una alfombra deshilachada y una estantería que no contenía más que unos cuantos libros de Philip Pullman.

Se adentró de puntillas. Encontró un baño diminuto con una ducha asfixiante y un champú barato. En el dormitorio había una cama individual sin hacer y una cajonera de Ikea con la mitad de los cajones abiertos, de los que colgaban prendas negras.

Nada. No solo no había indicios de magia oscura; no había indicio alguno de magia, punto. No había velas ni hierbas ni incienso. Ni siquiera cristales de protección.

En la mesita de noche había un libro que le llamó la atención. Tenía el lomo roto de tanto uso: *Cómo combatir la soledad*. A su lado había una única fotografía en un marco de plástico: Gwen con su vestido de graduación, junto a una pareja mayor, presumiblemente sus padres, pero también podrían ser sus abuelos. La abrazaban y los tres sonreían hacia la cámara.

Scarlett no había visto a Gwen sonreír así desde antes del incidente.

Sintió una punzada de culpa y se dio media vuelta para salir de ahí cuando de pronto vio otra foto. No estaba enmarcada, solo metida en el borde de un espejo. Estaba arrugada y maltratada por el tiempo. Pero los rostros eran inconfundibles. Gwen salía riendo. A su lado, abrazándola del cuello y sonriendo...

«Harper.»

Scarlett desvió la mirada y salió a la sala. Dejó caer su bolso en el suelo y rebuscó hasta encontrar los ingredientes que necesitaba. En el centro de la alfombra deshilachada de Gwen colocó el cuenco de ónix. Luego, con el ceño fruncido, sacó una bolsita con un cierre *zip* que contenía el artículo que había adquirido en Calderos y Candelas.

—Perdón, Minnie, pero debo hacerlo —susurró en la penumbra.

Al abrir la bolsa, sintió una arcada. El olor a formaldehído mezclado con sangre le inundó las fosas nasales y le provocó un ardor terrible en los ojos. Sin embargo, cuando se trataba de magia, los iguales se atraían. Para detectar magia oscura, había que usar magia oscura. Scarlett contuvo el aliento y vertió los contenidos de la bolsa en el cuenco adivinatorio, que al caer chapotearon de manera repugnante.

Scarlett acercó las manos al cuenco tanto como se atrevió y cerró los ojos. Se concentró. La magia empezó a condensarse y se formaron chispas en el aire. Las luces se encendieron y apagaron, una y otra vez. El viento azotó las ventanas.

—Corazón de la maldad, escucha mi mandato —susurró Scarlett, como si no se atreviera a decir las palabras en voz alta. Jamás había hecho algo así. Si su madre se enteraba, la desollaría viva. Se obligó a ignorar los pensamientos ansiosos. Necesitaba centrarse. Focalizar su atención solo en el hechizo—. Sangre con sangre, semejanza con semejanza, si hubiere magia perversa, que se muestre a ultranza.

Se hizo el silencio. Después, un latido. Y luego, cuando empezaba a dudar de haber enunciado bien las palabras... Tun. Tun, tun.

Scarlett entreabrió un ojo y sintió que el pecho le iba a explotar. En el tazón adivinatorio, el corazón de conejo que había comprado empezó a latir. Tun, tun. Tun, tun. Scarlett lo observó horrorizada. De él goteaba sangre viscosa que llenaba el cuenco.

Rápidamente, tendió la mano y soltó el anillo de plata de Gwen en el tazón, el cual cayó sobre el líquido espeso y se fue sumergiendo poco a poco, como si la sangre lo estuviera digiriendo. Scarlett cerró los ojos de nuevo para contener las náuseas y repetir el cántico.

—Si hubiere magia perversa, que se muestre a ultranza. —Con cada repetición, su voz era más fuerte y estable. El corazón de conejo siguió el ritmo de la recitación y comenzó a latir cada vez más rápido. Tun, tun. Tun, tun. Tun, tun. Finalmente, cuando Scarlett sintió que la energía contenida ansiaba ser liberada, abrió los ojos de golpe una última vez—. Muéstramela —ordenó, en un tono más grave y rasposo de lo habitual.

La sangre, que ya había llenado el tazón, resplandecía y

se contoneaba. Mientras Scarlett la observaba, el grotesco líquido dibujó una imagen. Era el rostro de Gwen, pero no como se veía en aquellas fotos en su habitación, sino como lo había visto Scarlett en su último encuentro. Enjuta y disminuida, con la piel y el cabello deteriorados.

El hechizo debía revelar cualquier intención maligna o prueba de que Gwen había estado experimentando con la magia oscura que tanto le llamaba la atención cuando era novata. Pero el rostro dibujado en el tazón permaneció estático. Segundos después, un leve destello amarillo borró la imagen y se extendió hasta que el cuenco adivinatorio resplandeció en su totalidad con tal fuerza que Scarlett ya no pudo siquiera distinguir el corazón en su interior.

Scarlett echó un vistazo a su alrededor. No había nada. No había volutas de humo ni apariciones acechando en los rincones. No había indicio alguno de magia. Solo aquel destello amarillo constante.

Gwen no había usado magia oscura perversa ni había maldecido a nadie. Según los contenidos de su departamento, no tenía poderes de ningún tipo.

Scarlett se sentó en los talones, sin saber si debía sentirse aliviada o molesta. En ese instante oyó el golpe lejano de la puerta mosquitera.

—¡Mierda! —Scarlett se levantó de golpe, tomó la bolsa de plástico en la que había traído el corazón, e intentando contener el aliento echó el cuenco con todo su contenido dentro. Tendría que tirarlo en algún lugar de camino a casa, ahora no había tiempo.

Con la bolsa de magia usada en una mano y su bolso en la otra, Scarlett corrió hacia la puerta del apartamento y se detuvo. Apoyó una oreja en la madera y prestó atención. No oyó pasos ni sonidos del otro lado. Debió de ser un vecino. Respiró hondo y giró el picaporte despacio, le puso el seguro y cerró sin hacer un ruido. Bajó de puntillas la escalera y salió por la puerta mosquitera, con cuidado de detenerla con una mano para que no golpeara.

A su espalda, alguien la increpó.

—¿Qué haces tú aquí?

A Scarlett casi le da un infarto del susto. Al dar media vuelta encontró a Jackson apoyado contra la pared de ladrillos, junto a la entrada. «Mierda.» ¿Por qué de repente el tipo estaba en todas partes? Scarlett tardó unos instantes en recomponerse, luego lo miró con los ojos entrecerrados.

—¿Yo? Más bien, ¿qué haces tú aquí? ¿Estás siguiéndome?

—Ya quisieras. Sé que te sorprenderá saberlo, pero no todo en la vida gira en torno a ti, Scarlett.

—¿Vives aquí? —Scarlett intentó sonar tan burlona como pudo.

Él sonrió.

—¿Por qué? ¿Me estabas buscando?

Scarlett lo barrió desconfiadamente con la mirada y mantuvo una expresión ambigua. Jackson llevaba puestos vaqueros rasgados y una camiseta descolorida. Sus ojos se detuvieron quizá más de lo necesario en la tersa piel oscura que se asomaba por el agujero intencional del muslo. Al alzar la mirada, Jackson se pasó una mano por el cabello casi rapado y Scarlett no pudo evitar fijar la mirada en sus ojos marrones, que resaltaban con un brillo travieso por encima de unos pómulos de ensueño. Debía reconocer que no era mal parecido, aunque no le interesara en absoluto. Ella tenía a Mason.

—Ni en sueños —contestó ella con la barbilla en alto—. Estaba buscando a Gwen.

—Pues no está en casa en este momento.

—¿Es tu novia o qué? —Scarlett alzó una ceja.

Jackson ladeó la cabeza y su irritante sonrisa se ensanchó.

—¿Celosa? —preguntó, y en respuesta Scarlett lo fulminó con la mirada, tanto que la sonrisa de Jackson menguó—. Gwen y yo tenemos en común a una persona muy querida. Tal vez la recuerdes. —Jackson se acercó tanto que Scarlett alcanzó a percibir el aroma de su colonia amaderada y penetrante.

Scarlett retrocedió un paso.

—¿Quién? ¿Una amante despechada?

Jackson entrecerró los ojos; no quedaba rastro alguno de su sonrisa.

—No. Mi hermanastra, de hecho. Harper Wilson.

A Scarlett se le hizo un nudo en la garganta. «Mierda.»

Jackson pareció darse cuenta.

—Sí, así es. —Cruzó los brazos y apretó la mandíbula—. Era una Kappa. Y, hace dos años, tus hermanas y tú la matasteis.

CAPÍTULO 19

Vivi

Hasta el momento, a Vivi le gustaban todas sus clases, pero, para su sorpresa, su favorita era historia del arte. De niña nunca sintió una afinidad particular por el arte y hacía años que no vivía en una gran ciudad con museos o galerías. Además, la gente que se maravillaba con amasijos de manchas de pintura le recordaba a los clientes de Daphne que le buscaban significado a la vida en medio de la crueldad y el azar.

Sin embargo, cuando estaba en la clase de historia del arte, en la planta baja de una iglesia decimonónica reformada, Vivi se asombraba al ver al profesor Barnum pasar diapositivas que mostraban el uso que hacía Caravaggio del claroscuro. Estudiar magia le había hecho cambiar la forma en que concebía la belleza de las cosas. El mundo era mucho menos aleatorio de lo que creía; había fuerzas invisibles en acción y significados ocultos en cualquier parte. Solo había que buscarlos y el arte era un reflejo de esa búsqueda.

A pesar de ese interés recién descubierto, las tareas que le asignaban en Kappa tenían mayor prioridad que las lecturas de la escuela. Sabía que no estaba preparada en absoluto para esta clase de historia del arte, lo cual era particularmente problemático, pues el profesor Barnum era ligeramente sádico con los estudiantes de primer año y solía preguntarles primero a ellos. Tiffany le había pedido ayuda para hacer un encantamiento para la fiesta de bienvenida que tendría lugar ese fin de semana, y la noche anterior había estado levantada hasta casi las cuatro de la mañana terminando un encargo de Scarlett: escribir hechizos para hacer que algo tan pesado como una piedra se volviera ligero como una pluma, para conjurar un aguacero y para hacer que a alguien se le cayeran las uñas de los pies. Vivi incluso fantaseó con usar ese último encantamiento con Zoe la próxima vez que su compañera invitara a sus amigos a tomar algo a las dos de la mañana.

Desde luego que todo era novedoso y fascinante, y raro, pero Vivi en parte anhelaba que las hermanas dedicaran menos tiempo a uñas de los pies y más tiempo a los eventos extraños que habían ocurrido en la casa de las Kappa. Aunque era novata, se daba cuenta de que algo no iba bien. El encuentro con Gwen en la explanada del campus la había conmocionado tanto como cuando se enteró de la quema de espantapájaros. Sin embargo, Scarlett se negaba a hablar de esas cosas.

—Vivian, ¿sabes la respuesta?

Se espantó y se irguió de un brinco. Frente a ella estaba el profesor Barnum, mirándola con una expresión especialmente desafiante. Era un profesor extraordinario, pero no tenía fama de ser empático. Corría incluso el rumor de que alguna vez había cateado a una estudiante que no pudo asistir al examen parcial porque tuvo que someterse a una cirugía de emergencia.

A su lado, Sonali la miraba con los ojos bien abiertos, como si intentara decirle algo.

—Lo siento —contestó Vivi mientras veía la diapositiva proyectada en la pantalla. Era una pintura dramática de un chico desnudo, cubierto solo por una sábana, que sostenía una copa de vino—. ¿Podría repetirme la pregunta? —agregó para ganar algo de tiempo.

—He preguntado por qué Baco es una figura tan popular entre los mecenas del siglo XVI. Aunque quizá la pregunta no debería estar relegada a un contexto histórico, dada su apariencia demacrada y su falta de interés en mi clase. Le recomiendo que no se aficione a la vida nocturna del sistema griego y mejor se concentre en la verdadera razón por la que está aquí: estudiar.

Vivi sintió que se ponía roja como un tomate. Unas cuantas personas al fondo del salón cuchichearon algo hasta que el profesor las fulminó con la mirada.

Pero luego, como un salvavidas, la voz de Sonali se hizo eco en su cabeza.

—«Los mecenas solían encargar retratos de Baco para reflejar su riqueza y su éxito.»

Sin siquiera preguntarse qué hechizo había usado Sonali para comunicárselo, Vivi la miró con agradecimiento infinito antes de volverse de nuevo hacia el profesor Barnum.

—Disculpe, es que no lo había escuchado al principio —dijo, y luego repitió la respuesta de Sonali. Estaba a punto de sentarse cuando su hermana le envió otro pensamiento, así que continuó hablando—. Este retrato en particular, que fue encargado por el cardenal Del Monte, también hacía alusión a la homosexualidad reprimida tanto de Caravaggio como de su mecenas. Además, contiene detalles paganos disimulados por medio de símbolos cristianos.

El profesor miró a Vivi un momento, luego asintió.

—Muy bien. Veamos ahora, en contraste, el *Baco y Ariadna* de Tiziano... —continuó.

—Gracias —le susurró Vivi a Sonali con una sonrisa e hizo la nota mental de pedirle después que le enseñara ese hechizo.

—«Para eso estamos.»

Sintió una oleada cálida en el pecho, pero por primera vez no era provocada por la vergüenza. Sonali no había dudado ni medio segundo en ayudarla. Durante casi toda su vida había tenido muchos problemas para encontrar gente a la cual pudiera considerar su amiga, pero ahora lo había logrado. Y eran más que sus amigas. Eran sus hermanas.

—«Al profe le hace falta una bacanal; a ver si así se relaja un poco» —le dijo Sonali con la mente.

A Vivi se le vino a la mente una idea muy inusual para su personalidad. Abrió un nuevo documento de Word en su portátil y escribió: «Tal vez deberíamos echarle una mano», luego lo giró en dirección a Sonali.

Sonali esbozó una sonrisa traviesa.

—«¡Obvio!»

Vivi miró a su alrededor para asegurarse de que la gente de su misma fila no la estuviera mirando; luego cerró los ojos y susurró el hechizo ilusorio que llevaba tiempo practicando, con cuidado de que su voz no se oyera por encima de la del profesor Barnum.

Instantes después, la diapositiva proyectada se transformó por gracia del encantamiento y mostró un desnudo ni más ni menos que del profesor Barnum, degustando una copa de vino en el borde de un *jacuzzi* y con una toalla cubriéndole estratégicamente el regazo. Un par de personas ahogaron una risotada. Barnum se dio media vuelta y, al ver la pantalla, enrojeció de ira. Maldijo y agarró su ordenador portátil para intentar cambiar la diapositiva; tecleó con desesperación, pero la fotografía encantada permaneció inalterable en la pantalla.

Vivi y Sonali se miraron, sonrientes, mientras el resto de sus compañeros intentaban contener las risas.

—Al parecer estamos teniendo algunas dificultades técnicas. Podéis iros por hoy —dijo Barnum y luego maldijo entre dientes al departamento informático por haberle hecho algo a su portátil y juró presentar una denuncia a la administración.

Vivi logró contenerse hasta salir del salón, tras lo cual Sonali y ella rompieron en carcajadas hasta llorar de la risa.

—Ha sido increíble —dijo Sonali mientras se limpiaba los ojos.

—Tú has sido increíble —contestó Vivi. En ese instante, su móvil vibró. Después de sacarlo, sus risas se evaporaron al ver el mensaje en la pantalla. «Tenemos que hablar ahora mismo. Nos vemos en el bosque detrás de la casa de las Kappa. Ahora mismo.»

Vivi sintió que el corazón se le hundía hasta las hermosas botas de gamuza marrones en las que había transformado sus viejas Converse. Fuera lo que fuese, parecía serio. Miró de reojo a Sonali, quien también observaba perpleja la pantalla de su móvil.

—¿Tú también has recibido este mensaje? —le preguntó Vivi y le mostró su teléfono.

Sonali asintió.

—Sí. Justo ahora. Me lo ha mandado Mei. —Frunció el ceño con expresión angustiada—. ¿Crees que se han enterado de lo que...? —Miró por encima del hombro hacia el aula.

—No sé... —Vivi se quedó callada al sentir que la inundaba una nueva oleada de pánico. Usar su magia en público había sido muy arriesgado, sobre todo porque aún no eran integrantes oficiales de Kappa. Tal vez las hermanas mayores podían vigilarlas para asegurarse de que no hicieran mal uso de su magia.

Vivi no estaba muy segura de cómo funcionaba el proceso de rechazar a una aspirante a la sororidad. ¿Habría una ceremonia oficial en la que todas se reunirían? ¿O Scarlett la llamaría en cualquier momento para decirle que simplemente no estaba a la altura? ¿Qué otra cosa podía significar «Tenemos que hablar ahora mismo» que no fuera «Tengo malas noticias»? ¿Qué ocurriría después? ¿Scarlett le borraría la memoria y las mejores semanas de la vida de Vivi no serían más que un destello irreconocible en las profundidades de su mente? Por primera vez tenía amigas y un propósito en la vida. ¿Estaba a punto de perderlo todo?

—Más vale que vayamos —dijo Vivi y suspiró—. Sea lo que sea, será peor si llegamos tarde.

Cuando Vivi y Sonali llegaron a la casa de las Kappa, el sol se estaba ocultando. En vez de entrar, rodearon la casa y se dirigieron hacia la franja espesa de árboles que crecía detrás del jardín trasero de la casa. La temperatura había bajado de forma repentina, así que Vivi se frotó los brazos y deseó haber pasado a por un suéter antes de salir a la penumbra.

—¿Crees que debemos esperarlas aquí? —preguntó Sonali. Habían estado calladas casi todo el camino, pues estaban concentradas en sus propias inquietudes.

—Nos han dicho que nos encontráramos en el bosque, así que supongo que deberíamos adentrarnos un poco más.

Sin decir una palabra, empezaron a caminar entre los árboles. Era como entrar a otro mundo; la maraña de ramas gruesas bloqueaba el sol casi por completo, aunque de vez en cuando se abría un oasis de luz que alumbraba el suelo musgoso.

—Creo que deberíamos ir para allá —dijo Sonali y señaló a la derecha.

—¿Cómo lo sabes?

Sonali se rio y señaló con la barbilla una enredadera con flores rosas que había crecido en un patrón muy particular que formaba las palabras «Por aquí, iniciadas». El borde de la enredadera se había transformado en una flecha. A pesar de los nervios, Vivi se rio también. Las Ravens podían ser tan crípticas que enfurecerían a cualquiera, pero la verdad era que todo lo hacían con estilo.

Sonali y Vivi caminaron hasta que la distancia entre los árboles se amplió, dejando entrever parches de cielo azul. No muy lejos se oía el murmullo de voces, así que siguieron el sonido hasta llegar a un pequeño claro. Toda la sororidad estaba ahí, vestidas con túnicas negras, salvo por Dahlia, que llevaba una de color sangre. Las Kappa habían formado un círculo grande que, cuando Sonali y Vivi se acercaron, se abrió para dejarlas entrar en el centro, donde esperaban las otras aspirantes. Ariana miraba a su alrededor con los ojos abiertos como platos, mientras que Bailey estaba quieta y tensa, aunque su mirada penetrante reflejaba su ansiedad. Hasta la propia Reagan, que solía tener una actitud de desapego irónico, no dejaba de moverse con gesto nervioso.

Sin decir una palabra, las hermanas mayores de las aspirantes avanzaron hacia sus respectivas hermanas menores. La expresión de Scarlett era ilegible; se acercó a Vivi y le puso una túnica negra sobre los hombros y le colocó una guirnalda de flores blancas en la coronilla. Las otras hermanas mayores hicieron lo mismo, aunque las guirnaldas eran de distintos colores, y luego regresaron a su lugar en el círculo.

Dahlia, quien estaba parada junto a una gran pila de troncos, se dirigió al centro del círculo.

—Es hora, brujas. Bienvenidas, Vivi, Bailey, Reagan, Ariana y Sonali. Habéis entrado al bosque como aspirantes, pero saldréis como hermanas. Esta es vuestra ceremonia de iniciación a Kappa. Por favor, tomad vuestro lugar en el círculo.

A pesar de la solemnidad del entorno, Vivi no pudo contener una enorme sonrisa que se extendió por todo su rostro. A su lado, Sonali suspiró con fuerza.

—Gracias a Dios —murmuró, mientras Ariana soltaba un gritito y aplaudía.

—Entonces, s-solo por confirmar —balbuceó Bailey—, ¿esto significa que...?

Dahlia se rio.

—Sí. Lo habéis conseguido. Las cinco. Os hemos convocado para investiros como hermanas —dijo.

Vivi tuvo que hacer un gran esfuerzo para no dar un saltito al unirse al círculo, el cual se había ensanchado para hacerles espacio. ¡Lo había logrado! Por primera vez en la vida, uno de sus sueños se había hecho realidad. Nada nunca volvería a ser igual. Era una bruja y tenía poderes mágicos. Pero lo mejor de todo era que era una Raven.

—Estamos reunidas aquí para afianzar los vínculos de hermandad y para darles la bienvenida a las nuevas iniciadas a nuestra familia. Pero primero quiero darle las gracias a Scarlett, nuestra jefa de reclutamiento. —Dahlia se volvió para mirarla—. Es la primera vez en varios años que todas las aspirantes se convierten en hermanas y todo es gracias a su espléndido entrenamiento. —Scarlett sonrió, con un destello de orgullo en la mirada—. Ahora, empecemos. —Dahlia alzó una rama del suelo mohoso y, de la nada, uno de los extremos se encendió—. Juntemos nuestras manos y purifiquemos este espacio.

Vivi sonrió al coger las manos de Mei y Scarlett, luego vio que Dahlia tiraba la rama para encender la pila de troncos. Las llamas danzaron ante sus ojos y rechazaron la entrada de la oscuridad incipiente. Vivi incluso creyó haber visto en el fuego imágenes de aves planeando y mujeres bailando.

Las hermanas empezaron a tararear un sonido que a Vivi le provocó escozor en la coronilla. Un escalofrío recorrió el círculo entero, de mano en mano; respiraban y palpitaban en sincronía y por un instante Vivi sintió que eran un solo ser.

Bajo la luz de la fogata, el aquelarre tenía una apariencia espectral, como si los espíritus hubieran aparecido en este bosque y soltaran su cabello salvaje a la voluntad del viento.

—Por mi voluntad, conjuro este círculo —canturreó Dahlia—. Con mi palabra, queda conjurado. —Mei y Scarlett soltaron a Vivi. Simultáneamente, las hermanas se volvieron en la misma dirección, con los brazos en alto. Vivi las imitó—. ¡Te invocamos, Reina de Espadas, espíritu del este! —exclamó Dahlia—. Bienvenida y buen encuentro. —Se volvieron entonces hacia el sur. Las miradas de Vivi y Ariana se encontraron un segundo y Vivi sonrió—. Te invocamos, Reina de Bastos, espíritu del sur —continuó Dahlia—. Bienvenida y buen encuentro. —El viento empezó a soplar más fuerte. A Vivi se le enredó el cabello como un tornado en miniatura. Las hermanas se volvieron de nuevo—. Te invocamos, Reina de Copas, espíritu del oeste. Bienvenida y buen encuentro. —En sincronía, el círculo de hermanas se volvió hacia el norte. Vivi las siguió, con las manos en alto—. Te invocamos, Reina de Oros, espíritu del norte. Bienvenida y buen encuentro. —Una descarga de energía recorrió a Vivi, de las plantas de los pies a las palmas de las manos—. E invoco a la Emperatriz y la Sacerdotisa Mayor, espíritus de la magia, de la brujería y de la divinidad femenina —dijo Dahlia. Su voz era más grave, como si el ritual le hubiera infundido un poder ajeno al suyo—. Les rogamos que esta noche participen con nosotras durante la iniciación a nuestra tribu de estas nuevas hermanas. Les pedimos que las cuiden y las bendigan con su fuerza, su conocimiento y... su poder. —Vivi se estremeció a medida que el zumbido de energía se intensificaba y le erizaba la piel. Aunque casi toda la leña se había carbonizado, las llamas ardían con más fuerza y luz que antes—. ¿Quién presentará a la iniciada Sonali ante nuestra hermandad? —preguntó Dahlia.

Mei dio un paso al frente. Esa noche llevaba el cabello corto y teñido de gris, con unas cuantas mechas negras. Le hacía parecer más bruja que nunca, sobre todo porque, aun sin maquillaje, sus ojos parecían increíblemente enormes y sus labios formaban un corazón perfecto.

—Lo haré yo.

—¿Quién presentará a la iniciada Vivian ante nuestra hermandad?

Scarlett dio un paso al frente.

—Lo haré yo —contestó con seriedad.

Una por una, Dahlia fue nombrando a las iniciadas y a sus hermanas mayores hasta que todas quedaron ligeramente dentro del círculo.

—Arrodillaos, iniciadas —dijo Dahlia—. A partir de este momento, este ritual es vinculatorio. Una vez que os pongáis de pie, seréis integrantes oficiales de esta sororidad, con todos los derechos y las responsabilidades que eso implica. ¿Aceptáis las leyes de Kappa y elegís acatarlas de ahora en adelante?

—Sí —contestó Vivi al mismo tiempo que Bailey, Ariana, Sonali y Reagan.

—Preparaos entonces para recibir el poder de vuestras hermanas. —Dahlia miró a su alrededor—. Elevaremos nuestra magia y la dirigiremos hacia nuestras iniciadas. Si la magia es demasiado fuerte o excesiva, Scarlett, deberás intervenir para ayudar a las iniciadas a encaminarla. ¿De acuerdo?

—Sí —contestó Scarlett.

Vivi se estremeció cuando Dahlia dijo «si la magia es demasiado fuerte» y recordó lo ocurrido en el cementerio, cuando estuvo a punto de provocar el derrumbe del túnel. ¿Era posible que ocurriera algo así esta vez? La magia no solo consistía en hechizos y encantamientos; era un sistema conectado con las fuerzas más poderosas del universo y tenía el potencial de causar un daño terrible, como le había ocurrido a Evelyn Waters.

Cuando Dahlia asintió, las hermanas que estaban en el círculo alzaron las manos, con las palmas dirigidas hacia las iniciadas.

—Emperatriz y Sacerdotisa Mayor, concededles nuestro poder —canturreó Dahlia—. Emperatriz y Sacerdotisa Mayor, concededles nuestro poder.

Las demás se unieron al coro, que se volvía más estremecedor con cada repetición.

Vivi sintió un hormigueo en las puntas de los dedos que empezó a subirle por los brazos como gotitas de agua que le mojaban el cuerpo poco a poco. El cántico se fue haciendo cada vez más intenso, hasta que Vivi sintió la vibración de las voces en el pecho.

—Emperatriz y Sacerdotisa Mayor, concededles nuestro poder.

Llegó como un río agitado que le inundó el cuerpo entero. Era como un primer beso, como estar de pie al aire libre durante una tormenta eléctrica. Era tan peligroso como emocionante.

Vivi abrió los brazos para aceptar la magia de sus hermanas. El cabello empezó a flotarle alrededor de la frente, como si estuviera sumergida en una piscina. De repente su cuerpo empezó a flotar a unos cuantos centímetros del suelo. De reojo vio que las demás también estaban flotando, pero no necesitaba verlas para sentirlas. Un único hilo las ataba a todas, y Vivi se permitió experimentarlo con cada molécula del cuerpo. Sentía el orgullo de Sonali, el entusiasmo alegre de Ariana, la mezcla de mareo y fascinación de Bailey, y, lo más sorprendente de todo, el alivio inmenso de Reagan.

—Emperatriz y Sacerdotisa Mayor, concededles nuestro poder. —Las voces de las Ravens conformaban un coro demoledor—. Emperatriz y Sacerdotisa Mayor, concededles nuestro poder.

Cuando Vivi sintió que no podía más, que estaba a punto de explotar a causa de la gran intensidad de la energía, Dahlia gritó por encima de las demás:

—Como es arriba, que sea abajo. ¡Que así sea!

El viento se detuvo. Las llamas dejaron de danzar hacia las estrellas, y Vivi se desplomó como una muñeca de trapo, aunque, por suerte, varias Ravens estaban preparadas para sostener su cuerpo lánguido antes de que golpeara el suelo.

Una de ellas era Scarlett, quien la miró con la sonrisa más franca que había esbozado desde que se conocieron.

—Bienvenida a Kappa, hermanita.

CAPÍTULO 20

Scarlett

Tiffany había sobrepasado las expectativas.

Cada año, Kappa organizaba la fiesta de bienvenida. Como jefa de eventos sociales, Tiffany había planeado la de ese año y, desde el instante en el que Mason abrió la puerta de la limusina que habían alquilado con otras parejas Pi-Ka-Kappa, Scarlett se quedó boquiabierta.

Después del reconocimiento que le había hecho Dahlia durante la noche de iniciación de las aspirantes, Scarlett creyó tener la presidencia asegurada. Pero no podía negar que el trabajo de Tiffany era impresionante.

—¿Qué opinas? —Su mejor amiga se acercó a saludarlos a ella y a Mason con besos en la mejilla. Llevaba puesto un sensual vestido de noche de satén dorado, el cual contrastaba con el de color negro de Scarlett. Mientras que esta última parecía el cielo en noche de luna nueva, su amiga parecía el sol deslumbrante.

El atuendo de Tiffany combinaba con los arbustos resplandecientes a su espalda. Había decidido llevar a cabo la fiesta en los jardines botánicos de la costa de Georgia. Y fue una decisión ideal. Las Ravens eran criaturas glamurosas, pero nunca olvidaban de dónde provenía su poder: de la tierra. Así que ir a los jardines con sus mejores galas era casi como volver a casa.

Scarlett los había visitado de día, pero de noche eran distintos. La luz de la luna, a la que se unían delicadas hileras de lucecitas blancas, lo hacía parecer un bosque salido de un cuento de hadas.

Por desgracia, Scarlett no sabía cómo terminaría este cuento de hadas particular. ¿Ella era la dama en apuros o la bruja malvada? Eso dependía del cristal con el que se mirara. Miró a su alrededor en busca de Jackson, aunque sabía que los chicos como él no asistían a este tipo de fiestas estudiantiles.

No lo había visto desde aquel día en el apartamento de Gwen. Scarlett solo había atinado a negar la acusación e irse indignada. Pero desde entonces se sentía incómoda. ¿Cuánto sabía Jackson? O, más bien, ¿cuánto creía saber?

Su único consuelo era que Gwen no había recuperado su magia. Eso y que no se había suscitado otro incidente extraño desde la quema de los espantapájaros en el jardín. Tiffany tenía razón: a pesar de que Gwen odiara a las Ravens, no tenía magia alguna para respaldar sus amenazas. Y tenía todas las de perder. Una simple mortal no tenía posibilidades frente a un aquelarre entero.

—«¿Y bien?» —La voz de Tiffany resonó en su cabeza. Miró a Scarlett a los ojos y parpadeó a la espera de un cumplido. Scarlett cayó en la cuenta de que no le había dicho nada aún.

—¡Ya quisiera haber podido montar algo tan increíble, amiga! —le dijo. Tiffany le sonrió de oreja a oreja.

—Es increíble, Tiff —dijo Hazel a espaldas de Scarlett.

Sobre sus cabezas, las hileras de lucecitas que colgaban de las ramas de los robles centelleaban mientras se movían como serpientes brillantes y doradas. El sendero principal estaba enmarcado por velas titilantes y, en lugar del habitual camino de tierra, Tiffany había creado una capa gruesa de hielo transparente como cristal que reflejaba las luces de los árboles. Debía de ser una labor titánica, dado que estaban a veintisiete grados centígrados.

—Lástima no haber traído patines —dijo Mason con una sonrisa.

—No es necesario. —Tiffany caminó hacia el hielo sobre sus tacones de aguja y señaló alrededor con ambos brazos—. Es un diseño especial.

Evidentemente lo había hecho con magia. Pero eso no era todo.

En los árboles, las hojas se mecían, se volvían de colores otoñales brillantes —amarillo, rojo y naranja— y caían de los árboles como si nevara; después, las ramas producían brotes que tras unos cuantos segundos florecían, como si estuvieran en plena primavera. Era como si el bosque entero atravesara las cuatro estaciones en cuestión de minutos.

—Estos proyectores debieron costar una fortuna —dijo Mason al poner un pie sobre el hielo, el cual se sentía muy firme, como si fuera pavimento.

—¿Cómo has montado todo esto? —le preguntó Scarlett a Tiffany en voz baja.

Tiffany se encogió de hombros.

—Mei me ayudó mucho. Y Dahlia y Etta, claro. Incluso convencí a Juliet y a otras chicas de segundo año de que contribuyeran con ideas. Y tu hermana menor resultó ser una bomba, por cierto. Es muy poderosa.

—¿Y a mí no me necesitaste? —Scarlett arqueó una ceja. Entre la Semana Infernal y la reaparición de Gwen, no había tenido oportunidad de hablar mucho con Tiffany. Aun así, le dolía saber que les había pedido ayuda a las demás y no a ella.

—Estabas muy ocupada con las aspirantes.

La implicación era obvia: «Ya tuviste suficientes oportunidades para brillar».

Mason seguía maravillado con la decoración. Su mirada era distante, ilegible.

Scarlett le apretó la mano.

—¿Estás bien? —Había estado muy callado durante el viaje en limusina. Ella no le había dado mayor importancia, pero no podía pasar por alto que Mason parecía distraído.

—Sí, claro —contestó él y siguió avanzando.

Había una banda de *jazz* tocando frente a una pista de baile de madera con mesas alrededor. Camareros vestidos de esmoquin pasaban entre los invitados ofreciendo tentempiés. Estudiantes de Westerly con vestidos y trajes elegantes conversaban con licenciados y autoridades de la universidad. Las luces de los árboles cercanos refulgían desde las ramas de donde también colgaba musgo.

A la izquierda, Scarlett vio a su madre, ataviada con un hermoso vestido entallado de satén de color zafiro. Iba acompañada del padre de Scarlett y la madre de Tiffany, Veronica. Marjorie y Veronica coincidieron un año en Kappa, pero en ese entonces no eran muy cercanas. De hecho, se hicieron amigas años después, por sus hijas.

Marjorie le hizo una seña a Scarlett, esbozando la sonrisa forzada que usaba cuando tenía que interactuar con abogados de despachos rivales. Para Scarlett fue una sorpresa verla así, ya que la fiesta de bienvenida era el evento anual favorito de su madre.

—Hola, madre. Hola, señora Beckett. —Scarlett abrazó a la madre de Tiffany—. Tiffany no me dijo que vendría.

Era sabido cuánto había adelgazado la señora Beckett. Llevaba un pañuelo atado como un turbante a la cabeza y tenía unas enormes ojeras y los pómulos salidos. Al abrazarla, Scarlett sintió cada una de sus vértebras. Se sintió afligida y culpable. ¿Cómo podía culpar a Tiffany de no incluirla en la organización de la fiesta si ni siquiera había tenido la bondad de preguntarle por la salud de su madre?

Scarlett se volvió para mirar a su amiga.

—«Ay, Tiffany... ¿por qué no me dijiste nada?» —le preguntó en silencio.

—«No hay nada que decir. Ella es más fuerte de lo que aparenta» —respondió Tiffany.

Scarlett asintió y dejó estar el asunto, aunque ambas sabían la realidad.

—Veronica y yo estábamos recordando viejos tiempos —intervino Marjorie con un tono de voz exageradamente alegre.

—Sí, estábamos hablando de la importancia de la hermandad. Cuando ves que la vida se te va de las manos, se vuelve muy claro qué y quién importa. —Aunque las palabras de la señora Beckett eran hermosas, su voz era fría. Scarlett miró a ambas mujeres y se preguntó por qué había tensión entre ellas.

—Apuesto a que Tiffany está encantada de que haya venido. Había hecho un trabajo espléndido —dijo Scarlett para intentar calmar los ánimos.

—Sin duda —dijo una voz que Scarlett reconoció de inmediato. Se dio la vuelta despacio y se obligó a sonreírle a Eugenie, su hermana, quien se acercó a darle un beso en la mejilla. Venía del brazo de un nuevo galán, lo cual en realidad no era sorprendente. Eugenie iba de pretendiente en pretendiente tal como las chicas iban de baile en baile cuando las presentan en sociedad—. He sabido enseguida que esto ha sido obra tuya —le dijo Eugenie a Tiffany—. Scar no es lo suficientemente imaginativa para hacer algo así.

Scarlett se tensó. Pero su mejor amiga le puso una mano en el brazo para tranquilizarla.

—Bueno, no le pedí ayuda a Scarlett porque estaba muy ocupada iniciando a cinco nuevas Ravens. Son más de las que se iniciaron en los años en los que tú fuiste presidenta, ¿verdad, Eugenie? —La sonrisa de Tiffany era más cortante que un diamante. Scarlett contuvo las ganas de abrazar y besar a su amiga. A pesar de la tristeza por la que estaba pasando, Tiffany seguía protegiendo a su amiga—. Ojalá hubieras oído a Dahlia en la ceremonia —continuó Tiffany—. No paraba de hablar del excelente trabajo que hizo Scarlett con las aspirantes. Está a un paso de la presidencia.

—¡Esa es mi hija! —dijo Marjorie con una sonrisa de aprobación.

Scarlett miró a Tiffany con una gratitud inmensa.

—Buena suerte dando ese paso, hermanita —le susurró Eugenie cuando Marjorie se disculpó para ir a saludar al decano—, la verdad, creo que Tiffany está más cerca que tú.

Antes de que Scarlett pudiera responder, Mason le hizo una seña. Era una seña sutil: ladeó la cabeza ligeramente y encogió un solo hombro. Habían desarrollado esa seña hacía mucho tiempo, en una fiesta de Epsilon Omega Tau, la fraternidad más insufrible del campus, cuando, durante una interminable hora, Scarlett quedó atrapada en una conversación sobre *beer pong* con un aspirante. Era una forma de decirse el uno al otro «Sácame de aquí».

—No te preocupes, Eugenie —dijo Scarlett antes de retirarse—. Algún día tú darás el paso de conservar a un novio durante más de tres citas. —Dicho eso, se escabulló para alcanzar a Mason mientras oía las risitas mentales de Tiffany.

Scarlett guio a Mason a la barra y suspiró una vez que se alejaron lo suficiente de su hermana. Sin embargo, parte de ella seguía con Tiffany. Se sentía culpable por haberse molestado porque no le había pedido ayuda para la fiesta cuando era claro que ella tenía preocupaciones más urgentes.

—Gracias por rescatarme —murmuró—. Lo necesitaba.

—De hecho, el que necesitaba el rescate era yo. —Mason apretó los labios—. Detesto cómo te hablan. Aunque sea tu familia, nadie tiene derecho a hablarte de esa manera.

—Díselo a las incontables generaciones de los Winter. Ser pasivo-agresivos es algo que llevamos en la sangre —dijo Scarlett en tono sarcástico para hacerlo reír, pero Mason se quedó serio.

—Pero tú puedes decidir qué tipo de Winter quieres ser —dijo él con voz dulce.

Antes de que pudiera preguntarle a qué se refería, la multitud que quería llegar a la barra de pronto se abrió por la mitad, como solían hacer las multitudes cada vez que se acercaba una Raven, gracias a sus sutiles sugerencias mentales.

Mason, en cambio, le hizo una seña a una pareja cercana para que pasaran antes que ellos.

—¿Por qué siempre haces eso? —le preguntó Scarlett, más irritada que antes. Después de la interacción con Eugenie, lo que más necesitaba era un trago.

—No me gusta que nos colemos todo el rato. —Asintió en dirección a donde se estaba rehaciendo la fila—. Deberíamos esperar nuestro turno como los demás.

Scarlett soltó una carcajada. Pero, dado que Mason no le siguió el rollo, se puso seria.

—¿Qué te pasa?

—Nada.

—No soy tonta, Mason. Te conozco desde hace dos años y sé cuándo algo no va bien. Te has estado portando muy raro toda la noche —dijo. Luego dio un paso hacia él, pero él retrocedió instintivamente.

—Scarlett, estamos en una fiesta. Por qué no nos divertimos y luego hablamos de esto —contestó él y se volvió hacia la barra, hacia la pista y hacia cualquier otro lugar con tal de no mirarla a los ojos—. No quiero discutir ahora.

El corazón de Scarlett dio un vuelco y el temor le inundó las venas. De forma más o menos inconsciente supo que unas cuantas Thetas los estaban observando para enterarse del chisme. «Que se jodan», pensó Scarlett con desprecio, y casi de inmediato toda la gente que estaba en un radio de tres metros desvió la mirada.

—Mira, sé que las cosas no han estado del todo normales entre nosotros últimamente —dijo, intentando guardar la calma y razonar con él. Podía salvar la relación. A fin de cuentas, ¡era Scarlett Winter!—. Estuviste lejos todo el verano y yo he estado distraída con la iniciación de las nuevas integrantes. Pero podemos enmendarlo. Somos una gran pareja y lo sabes.

Mason respiró hondo y se pasó una mano por el pelo. Era su tic nervioso, su gesto delator. A Scarlett siempre le había parecido adorable... hasta ahora. Y es que, en el instante en el que lo hizo, Scarlett lo supo.

¿Cómo era posible que un gesto tan insignificante pudiera partirle el corazón por la mitad?

Mason se acercó y, a pesar de que ella sentía un nudo asfixiante en la garganta, le sostuvo la mirada, como una mujer a punto de ahogarse que quiere tomar una última bocanada de aire antes de sumergirse por última vez. Mason le puso las manos en los hombros con mucha delicadeza, como si Scarlett fuera frágil o pudiera romperse. Como si fuera una desconocida.

—Te quiero, Scar. Siempre te querré. Eso no ha cambiado. Pero yo sí —comenzó. De verdad estaba pasando. Mason estaba copiando todas las palabras y las frases de una mala comedia romántica. Estaba a nada de decirle algo así como «No eres tú, soy yo...». Mason sacudió la cabeza—. Creo que nuestros futuros no son tan compatibles como nuestro pasado. Y, en el fondo, creo que tú también lo sabes.

«No, Mason. No lo sé. ¡Explícamelo!», quería gritarle. Quería sacudirlo hasta obligarlo a decir cosas sensatas. Pero se dio cuenta de que él estaba decidido. Quizá había tomado la decisión desde hace mucho tiempo, pero ella había estado tan ocupada o distraída que no se dio cuenta.

—No hablas en serio, Mason. Me amas y yo te amo. Se supone que debemos estar juntos.

Mason bajó la mirada. Ella sabía lo que estaba pensando: Mason ya no creía en esa suposición. En realidad, no importaba cómo se lo dijera; la expresión decidida y los hombros tensos decían más que mil palabras. No era un hechizo en el que pudieras decir las palabras precisas y desplegar las cartas adecuadas para hacer que alguien te amara como querías que lo hiciera. Si bien había hechizos para enamorar y Scarlett habría podido reconquistarlo con magia hasta obligarlo a comportarse como un hombre enamorado, solo habría sido una farsa. Aunque fuera posible doblegar la voluntad de un corazón, en el fondo seguiría latiendo a su propio ritmo. Eso era imposible de cambiar.

—Lo he estado pensando mucho —dijo él—. Y lo siento, porque no quería hacerlo aquí, esta noche. Te amo, Scar, pero creo que funcionaríamos mejor como amigos. —Scarlett sintió que el nudo asfixiante se convertía en una bomba de lágrimas. ¿Amigos? Ni en sueños. Scarlett retrocedió, tambaleándose—. Scarlett, espera —dijo Mason y la siguió.

Ella alzó una mano para frenarlo con su magia.

—No... Yo... —«Mierda.» La bomba estaba a punto de explotar y no quería que nadie la viera llorar—. Luego... —consiguió decir y se sumergió en los mares de gente.

Necesitaba salir de ahí. Y rápido. Antes de perder la cordura, antes de provocar que la fiesta entera se viniera abajo.

Se abrió paso entre la multitud que bailaba en la pista, haciendo a un lado a la gente con los codos y la mente. A su alrededor, la fiesta se llenaba de vida, entre risas, bailes, besos y miradas de asombro ante la decoración. Para el resto del mundo, era una noche increíble en Westerly.

Cuando por fin visualizó la salida, Marjorie y Eugenie aparecieron en el horizonte. «Mierda.» No podía lidiar con ellas en ese momento de gran vulnerabilidad. No podría soportar la desilusión de su madre ni la alegría mal disimulada de su hermana. Ni siquiera era capaz de imaginar cómo se lo diría a su madre. Se tambaleó para reintegrarse a la fiesta, en busca de otra salida, pero de repente alguien la tomó del brazo.

Jackson. ¡Dios! Esto era demasiado.

—Jackson, por favor grítame otro día —dijo Scarlett con furia mientras se limpiaba de la mejilla una lágrima que había logrado escapar.

La expresión de Jackson cambió de inmediato; su afilado sarcasmo se suavizó. La miró con algo muy cercano a la empatía, como si supiera lo que implicaba perder la cabeza en el peor lugar posible. Y, ya que Harper había sido su hermanastra, quizá sí lo sabía. Scarlett sintió una punzada de dolor en el pecho que no tenía nada que ver con Mason.

Hasta hacía poco, Scarlett no había tenido ni idea de que Jackson era el hermanastro de Harper. Aunque a ella le caía bien, en realidad nunca fueron cercanas. Y, después de su muerte, Scarlett se negó a pensar en su familia o en otra gente que Harper hubiera dejado atrás. Pero el daño colateral de lo ocurrido tenía secuelas mucho más profundas de lo que Scarlett había imaginado.

Jackson la cogió del codo y la guio a través de la gente hacia una salida lateral que ella no había visto antes. Llevaba a un camino que atravesaba el bosque de forma paralela al sendero principal.

—El camino se acaba como a media manzana de la entrada principal —le explicó Jackson—. Hace un rato he pasado por ahí y había una fila de taxis esperando un servicio; estoy seguro de que alguno de ellos te llevará a donde sea que quieras ir.

Por un instante, Scarlett se lo quedó mirando fijamente.

—¿Por qué me estás ayudando?

Jackson se encogió de hombros. Parecía más incómodo de lo que se sentía ella.

—Como bien has dicho, puedo gritarte otro día. Ve a casa y descansa.

Scarlett bajó la escalera hacia el sendero y se dio media vuelta para darle las gracias. Pero él ya se había ido.

CAPÍTULO 21

Vivi

Después de asistir a un total de tres fiestas universitarias, Vivi podía afirmar sin temor a equivocarse que aquella fiesta de bienvenida era la más increíble del mundo. No solo por la alegre y romántica música que tocaba la banda de *jazz*, el ánimo festivo de la multitud glamurosa o la forma en que el cálido viento de finales de septiembre le acariciaba la piel mientras daba vueltas en la pista con Ariana. También era por la sensación de saber que podría ir en cualquier dirección y encontrar a alguien que estaría feliz de hablar con ella, ya fuera alguna de sus nuevas hermanas o sus incontables admiradores.

Parecía que toda la universidad había asistido. Unos chicos de su clase de historia del arte cuchicheaban junto a la barra. Una pelirroja muy guapa con la que alguna vez había charlado en la cafetería estaba bailando sola bajo un limonero. Etta se mecía al ritmo de la música con una persona de género indeterminado que se distinguía por sus pómulos prominentes y su sonrisa cautivadora. Juliet y Jess se besaban bajo las luces titilantes y Tiffany bailaba un vals con un chico guapo que Vivi había visto en la fiesta de PiKa. Hasta el profesor Barnum estaba ahí, solo, en un rincón, saboreando un *whisky*. La única persona a la que no había visto era a Scarlett, pero debía de estar por ahí, rodeada de gente, juzgando a los asistentes con esa mirada imperiosa que a Vivi ya no le asustaba tanto desde que había conocido el lado más gentil de su hermana mayor.

—¡Ahora vuelvo! —le gritó Vivi a Ariana en medio del gentío sudoroso que bailoteaba al ritmo de la música—. Todavía no he aprendido el hechizo para no ir al baño cada media hora cuando bebo.

Se abrió paso hasta el final de la pista y hacia el baño. La cola era larga, pero Vivi se enfrascó en una conversación con una estudiante de Antropología que acababa de regresar de pasar un año de intercambio en Perú. Hacía unas semanas, Vivi se habría sentido demasiado intimidada para conversar de trivialidades con estudiantes de mayor edad, más aún si la chica brillante acababa de recibir una beca de *National Geographic*. Pero haber entrado a Kappa y ser una Raven había menguado su miedo al rechazo y a hacer el ridículo. ¿Qué más daba si no le gustaba a alguien? Y más cuando había una casa llena de amigas en la cual podía refugiarse.

Cuando por fin llegó al final de la cola, Tiffany se acercó a ella con una bebida en cada mano. Aunque parecía un poco mareada, de alguna manera mantenía la elegancia con su vestido de cóctel dorado.

—¿Quieres una? —le ofreció a Vivi—. El camarero ha insistido en darme dos, para «la buena suerte». No sé a qué se refería.

—No, gracias —contestó Vivi con una sonrisa—. Un sorbo más y exploto.

—Y no queremos eso —dijo Tiffany entre risas—. No queremos que nuestra nueva superestrella se haga pipí en las bragas.

—¿Superestrella? —repitió Vivi—. Ni por asomo.

—A ver, escúchame bien. —Tiffany dio un paso al frente hasta quedar cara a cara—. Sentí tu poder durante la ceremonia. Y sé lo que pasó en las catacumbas. Quiero que sepas que está bien. Está bien ser poderosa. ¿Entiendes?

—Eh, sí, entiendo —dijo Vivi y retrocedió sutilmente.

Tiffany se puso muy seria.

—Jamás debes disculparte por ser poderosa.

—No lo haré. Te lo prometo.

—Bien. Porque necesitamos más brujas como tú. Todas querrán que aprendas a controlar tu poder, pero no permitas que te arrebaten la sensación que experimentaste la otra noche. Esa es magia de verdad.

Dicho eso, Tiffany se dio media vuelta, se tambaleó hacia un costado cuando un tacón se le hundió en el césped, se enderezó y siguió su camino.

—¡Toma algo de agua! —le gritó Vivi.

Para cuando salió del baño, los pies le ardían de tanto tiempo que llevaba de pie con tacones. Examinó el panorama y vio unos cuantos bancos de madera vacíos en la periferia de la fiesta, cerca de una laguna. Se quitó los zapatos y disfrutó de la sensación del césped fresco en las plantas de los pies mientras caminaba hacia uno de los bancos. La música zumbaba a lo lejos y las luces parpadeaban como libélulas. ¿Cómo era posible que alguien viera eso y no sospechara que era magia?

Seguía sin poder creer que ahora esta era su vida. Justo esa mañana se había mudado a un cuartito precioso en el último piso de la casa de las Kappa. Estaba decorado con un papel pintado florido y muebles dorados, incluidos un escritorio que parecía sacado de un palacio francés y una cama individual con columnas, cada uno coronado con una esfera negra de cristal. Dahlia le dijo que podía redecorar la habitación como quisiera, pero a Vivi le pareció perfecta. Por primera vez en la vida todo era perfecto. Tenía amigas. Tenía hermanas. Y tenía poder. «Si tan solo mamá pudiera verme ahora...»

Alguien tosió y Vivi percibió una sombra en el banco contiguo. Se sobresaltó al darse cuenta de que no estaba sola.

—¿Hola? —dijo, con voz temblorosa. «Eres una bruja —recordó—. Las criaturas de la noche tendrían que temerte a ti.»

—¿Vivi? —La sombra se puso de pie y se asomó a la tenue luz del claro.

—Ay, Mason —dijo Vivi, aliviada, aunque el corazón le seguía palpitando a toda velocidad, pero por razones distintas. Él estaba despeinado y se había desatado la pajarita de alrededor del cuello. Emanaba un ligero olor a humo. Y tenía un vaso en la mano en el que no quedaba más que hielo medio derretido.

—¿Qué haces aquí sola? —le preguntó. A la antigua Vivi le habría mortificado esa pregunta, señal de su ansiedad social o de su falta de amistades. Pero a la nueva Vivi no le molestó en absoluto. Se había convertido en el tipo de chica que podía sentarse sola en un banco en medio del bosque y parecer pensativa y misteriosa, en lugar de solitaria.

—Tomando un descanso. ¿Y tú? —En los árboles cercanos, un búho ululó. También se oyó el ligero crujido de un animal que caminaba sobre la hojarasca. A lo lejos, la alegría de la fiesta no era más que un susurro—. ¿Dónde está Scarlett?

Mason sonrió con amargura.

—Hemos roto.

—¿Qué? ¿Ahora? ¿En la fiesta? —Mason asintió—. ¡Mierda! Digo, lo lamento mucho. ¿Estás bien?

—Sí, estoy bien. —Señaló el asiento vacío junto a ella—. ¿Puedo acompañarte? —Una vez que Vivi asintió, Mason se dejó caer a su lado; la tela gruesa de sus pantalones rozó la pierna de Vivi, quien sintió escalofríos a pesar de que era una noche calurosa—. Amo a Scarlett y siempre la querré, pero, para ser franco, no estamos hechos el uno para el otro.

—Desde fuera parecíais la pareja perfecta —dijo Vivi. Pero ella mejor que nadie sabía que las apariencias podían ser engañosas.

—Y yo creía que lo éramos —dijo y se volvió para mirarla. La luz de la luna iluminaba la mitad de su rostro y resaltaba sus pómulos—. Pero este año..., no sé, las cosas han cambiado para mí.

Vivi inhaló despacio, no muy profundo, y le sostuvo la mirada. Los ojos color avellana de Mason resplandecieron bajo la luz de la luna mientras buscaban los de ella. El aire que los rodeaba se electrizó y por un breve instante desesperado Vivi se sintió tentada a preguntarle si habían terminado por ella. Pero Mason y ella apenas habían cruzado palabra. La cercanía que sentía hacia él era producto de su imaginación. A ella le gustaba, pero nada más.

Como si ansiara cambiar de tema, Mason sonrió y dijo:

—Dicen por ahí que ahora eres parte de Kappa.

—Sí, los rumores son ciertos —dijo e intentó sonar juguetona, a pesar de que el corazón le iba a explotar. Le estaba latiendo tan fuerte que pensó en la posibilidad de conjurar un hechizo silenciador para evitar que Mason se diera cuenta de lo que le provocaba su presencia.

Él se movió en su asiento y su rodilla rozó la de ella. Jamás había estado tan cerca de él, tan cerca que podía tocarlo si se atrevía a intentarlo.

—¡Qué pena! —dijo él.

—¿Por qué?

Mason se volvió para mirarla con una sonrisa anhelante.

—Porque eso significa que no puedo ofrecerme a ser tu

tutor de gofres. Lo haría por puro altruismo, claro, pero creo que... creo que no quedaría bien.

Vivi se quedó paralizada mientras el verdadero significado de las palabras de Mason atravesaba todas sus defensas. «¡Dios mío! ¡Sí que le gusto!» Vivi ansió ponerse de pie y gritar, girar en círculos, enviarle un mensaje a Ariana para contárselo. Quería hacer cualquier cosa que le permitiera liberar la alegría explosiva que revoloteaba en su estómago. O quizá dejarse llevar por la nueva Vivi y darle un beso. Por primera vez en su vida, le gustaba al chico que le gustaba. No obstante... en ese momento entendió que no podía hacer absolutamente nada al respecto.

Ese año también había sido de muchos cambios para ella y la magia le había abierto los ojos a una nueva realidad. Tenía el poder necesario para alterar su apariencia, cambiar la dirección del viento y conjurar a las fuerzas más antiguas y misteriosas del planeta. Le había abierto las puertas a ella, que era hija única, a una familia conformada por mujeres extraordinarias. Sin embargo, eso no cambiaba el hecho de que Mason ahora era el exnovio de una de sus nuevas hermanas.

Mason tenía razón. Vivi ahora era una Kappa. Y, si tenía que elegir, la respuesta era evidente...

—Sí, probablemente no sea buena idea.

Mason se reclinó hacia atrás y suspiró largamente antes de volverse para mirarla con una sonrisa triste.

—El vínculo entre las Kappa es muy fuerte, ¿verdad?

—Sí, lo es. Y tengo mucha suerte de ser una de ellas.

Mason asintió y guardó silencio.

—Cuida mucho a Scarlett de mi parte, ¿vale? —concluyó.

—Lo haré. —Vivi respiró hondo y se obligó a ponerse de pie—. Adiós, Mason —dijo y volvió a la fiesta, con el deseo de que hubiera un hechizo que la ayudara a sanar su corazón herido.

CAPÍTULO 22

Scarlett

—No, no de nuevo —susurró Scarlett. Cruzó los brazos sobre el pecho con fuerza para calmar los escalofríos, pues llevaba un camisón delgado. Estaba en el pasillo del segundo piso de la casa de las Kappa. Todas las puertas de las habitaciones de sus hermanas estaban cerradas, pero podía oír el rugido de los truenos y ver la tormenta acechante al otro lado de la ventana que estaba al final del pasillo.

Los candelabros de las paredes centellearon. Oyó risas profundas y rasposas a su espalda. Sin embargo, al dar media vuelta, no vio a nadie.

«Son los retratos», pensó. Las fotografías colgadas de las paredes se estaban burlando de ella. Interminables filas de fotos de Ravens la señalaban y se tronchaban. A pesar de ser una escena horripilante, Scarlett buscó los rostros familiares para ver si también se estaban riendo. Su madre. Su hermana. Dahlia. Mei. Gwen. Y, por último, Harper.

Dando tumbos empezó a correr. Las risas se hicieron más intensas y crueles.

Llegó al final del pasillo y se estrelló contra una barrera de madera sólida. No había puerta. Era un callejón sin salida. Al dar media vuelta, la paralizó el pánico. Había alguien más en la casa. Alguien venía hacia ella. Llevaba puesta una túnica larga, con las mangas desgarradas y una mano tendida cuyas uñas parecían garras sangrientas. Tenía el cabello oscuro y ojos destellantes. Bajo la capucha, una boca roja llena de dientes afilados se abrió de golpe. Era Harper. Siempre era Harper.

Scarlett se despertó con sus propios gritos. «Solo ha sido una pesadilla. Una de tantas.» Se aferró a las sábanas. Estaba bañada en sudor, aunque por primera vez la temperatura nocturna había descendido por debajo de veintiún grados. Fuera, los truenos retumbaban y se formaban nubes grisáceas. El corazón de Scarlett seguía latiendo a mil por hora, sin parar, con tanta fuerza que era imposible volver a dormir. Se preguntó si la tormenta sería obra suya o si solo era una coincidencia perfecta en una noche de mierda.

Con la mano temblorosa buscó el vaso de agua que siempre ponía sobre su mesita de noche, pero no había nada. Luego recordó por qué, aunque solo destellos: el viaje de regreso en taxi, la llegada a casa, tambalearse en la escalera, llorar como una magdalena en el baño y al final derrumbarse sobre la cama boca abajo, sin siquiera desmaquillarse.

Seguramente tenía una pinta horrible. A juzgar por las manchas negras en la almohada, debía de tener marcas de rímel emborronado.

Se levantó de la cama y se estremeció por el aire frío de la noche. Al entrar al baño, decidió ignorar el espejo y echarse agua en la cara. Luego se frotó la piel hasta que le ardió y ocultó la cara en la toalla. Cuando por fin miró su reflejo, tenía los ojos hinchados y enrojecidos.

Fuera, otro trueno más fuerte que el anterior. La tormenta se estaba acercando.

Volvió a su habitación y miró la pantalla del teléfono.

Eran poco más de las tres de la mañana. Gruñó y se dejó caer de nuevo sobre la cama, con un brazo sobre la frente.

No importaba. No podría volver a conciliar el sueño. Sentía unas ansias insanas de revisar de nuevo el móvil. De ver sus últimos mensajes. De entrar a las redes sociales. Quizá Mason le había escrito. O llamado. O publicado algo.

Pero nada de eso había pasado.

Scarlett se levantó con torpeza y se puso una bata. Luego arrastró los pies por el largo pasillo en dirección a la cocina. Quizá se prepararía un té o una infusión mágica para dormir. Al pasar junto al cuarto de Tiffany, oyó un golpe seco en el interior, como un paso. Eso llamó su atención. La casa estaba en absoluto silencio, todas dormían.

Apoyó la oreja contra la puerta.

—¿Tiffany? —susurró. No obtuvo respuesta, aunque escuchó un golpecito dentro, tap, tap, seguido de un ruido de arrastre, como si estuvieran moviendo un mueble. Llamó a la puerta tan suavemente como pudo y luego agarró el picaporte, que giró sin mayor problema.

Abrió la puerta.

—¿Tiff?

La cama estaba sin hacer; las sábanas, arrugadas... pero no había nadie. Scarlett frunció el ceño y prendió la luz. Luego, gritó a todo pulmón.

Sangre. Por todas partes.

En las sábanas arrugadas. Salpicada en las paredes como pintura. Encharcada en el suelo. Salpicando el espejo roto. Las puertas del balcón estaban abiertas de par en par y se mecían, crujían y golpeaban la pared al compás del viento borrascoso. Junto al marco de la ventana, sobre el papel tapiz de color crema, Scarlett vio una única huella de una mano ensangrentada.

Y volvió a gritar.

Esta vez se oyeron pasos provenientes de todas direcciones. Se abrieron puertas y se escucharon voces que preguntaban qué había ocurrido. Pero Scarlett apenas podía percibirlas por encima del latido acelerado de su corazón; tampoco prestó atención a los rostros que abarrotaron la puerta a su espalda ni a los gritos que se hicieron eco del suyo.

En ese instante lo vio. Sobre la almohada había un sobre rojo, depositado con delicadeza, como si fuera una invitación. «Para las Ravens», decía en letra cursiva. Scarlett no reconoció la caligrafía.

Cogió el sobre y lo abrió en el instante en el que la voz de Dahlia retumbó por encima de su hombro.

—Atrás, por favor. Scarlett, ven. —Dahlia le puso una mano cálida y fuerte sobre el hombro—. Hay que sacarte de aquí.

Pero Scarlett se quedó inerte en su lugar, mientras leía la nota.

Si queréis volver a ver a vuestra hermana, tendréis que encontrar el talismán de Henosis. Y sin pedir ayuda externa. Ni se os ocurra llamar a la policía. Vendré a buscarlo durante la noche de luna nueva. Si no lo conseguís, vuestra hermana morirá, y después otra y otra... hasta que obtenga lo que quiero.

—¿Qué es eso? —preguntó Dahlia y le arrebató la nota de las manos. En el pasillo, las demás chicas guardaron silencio mientras su presidenta la leía en voz alta, con voz firme y la espalda erguida. El único indicio de su nerviosismo era el temblor de sus manos.

De nuevo se hizo el silencio, pero ya no era el denso silencio onírico de antes. El aire parecía inexistente, como si los gritos hubieran consumido el oxígeno y dificultasen la respiración humana.

Jess fue la primera en alzar la voz.

—Solo una bruja ha podido hacer esto. Nadie más podría evadir nuestros hechizos de protección.

Hazel asintió, con los ojos bien abiertos por el miedo.

—La noche de luna nueva es dentro de dos días —dijo con voz ronca. Juliet y Etta se miraron entre sí.

—Tenemos que hacer algo —intervino Mei desde el pasillo—. Llamar a la policía o...

—No —la interrumpió Dahlia mientras miraba la carta con los ojos entrecerrados—. Nadie tiene permitido involucrar a la policía.

—Pero no hay alternativa, Dahlia —respondió Scarlett sin pensar. Habían secuestrado a Tiffany y definitivamente le habían hecho daño. No tenían tiempo para preocuparse por los protocolos mágicos, sobre todo si su mejor amiga podía estar desangrándose.

—¿Y qué les decimos, Scarlett? ¿Una bruja secuestró a nuestra hermana bruja usando brujería?

—Podemos omitir la magia. Solo hay que encontrarla. —Scarlett procuró no imaginar el rostro de Tiffany transfigurado por el dolor. O, peor aún, con la mirada perdida y la vida escapándose de su cuerpo.

—No hay forma de omitirla. La magia es el motivo y el arma y la víctima. Y, con algo de suerte, la magia la salvará —insistió Dahlia—. Si llamamos a la policía, pasaremos las siguientes veinticuatro horas contestando interrogatorios sin sentido en lugar de buscar a Tiffany.

—Dahlia tiene razón. La policía no podría hacer mucho por ella y no podemos exponernos así. Al menos no aún —dijo Juliet.

Scarlett titubeó, pero luego exhaló y soltó el teléfono que había estado estrujando en su bolsillo.

—¿Qué hacemos entonces?

Todas se quedaron calladas; lo único que se oía era el goteo de la lluvia contra las ventanas.

Dahlia examinó la escena caótica de la habitación de Tiffany. Vio de repente el charco de sangre en el suelo y, por un instante, su determinación de acero estuvo a punto de flaquear. Se le arrugó el rostro y se le escapó un sollozo. Scarlett solo había visto a su presidenta llorar una vez, cuando falleció su abuela. Por alguna razón, en una noche ya de por sí horrible, las lágrimas de Dahlia solo incrementaban el sentimiento de desesperación. Pero se evaporaron tan rápido como surgieron; Dahlia se recompuso de nuevo y tensó la mandíbula. Inhaló profundamente y miró a sus hermanas: Juliet y Jess estaban abrazadas. Vivi estaba pálida como una hoja de papel, junto a Ariana, quien tenía las mejillas manchadas de lágrimas. Scarlett sabía que Dahlia estaba llevando el peso de la angustia grupal sobre sus hombros.

—Encontraremos el talismán de Henosis, como dice la carta. —Dahlia la dobló con cuidado—. No tenemos otra opción.

—Pero el talismán es un mito —señaló Mei, mirando a Dahlia y luego los rostros aterrados de sus hermanas.

—También lo eran las brujas. Y entonces nos hicimos presentes —contestó Dahlia.

—Solo tenemos dos días. —Scarlett se presionó las sienes con las puntas de los dedos—. Y si no lo encontramos... —empezó a decir, pero no se atrevió a poner en palabras sus pensamientos más aterradores.

—Las Ravens hemos hecho cosas imposibles antes. Llevamos siglos de ventaja a nuestros enemigos. Ni la más oscura de las magias tiene la menor oportunidad frente a la combinación de nuestros poderes. Tiffany es nuestra hermana; juntas la encontraremos. —Dahlia alzó la barbilla y las miró de una en una.

Hazel apretó los labios y asintió. Vivi se veía pálida, pero resuelta. Y la mirada de Sonali era tensa, pero firme.

—Juntas —repitió Mei y le tendió la mano a Scarlett.

—Juntas. —La palabra se hizo eco en el pasillo como un cántico.

«Juntas.»

Scarlett se obligó a sonreír para tranquilidad de sus hermanas y se volvió para mirar a Dahlia.

—Quiero intentar hacer un hechizo para buscar a Tiffany y asegurarnos de que está bien. La carta dice que no podemos pedir ayuda externa, pero no dice que no podamos usar magia.

—También podríamos intentar encontrar a quien escribió la carta —sugirió Vivi—. Tiene que haber un hechizo para lograrlo.

—Prepararé la cocina —dijo Etta y asintió en dirección a Hazel y Juliet para que la siguieran.

—Yo revisaré mi grimorio —dijo Mei, y se dio media vuelta.

—Nos vemos en el invernadero en quince minutos. —Dahlia le apretó la mano a Scarlett mientras el resto de las hermanas se dispersaban—. ¿Scar, me has oído?

—Dahlia, no la percibo —susurró Scarlett.

Dahlia le apretó aún más la mano.

—Es Tiffany. Y nadie se atrevería a hacerle daño. ¿Te acuerdas de la vez que se quedó encerrada en un ataúd durante la Semana Infernal? Como no pudo encontrar un hechizo para salir, se escapó con uñas y dientes, sin una pizca de magia. Es una superviviente.

Scarlett negó con la cabeza.

—Pero has visto la sangre. Si tenemos suerte, estará consciente, pero no sé si tendrá la fuerza suficiente para luchar. Es lo que les decimos a las aspirantes: «Que tengas magia no significa que no te puedan lastimar».

—Tiffany es una guerrera, Scarlett —insistió Dahlia—. Y necesita que seas fuerte.

—Necesitamos salvarla, Dahlia.

—Y lo haremos. Pero si la persona que la secuestró quiere el talismán de Henosis... entonces... Ya sabes lo que le pasó a Evelyn Waters. Hay que ser muy cuidadosas, Scar. Si algo sale mal...

—Entonces, unidas podremos enfrentarlo —contestó Scarlett. Sonaba más confiada de lo que se sentía. Pero, si querían encontrar a su mejor amiga, tendrían que ser fuertes.

CAPÍTULO 23

Vivi

La lluvia que caía sobre el techo del invernadero sonaba como si miles de aves intentaran romper el cristal con sus picos afilados. Aún faltaban horas para el amanecer y fuera estaba totalmente oscuro, con densas nubes tormentosas que tapaban las estrellas. Sin embargo, aunque las Ravens se acababan de despertar, ninguna parecía amodorrada. Formaron un círculo rodeado de velas blancas y se cogieron de las manos. Algunas tenían expresiones asustadas y otras, furiosas, pero la mirada de casi todas las chicas mayores era fría; estaban decididas a armarse de la fuerza y concentración que necesitarían para su misión: encontrar a Tiffany.

Vivi estaba junto a Ariana, quien le apretaba la mano tan fuerte que los huesos le dolían.

—Hace unas horas estábamos aquí mismo y me estaba enseñado a perfeccionar mis hechizos de arcano menor. Y ahora... se ha ido —dijo Ariana, conteniendo las lágrimas.

—No se ha ido, solo necesita que la encontremos —respondió Vivi con firmeza.

Tiffany era la hermana mayor de Ariana y durante el proceso de iniciación se habían acercado mucho. Pero la angustia de Ariana no se comparaba con la de la hermana mayor de Vivi, quien estaba frente al círculo de chicas, temblando mientras miraba a Juliet encender las velas.

Vivi deseó que alguien encantara las velas para que dieran más luz, pues las llamas no lograban ahuyentar la oscuridad exterior del invernadero. Aunque estaba rodeada de un aquelarre de brujas poderosas, se sentía expuesta y vulnerable junto a la pared de cristal. Alguien había logrado entrar en la casa de las Kappa a pesar del sinfín de protecciones mágicas. Y eso significaba que, quienquiera que hubiera sido, podría hacerlo de nuevo. ¿Sería eso lo que su madre vaticinó semanas atrás? ¿O era algo más, algo peor?

Le preocupaba la decisión de no recurrir a la policía, pero entendía las razones de Dahlia para obedecer las instrucciones de la nota. Además, quien se había llevado a Tiffany había usado magia oscura, por lo que la policía no sería de mucha ayuda. Pero había una chica perdida, su secuestrador seguía libre y había prometido que volvería a por más Ravens.

Dahlia caminó hacia el centro del círculo y se arrodilló para examinar el caldero que Etta había llenado con una mezcla de vino tinto hecho con uvas silvestres de un cementerio de Burdeos, mezclado con abrótano y cedro para potenciar las visiones.

—Hermanas —dijo Dahlia al volver a levantarse—. Acompañadme. —Las chicas avanzaron hasta que estuvieron tan apretujadas y tan cerca de Dahlia como les fue posible. Arriba, la tormenta sacudía las ventanas con desenfreno—. Esta noche buscamos a quien nos fue robada. —Dahlia alzó una mano y reveló algo que llevaba en el puño. Vivi sintió un vuelco en el estómago. Era un trozo de la colcha de Tiffany, cuya blancura satinada estaba pringada de manchas casi negras de sangre seca—. Buscamos noticias de nuestra hermana, de quién le hizo esto y de si sigue en peligro. —Abrió la mano y soltó el pedazo de tela en el caldero; el resto del material que no estaba manchado se volvió carmesí cuando el satén comenzó a absorber el vino.

Las demás empezaron a murmurar al unísono; Vivi sintió la pulsación de energía en el pecho. Por primera vez, tuvo miedo de dejar que se extendiera por todo su cuerpo. Había visto el lado perverso de la magia esa noche y no estaba muy dispuesta a abrirse a algo que podía ser tan peligroso. Pero, al apretar la mano de Ariana, recordó que encontrar a Tiffany merecía cualquier riesgo.

—Invoco a todas las Reinas, antiguas como el amanecer —susurró Dahlia—, mostradnos a la hermana que alguien quiso retener.

La lluvia se hizo más intensa, mientras que el aullido del viento sobre las ventanas del invernadero casi ahogaba el cántico de las brujas. Entonces, el caldero comenzó a brillar desde dentro, el líquido hervía y burbujeaba; la mezcla oscura de vino tinto se volvió espesa y negra, como brea. Una imagen se dibujó en la superficie irregular y, aunque las ondas en el líquido distorsionaban la cara, no había duda de quién era.

Scarlett soltó un alarido de angustia al ver a su mejor amiga. Rasguños de color escarlata le recorrían ambos lados de la cara e hilos de sangre le caían de las sienes hasta la barbilla. Estaba amordazada y abría los ojos despavoridos mientras forcejeaba con una especie de atadura invisible.

—Ay, Dios —susurró Ariana; montones de lágrimas le caían por las mejillas—. Tenemos que ayudarla. Ya.

—Mostradnos quién hizo esto —ordenó Dahlia, con un deje de desesperación en la voz grave y profunda.

Una columna de humo salió del caldero y un hedor penetrante y putrefacto golpeó a Vivi con la fuerza de una ola. Se tapó la cara y trastabilló hacia atrás, mientras que algunas de las demás chicas tuvieron arcadas.

El humo se hizo más denso hasta que, con un ruido como de tímpanos reventándose, el caldero explotó y bañó a parte del círculo con el líquido hirviente. Dahlia gemía y torcía la cara mientras mascullaba un hechizo de sanación; a su lado, Mei hacía lo mismo por Jess, quien la tenía cogida de la muñeca, con la cara retorcida de dolor. Vivi se dio la vuelta para ayudar a Hazel y Reagan a apagar las velas que se habían caído y amenazaban con chamuscar algunas de las plantas más secas.

—¿Qué ha sido eso? —preguntó Vivi una vez que apagaron todas las velas.

—Eso —respondió Dahlia, y su voz ronca retumbó en la oscuridad— ha sido magia oscura.

CAPÍTULO 24

Scarlett

—Tiffany, estés donde estés... te encontraremos...

Scarlett tenía la mirada fija en la brillante luz matutina que se filtraba por las puertas de su balcón. Las había cerrado con llave al volver a su cuarto, después de conjurar el hechizo. O más bien de intentarlo. Dahlia tenía razón: la magia oscura había interferido en sus hechizos, al igual que cuando Scarlett intentó dilucidar las intenciones de Gwen.

Abrazaba el elefante de peluche de la tienda de antigüedades. Le faltaba una pata. Podría arreglarlo con un encantamiento simple, pero tanto a Tiffany como a ella les gustaba tal y como era, y lo abrazaban con tanta frecuencia que estaba a punto de desintegrarse. Scarlett deseó conjurar un hechizo que hiciera que el elefante la llevara hasta donde estaba Tiffany. Pero, dado que el hechizo de la noche anterior no había funcionado, no sabía si este lo haría. Quien se había llevado a Tiffany había erigido un fuerte muro protector de magia que las Ravens no podían atravesar.

Mei se había quedado dormida en su cama; de hecho, ninguna de ellas quiso dormir sola, no después de lo que le había ocurrido a Tiffany. Cada vez que Scarlett cerraba los ojos, volvía a ver la escena. La sangre que salpicaba el papel pintado. Sangre por doquier, tanta que era difícil creer que Tiffany siguiera viva, aun cuando el hechizo lo hubiera confirmado.

Y por eso tenían que encontrar un talismán místico que quizá ni siquiera existía. Scarlett no tenía ni idea de por dónde empezar con la búsqueda. Lo único que sabía era que las brujas estaban en peligro.

Y era por su culpa.

Lo que das al mundo vuelve por triplicado. Y lo que Tiffany y ella habían hecho cuando eran novatas —y habían ocultado durante dos años— finalmente les estaba pasando factura. Tiffany quizá incluso lo pagaría con la vida.

Se levantó de la cama con cuidado. Mei se removió en su lugar y Scarlett guardó el peluche en el armario y bajó de puntillas a la cocina. La casa estaba en silencio. Se preguntó cuántas de las chicas habrían usado hechizos para conciliar el sueño y cuántas para mantenerse despiertas y estar preparadas por si ocurría algo durante la noche. Por primera vez, ella no quería usar su magia; necesitaba guardarla para lo que vendría. Sus hermanas y ella necesitarían todas sus fuerzas para recuperar a Tiffany.

Una vez en la cocina, cogió una taza y encendió la cafetera. Mientras esta siseaba y chisporroteaba, se asomó por la ventana. El campus empezaba a cobrar vida. Por la calle pasaban estudiantes en bicicleta o caminando con sus auriculares, con la mochila al hombro y ninguna preocupación. Era casi surrealista que el mundo siguiera adelante mientras Tiffany estaba secuestrada en algún lugar, sufriendo, esperando a que Scarlett y sus demás hermanas la rescataran.

—Hola —dijo una voz que la sacó del ensimismamiento. Vivi estaba en el umbral de la puerta, un poco despeinada, con los ojos hinchados y rojos—. ¿Cómo te encuentras?

—¿Cómo crees? —dijo Scarlett y sirvió café en la taza.

Unas cuantas gotas se derramaron por los bordes y le quemaron el pulgar, pero el dolor era bienvenido. Se merecía eso y mucho más.

Vivi parpadeó.

—Lo siento. Qué pregunta tan tonta. Si quieres estar sola me voy a...

Scarlett negó con la cabeza.

—No. Perdón. Estoy muy irritable.

—No es para menos. —Vivi titubeó, pero luego sorprendió a Scarlett al abrazarla con fuerza—. Lamento mucho lo que está pasando. Sé lo mucho que querías a Tiffany. O sea, que quieres. —Vivi se corrigió casi de inmediato, pero Scarlett no pudo evitar sentir una intensa punzada en el corazón—. Estoy segura de que esto no es nada comparado con lo de Tiffany, pero también lamento lo de Mason.

Ay, Dios, ¡Mason! Scarlett no había pensado en él desde que encontró la habitación de Tiffany ensangrentada. Se sentó a la mesa, con la taza en ambas manos y la mirada perdida en las profundidades de la nada, como si ahí fuera a encontrar respuestas. En una misma noche había perdido a las dos personas que más quería en el mundo.

—Hizo lo correcto al romper conmigo —admitió Scarlett. No merecía ser feliz ni seguir adelante con su vida, acompañada de un hombre increíble. Harper no tuvo esa oportunidad y quizá Tiffany tampoco la tendría—. Encontrará a alguien mejor que yo.

Vivi parecía sorprendida.

—Scarlett, jamás encontrará a alguien mejor que tú. Eres... ¡perfecta! —exclamó.

—No hace falta que hagas eso.

—¿El qué?

—Halagarme. Ya eres una Raven —contestó.

—Te juro que no lo digo para hacerte la pelota.

Scarlett emitió un bufido sarcástico.

—Bueno, Mason puede encontrar a alguien mejor. Y lo hará. Y tengo que aceptarlo. —Apretó la taza con más fuerza—. No soy una buena persona, Vivi. Me porté fatal contigo, quizá más de lo necesario.

Vivi se sentó y sacudió la cabeza.

—Me ayudaste. Me enseñaste a hacer magia, a pesar de que no te caía bien. Y quieres encontrar a tu amiga, sin importar lo que cueste. Aunque eso implique ponerte en peligro.

—¡Claro que tengo que encontrarla! —exclamó Scarlett. En ningún momento había considerado no arriesgarse—. Lo que le está pasando es por mi culpa.

—Es imposible que esto sea por tu culpa, Scarlett. —Vivi se inclinó hacia delante para cogerle una mano, pero Scarlett reculó.

—Pero lo es —insistió Scarlett molesta. No con Vivi, sino consigo misma—. Es por mi culpa.

—¿Por qué iba a ser por tu culpa? —argumentó Vivi—. Tú no...

—Matamos a alguien, Vivi —espetó Scarlett.

Vivi se reclinó hacia atrás, con el rostro pálido.

—¿Qué?

Scarlett hundió la cara entre las manos y presionó las palmas contra sus ojos. Por fin se había concedido reconocer la verdad. Por fin se permitía recordar aquel episodio en detalle.

Fue una noche de marzo, en su primer año en la universidad, y el clima empezaba a mejorar. Habían ido a una fiesta en Psi Delta Lambda que había sido más salvaje de lo habitual. Todo el mundo estaba borracho y había tanta gente que la fiesta se desbordó hasta el patio, donde los hermanos habían puesto barriles de cerveza. Dahlia, quien en su segundo año ya ejercía de jefa de reclutamiento, estaba bailando con Sadie Lane, la presidenta de ese entonces, y otras de las chicas de años superiores, mientras un grupo de chicos de Psi Delta incitaban a alguien a hacer el pino y beber cerveza directamente del barril. Gwen estaba en un balcón del segundo piso y las miraba con una expresión de fastidio.

«Mírala, esa bruja se cree que está por encima de nosotras —le dijo Tiffany a Scarlett—. Literalmente está de pie por encima de nosotras. Yo digo que le bajemos un poco los humos.» «No sé, Tiff», le contestó Scarlett. Gwen y Tiffany habían vuelto a pelearse, aunque Scarlett no sabía por qué, pero Tiffany seguía furiosa.

«Vamos, será divertido», insistió Tiffany con un brillo en la mirada, mientras la cogía de la mano. Scarlett titubeó. A ella tampoco le caía bien Gwen, sobre todo porque ya había visto con sus propios ojos lo cruel que podía ser con Tiffany, pero hacer algo así, tan en público, con todas las hermanas y los chicos de Psi Delta, era muy arriesgado. «¿Tengo que recordarte que la semana pasada dijo que tú y yo éramos unas zorras frívolas que no podían controlar su magia lo suficiente para conjurar un hechizo de invocación?», preguntó Tiffany. Scarlett sintió una punzada de ira; nadie tenía derecho a criticar su técnica para hacer hechizos.

«Aj, Gwen es de lo peor. Nuestros hechizos son impecables», dijo Scarlett. Quizá fue el alcohol o la forma en la que Gwen las miraba, pero Scarlett accedió al fin, ignorando sus propios instintos. La sonrisa de Tiffany era contagiosa y Scarlett debía admitir que estaba molesta por las actitudes moralinas de Gwen. «¿Qué tienes en mente?»

Tiffany simplemente sonrió y movió las yemas de sus dedos como si treparan. Scarlett se rio. Era obvio. El talón de Aquiles de Gwen era su miedo paralizante a las arañas. Lo habían descubierto durante la Semana Infernal, en la tarea del cementerio, cuando tuvieron que reunir telarañas para hacer hechizos. Ese día, Gwen gritó como una cría.

«Bruja malvada», le dijo Scarlett, pero no pudo evitar reírse mientras se cogían de las manos y susurraban el encantamiento.

Al principio no ocurrió nada. Luego Gwen soltó un alarido escalofriante y empezó a brincar en el balcón y a dar manotazos en el aire. Nadie más veía nada, pero para Gwen había arañas por todas partes, caminando por las paredes y trepándole por todo el cuerpo. Toda la fiesta se volvió para mirarla.

«¡Quitádmelas!», gritaba.

«¿Qué coño?», dijo Dahlia, y algunos chicos se partieron de la risa. Uno sacó su móvil y empezó a filmar a Gwen retorciéndose.

Tiffany soltó una carcajada también mientras se abría paso entre la multitud. Gwen fulminó con la mirada a Scarlett y a su amiga. Con los ojos les dio a entender que sabía lo que había ocurrido y empezó a mover los labios velozmente, con los puños bien cerrados, y a conjurar un hechizo en venganza. Tan pronto como sintieron el rebote de la magia de Gwen, Scarlett respondió con un golpe de magia tan fuerte que casi tira a Gwen.

Gwen clavó la mirada en Scarlett, la miró con tanto odio que Scarlett se paralizó. Apretó aún más los puños y recurrió de nuevo a sus poderes. Tiffany y Scarlett se cogieron de las manos y le enviaron otra oleada de poder para contrarrestar su nuevo hechizo. En ese instante, Harper se asomó al balcón y le puso una mano en el hombro a Gwen para tranquilizarla. Harper quería a Gwen, pero también le preocupaba la imagen pública de la sororidad.

Scarlett ni siquiera supo cómo describir lo que ocurrió después. Gwen debió de perder la concentración a medio hechizo y la magia se le escapó como un tsunami que chocó de frente con el nuevo hechizo de Tiffany y Scarlett. Al estrellarse, la magia explotó y lanzó a las personas y las cosas más cercanas por los aires.

Antes de que alguien pudiera hacer algo, antes de que Scarlett pudiera siquiera recobrar el aliento, el crujido del metal retorciéndose desgarró el aire; el balcón se desplomó por el lado de la casa y se estrelló en el suelo con un estruendo. Gwen y Harper salieron disparadas como muñecas de trapo.

Harper murió al instante por la fuerza del golpe. Scarlett aún podía visualizar el charco de sangre alrededor de su cabeza en el patio de cemento, alzó la mano temblorosa para detener la sangre, pero Tiffany la detuvo.

«Alguien podría verte», le susurró, con los ojos bien abiertos y una expresión enloquecida.

«Hay que ayudarlas», contestó Scarlett, sin preocuparse por las apariencias ni por nada más que sus hermanas heridas. Alzó la mano de nuevo y empezó a entonar un hechizo en voz baja, pero Tiffany la detuvo de nuevo.

«Se han ido», le susurró y abrazó a su amiga.

En ese instante, un chico que le estaba tomando el pulso a Gwen alzó la voz.

«¡Está viva!», exclamó.

Se precipitaron al hospital con Gwen en condiciones críticas.

Scarlett estaba abrumada y enloquecida por la culpa. Solo fue capaz de mantener la cordura por Tiffany, pues jamás había visto a su amiga tan alterada. Esa noche, antes de la junta general, Tiffany le confesó algo a Scarlett: «¿Sabes por qué nos peleamos Gwen y yo? —le dijo—. Encontré un corazón de ciervo y un grimorio oscuro en su cuarto. No quería que se lo dijera a Sadie y, aunque no me caiga bien, no quería delatar a una hermana. Pero estaba usando magia oscura. Si Harper no la hubiera interrumpido, no sé qué nos habría hecho Gwen». Dicho eso, Tiffany se deshizo en llanto.

Scarlett sintió náuseas y empezó a llorar también. Su mente estaba plagada de «si tan solo». Si tan solo Tiffany le hubiera dicho lo del corazón. Si tan solo no hubieran hecho esa estúpida broma... Pero lo hecho, hecho estaba. Eran las brujas más poderosas del país, pero nada podía resucitar a Harper.

«Metimos la pata, Scar. No lo empezamos, pero tenemos que pararlo. Tenemos que detener a Gwen», dijo Tiffany.

«Pero Gwen ya no puede hacerle daño a nadie», argumentó Scarlett y recordó haberla visto inconsciente mientras se la llevaban en camilla los paramédicos.

«Gwen es bruja. Es más fuerte que yo. ¿Qué crees que nos hará cuando despierte?», insistió Tiffany. Scarlett quiso protestar, pero su amiga no paraba de temblar y el entorno se estaba cargando de su ansiedad incontrolable. «No podemos decírselo a nadie. ¡Pero tampoco podemos permitirle hacer más daño!»

La ventana del cuarto se cerró de golpe por la fuerza de sus emociones. Scarlett cedió.

«No se lo diremos a nadie. No permitiremos que le haga daño a nadie más», contestó.

De inmediato, el viento se detuvo y Tiffany se desplomó en su cama, exhausta.

Después de la junta, le contaron a Sadie y a Dahlia lo que Tiffany había encontrado en la habitación de Gwen, tal y como lo habían acordado. Esa misma noche, las hermanas amarraron los poderes de Gwen. La administración universitaria concluyó que el desplome del balcón se debió a un defecto en la construcción y pasó el verano entero reforzando todos los balcones del campus. Y a nadie nunca se le ocurrió preguntar por qué Gwen se había alterado y había conjurado ese hechizo.

Durante dos años, Scarlett intentó convencerse de que no era por su culpa. En cierto modo, no lo era. Gwen fue quien perdió el control. Ella era la bruja mala, la que iba por mal camino. Tiffany y ella habían hecho lo correcto al detenerla. Sin embargo, en el fondo sabía lo que Tiff y ella habían hecho.

Y ahora le había contado el suceso a Vivi en un tono inexpresivo. Cuando terminó, alzó la mirada para mirar de frente a su hermana menor.

—¿No lo entiendes? Le echamos la culpa a Gwen, pero fuimos nosotras. Es culpa nuestra que Harper esté muerta. Si no le hubiéramos gastado esa estúpida broma...

—Ay, Scarlett. —Vivi se veía afligida—. Es espantoso. Realmente terrible. Pero tú no mataste a Harper. Tú misma lo dijiste. Fue solo una broma inofensiva.

—Pero no lo fue. En ese entonces intentamos convencernos de que estábamos protegiendo a las Ravens de Gwen. Pero nosotras provocamos esto —argumentó Scarlett—. Si no lo hubiéramos hecho, Harper seguiría viva. Y Gwen...

—Gwen aún tendría sus poderes —concluyó Vivi y cayó en la cuenta de la gravedad del problema—. ¿Crees que está intentando recuperarlos?

—¿Tú no harías lo mismo? —preguntó Scarlett.

—Y por eso volvió a la universidad. —Vivi se reclinó en su silla un instante, como para asimilar lo ocurrido.

—Y ahora han secuestrado a Tiffany —continuó Scarlett—. Se la ha llevado alguien que quiere un talismán mágico poderoso. —Le lanzó una mirada penetrante a Vivi—. El tipo de objeto capaz de romper una vieja atadura mágica...

Vivi soltó un ligero silbido.

—Scarlett, creo que tienes que decirle la verdad a Dahlia. Toda la verdad.

Su hermana mayor negó con la cabeza de forma tajante. Lo había considerado, contempló buscar el alivio definitivo que traería consigo la confesión. Pero aún no podía hacerlo. No por ella, sino para proteger a Tiffany.

—Me echará a patadas. Me quitará mis poderes. Y en este instante los necesito más que nunca. —Empezó a respirar agitadamente—. Tengo que encontrar a Tiffany. Tengo que hacerlo. Es mi mejor amiga. No puedo dejar la brujería en el momento en el que ella más me necesita. Es por mi culpa. ¿No lo ves? Gwen hizo todo esto para vengarse y es culpa mía por permitirlo. Tienes que prometerme que no se lo dirás a nadie, Vivi.

—A ver —dijo Vivi y le puso una mano en el antebrazo—. Respira hondo. —Esperó a que Scarlett respirara un par de veces despacio antes de continuar—: Nadie te va a quitar la magia, ¿de acuerdo? Te prometo que no se lo diré absolutamente a nadie. —Apretó los labios—. ¿Qué hay del talismán de Henosis? Si lo encontramos, recuperaremos a Tiffany. —Scarlett soltó una risotada tenue e irónica. ¿Cómo era posible que alguien con quien había sido tan cruel fuera tan bondadosa con ella ahora? Si Scarlett era la bruja mala de la historia, definitivamente Vivi era la bruja buena—. ¿Qué pasa, Scarlett?

—Lo del talismán es un callejón sin salida. Nadie lo ha visto desde que desapareció de la casa hace décadas. Si es que realmente existió, claro.

—Pero hay toda clase de hechizos para encontrar objetos perdidos, ¿no? —señaló Vivi.

—Y nuestras antecesoras los probaron todos, por supuesto. —En momentos como ese, extrañaba mucho a Minnie. Ella sabía hasta el más mínimo detalle de la historia de la brujería. Sabía hechizos olvidados y cosas que no habían sido olvidadas, pero que no se habían registrado por escrito con la esperanza de que cayeran en el olvido. No obstante, en ese momento quería que Minnie volviera por una razón más egoísta: hablar con ella. Quería que la abrazara, que le hiciera una taza de té misterioso, que la reconfortara... Aun con palabras que no conjuraban hechizos, Minnie era capaz de hacerla sentir mejor.

Pero Minnie ya no estaba; aunque Vivi sí. Y de alguna forma tendrían que arreglárselas entre ellas.

Vivi se encogió de hombros.

—Tal vez se les pasó algo por alto. Podemos revisar los archivos, por no hablar de los viejos tomos de la colección de libros antiguos de la biblioteca. ¿No habías dicho que el talismán primero fue de la universidad? —Buscó la mirada de Scarlett—. La encontraremos, Scarlett. Cueste lo que cueste. Encontraremos ese talismán y traeremos a Tiffany de vuelta a casa.

Scarlett asintió. Agradecía el entusiasmo de Vivi, pero en su mente se estaba gestando una idea muy distinta. Quizá no era necesario encontrar el talismán.

Quizá solo necesitaban encontrar a la persona que tanto ansiaba poseerlo.

CAPÍTULO 25

Vivi

—Esto es absurdo —dijo Ariana, mientras Vivi, Sonali y ella terminaban el tercer recorrido por el museo de rarezas y curiosidades ubicado en la primera planta de la Biblioteca Hewitt—. Es obvio que el talismán no está aquí. ¿Por qué iba a estarlo? ¿No creéis que alguien se habría dado cuenta si uno de los objetos mágicos más poderosos del mundo estuviera expuesto en el campus?

—Dudo que las Ravens vengan aquí a menudo —dijo Sonali, arrugando la nariz al ver una cabeza humana reducida dentro de una urna de cristal—. Es un poco espeluznante, ¿no?

Vivi estaba completamente de acuerdo. Aunque la colección le pareció misteriosa y romántica cuando la vio con Mason en un día soleado, los macabros objetos se veían muy distintos bajo la luz de la tarde mientras Sonali, Ariana y ella buscaban con desesperación una pista que pudiera salvarle la vida a su hermana.

—¿No me digáis que no habéis visto las ancas de ranas deshidratadas en la bodega de la casa de las Kappa? —preguntó Ariana.

—Eso es diferente. Tienen un propósito práctico. No son «curiosidades».

—Bueno, como sea —dijo Ariana—. Estamos perdiendo el tiempo aquí. ¿Por qué iba a estar en el campus?

—Según Scarlett, se rumorea que tiene una conexión con Westerly —explicó Vivi—. Revisemos los archivos. Tienes razón, si el talismán estuviera a la vista, quien ha secuestrado a Tiffany no se habría tomado tantas molestias. —Estaba a punto de mencionar que Mason le había contado que solo un diez por ciento de la colección estaba en exhibición, pero no estaba muy segura de querer explicar cómo terminó en una «cita que no era una cita» con el novio de Scarlett.

Habían pasado casi doce horas desde que hicieron el ritual de adivinación, pero no parecían estar más cerca de encontrar a Tiffany... y ahora les quedaban dos días para encontrar el talismán antes de que el secuestrador cumpliera su lúgubre amenaza. Intentaron conjurar hechizos con el poder de toda la casa para localizar el talismán, pero una y otra vez terminaron con las manos vacías. Después de eso, Jess, Juliet y Mei pasaron el día entero estudiando los catálogos de bibliotecas y museos de todo el mundo, mientras Dahlia, Hazel y Etta contactaban con brujas en las que confiaban para obtener algo de información, aunque debían hacerlo con mucho cuidado. Si se corría la voz de que Kappa intentaba encontrar el talismán de Henosis, otros miembros de la comunidad mágica podrían interpretarlo como un acto de agresión. Era evidente que a las chicas de primer año les habían asignado la tarea menos importante: buscar el talismán en persona, con la ínfima esperanza de que estuviera en algún lugar del campus.

Sin embargo, aunque las probabilidades fueran mínimas, sería una tontería irse sin revisar hasta el último rincón de la biblioteca, incluidos los archivos. Vivi se volvió para mirar con ojos cansados a la bibliotecaria detrás del escritorio, quien fingía ignorarlas mientras observaba cada uno de sus movimientos. Era la misma mujer que estaba ahí cuando visitó el museo con Mason y él la había llamado señora Irma.

Vivi se acercó al escritorio con una sonrisa cálida, proyectando su Mason interior.

—Disculpe —dijo. Unas cuantas semanas en Savannah le habían enseñado la importancia de los buenos modales—. Perdone la molestia, pero estamos haciendo investigación para una clase y nos preguntábamos si sería posible revisar los archivos.

La bibliotecaria arqueó una ceja y miró con frialdad el reloj de metal en la pared.

—Cerramos en quince minutos. El horario de acceso a los archivos se termina una hora antes del cierre.

Vivi abrió la boca para protestar, pero Sonali le puso una mano sobre el brazo. Masculló algo por lo bajo y, segundos después, la sonrisa fría de la bibliotecaria se suavizó para convertirse en algo más genuino, aunque los ojos se le pusieron vidriosos.

—¿Nos podría mostrar los archivos? —preguntó Sonali con dulzura.

—Sí, por supuesto —murmuró la bibliotecaria—. Seguidme, por favor.

—Ostras —susurró Sonali al ver su teléfono. Era la primera vez que Vivi la oía decir una palabrota—. Reagan necesita que la ayude a encantar a la archivista en la colección de manuscritos. Tengo que irme. ¿Nos vemos en la casa?

Vivi asintió mientras Ariana tiraba de ella para que siguieran a la bibliotecaria, quien había acelerado el paso a pesar de parecer alelada.

Por más útil que fuera la magia de Espadas, Vivi no sabía cómo sentirse al respecto. Ahora que era parte del aquelarre, podía encauzar la magia de ese palo, pero no lo había intentado aún. Había una línea muy delgada entre la influencia y el control mental; sin embargo, si les ayudaba a encontrar a Tiffany o a su secuestrador, entonces valía la pena adentrarse en esa zona gris de la ética.

Vivi seguía procesando lo que Scarlett le había contado. Lo que les ocurrió a Gwen y Harper fue horrible, y Vivi no estaba segura de poder vivir consigo misma si le hubiera causado la muerte a alguien. Al mismo tiempo, nadie podía haber previsto cómo iban a interactuar esos hechizos. Scarlett nunca tuvo la intención de hacerle daño a nadie; no era una asesina. Pero Vivi no tenía la menor duda de que Gwen sí lo era.

Siguieron a la señora Irma por un pasillo hasta llegar a un ascensor.

—¿Cómo están organizados los archivos? —preguntó Vivi.

—Me temo que todo está un poco revuelto —dijo la señora Irma—. ¿Para qué clase es esto?

Hubo una larga pausa.

—Religión y misticismo a lo largo de la historia —improvisó Ariana al fin—. Es... eh... una especie de estudio independiente.

Vivi hizo una mueca, pero, por suerte, a la bibliotecaria pareció no molestarle la ambigüedad.

—Un tema fascinante. Las oraciones y los hechizos nos dan una visión interesante de la mente de los penitentes. Podemos usarlos para deducir qué quería la gente, cuáles eran las motivaciones principales en su vida y los grandes desastres o importantes cambios sociales a los que se enfrentaron en esos tiempos.

El ascensor repicó y las puertas se abrieron para revelar una especie de bóveda sin ventanas y aislada del mundo exterior. Unas luces tenues proyectaban sombras por todo el lugar. En el centro había una hilera de estantes de metal con ruedas a los lados para poder arrastrarlos de un extremo a otro. A lo largo de las paredes había vitrinas llenas de todo tipo de objetos, incluyendo estatuas de bronce, platos de cerámica y varios libros polvorientos.

Les llevaría horas examinarlo todo.

—¿Alguna vez se encontró con un objeto llamado el talismán de Henosis? —preguntó Vivi.

La señora Irma frunció el ceño.

—No, pero no eres la primera persona que me lo pregunta. Alguien vino hace unas semanas buscando ese mismo objeto.

El aire pareció disiparse por completo. Ariana y Vivi intercambiaron miradas.

—Qué coincidencia tan curiosa —dijo Vivi, haciendo su mejor esfuerzo por mantener el tono ligero—. ¿Recuerda el nombre de la persona?

—¿O qué aspecto tenía? —añadió Ariana a toda prisa.

—No estoy segura... Creo... —La señora Irma movió la cabeza hacia un lado de un tirón.

—¿Está bien, señora...? —Vivi se quedó sin aliento cuando la bibliotecaria se volvió hacia ellas. Tenía los ojos completamente negros.

—Nadie —murmuró—. No veo a nadie.

—¿Qué rayos? —susurró Vivi, mirando a la señora Irma y luego a Ariana.

—Creo que quien preguntó por el talismán intentó borrarle la memoria —dijo Ariana, mientras observaba a la bibliotecaria con las pupilas de los ojos dilatadas por el miedo—. Tenemos que contárselo a las demás. Voy a llamar a Dahlia.

Vivi asintió.

—Hay que llevarla arriba para poder vigilarla hasta que Dahlia nos diga qué hacer.

—Yo la llevo. Tú quédate aquí y busca el talismán. No podemos perder más tiempo —dijo Ariana, y le dirigió una mirada inquieta a la señora Irma. Claramente no le hacía mucha ilusión quedarse sola con la bibliotecaria hechizada y sus escalofriantes pupilas dilatadas. Con mucho cuidado, la cogió del codo y la guio de vuelta al ascensor—. Venga —le dijo—. Vamos a buscarle ayuda.

En cuanto las puertas del ascensor se cerraron, Vivi dio media vuelta y se dirigió hacia la primera hilera de estantes. Ni siquiera sabía qué estaban buscando. Ninguna de las Ravens sabía cómo era el talismán.

Afortunadamente, la mayoría de los objetos en las vitrinas de cristal tenían etiquetas: JARRÓN FUNERARIO (301 a. C.); MUÑECA DE MALDICIONES (75 a. C.). Esta última, una figura de arcilla con clavos que le atravesaban el cuello y el corazón, le hizo estremecerse con una sensación helada que le recorrió las extremidades. Era como lo opuesto a cuando enfocaba sus poderes, un adormecimiento en lugar de un despertar. Recordó lo que sintió cuando conjuraron el hechizo para buscar a Tiffany, esa sensación inconfundible de la magia oscura. Vivi se preguntó cuán lejos estaría dispuesta a llegar Gwen para apoderarse del talismán y a cuántas Ravens lastimaría en el proceso.

Que la captora de Tiffany ya hubiera ido a la biblioteca a buscar el talismán de Henosis hacía que la idea de encontrarlo en el campus fuera menos descabellada, aunque Vivi seguía sin tener ni idea de por dónde empezar. Scarlett le había enseñado un hechizo para revelar rastros de magia, pero solo funcionaría si el talismán estaba dentro del edificio. De cualquier modo, valía la pena intentarlo.

—Invoco a la Reina de Bastos; escucha mi cántico —susurró—. Revela señales de algún lazo mágico.

Al principio no pasó nada. Pero entonces Vivi pudo ver un ligero resplandor en el mango de una daga cercana. Caminó hasta la vitrina para examinarla más de cerca y vio lo que parecían ser huellas digitales resplandecientes, como si su magia hubiera revelado la mano de la última persona que la había blandido.

—«Daga, siglo XV» —leyó en la tarjeta—. «Se cree que fue usada en un homicidio.» —¿Significaba eso que una bruja la había usado para matar a alguien? Vivi continuó examinando los objetos, pero no vio nada más hasta que se volvió hacia la siguiente hilera y se encontró de frente con un tazón que brillaba tanto que parecía que alguien le hubiera puesto un foco dentro—. «Tazón ceremonial, siglo III a. C. Descubierto en el Templo de Apolo.» —leyó Vivi en voz alta.

Hacia la mitad de la hilera había algo más refulgiendo en una vitrina. Dentro había un cojín rojo, como los que se usan para exhibir joyería en los museos, pero no tenía nada encima... solo los rastros del contorno de un collar. El contorno era lo que brillaba.

Vivi se volvió hacia la tarjeta que estaba junto a la vitrina.

—«Colgante ornamental. Origen desconocido. También conocido como el talismán de Henosis. Desaparecido desde 1997. Presumiblemente robado.» ¡Dios mío! —susurró Vivi. El corazón comenzó a martillearle en el pecho. La tarjeta incluía una fotografía de un pequeño óvalo de cristal azul con otros más pequeños dentro. Era como un talismán contra el mal de ojo, pero en el centro no había un círculo negro, sino una diminuta estrella roja de siete puntas. Vivi sacó su teléfono para hacerle una foto. Estaba a punto de escribirle a Ariana cuando el sonido de una risa lejana la sobresaltó—. Ariana, ¿eres tú?

No hubo respuesta, solo otra carcajada.

Luego las luces en el techo comenzaron a parpadear.

Encendidas. Apagadas.

Encendidas. Apagadas.

Encendidas. Apagadas.

—¡¿Ariana?! —volvió a gritar.

Una vez más experimentó la sensación pesada y fría que le recorrió el cuerpo al ver la muñeca, pero esta vez no parecía emanar de un objeto en particular. Daba la sensación de que provenía del aire mismo, como si la estuviera acechando y la invadiera cada vez que respiraba. Estiró una mano hacia la pared para buscar un interruptor, pero, en vez del yeso frío que esperaba encontrar, sus dedos tocaron algo duro, abultado y pulsante. La pared se estaba moviendo. Vivi echó el brazo hacia atrás, sin aliento.

—¿Qué mierd...? —Apuntó la luz de su teléfono hacia la pared y gritó.

El muro estaba repleto de cucarachas enormes de un marrón muy oscuro. Se subían las unas a las otras, se desbordaban sobre los estantes y vitrinas. Había cientos —no, miles—, amontonándose y formando una oleada que avanzaba hacia ella y pintaba el suelo de negro.

El terror la desorientó; su cuerpo retrocedió un paso mientras su cabeza se apresuraba a encontrar una explicación. Otra carcajada distante resonó por encima del ruido de los insectos. «Le hicimos alucinar arañas», le había contado Scarlett sobre Gwen. Quizá esto también era magia.

Vivi echó a correr hacia el sonido de la risa, con el estómago hecho un nudo mientras sus pies pasaban por encima de los insectos. «No es real. No es real. No es real», se repetía, y rogaba que fuera cierto.

Concentró sus energías en las luces del techo y repitió un conjuro para encenderlas. Tras unos cuantos intentos, las luces cobraron vida. Entrecerró los ojos bajo el brillo de los focos y alcanzó a ver una silueta de cabello negro que desapareció al dar la vuelta a la esquina.

Una silueta que era idéntica a la de Gwen.

CAPÍTULO 26

Scarlett

Scarlett sentía la mirada de sus compañeros de clase mientras corría por la explanada, aunque no estaba segura de qué era lo que había despertado su curiosidad: que corriera deprisa y sin gracia o su nada característico atuendo. Scarlett no había usado vaqueros en el campus desde sus primeros días en Westerly y dejó de usar zapatos planos cuando las zapatillas de Tory Burch dejaron de estar de moda. Pero por primera vez en su vida estaba demasiado ocupada y exhausta para preocuparse por su apariencia.

Habían pasado treinta y seis horas desde que se habían llevado a Tiffany y las Ravens no habían encontrado nada. Escarbaron en los archivos, intentaron conjurar diversos hechizos y llamaron a muchísimas exalumnas de aquella época —incluyendo a la madre de Scarlett—, pero no encontraron nada. Por su parte, ella había intentado localizar a Gwen, pero la chica llevaba días sin pisar su apartamento. Y, cuando intentó usar un hechizo adivinatorio para buscarla, Gwen no apareció en ningún lugar, lo cual era preocupante. Eso quería decir que o estaba muerta... o había logrado cubrir su rastro con magia. Scarlett sentía el paso de los segundos con cada latido de su corazón. Cada minuto desperdiciado era otro minuto que Tiffany pasaba sola, consumida por el terror y el dolor.

Scarlett no estaba acostumbrada a sentirse impotente, y no le gustaba, pero estaba tan desesperada que iba a hacer algo que le gustaba aún menos: pedir ayuda. Por eso corría por el campus dando zancadas largas y decididas. Quedaban solo unos minutos de su clase y necesitaba encontrarlo.

En cuanto las puertas del salón se abrieron, lo vio, entrecerrando los ojos hacia algún punto en la lejanía, con la mirada seria e intensa que siempre lo hacía parecer un poco fuera de lugar entre los despreocupados estudiantes de Westerly.

—Ven conmigo —le ordenó.

Cogió a Jackson del brazo y lo llevó hacia el sendero solitario que rodeaba los edificios académicos.

—¿Me estás secuestrando? —le preguntó con una mezcla de aburrimiento y diversión, como si Scarlett fuera una cachorrita que no lo dejaba en paz. Su elección de palabras hizo que Scarlett torciera la boca; Jackson suavizó su expresión solo un poco—. ¿Qué pasa?

El inesperado tono de preocupación en su voz casi la abatió y, para su desgracia, sintió de pronto que los ojos le ardían. «Contrólate», se ordenó. Llorar en público no era una opción, mucho menos delante de Jackson.

—Mira, sé que no te caigo bien; tú a mí tampoco. Pero creo que podemos ayudarnos el uno a la otra.

—Oye, nunca he dicho que no me caes bien. —Jackson se detuvo y alzó las manos—. Es solo que no confío en las Kappa, en ninguna.

No le preguntó por qué; no necesitaba hacerlo. La culpa incansable que la había acompañado durante dos años le revoloteó en el pecho una vez más, y las defensas que había erguido se vinieron abajo de improviso.

—Jackson, lamento muchísimo lo que le pasó a Harper.

Lo siento más de lo que podría expresar —dijo, obligándose a mirarlo a los ojos, a pesar del dolor que le centelleaba en el rostro—. Y tienes razón..., lo que pasó fue un accidente horrible. Si no se hubiera unido a Kappa, seguiría aquí. —Era lo único que podía decir.

Jackson pasó un largo rato en silencio, con la mandíbula apretada. Cuando al fin habló, su voz sonaba tensa, como si necesitara de todas sus fuerzas para no gritar.

—No es solo cómo murió, Scarlett. Es todo lo que pasó antes. Harper y yo estábamos muy unidos. Era mi familia; no teníamos secretos. Pero luego se unió a vuestra sororidad y de repente... —Su mirada se perdió, sin enfocarse en nada—. Fue como si se hubiera transformado en una persona distinta. Había tantas cosas que no podía contarme. Tradiciones secretas, reuniones por las noches a las que nadie más podía asistir. Para ser sincero, por cómo hablaba de la sororidad parecía que estuviera en una secta o algo así.

El conocido nudo de culpabilidad de Scarlett se hizo más grueso y le presionaba el pecho hasta casi impedirle respirar. Sumergirse en la vida de las Ravens había abrillantado y expandido su mundo; nunca se había detenido a pensar en las personas a las que podría haber llevado hacia las sombras.

—Podemos ser un poco herméticas.

—Es más que eso y lo sabes. La forma en que cerrasteis filas después de que muriera... Incluso Gwen, que se suponía que era su mejor amiga, apenas me hablaba. —Jackson sacudió la cabeza—. Por eso vine aquí, ¿sabes? Quizá te sorprenda —dijo en tono irónico, apuntando hacia sus vaqueros deshilachados y su camiseta de Jimi Hendrix—, pero este campus esnob sureño no era mi primera opción. Estaba a punto de ir a Columbia cuando Harper murió. Pero sabía que tenía que venir aquí si quería hacer las paces con lo que ocurrió.

Su habitual expresión sardónica desapareció y, por un momento, Scarlett percibió un destello del chico asustado y confundido que renunció a sus sueños para aferrarse al recuerdo de su hermana, para perseguir a un fantasma. Pero en ese momento una nueva punzada de miedo le recorrió el cuerpo a Scarlett.

—¿Gwen te dijo algo?

Jackson negó con la cabeza.

—Sí que tuvimos una conversación, pero no dejaba de... no sé, como ahogarse. Nunca la había visto así. Sé que también fue traumático para ella. Quiero decir, ella estaba ahí. También estuvo a punto de morir. La conozco y sé que quería decirme algo. Pero estaba tan aterrada, tan asustada... ¿Qué podría haberle causado tanto miedo? —dijo. Scarlett escudriñó su cerebro en busca de una excusa, luego se percató de que Jackson no esperaba una respuesta; estaba perdido en su propia memoria—. Después de eso, comenzó a evitarme...

—Y tú empezaste a seguirla —insinuó Scarlett.

Jackson se puso a la defensiva y se cruzó de brazos.

—Yo no fui el que se metió en su apartamento.

—De acuerdo, de eso sí soy culpable. —Scarlett levantó las manos—. Es solo que... pues... —Vaciló. No estaba segura de que fuera lo correcto. Confiar en alguien ajeno al aquelarre iba en contra de todos los principios de Kappa. Pero él era la única persona en el mundo que podría saber adónde iría Gwen, y encontrar a Tiffany estaba por encima de cualquier tradición o protocolo—. Mira, esto es un secreto...

—Qué sorpresa —la interrumpió Jackson.

—Sí, ya lo sé, pero esto es muy serio. —Inhaló y con una sola exhalación dijo—: Una de mis amigas está en problemas. Desapareció después de la fiesta de bienvenida. No podemos ir a la policía porque dejaron una nota. Era muy específica y creo que Gwen pudo haber tenido algo que ver con ella. Sé que tú también la estás vigilando y, si has descubierto o visto algo, necesito que me lo digas.

—¿Crees que Gwen se llevó a tu amiga? —preguntó Jackson con un tono de escepticismo que rayaba en el desprecio—. ¿Por qué haría eso? ¿Qué le habéis hecho vosotras?

Scarlett se obligó a mantener la compostura. Para Jackson, Gwen era una chica frágil y asustada que había pasado por un trauma gigantesco. No tenía ni idea de lo que era capaz de hacer.

—Es... complicado. Pero te prometo que no quiero hacerle daño a Gwen. Solo quiero ayudar a mi amiga.

—Entonces tendrás que explicarme mucho más que eso. Si Gwen se está escondiendo de vosotras, lo más probable es que tenga una buena razón.

Scarlett sentía un hormigueo en los dedos, el cosquilleo de la anticipación de la magia. Por respeto a Harper, le daría a Jackson la oportunidad de colaborar, pero estaba dispuesta a usar su magia si tenía que hacerlo. Interferir en el libre albedrío de alguien iba en contra de las reglas, pero este no era el mejor momento para preocuparse por seguir el manual al pie de la letra.

—No está segura por su cuenta. Creo que es posible que se haga daño y que le haga daño a quien esté con ella.

—¿Por qué haría eso? —La voz de Jackson aún tenía una cierta dureza, pero la expresión desafiante en su rostro comenzaba a desvanecerse.

—No lo tengo del todo claro, pero no puedo arriesgarme a perder a otra hermana.

Jackson cerró los ojos y Scarlett entró en pánico por un momento, pues creyó que había ido demasiado lejos. Por muy unidas que estuvieran las Ravens, su pérdida no era nada en comparación con la de Jackson. Finalmente, él suspiró.

—Hay una cabaña en Skidaway Island —dijo cansado—. La he seguido ahí. Va por lo menos una vez cada dos semanas.

Scarlett buscó las llaves de su coche en el bolso.

—¿Crees que podrías llegar a ese lugar otra vez?

—Me acabo de dar cuenta de que estamos haciendo todo lo contrario de lo que las películas de terror nos han enseñado —dijo Jackson después de unos minutos de juguetear con la radio del coche y dar indicaciones precisas.

—No estamos en una película de terror. Y nosotros somos dos; ella es solo una —respondió Scarlett.

—Es fácil para ti decirlo. Tú eres la «chica final» y yo el pobre tonto que decidió acompañarla. Si mal no recuerdo, a mi personaje no suele irle muy bien.

—Depende de la película. Hay unas cuantas en las que el chico sobrevive.

—Nombra a uno.

—Cary Elwes en *Saw*, Bruce Campbell en *Las colinas tienen ojos*, Corey Feldman en...

—*Viernes 13 Parte IX: Jason va al infierno. El viernes final.* —Jackson silbó—. Scarlett Winter sabe de películas de terror. ¿Estamos en una realidad paralela?

—No me conoces, Jackson. Solo crees conocerme.

—Ilumíname, entonces.

Scarlett suspiró, pues no estaba de humor para hacerlo. Pero él había accedido a ayudarla, así que se lo debía. Le debía más de lo que él podía imaginar.

—La señora que ayudó a criarme adoraba las películas de terror. Le gustaba gritarle a la pantalla y decirles a los personajes que no fueran tontos cuando inevitablemente hacían algo estúpido para sostener la trama, como terminar una relación o besuquearse cuando había un asesino suelto.

Jackson se rio.

—Siempre he tenido ganas de escribir una película de terror. Alguna vez pensé que podría ser el próximo Stephen King o algo así, pero luego mi vida real dio un giro inesperado.

—¿Eres escritor? —preguntó Scarlett. Al principio le sorprendió un poco, pero, pensándolo bien, tenía sentido. Era listo, el único de la clase cuyas respuestas eran tan elocuentes como las de ella. Y también pensaba rápido.

Jackson se encogió de hombros.

—No, ya no.

—Apuesto a que Harper no habría querido que dejaras de hacer lo que te apasiona.

Jackson se tensó.

—Lo que Harper habría querido es seguir viva. Pero, dado que no es así, habría querido que encontrara a quien le hizo eso y que me asegurara de que pasara el resto de su vida en prisión. Eso es lo que habría querido.

—Tienes razón. No tengo derecho a presuponer lo que Harper hubiera querido —admitió Scarlett y recordó que ella se molestaba cada vez que alguien le decía cómo sobrellevar el duelo de Minnie.

—Siempre pensé que, una vez que acabara con esto, una vez que supiera la verdad, podría volver a escribir. Pero lo que antes me importaba mucho ahora ya no tiene tanto sentido.

Scarlett lo escuchó con atención y pensó en sus propios planes, en Mason, en ser presidenta de Kappa. Todo palidecía al lado de lo que le había ocurrido a Tiffany. Y de lo que ambas le habían hecho a Harper.

—Lo siento muchísimo, Jackson.

Nuevamente, él se encogió de hombros.

—No es culpa tuya. Solo estás luchando por tu hermana. No debería desquitarme contigo solo porque yo perdí a la mía.

Scarlett se tragó la culpa. Una parte de ella —la parte buena, la que le había inculcado Minnie— deseaba poder decirle la verdad. Al mismo tiempo, la peor parte de ella —la parte que había guardado el horrible secreto durante dos largos años— agradecía no poder hacerlo. Agradecía que la silenciara el secreto de la magia y el voto que hizo ante sus hermanas. Sabía que era la salida fácil, pero ¿cómo podría explicárselo sin contarle quién —o qué— era ella en realidad?

Al volverse para mirar a Jackson, lo encontró mirando por la ventana con gesto pensativo. No volvieron a cruzar palabra durante el resto del viaje.

—Tal vez deberíamos llamar. —La voz de Jackson era tímida, temblorosa.

Estaban en las profundidades del bosque que cubría aquella isla cercana a Savannah, como a metro y medio de la puerta de la cabaña más deteriorada y terrorífica que Scarlett había visto fuera de una película de terror. Al estar rodeados de árboles tan espesos, parecía que ya había anochecido. La vegetación cernía sombras sobre el camino de grava y el porche derruido de madera que tenían delante.

El ocaso incipiente provocaba que la cabaña pareciera más intimidante. La puerta estaba bloqueada con un puñado de clavos y las ventanas, tapiadas con tablones oscuros. La pintura de la madera se desprendía formando rizos largos. En el porche había una mancha que parecía sangre. «¿Estás ahí, Tiff?» Sus palabras eran más una plegaria que una pregunta. Scarlett cerró los ojos para buscar algún indicio de magia, pero el aire era seco y ligero, diferente a como solía ser cuando Tiffany estaba cerca.

Scarlett apenas cayó en la cuenta de que estaban demasiado aislados para pedir ayuda o escapar. Habían aparcado el coche a unos diez minutos de ahí, en un pequeño desvío de la carretera. No habían visto una sola casa en el camino. Los frondosos árboles crecían torcidos y el césped estaba muy alto, como si nadie lo cortara jamás. Los únicos indicios de actividad humana eran unos trozos de vidrio de botellas de cerveza y algunas colillas de cigarro. Había una zona donde la hierba estaba quemada y formaba un círculo perfecto. El suelo estaba achicharrado y sin vegetación, como si esa parte del terreno estuviera maldita.

La cabaña parecía igual de muerta. No había coches en la entrada de grava ni luces en el interior.

—¿Y qué decimos? —contestó Scarlett—. Hola, ¿habéis visto por aquí a una chica extraña, posiblemente arrastrando a una víctima de secuestro? —Nada le impediría encontrar a Tiffany. Debía entrar. Cuanto antes.

—¿Se te ocurre un plan mejor? —preguntó Jackson y miró de nuevo a su alrededor—. Tal vez deberíamos irnos. Tengo un mal presentimiento, Scarlett.

Ella también, y ella era la de la percepción mágica.

—Si no quieres acompañarme, espera aquí —dijo y se dirigió con decisión a la puerta de la cabaña antes de poder siquiera reconsiderarlo.

De repente le ardió el cuero cabelludo y los pies le picaron como si cientos de alfileres y agujas le pincharan la piel. Conocía la sensación. Era un hechizo de protección para obligarla a dar media vuelta y huir. Desde el porche, de reojo veía sombras que bailaban, como arañas dispersas en los aleros.

«No es real», pensó. Era solo un hechizo para disuadir a los visitantes no deseados. Nada más. Nada que pudiera lastimarla.

A su espalda, los tablones del suelo crujieron; Scarlett ahogó un grito y miró hacia atrás. Pero solo era Jackson, quien subió la escalera tras ella.

—No voy a dejar que entres a una casa embrujada sola —dijo.

—Créeme, sé cuidarme —contestó mientras examinaba la puerta. Una cerradura simple. Bien.

—No lo dudaría ni un segundo —dijo él y se apoyó contra la pared de la cabaña, con los brazos cruzados. Scarlett se quitó una horquilla del cabello y se arrodilló frente a la puerta, con la precaución de obstruir la vista de Jackson para que no observara lo que estaba haciendo. Se concentró cuanto pudo y fingió usar la horquilla para abrir la cerradura. El pestillo produjo un leve chasquido; Scarlett se volvió hacia su acompañante para deleitarse con su sorpresa y giró el pomo, que cedió sin problema. Esperaba que él creyera en sus habilidades de cerrajería, que en realidad eran inexistentes. Era pura magia. Y algo de actuación. Scarlett tomó una bocanada de aire y empujó la puerta.

Sus ojos tardaron unos segundos en adaptarse a la oscuridad. Las ventanas estaban tapadas con cortinas oscuras que bloqueaban por completo la luz, que apenas se filtraba por la puerta y dejaba ver una mesa de madera desvencijada y dos sillas. Eran los únicos muebles que había en esa estancia. A un lado había una cocinita abandonada llena de telarañas con un hueco donde seguramente alguna vez hubo una estufa de leña. Se asomó a la diminuta habitación que daba a la estancia principal, pero no había nada más que un baúl girado. También había un pequeño estudio con un sofá naranja que al parecer los ratones habían roído.

Tirada en un rincón, entre el sofá y la pared, había una caja de cartón. Parecía más nueva que el resto de los objetos, sobre todo porque estaba menos polvorienta y decrépita. Scarlett atravesó la habitación deprisa y se asomó. El corazón se le aceleró al ver el contenido: una túnica negra de poliéster barato y un sombrero de bruja, como los que les pusieron a los espantapájaros. Al fondo, un estridente juego de cartas de tarot. Scarlett lo revisó. Faltaban la Reina de Espadas, la de Bastos, la de Oros y la de Copas. Y, como mal agüero, tampoco estaba la carta de la Muerte.

Un soplo triunfal la atravesó. Tenía razón. Todo había sido obra de Gwen. Pero segundos después la satisfacción se esfumó y dejó en su lugar la aterradora noción de que seguía sin saber dónde estaba esta última y si Tiffany aún corría peligro.

La casa estaba en silencio. No había nadie ahí.

Scarlett alzó una de las cortinas y observó. A unos cien metros, apenas visible entre los árboles, había otra construcción pequeña, un poco más grande que una letrina.

—Jackson —susurró Scarlett, y él asintió con expresión seria.

Salieron juntos de la cabaña, en silencio, atravesaron el campo de césped abandonado y, bajo la protección de las sombras, se acercaron al cobertizo. Ahí atrás, los árboles crecían sin intervención humana y el suelo estaba cubierto de una mezcla de hojarasca y tierra arenosa. Una ardilla corrió por una rama y un ave emitió un graznido agudo. El corazón de Scarlett se fue acelerando cada vez más a medida que avanzaban hacia el cobertizo.

Estaba deteriorado por el tiempo, hecho de planchas largas de madera sin lijar que estaban unidas con clavos oxidados. La puerta torcida apenas se sostenía por las bisagras y había una ventana mugrienta y medio rota en el lado izquierdo.

En ese momento, Scarlett oyó un golpe seco.

Se dio media vuelta, cogió a Jackson del brazo, se llevó

un dedo a los labios y lo presionó con firmeza. Luego caminó de puntillas hacia la ventana. Sintió el aliento cálido de Jackson en la nuca cuando él se acercó para asomarse también.

Desde ese ángulo, solo se alcanzaba a ver un lado de la habitación. Pero era más que suficiente.

El cobertizo estaba iluminado por velas que titilaban. Había un pentagrama pintado en los tablones del suelo con una sustancia entre rojiza y amarronada que parecía sangre seca. Las velas rodeaban el pentagrama. Y, arrodillada en el centro del símbolo, alzando por encima de la cabeza algo pequeño que se retorcía entre sus manos...

«Gwen.» Scarlett habría reconocido esa cabellera oscura en cualquier lugar.

El objeto que Gwen tenía en las manos se retorció de nuevo. A Scarlett se le revolvió el estómago. Notó la cola larga y lampiña, y por un instante captó la mirada de unos ojos rojos y temerosos. Era una rata. Luego, como si fuera una ramita, Gwen le rompió el cuello al animal.

En ese instante, una fuerte oleada de energía atravesó el cobertizo. Vibró como una bocina reventada, con un estruendo intenso y furioso, como si las moléculas del aire le estuvieran gritando.

Era magia.

Pero era un tipo de magia que Scarlett nunca había percibido. Era furiosa y violenta y burda y hambrienta. Le hizo sentir que su estómago se desplomaba y le ahogó los pulmones. Era tan fuerte que reventó los pedazos de vidrio que quedaban en la ventana y los lanzó por los aires. E incluso tiró a Scarlett de espaldas, que se estrelló contra Jackson y ambos cayeron de golpe a un lado del cobertizo.

—¡¿Quién anda ahí?! —gritó Gwen.

Tal vez era porque Scarlett no la había escuchado hablar en dos años, pero su voz sonaba más grave, más ominosa que antes, como si estuviera hablando en dos registros a la vez: el suyo y otro más bajo, más grave.

Scarlett no se detuvo a pensar. Cogió a Jackson del brazo, lo levantó, y ambos corrieron tan rápido como pudieron hacia la carretera. Por suerte, Jackson no perdió tiempo haciendo preguntas. Corría a su lado con mirada angustiada y juntos recorrieron el sendero de grava y atravesaron el bosque, mientras las zarzas les arañaban la cara y la ropa.

No fue hasta que llegaron a la carretera que Jackson se atrevió a indagar entre jadeos.

—¿Qué... diablos... ha sido eso?

Scarlett no podía responder a su pregunta. Ni siquiera se atrevía a reconocer la verdad ante sí misma.

Su peor pesadilla se había hecho realidad. Gwen había recuperado su magia. Y era magia oscura.

CAPÍTULO 27

Vivi

Vivi estaba asomada a la ventana de la Torre Oeste, un merendero del campus que parecía más bien el tipo de restaurante de club campestre para millonarios del que su madre solía burlarse cuando vivían en Nueva Inglaterra. Estaba en lo más alto del campus, en el último piso de la torre del reloj, cuyos ventanales ofrecían una vista privilegiada de la explanada central. Vivi llevaba buena parte de la tarde apoltronada en uno de los sillones de cuero, revisando página tras página de los archivos digitales del *Gazette* en su portátil, con la esperanza de encontrar alguna mención del talismán. Habían pasado casi veinticuatro horas desde el hallazgo en los archivos, y Jess, quien se caracterizaba por sus dotes de periodista de investigación, había llevado la batuta y había asignado a las Ravens más jóvenes diferentes periódicos en los cuales buscar información útil mientras las brujas más experimentadas seguían rastreando pistas con la ayuda de su magia. Tenían menos de un día para encontrar el talismán, pero lo único que sabían hasta el momento era que lo habían robado de los archivos de Westerly.

Después de leer acerca de casi todos los casos de robo de joyería en Savannah durante el último siglo, Vivi cogió su taza de café y se asomó por los ventanales. Empezaba a sentirse estancada y sabía que no era la única. Dahlia se pasaba el tiempo mascullando cosas entre dientes mientras caminaba por la casa de las Kappa y hacía largas pausas frente a la habitación de Tiffany. Mei, quien llevaba días sin hacerse encantamientos de belleza, se había mordido las uñas hasta la carne. Y Scarlett parecía estar siempre al borde de un colapso nervioso. Vivi nunca la había visto tan fuera de sí; esa tarde incluso había salido de la casa de las Kappa en vaqueros y camiseta. Vivi ni siquiera sabía que Scarlett tuviera un par de vaqueros en su armario.

Su hermana mayor se había horrorizado cuando Vivi le había contado lo ocurrido en la biblioteca y coincidió en que parecía obra de Gwen. Sin embargo, también mencionó algo importante: si Gwen quería que encontraran el talismán, ¿por qué intentaría disuadirlas de buscarlo? ¿Sería porque sabía que los archivos eran un callejón sin salida?

—¿Estás buscando ovnis o algo así? —dijo una voz grave que sobresaltó a Vivi a tal punto que derramó el asqueroso café frío que llevaba horas sorbiendo distraídamente. La expresión de Mason se transformó cuando Vivi se volvió hacia él—. Perdón. No quería inquietarte.

A pesar del agotamiento y de la manga empapada de café, Vivi sonrió. Le parecía bastante tierno que Mason hubiera usado el verbo *inquietar*, cuando la mayoría de la gente habría dicho asustarte o sorprenderte. Cada vez que Mason y ella hablaban, él mostraba una cualidad encantadora e inesperada que no encajaba con su pinta de chico de fraternidad.

—No eres muy inquietante que digamos —contestó Vivi. «Sobre todo en comparación con los horrores a los que me he enfrentado últimamente.»

Mason se pasó la mano por el pelo, como si estuviera apenado, lo cual era inusual.

—Bueno, es que quiero respetar lo que dijiste la otra noche acerca de... o que creo que insinuaste acerca de... de no querer que las cosas entre Scarlett y tú se vuelvan tensas. Tampoco quiero que creas que no sé aceptar un no por respuesta.

Vivi intentó ignorar la punzada en el corazón.

—Vale. Me gustaría que fuéramos amigos. En serio.

—Bien —contestó Mason con una sonrisa—. En ese caso, enséñame dónde están esos ovnis. Si les saco una foto y la subo a Reddit, me coronarán rey de internet.

—Lamento decepcionarte, pero no hay ningún ovni. No estaba mirando nada en particular. —Dicho esto, Vivi lo escudriñó con expresión inquisitiva—: ¿Eres *redditor*?

—Me gusta seguir los hilos de las historias que publican. Llevo tres años discutiendo con un maestro de Alaska que jura que el ejército confederado ganó la guerra de secesión.

—Parece una excelente forma de aprovechar el tiempo.

Mason sonrió y señaló el sofá vacío junto al de Vivi.

—¿Te molesta si te acompaño?

—Al contrario. Pero ¿qué haces aquí en lugar de estar de fiesta?

—¡Qué suspicaz! —Mason se rio mientras tomaba asiento—. ¿Crees que he venido a acechar a estudiantes ingenuos?

—¡No! No digo que seas rarito. —Vivi se mordió el labio—. Perdón, eso ha sonado mal.

—No te preocupes —dijo Mason y asintió con seriedad—. Creo que nadie me había dicho algo tan agradable como «No creo que seas rarito». —Le dio un sorbo a su café y sacó un portátil de la mochila—. En respuesta a tu pregunta, mi supervisora está escribiendo un libro sobre las mujeres de Savannah en la época colonial. He estado leyendo cartas y diarios en distintas bibliotecas de la ciudad y tengo que enviarle un resumen de mis hallazgos. Para el lunes.

—¿Te vas a especializar en historia?

—Así es. ¿Por qué te sorprende tanto?

Vivi reflexionó unos segundos. Sabía que a Mason le gustaba la historia, pero jamás hubiera imaginado que quisiera sacarse esa carrera. Vivi debía reconocer que la vergonzosa razón por la que tenía ese prejuicio era porque creía que los historiadores usaban chaquetas de *tweed* y musitaban para sus adentros, mientras que Mason parecía un modelo de Ralph Lauren, con su camiseta blanca ajustada y sus *shorts* verdes de sarga.

—Eres muy sociable para ser estudiante de historia —contestó Vivi, aunque no era un argumento muy convincente—. ¿No deberías estudiar relaciones públicas o... no sé... marketing deportivo o algo así?

—¡¿Marketing deportivo?! ¡Esa carrera ni siquiera existe en Westerly!

—Perdón por no saberme de memoria el catálogo de los grados —dijo Vivi y alzó las manos, como si se rindiera.

—Marketing deportivo —repitió Mason mientras sacudía la cabeza y fingía desilusión—. ¿Sabías que Westerly tiene uno de los mejores departamentos de Historia de todo el país? Te sugiero que te apuntes a la clase de historia de los cementerios. Cada semana hacen una visita guiada a uno diferente. Sé que suena macabro, pero es fascinante. —Mason hizo una pausa—. Estoy siendo rarito otra vez, ¿verdad?

—En absoluto —contestó Vivi, quien había pasado más tiempo del que habría deseado en el cementerio local. No pudo evitar ver a Mason con nuevos ojos. Jamás había oído a un chico así de atractivo hablar de historia con tanta pasión. De hecho, nunca había oído a nadie hablar de historia con tanta pasión. Por un instante, se imaginó ataviada con un vestido blanco de verano, paseando de la mano con Mason por un cementerio cubierto de liquen, pero luego se sonrojó y agitó la cabeza de forma discreta para sacarse de la mente esa fantasía tan ridícula. Ya había intentado tomar ese camino y sabía que en la entrada había un enorme cartel que decía «Prohibido el paso».

—Hablando en serio, ¿qué haces escondida aquí en lugar de estar pasándotelo bien con tus hermanas? —le preguntó—. ¿Acaso somos los únicos en el campus que están estudiando?

—Yo también estoy trabajando en un proyecto de historia —dijo, y le mostró la pantalla de su portátil—. Estoy buscando antiguas integrantes de Kappa. —Vivi supuso que una verdad a medias era mejor que nada.

—Uy, qué divertido. A mí me encanta hacerlo.

—Bueno, eso sí que suena raro.

Mason se rio y se reclinó en su silla.

—Perdón. Tienes razón. Abriré mi portátil y pasaré el resto de la tarde trabajando a tu lado en silencio. Salvo que prefieras estar sola, claro.

—No, agradezco que me hagas compañía. —Después de tanto caos y angustia, Vivi pensó que sería agradable estar con alguien que no estuviera implicado en el secuestro mágico. Supuso que Mason seguiría hablando de cosas triviales, pero, después de escudriñarla con atención, se puso muy serio.

—¿Estás bien? Pareces un poco... —titubeó mientras buscaba la forma más diplomática de decirlo— cansada.

—Estoy bien —contestó Vivi—. Es solo que me atrasé un poco en las clases por el proceso de iniciación de Kappa, así que intento ponerme al día.

—¿De verdad solo es eso? Puedes confiar en mí.

Vivi imaginó cómo sería confesarle todo, que hubiera alguien que la escuchara con empatía y sin involucrarse en esta pesadilla sin fin de la desaparición de Tiffany y la búsqueda del talismán. Quizá sería útil tener a alguien especializado en historia e investigación. Pero contarle todo a Mason no era una opción. Nada sería más peligroso para las Ravens que el que sus secretos salieran a la luz.

—Sí, solo es eso. Te lo juro. Supongo que estudiar tanto no es muy sano para una chica tan delicada como yo —dijo, y esbozó una sonrisa forzada.

—No te lo tomes a mal —contestó Mason de inmediato—. Lo siento, es que pareces un poco cansada. Pero tan preciosa como siempre. —Vivi se dio cuenta de que Mason se arrepintió tan pronto como las palabras se le escaparon de la boca. Se sonrojó un poco y sacudió la cabeza—. Bueno, queda claro que no se me da muy bien eso de «ser solo amigos». Creo que debería irme.

Se puso de pie y empezó a guardar su portátil en la mochila.

—Espera, Mason —dijo Vivi y lo cogió del brazo. Sus palabras se habían posado sobre su piel como una mariposa a la que temía tocar por miedo a que se escapara. Nadie que no fuera su madre le había dicho que era preciosa—. Está bien. No tienes que irte.

Él se detuvo, reflexionó y volvió a sentarse, suspirando.

—¿En serio no te he hecho sentir incómoda?

—Al contrario. —Sin pensarlo, ella le puso una mano en el brazo—. Ha sido un comentario muy bonito.

—Soy incapaz de mentir —dijo él en un tono de falsa seriedad. Luego guardó silencio y clavó su mirada en la de ella. Se inclinó ligeramente y Vivi pudo ver destellos dorados en los ojos enmarcados por las largas pestañas negras, así como una pequeñísima cicatriz en la ceja izquierda.

Vivi debía moverse, retroceder. Pero se quedó donde estaba, sin poder respirar, sin ser capaz de mover los músculos, aunque fuera un milímetro. Se estremeció cuando él le acarició la mejilla y se inclinó hacia delante hasta que sus labios se encontraron.

La recorrió una descarga eléctrica que consumió todos sus pensamientos. Lo único en lo que Vivi podía centrarse era en los suaves que eran sus labios y en cuánto ansiaba perderse en ese beso.

Sin embargo, al final retrocedió.

—Lo siento, Mason. No podemos hacer esto.

No podía besar al exnovio de su hermana mayor, sobre todo cuando Scarlett lo estaba pasando tan mal.

Él se reclinó y ocultó la cara entre las manos.

—Lo sé. Tienes razón, Vivi, es solo que... —Se quedó callado y se volvió hacia ella con una sonrisa triste. Respiró hondo y se obligó a hablar con un entusiasmo forzado—. Bueno, pues. Volvamos a trabajar. —Luego miró el portátil de Vivi y frunció el ceño—. ¿Es mi imaginación, o esa chica se parece a alguien que conocemos?

—¿Cuál? —Vivi tardó unos segundos en encontrar la foto de la que Mason hablaba entre las numerosas pestañas que tenía abiertas. En la esquina de la pantalla había una foto a color, un poco desenfocada. El pie de foto decía: «Integrantes de Kappa en la fiesta de bienvenida». Parecía tomada en el salón de eventos del edificio administrativo de la universidad. Eran siete chicas hermosas con elegantes vestidos negros y cortos. Una de ellas era Evelyn Waters; Vivi había visto su foto en la casa y reconoció su cabello rubio y sus pómulos sobresalientes.

Pero la del centro fue la que llamó su atención. Era la única que miraba hacia la cámara y estaba abrazando a Evelyn por la cintura. En el cuello llevaba un colgante ovalado enorme que parecía una geoda. Era de cristal azul, con una serie de círculos en el interior que lo hacían parecer un amuleto contra el mal de ojo. La chica esbozaba una sonrisita, como si supiera algo que las demás ignoraban. Vivi reconoció esa sonrisa. La había visto durante casi todos los días de su vida.

—¿Tu madre también estudió en Westerly? —le preguntó Mason.

Vivi no respondió. No podía hacer nada más que mirar fijamente a la joven Daphne Devereaux, quien le sonreía desde el pasado.

Su madre no solo era una bruja, sino que también había sido una Raven.

Y en su cuello tenía el talismán de Henosis.

CAPÍTULO 28

Scarlett

Para cuando Scarlett aparcó delante de la casa de las Kappa, ya estaba oscuro. Apagó el motor del coche y mantuvo la mirada fija hacia el frente, viendo cómo las farolas de la calle se encendían una a una.

—Scarlett, tenemos que hablar de lo que ha pasado —dijo Jackson.

Ella mantuvo la mirada al frente. No había logrado decir una sola palabra en todo el camino de vuelta a casa. No tenía la energía para tejer una complicada explicación de lo que Gwen estaba haciendo. Tuvo que reunir toda la fuerza que le quedaba para mantener el coche en la carretera y evitar que el enorme vacío que sentía por dentro se le llenara de lágrimas. Había fracasado, lo que significaba que Tiffany pasaría otra aterradora noche preguntándose si cada vez que inspiraba sería la última.

Si es que seguía con vida. Las manos de Scarlett ansiaban sus cartas y la biblioteca. Necesitaba un hechizo, algo que le diera una prueba de que seguía con vida, algo que le dijera que el corazón de Tiffany aún latía. Necesitaba pruebas de que no era demasiado tarde, pues no solo Gwen había recuperado sus poderes, sino que su magia parecía ser más oscura y potente que antes. Si había estado dispuesta a hacerle daño a Tiffany antes del accidente, ¿cómo saber qué más sería capaz de hacerle ahora?

Una parte de Scarlett quiso entrar en el cobertizo, enfrentarse a Gwen en ese instante y obligarla a que la llevara con Tiffany. Pero ¿cómo iba a lograrlo? ¿Echándole un aguacero encima? Unas cuantas gotas de agua no podrían contrarrestar la maldad tangible que desbordaba Gwen. Necesitaba el poder de sus hermanas para afrontarla.

—¿Alguna vez habías visto algo así? ¿Sabes qué era lo que estaba haciendo? —preguntó Jackson.

—No, claro que no —mintió Scarlett—. Eran locuras como de asesino en serie.

—No creo que los asesinos en serie acostumbren a usar pentagramas y velas —dijo Jackson—. Parecía algo ritual... parecía... —Hizo una larga pausa, como si estuviera buscando las palabras correctas—. Parecía brujería.

Scarlett se volvió hacia él. El chico tenía la mirada vacía y los ojos ligeramente enrojecidos. Lo había visto enfadado y mojigato. Lo había visto ser amable. Pero nunca lo había visto asustado. Ella lo cogió de la mano. Los dedos de Jackson eran cálidos.

—La brujería no existe. —Su voz sonó débil, incluso a sus propios oídos. Nunca había tenido que decir esas palabras. La mayoría de la gente pasaba su insignificante vida en un estupor de ignorancia, bajo una mentalidad demasiado obtusa o poco imaginativa que les impedía percibir la magia que estaba casi a su alcance. Siempre se había compadecido de quienes vivían en un mundo en blanco y negro, cuando había una inmensa gama de colores más allá del velo. Pero en ese momento estaba dispuesta a cambiar de sitio con cualquiera en un parpadeo si eso significaba poder recuperar a Tiffany. ¿Qué importaba la magia si no podías proteger a quienes amabas?

—Por favor, Scarlett. —Jackson la miró expectante—. Sabes qué hemos visto. Sabes qué hemos sentido. El estallido que te ha tirado... ¿Cómo explicas eso?

Scarlett se encogió de hombros y se reclinó en el asiento.

—No hubo ningún estallido. Perdí el equilibrio cuando la vi.

—No me mientas, Scarlett. —Él se movió en el asiento y le puso una mano sobre el hombro. Volvió el cuerpo hacia ella. Scarlett apretó los dientes, decidida, pero mirar a Jackson de reojo bastó para desmoronar sus defensas. Ella reconocía esa expresión a la perfección: era de desesperación. Era el tipo de desesperación que, tras la desaparición de Tiffany, ella misma apenas comenzaba a comprender—. Llevo un año observando tu casa —dijo Jackson—. Las Kappa tenéis algo diferente, algo extraño. Y he visto tu expresión esta noche. No estabas sorprendida; estabas preocupada. —Hizo una pausa, con el ceño fruncido—. Gwen era una de vosotras. Mi hermana era su mejor amiga. Y después de que murió descubrí cosas que... ¿El pentagrama que estaba en el suelo? Harper había dibujado ese símbolo en todas sus libretas. Así que... solo dime en qué estaba metida.

La desesperación en su voz casi partió a Scarlett. Jackson había sufrido tanto como ellas. Más, en cierta manera, pues él no tenía en quién confiar, nadie con quien compartir los perturbadores pensamientos que se formaban en los fragmentos de su dolor. Pero no podía decirle la verdad sin poner en peligro a las Ravens.

—Solo somos una sororidad —contestó con voz ronca.

—¡Por favor! ¿Era... una bruja? ¿Eso era? —Sonaba horrorizado—. O sea... ¿mataba cosas? ¿Comía bebés? ¿Qué coño...?

—¡No! Por supuesto que no. Harper no era así. Lo que vimos fue magia oscura. Nosotras no hacemos eso. —Las palabras se le escaparon de la boca antes de que pudiera detenerlas.

Jackson la soltó y se dejó caer con pesadez sobre el asiento.

—¡Joder! Entonces sí que era una bruja. Todas vosotras sois brujas.

Scarlett lo miró, paralizada por el impacto de lo que acababa de hacer. Había ido en contra de todas las reglas, de todo lo que su madre y Minnie le habían enseñado, y de todo lo que había jurado cuando se inició en Kappa. Tenían terminantemente prohibido decirle a cualquier persona sin habilidades mágicas la verdad sobre su sororidad, sobre quiénes y qué eran en realidad.

Había protegido su secreto a capa y espada durante años, incluso le había ocultado la verdad a Mason. Y, si hubiese pensado en decírselo a alguien fuera de Kappa, hubiera sido a él. Pero, en vez de eso, se lo había dicho a Jackson, un chico al que hacía apenas unas semanas —demonios, apenas unas horas— no soportaba. Tal vez sí que estaban en una realidad paralela. Nada era lo que debía ser.

Apretó el volante con las manos y apoyó la cabeza sobre él.

—No puedes decírselo a nadie, Jackson. Si esto se sabe, las cosas no van a terminar bien para ninguno de los dos.

Jackson se había quedado callado y totalmente quieto, pero Scarlett sabía que su cerebro estaba acelerándose para poder procesar la información que le había sido revelada de forma inesperada. Al fin, el chico tragó saliva con dificultad y preguntó:

—¿Gwen...? ¿Gwen mató a Harper?

Una serie de recuerdos le vinieron a la mente a Scarlett: los ojos de desprecio de Gwen al mirarla a ella y a Tiffany desde el balcón. El pútrido olor de la magia oscura mientras chamuscaba el aire. El destello de terror en el rostro de Harper cuando el balcón comenzó a derrumbarse a sus pies. La sangre sobre su piel pálida. Scarlett negó con la cabeza despacio.

—No fue a propósito. Pero estoy segura de que Gwen secuestró a Tiffany. Bien podría haberla matado ya. La odiaba. Nosotras fuimos las que provocamos que la expulsaran de Kappa... —Se detuvo, con un sollozo desgarrador que le destrozaba el pecho—. No sé qué voy a hacer si le hace daño, Jackson. De verdad. Hubiera preferido que me secuestrara a mí.

Cuando volvió a reclinarse en su asiento, sintió el suave roce de los dedos de Jackson sobre su mejilla.

—No voy a dejar que te haga nada. —Jackson entrelazó sus dedos con los de Scarlett y le estrujó la mano con fuerza. Por un momento, esa cálida presión fue suficiente para mantener el pánico bajo control. Pero ¿qué diría Jackson cuando descubriera que Tiffany y Scarlett habían estado provocando a Gwen, que debido a ellas perdió el control en el balcón?

Sonrió entre las lágrimas.

—Sin ofender, pero creo que eres quien menos podría detenerla.

—¿Qué? ¿Dudas de mis poderes de persona normal? —dijo él con una sonrisita.

—Estoy segura de que serán muy útiles cuando Gwen te tenga bajo un hechizo de control mental.

Los ojos de él se abrieron de golpe.

—Un momento. ¿Tenéis poderes de control mental?

Un brusco golpeteo en la ventana del coche hizo que Scarlett saltara y ahogara un grito. El miedo no se esfumó cuando, al volverse, vio a Dahlia fuera del auto, cruzada de brazos.

—Mierda —masculló Scarlett por lo bajo. «¿Sabe que se

lo he dicho?» Se limpió las lágrimas tan rápido como pudo y bajó la ventana—. Hola —dijo, obligándose a sonar tan normal como pudo.

Dahlia clavó la mirada en la mano derecha de Scarlett, quien se dio cuenta —demasiado tarde— de que aún estaba entrelazada con la de Jackson. Enseguida liberó su mano de un tirón y esbozó una sonrisa inocente.

—¿Dónde has estado? —Dahlia entrecerró los ojos—. Te necesito en casa en este momento, Scarlett. Asuntos de Kappa. No es precisamente el mejor momento para salir con... alguien... —Scarlett sabía que lo que Dahlia quería decir era «alguien como él». Se le oía el desprecio en la voz.

—Perdón, pero surgió algo en el último momento, algo importante. —Scarlett miró a Jackson. Luego se obligó a hablar en tono casual y displicente—: Gracias otra vez por la ayuda. La información ha sido muy útil.

Jackson, que había entendido todo al instante, asintió.

—De nada. Bueno, si necesitas cualquier otra cosa, toma. —Sacó un pedazo de papel, escribió su número, lo puso en su mano y bajó del coche. Se despidió agitando la mano sin mirar atrás, mientras se dirigía hacia el bosque y desaparecía en la oscuridad de la noche.

—¿Qué demonios ha sido eso? —preguntó Dahlia, mientras se acomodaba un mechón de pelo rubio detrás de la oreja—. ¿De verdad estabas ligando durante nuestro funeral, Scar?

—No, claro que no. Te lo cuento en casa —dijo Scarlett, después se bajó del coche y cerró la puerta de un golpe. Miró a ambos lados de la calle y sintió un escalofrío que le recorrió la espalda, a pesar del cálido aire de la tarde—. Y no estamos muertas todavía. —Al menos no mientras ella pudiera evitarlo. Solo podía pensar en Gwen, en que había recuperado sus poderes. Gwen, quien podía estar en cualquier lugar, haciendo cualquier cosa. Gwen, quien podría estar tras ellas en ese mismo instante—. Pero tenemos que hablar dentro —agregó. Debía interponer toda la fuerza de los hechizos protectores de las Ravens entre sus hermanas y la chica que intentaba destruirlas.

CAPÍTULO 29

Vivi

Vivi atravesó el campus corriendo, sin prestar atención a las miradas confundidas o curiosas de los espectadores. Pasó junto a grupos de chicas con zapatos de tacón que cuchicheaban entre risas, chicos pretenciosos que se ponían demasiada loción de afeitado y parejas enamoradas que caminaban de la mano o estaban sentadas bajo la luz romántica de las lámparas de gas.

La vergüenza de haber besado a Mason —que había sido sumamente intensa y precipitada hacía apenas unos segundos— estaba siendo reemplazada por una mezcla poderosísima de adrenalina y furia. Por fin había hecho un descubrimiento relacionado con el talismán. ¡Por fin había encontrado una pista de verdad! Pero esa pista llevaba directamente a su madre, lo que significaba que Daphne le había mentido a Vivi durante casi toda su vida.

Mientras corría, sacó el móvil y llamó a su madre por tercera vez desde que había salido de la cafetería. En esta ocasión, Daphne contestó.

—¿Va todo bien, garbancito? —le preguntó—. Estoy haciendo un ritual de cristales, pero vi tus llamadas perdidas y pensé que lo mejor sería contestar.

Vivi dejó de correr, pero siguió avanzando a paso veloz. Casi sin aliento, preguntó:

—¿Tienes el talismán de Henosis?

Daphne guardó silencio una fracción de segundo más de lo necesario, luego contestó:

—¿De qué hablas, corazón? ¿Qué talismán?

—Vi una foto en la que lo llevas puesto. ¿Por qué no dejas de mentirme? Sé que fuiste una Raven y que tienes el talismán.

—Jamás te mentí, Vivi. Todo lo que hice fue para protegerte.

—Pues la verdad es que lo has hecho muy mal, porque ahora hay una psicópata que amenaza con matar a las Ravens una por una si no le damos el talismán.

—¡Tienes que salir de ahí! —exclamó Daphne con desesperación—. Ahora mismo. Encontraré un lugar en Savannah donde puedas pasar la noche y mañana iré a por ti.

—¿Qué? ¿Hablas en serio? No voy abandonar a mis hermanas. Lo único que necesito es el talismán. ¿Lo tienes? Te prometo que no le diré a nadie que lo robaste tú.

—¡Yo no robé nada! —La voz de Daphne era más aguda, más penetrante—. La situación es mucho más complicada de lo que crees...

—¡Eso no es excusa! La ignorancia no me salva del peligro. ¿Por qué no lo entiendes? ¿Dónde estás? Iré a buscar el talismán y entonces me lo puedes explicar todo.

Hubo una larga pausa.

—Eso no va a ser posible, Vivi. Lo siento.

—Vale. Entonces tráelo tú. ¡Es cuestión de vida o muerte! Mi amiga Tiffany morirá si no encontramos el talismán.

—Lo siento —repitió Daphne en voz baja—. Pero no está en mi poder. Por favor, cuídate mucho, Vivi. ¿Me lo prometes? Te adoro.

La llamada se cortó en ese instante.

Vivi maldijo entre dientes y tiró el móvil al césped, pero luego gruñó y se agachó para recogerlo. Por más que Daphne se empeñara en huir, tenía que encontrarla.

Incluso antes de llegar al jardín delantero, Vivi se dio cuenta de que la casa estaba envuelta en un frenesí. Al alcanzar a Mei, quien estaba en el sendero de entrada agitando un manojo de hierbas delante de su cara, Vivi se detuvo para recobrar el aliento. Al otro extremo del jardín, Etta plantaba un arbusto con flores blancas. Llevaba puestos unos gruesos guantes de jardinería y tenía más cuidado de lo habitual en evitar que los pétalos le rozaran la piel.

—¿Qué está pasando? —preguntó Vivi, aún jadeando por la carrera.

—Es Gwen —dijo Mei sin dejar de mirar las hierbas—. Scarlett la vio haciendo magia oscura para romper el hechizo de atadura.

—Entonces, ¿es cierto? —dijo Vivi y sintió un intenso escalofrío, a pesar de que seguía acalorada por haber corrido.

—Sí, al parecer logró recuperar sus poderes. Y, después de lo que pasó con Tiffany, no podemos arriesgarnos. Dahlia dice que no podemos permitir que Gwen se nos acerque, así que estoy reforzando los hechizos protectores mientras Etta planta acanto gigante en el jardín. Sirve para disimular la presencia de la magia, lo que impedirá que Gwen o algún otro intruso identifique qué hechizos usamos.

—Entiendo. ¿Dónde está Scarlett? —preguntó Vivi y se limpió la frente sudorosa con el dorso de la mano—. Necesito hablar con ella.

—Creo que está con Dahlia en el estudio.

Vivi le dio las gracias y salió corriendo hacia la casa, mientras repasaba mentalmente la lista de lo que debía hacer. Tenía que contarles a Dahlia y a Scarlett lo de su madre y el talismán. Y, luego, encontrar a Daphne.

«Y decirle a Scarlett que has besado a su exnovio», le recordó una vocecita. Eso último le pareció más aterrador que la posibilidad de ser víctima de la magia oscura.

Subió corriendo hasta el cuarto piso, atravesó el largo pasillo tan rápido como pudo y se detuvo en seco al oír las voces que discutían en el estudio de Dahlia.

—... e irresponsable. ¡Investigar junto con alguien externo a la sororidad! —Dahlia sonaba furiosa.

—Ya te he dicho que él también había estado siguiendo a Gwen. Y tenía información útil. —La voz de Scarlett era menos combativa. Casi sonaba arrepentida.

—Pero él no ha visto nada, ¿o sí? No le has dicho nada sobre nosotras.

Scarlett titubeó una fracción de segundo.

—Claro que no —contestó Scarlett con un tono de voz altanero que no logró disimular del todo su preocupación.

A juzgar por la pausa prolongada que vino después, Dahlia también lo percibió. Para sorpresa de Vivi, Dahlia no hizo más que suspirar.

—Scarlett, no te estás comportando a la altura de una presidenta. Espero que nuestra futura lideresa anteponga las necesidades de Kappa por encima de cualquier otra cosa. Sobre todo, por encima de sus propias hormonas. Y ya puedes dejar de esconderte, Vivian —dijo Dahlia en voz más alta—. Puedes entrar.

Vivi se sonrojó avergonzada. Pero que Scarlett le abriera la puerta solo empeoró las cosas.

—¿Qué pasa? ¿Estás bien? —le preguntó Scarlett mientras la observaba con una preocupación genuina.

La vergüenza en Vivi se transformó en profunda culpa.

«No, no estoy bien. Mi madre me ha estado mintiendo toda la vida, pero eso no es comparable a lo que yo te acabo de hacer.»

—Creo que tengo una pista —dijo Vivi al entrar en el estudio de Dahlia, una habitación pequeña, pero hermosa, decorada con un escritorio de madera tallada, papel pintado de color vino y estantes llenos de libros, velas y esqueletos de animales.

—¿En serio? ¡Qué bien! ¿Qué has encontrado? —preguntó Scarlett con ansia. Su emoción contrastaba mucho con la expresión inescrutable de Dahlia—. ¿Qué pasa? —dijo Scarlett y se volvió hacia Dahlia.

—Pregúntaselo a tu hermanita menor —contestó Dahlia con frialdad—. Aunque me sorprende que no lo sepas ya. Sus pensamientos son tan audibles que bien podría gritarlos.

—Ya sabes que no se me da bien leer mentes. ¿Podríais decirme qué está pasando para que podamos seguir? —Scarlett cruzó los brazos y frunció el ceño.

Dahlia arqueó una ceja.

—Creo que será mejor que te lo explique Vivi —dijo Dahlia. «No puede saberlo», pensó Vivi con desesperación. Aunque había hechizos para leer mentes, no sabía que Dahlia fuera tan poderosa para leer sus pensamientos de la nada, sin tocarla siquiera —. De acuerdo —explotó Dahlia—. Vivi tiene miedo de que te enteres de lo que acaba de pasar con Mason.

Scarlett retrocedió, como si las palabras de Dahlia hubieran sido una explosión de verdad.

—¿De qué hablas? —preguntó con voz temblorosa. Parecía que podía quebrarse en cualquier momento—. ¿Vivi? —dijo mientras observaba a su hermana menor.

—Yo... —Los engranajes de su cerebro giraron a toda prisa en busca de una excusa o una mentira creíble, pero fracasaron. Sin saber si lo hizo por culpa o como producto de un hechizo, Vivi escupió la verdad—: Te juro que no fue mi intención. Y que nunca volverá a pasar. Lo siento muchísimo.

—¿Qué es lo que nunca volverá a pasar? —preguntó Scarlett. Ya no parecía frágil.

—No..., no estábamos pensando con claridad. Fue un... un accidente. Un beso tonto...

—¿Has besado a mi novio accidentalmente? —La voz de Scarlett era helada, aunque su cuerpo irradiaba un calor que cargó el ambiente de furia y magia.

—Fue una tontería, pero le he puesto fin de inmediato. En serio, perdóname. Lo siento muchísimo.

—Ah, así que tú le has puesto fin —espetó Scarlett—. ¿Insinúas que Mason pierde el control cuando está contigo?

—¡No! ¡No es eso! Lo siento mucho, Scarlett. Es que...

—Déjate de estupideces. Te gusta desde que pisaste este sitio. Y te has aprovechado de él en un momento de vulnerabilidad. Porque, para ser sinceras, de ninguna otra manera te haría caso. —La fulminó con la mirada y luego soltó una carcajada burlona—. Las novatas antisociales no son muy del estilo de Mason.

Aunque Vivi sabía que Scarlett estaba tan furiosa que se estaba desquitando con ella y que su ira estaba justificada, sus palabras no fueron menos hirientes. Ya sabía que no era el tipo de chica que podía gustarle a Mason. De hecho, no tenía sentido alguno que pasara de tener una novia glamurosa, sofisticada y talentosa como Scarlett a relacionarse con alguien como ella. Probablemente seguía recuperándose de la ruptura y estaba buscando una distracción. Y no había nada más fácil que ligarse a una novata ingenua que ansiaba tanta atención que era capaz de perder la razón y el control cuando alguien le decía que era «preciosa».

—Es suficiente, Scarlett —dijo Dahlia con una sonrisita,

como si lo estuviera disfrutando. A Vivi le pareció un gesto inusual por parte de Dahlia, quien solía ser formal y empática. Pero quizá la presión las estaba empujando a todas a hacer cosas fuera de lo habitual—. Hay cosas más importantes que debemos discutir.

—Me niego a discutir lo que sea delante de ella. Como siempre digo, un poco de magia por sí sola no puede compensar una infinidad de carencias. —Scarlett miró a Vivi con una sonrisa cruel—. Ambas sabemos que no eres digna de esta sororidad, así que ¿por qué no te vuelves a Reno a leer manos fuera de los centros comerciales? —Antes de que Vivi pudiera contestar, Scarlett pasó a su lado de camino hacia la puerta.

Vivi hubiera querido dejarlo ahí. No soportaba estar un segundo más en la misma habitación que Scarlett. Lo único que quería era hacerse un ovillo en su cama e intentar ahogar las palabras que sabía que seguirían retumbando en su cabeza: que no era digna, que habían cometido un grave error al iniciarla como Raven.

Sin embargo, no podía permitir que Scarlett se fuera sin contarle lo que había descubierto.

—Espera. Tengo que decirte algo. Mi madre fue una Raven. Encontré una foto de ella con Evelyn Waters y creo que...

—¿Por qué no te largas a presumir con Mason? —espetó Scarlett por encima del hombro—. A lo mejor él te ayuda. O puedes continuar besuqueándote con él mientras mi mejor amiga sigue secuestrada en manos de una psicópata.

Vivi reculó cuando Scarlett dio un portazo al salir. ¿Cómo podría enmendar las cosas? Aunque encontraran el talismán y rescataran a Tiffany, nada nunca volvería a ser como antes. Vivi había pasado toda su vida intentando encajar y, cuando por fin había encontrado un grupo de chicas increíbles que le ofrecían no solo su amistad, sino su magia, lo había arruinado todo con un gesto sumamente estúpido y egoísta.

Dahlia le puso una mano en el hombro.

—En un rato se le pasa. En fin, dime qué has averiguado sobre tu madre. —Vivi respiró hondo e intentó mantener la compostura. La revelación sobre su madre la alteraba casi tanto como el miedo a que se supiera lo de Mason. ¿Qué dirían las Ravens cuando descubrieran que la madre de Vivi había robado el talismán de Henosis?, ¿que también había sido una Raven y que no le había contado nada a Vivi al respecto? Todo era muy sospechoso y haría quedar a Vivi aun peor que el hecho de haber besado al exnovio de Scarlett—. ¡No jodas! —exclamó Dahlia y abrió los ojos como platos cuando Vivi terminó—. ¿Ya has hablado con ella? ¿Tiene alguna idea de dónde puede estar?

Vivi negó con la cabeza.

—He hablado con ella, pero no me ha querido decir nada. Solo ha dicho que estoy en peligro y que debo tener cuidado.

—Sí, bueno, ya sabemos que estamos en peligro. ¿Dónde vive tu madre? ¿Crees que deberíamos ir a verla y buscar el talismán?

—Ni siquiera sé en qué estado del país se encuentra. No ha querido decírmelo. —Vivi sintió una punzada de vergüenza. Su madre no solo había robado un objeto mágico inestimable, sino que se había dado a la fuga. Como fuera, Dahlia parecía impaciente.

—Llámala de nuevo. Dile que estás desesperada y que necesitas ayuda.

—Ya lo he hecho. No ha funcionado.

—Entonces es hora de sacar la artillería pesada —dijo Dahlia—. Canaliza a tu Jennifer Lawrence interior y dale una actuación digna del Oscar.

—De acuerdo... —contestó Vivi, aunque no sonaba convencida. A diferencia de su madre, Vivi nunca había sido muy buena actriz, así que Daphne siempre se daba cuenta de cuándo le mentía—. ¿Qué pasará si logro encontrar el talismán? ¿De verdad se lo vamos a dar a quien secuestró a Tiffany?

—Una vez que tengamos el talismán podremos usar un hechizo replicador para crear uno idéntico, pero falso. De ese modo, la magia no caerá en las manos incorrectas. —Dahlia hizo una pausa—. Las peores manos posibles.

Vivi asintió, sacó el móvil y llamó a su madre. Sonaron unos cuantos tonos, por lo que empezó a temer que Daphne no le contestaría para no tener que hablar sobre el talismán. Sin embargo, cuando pensó que saltaría el buzón de voz, escuchó una voz cansada.

—¿Sí?

—Mamá, soy yo. Mira, sé que no quieres hablar de esto, pero es muy muy importante. Tengo que verte. —Intentó sonar lo más desesperada posible, aunque, dadas las circunstancias, ya estaba tan desesperada como creía que se podía estar. Encontrar el talismán era literalmente una cuestión de vida o muerte para Tiffany.

Daphne guardó silencio un segundo.

—Hay un viejo hostal a tres kilómetros del campus que se llama Rosa y Espina —contestó al fin—. Te veo ahí en una hora.

A su lado, Dahlia empezó a murmurar un hechizo.

—Invoco a la Luna y a la Torre, fuente de las sombras que buscan el desplome.

—Mamá, no puedo quedarme en Savannah —dijo Vivi y se alejó de Dahlia—. No entiendes. No es seguro para... —Guardó silencio y ahogó un grito al ver su reflejo en el espejo de marco dorado que estaba detrás del escritorio de Dahlia. No era ella; no del todo. Su piel estaba más pálida y había adquirido una tonalidad grisácea, mientras su rostro estaba hinchado y deforme, como un cuerpo pudriéndose en el agua. Emitió un sonido que era una mezcla entre sollozo y grito mientras a su reflejo le salía un gusano de la oreja.

—¡¿Vivi?! —exclamó Daphne—. ¿Estás bien? —Vivi desvió la mirada del espejo y respiró—. ¿Vivi? —repitió Daphne, con más urgencia—. Dime qué está pasando.

—Tenías razón. Aquí no estoy segura. —Cuando Vivi por fin pudo alzar la voz, le temblaba—. Por favor, mamá. Por favor. Tengo que salir de aquí. Dime dónde estás.

En esa ocasión, su madre no titubeó.

—Estoy en Jekyll Island, al sur de Savannah. En la calle Wisteria, número treinta y ocho. Aquí estarás a salvo. Te lo prometo.

—Voy para allá —contestó Vivi en voz baja. Colgó y se volvió hacia Dahlia, quien estaba sonriendo.

—¡Lo has hecho muy bien! —dijo.

—¿Era necesario que hicieras eso? —Vivi señaló el espejo. Por suerte, su reflejo había vuelto a la normalidad. Aun después de respirar profundamente varias veces, seguía conmocionada y su corazón continuaba latiendo deprisa después de ver aquella imagen de su cuerpo inerte, en pleno estado de descomposición.

Dahlia se encogió de hombros.

—Bueno, ha funcionado, ¿no? Bien. ¿Lista para ir de paseo?

CAPÍTULO 30

Scarlett

—Estamos intentando detener a Gwen, no haciendo té —masculló Scarlett mientras cruzaba la puerta principal de la casa. Mei, quien estaba esparciendo enebro, pachulí y manzanilla en los escalones de la entrada como medida de protección contra la magia oscura, se sobresaltó. En cuanto los aromas le llegaron de golpe, lo único en lo que Scarlett pudo pensar fue en Gwen rompiéndole el cuello a aquella rata en el cobertizo. Unas cuantas hierbas no las protegerían.

—¿Adónde vas? ¡Se supone que debemos permanecer juntas! —le gritó Mei.

Scarlett no dijo nada y continuó su camino sobre el sendero de ladrillos. Por primera vez desde su llegada a Westerly, sentía que el mundo exterior era mucho más acogedor que la casa de las Kappa.

Al caminar por la calle de las fraternidades, pasó delante de la casa de los PiKa y sus columnas señoriales. El corazón se le encogió y su cabeza tuvo a bien mostrarle varias imágenes mentales de lo que su ex —el chico a quien hasta hacía dos días consideraba el amor de su vida— podría haber hecho con su hermana menor.

Durante los últimos dos años, había tenido una visión contundente de su futuro. Lo tenía tan definido y claro en la mente que lo sentía casi como si fuera real, como si esa parte de su vida estuviera construida de antemano y solo esperaba que Mason y ella encajaran ahí. Tras la desaparición de Tiffany, Scarlett no había tenido oportunidad de llorar por su futuro perdido, un futuro que ahora era más bien un signo de interrogación. Pero en ese momento, al acelerar el paso por la acera, pasando por encima de las retorcidas raíces de los árboles que se asomaban por debajo de la acera cuarteada, el duelo y la furia la inundaban en igual medida.

¿Cómo era posible que la bonita historia de cómo se conocieron en el Pikiki ya solo fuera la anécdota de una relación fallida? ¿Cómo era posible que lo que construyeron en dos años, cada broma privada, cada conversación, cada «te amo», se desmoronara y cayera en la tierra como si no fuera más que polvo? ¿Cómo podría verlo en la explanada y pasar junto a él como si no fueran más que desconocidos? ¿Cómo pudieron compartir un último beso sin siquiera saber que sería el último?

Y, pensó mientras se limpiaba una lágrima con furia, ¿cómo era posible que él ya se hubiera enamorado de alguien más? ¿Cómo pudo hacerle eso? ¡Y de su hermana menor! ¿Cómo pudo Vivi hacerle eso?

Por si fuera poco, Vivi no era la única Raven que la había traicionado. En vez de regañarla, Dahlia casi se rio de lo ocurrido. Dahlia no era así; ella sabía cuánto significaba Mason para Scarlett. Sabía cuánto tiempo habían estado juntos. Y sabía lo devastador que era que una hermana traicionara así a otra.

Scarlett ya no estaba segura de muchas cosas, pero al menos de dos cosas no dudaba: iba a rescatar a Tiffany y lo haría sin sus supuestas hermanas.

Sacó el trozo de papel que se había guardado en el bolsillo. El que Jackson le había dado. Marcó el número y contuvo la respiración.

Sonó una sola vez antes de que contestara.

—¿Scarlett?

Ella arqueó las cejas.

—¿Cómo sabías que era yo? —preguntó. Ella no le había dado su número a Jackson.

—Lo he adivinado. —Hizo una pausa y suspiró—. Eso y que estaba esperando que me llamaras. No sé bien qué hacer. No es fácil salir de fiesta, así, sin más, después de descubrir que las brujas existen y que hay una muy malvada que anda suelta.

Apenas unas horas antes, sus palabras habrían desatado una oleada de culpa y temor en ella. Durante siglos, no hubo un peligro más grande para las brujas que la amenaza de ser descubiertas. En nombre de un miedo mortal, las brujas habían sido quemadas, ahogadas y encerradas en manicomios o cárceles. Las anécdotas eran ciertas y su madre y Minnie se habían asegurado de que Scarlett conociera la historia de la brujería a la perfección.

Pero en esta ocasión era casi reconfortante saber que había alguien más con quien podía compartir la carga, alguien en quien podía incluso confiar. A pesar de que era humano.

—En ese caso, ¿te interesaría ayudarme a encontrar a dicha bruja?

—Suena peligroso.

—Demasiado.

—¿Qué opinan tus hermanas al respecto?

—No lo sé —dijo Scarlett, mirando por encima del hombro, a pesar de que la casa de las Kappa ya no estaba a la vista, sino cubierta por el velo de musgo que pendía de los robles que bordeaban su calle. En el fondo, sabía que Dahlia tenía razón. Las lideresas no hacían cosas como lanzarse por su cuenta a una misión no consensuada. Por otro lado, se suponía que las Ravens debían poner la sororidad por encima de todo lo demás. Tiffany era su mejor amiga y una hermana en grave peligro. Al diablo con comportarse como la perfecta candidata a la presidencia. Antes que cualquier otra cosa, Scarlett era una amiga. Y tenía que estar a la altura—. Hay una hermana que no puede esperar.

La línea se quedó en silencio unos segundos. Scarlett no culpaba a Jackson por vacilar. Por el contrario, lo respetaba por haber entendido al instante la gravedad de la situación.

—¿Puedes venir a recogerme? —dijo al fin—. Podemos ver si ha vuelto a su apartamento o si sigue en esa cabaña horrible.

—¿Seguro que no eres brujo? —preguntó Scarlett mientras buscaba las llaves del coche en su bolso—. Porque acabas de leerme la mente.

Cuando llegó a casa de Jackson, le sorprendió la falta de muebles y la presencia de un corcho de detective... y que él no llevaba camiseta.

—¡Dame un segundo! —le gritó por encima del hombro mientras cogía una camiseta del armario y se la ponía sobre el pecho impresionantemente musculoso y suave. Luego se ocultó en la pequeña habitación del fondo.

—La sospechosa número uno, ¿eh? —dijo Scarlett al ver su fotografía en el tablero clavada en un mapa de Savannah junto a otras fotografías de sus hermanas Ravens, conectadas con hilos. Sobre la casa de los Psi Delta había una fotografía de Harper. Scarlett sintió que el aliento se le atascaba en el pecho al ver su enorme sonrisa. Estaba tan... viva. Junto a esa fotografía estaba la de Scarlett, rodeada con un círculo de rotulador rojo.

—Perdón. Obviamente tengo que actualizar eso —dijo Jackson, volviendo a la sala con una sudadera puesta.

—No hay problema —dijo Scarlett. Pero la culpa volvió a inundarla. El mapa, el apartamento casi vacío. Este era el caos que Tiffany y ella habían dejado a su paso.

—¿Te puedo preguntar algo? —dijo él.

—Creo que te has ganado el derecho con creces —respondió Scarlett, esperando un interrogatorio sobre la existencia de las brujas. Pero lo que Jackson preguntó la sorprendió.

—Cuando nos encontramos en la fiesta de bienvenida..., ¿estabas así por Gwen? ¿Hizo algo ese día?

Scarlett negó con la cabeza.

—Eso fue porque mi novio me dejó.

Jackson silbó por lo bajo.

—¿En plena fiesta de bienvenida?

—Sin duda, considerando todo lo que está ocurriendo, eso no importa ahora —contestó ella a la defensiva, pues se sintió herida y avergonzada al mismo tiempo.

—Si alguien te dejó a ti, de verdad estamos en una realidad paralela.

—Hace unos días habrías creído que me lo merecía —replicó Scarlett.

—Ninguna persona se merece que la dejen así, en una fiesta, delante de su familia y amigas.

—¿Ni siquiera una bruja de sororidad? —preguntó ella, con un tono más ligero.

—Bueno, tal vez algunas brujas de sororidad. Pero tú no eres como creía.

—No digas eso. Es ofensivo. No soy como otras chicas, ¿no? ¿No soy como las demás chicas de mi sororidad? —dijo Scarlett, de nuevo a la defensiva ante la idea de que Jackson insultara a otras mujeres para halagarla a ella.

El chico arqueó una ceja.

—Considerando que vimos a Gwen sacrificar a Ratatouille, yo diría que eso es un cumplido. Pero no me refería a eso. Cuando te conocí en clase, no sabía que eras una Kappa. Solo sabía que eras inteligente e intocable. Mantenías la distancia con todo el mundo. Pero se está bien dentro de tu círculo.

—¿Aunque dentro del círculo haya brujas y asesinas de brujas?

—Nadie es perfecto —dijo él con una sonrisa.

—Tú también eres diferente a lo que pensaba —admitió ella.

—Más guapo de cerca, más ingenioso, más inteligente... —bromeó él.

—No eres un absoluto y completo imbécil —dijo Scarlett. Y en su cabeza añadió: «Y más gracioso, amable y compasivo»—. Y medio valiente —añadió en voz alta. No conocía a muchos otros chicos, quizá ninguno, que se tomarían el hecho de descubrir que las brujas existían con tanta normalidad, mucho menos que aceptaran ayudar a derrotar a una—. ¿Cómo es que la cabeza no te ha estallado con todo esto?

Jackson lo pensó unos segundos.

—Que quede claro, esto sí me ha volado un poco la cabeza. Pero también creo que una parte de mí siempre lo ha sabido. Solo que nunca me había permitido entenderlo.

—¿A qué te refieres? —preguntó Scarlett.

—Aunque no lo creas, cuando Harper y yo éramos pequeños y ella se vino a vivir con nosotros, yo no era este gran varón seguro de sí mismo que tienes frente a ti. Era un poco friki. —Scarlett fingió sorpresa y descubrió que, por primera vez en varios días, aún era capaz de sonreír—. Y unos chicos estaban empeñados en hacer que mi vida fuera un infierno. Un día, Harper los arrinconó después de clase. Minutos después, salieron con los ojos morados. Ella me juró que no les puso un dedo encima, pero yo recuerdo cuán aterrorizados estaban. Cuando le pregunté qué había hecho para asustarlos tanto, me dijo que fue magia. —Soltó una carcajada—. Ahora veo que era cierto. Y no fue solo eso. Hubo varios pequeños detalles. Puertas que se abrían y se cerraban solas. Tormentas que llegaban de la nada. Otros aun más insignificantes, que eran más una sensación que algo específico. Cuando era más pequeño, la creí a medias. Ahora sé que debí de haberle creído por completo desde el principio.

Scarlett respiró hondo. Ya había traicionado a su aquelarre, a su sororidad, al revelar su secreto. No estaba bien seguir por ese camino. Pero, al mirarlo, al ver cuánto quería a Harper y cuánto ansiaba entender, y sabiendo que ella era la única persona que podía hacer eso por él...

—Ella era Copa, como yo. Sus poderes venían del agua. Pero podía hacer otras cosas también. Todas podemos. Somos más fuertes cuando estamos juntas. O al menos eso solía creer... —Se detuvo, pensando en lo que Dahlia había dicho y en lo que Vivi había hecho.

—Gwen está sola y me ha parecido que es bastante fuerte —replicó Jackson.

—Sí, porque está utilizando magia oscura. Las Ravens nunca nunca hacemos eso. Por eso la expulsamos y la privamos de sus poderes.

—Y ahora los ha recuperado, más fuertes que antes.

—Así es —dijo Scarlett con tono sombrío.

Jackson hizo una pausa para procesar la información.

—Gracias —dijo—. Gracias por contármelo.

—No estoy segura de que cuando todo esto termine sigas agradecido —dijo Scarlett.

—Hablando de... —dijo Jackson, tomando sus llaves y abriéndole la puerta— Las brujas primero. Seré valiente, pero no soy tonto.

Cuando llegaron, el exterior del edificio de Gwen estaba oscuro: persianas cerradas, luces apagadas. Pero la cabaña también les pareció abandonada al principio.

Scarlett apagó el motor.

—¿Ves alguna señal de vida? —preguntó sin saber qué respuesta preferiría escuchar.

Jackson negó con la cabeza.

—Ni siquiera el vecino de arriba, ni el perro escandaloso que vive en la tienda de al lado. Esto es una zona fantasma.

—Tal vez siga en la cabaña —dijo Scarlett indecisa. Lo último que quería era volver a esa casa de los horrores, pero, si eso le ayudaba encontrar a Tiffany, lo haría sin pestañear.

—Su coche está aquí. —Jackson señaló un sedán destartalado, aparcado en la acera.

Scarlett frunció el ceño.

—No lo he visto en la cabaña.

—Tal vez lo había aparcado en la carretera, como nosotros.

Scarlett se agazapó en su asiento, sin quitarle los ojos de encima al edificio.

—Algo no huele bien aquí, ¿no crees? Quiero decir, recupera sus poderes, que no es poca cosa, y luego ¿simplemente regresa a su casa a dormir?

—Tal vez toda esa magia oscura la agotó. —Jackson levantó las manos en respuesta a la mirada fulminante de Scarlett—. Oye, yo no sé cómo funcionan estas cosas. Ese es su apartamento. Solo digo que han pasado, ¿qué?, ¿tres o cuatro horas desde que la hemos visto en Skidaway? Tiempo suficiente para que volviera aquí.

«O para ir a donde sea que tenga a Tiffany para torturarla», pensó Scarlett, con una escalofriante mezcla de terror y asco recorriéndole las venas. Habían pasado más de dos días ya. ¿Cuánto más resistiría Tiffany? Scarlett hizo una mueca al imaginar el rostro de su mejor amiga deformado por la angustia, los ojos bien abiertos por el miedo al ver a Gwen acercarse con una daga en las manos o un hechizo en los labios. Existían hechizos que podían hacerte sentir que la columna se te partía por la mitad, maldiciones que hacían que con cada respiro pareciera que inhalabas fuego, cánticos que rompían huesos y cercenaban miembros... ¿Gwen estaría lo suficientemente desquiciada para usarlos con Tiff con tal de obtener lo que quería?

—¿Estás bien? —preguntó Jackson, mirándola con preocupación.

Scarlett se acomodó en el asiento.

—Sí, estoy bien. Tal vez debería entrar y echar un vistazo. Solo para estar seguros.

—Claro, porque eso salió muy bien la última vez.

—Oye, la última vez no estaba esperando una emboscada. Ahora estoy lista.

Jackson alzó las manos, como rindiéndose.

—Yo no soy nadie para juzgar los asuntos brujeriles. Solo digo que quizá no queramos que la bruja malvada descubra que estamos aquí y nos fría.

—No te va a freír —farfulló Scarlett—. Iré sola.

—Me temo que no lo puedo permitir —respondió Jackson—. No sería muy caballeroso.

—¿Nadie te ha explicado que la caballerosidad no es más que misoginia vestida de seda? Además, solo uno de los presentes puede hechizar a un atacante.

—Con más razón: deberías dejar que vaya contigo para limpiar tu desastre.

Scarlett puso los ojos en blanco.

—¿Es tu forma de insinuar que te gusta mirar?

La mirada de Jackson la estudió de arriba abajo. Scarlett no se había arreglado, lo cual era inusual en ella. Llevaba vaqueros y una camiseta sin mangas. Era lo más informal que se había puesto en años para salir de casa. Sin embargo, con Jackson mirándola así, sentía como si hubiera salido con un vestido de noche.

—Solo si es alguien a quien vale la pena mirar.

Scarlett tuvo que sacarse una serie de pensamientos impropios de la cabeza. ¡Maldita adrenalina! Confundía las señales. Nublaba el juicio.

—Mira, solo... ten cuidado. Si ves algo extraño, lo mejor que puedes hacer es apartarte. Protegerte solo me complicará las cosas.

Jackson hizo un saludo militar y forzó una sonrisa arrogante para complacerla. Ella lo miró largo rato.

Lo había subestimado. Se había enfrentado a todo aquello —descubrir que la magia existía, entrar en la guarida de una bruja malvada— y seguía sonriendo, incluso si se trataba de una bravuconada para tranquilizarla y no de un gesto auténtico.

Jackson se enderezó y abrió la puerta del coche para dar por terminada la discusión. Scarlett sintió el impulso de detenerlo, pero no lo hizo. Bajaron del vehículo, cruzaron la calle desierta y caminaron hasta la puerta del edificio de Gwen.

Jackson miró más allá de donde estaba Scarlett y apretó los labios. Los ojos de ella siguieron la dirección de los de él.

Entonces vio aros de humo saliendo de la puerta del edificio. Era un humo de un rojo vibrante, con un brillo casi imposible. Sus ojos se abrieron de golpe, con sorpresa. Mientras lo miraba, el humo formó una enorme X frente a la puerta, como un gigantesco letrero mágico de «Prohibido el paso».

Intercambiaron miradas.

—Última oportunidad para dar marcha atrás —murmuró Scarlett.

Para su sorpresa, Jackson le cogió la mano y entrelazó los dedos con los suyos.

—No voy a dejar que te enfrentes a esto sola, Scarlett.

Se miraron a los ojos durante un segundo. La mano de Jackson era cálida. Y a ella el corazón le latía contra el pecho. La adrenalina se le disparó. La cabeza le zumbaba por la explosión inesperada de electricidad entre ellos. Pero no había tiempo para pensar en eso.

Scarlett soltó a Jackson e intentó tocar el humo carmesí. Era una extraña forma de magia oscura. Se notaba por cómo le cosquilleaban los dedos y se le resecaba la garganta.

Luego puso las palmas sobre la puerta. Cerró los ojos y conectó con su propio poder y con el que sus hermanas compartían la una con la otra durante sus rituales mensuales. Lo visualizó fluyendo a través de ella, una luz dorada para repeler al mal.

Jackson se sorprendió detrás de ella. Cuando volvió a mirar, la puerta se había abierto.

Scarlett cruzó el umbral con cuidado y comenzó a subir la escalera. El pasillo estaba oscuro y no se veían luces que salieran por debajo de la puerta del apartamento de Gwen. De todas formas, Scarlett se acercó para escuchar por si percibía alguna señal de movimiento al otro lado.

Nada.

Intentó abrir la puerta. No estaba cerrada. Miró hacia atrás, a Jackson. Su mirada de preocupación era casi idéntica a la de Scarlett.

La chica contuvo la respiración y abrió la puerta con tanto cuidado como pudo.

Comenzó a emanar más humo, anillos grises y rojos enmarañados entre sí. Pero no olía a fuego de leña. Apestaba a podredumbre, a muerte, a descomposición y pesadillas, a parálisis del sueño en medio de la noche. Scarlett comenzó a ahogarse en cuanto respiró el humo. Jackson empezó a toser sin control.

—¿Qué es esto? —carraspeó él, con la voz ronca por el humo.

Scarlett no sentía ningún calor. Si el humo venía de un fuego, no era un fuego normal.

—No tengo ni idea —consiguió responder.

¿Era una especie de mecanismo de defensa? ¿Era veneno? Scarlett dio un paso al frente y resbaló. Logró detenerse justo antes de golpear el suelo, pero la palma de su mano aterrizó sobre un charco de una sustancia pegajosa. La bilis le trepó por la garganta al mirar hacia abajo.

Sangre. Un rebosante charco de sangre. Muy parecido al que estaba en la habitación de Tiffany, pero más grande, más horrible.

Scarlett contuvo un grito y alzó la mirada para seguir el rastro rojo. Había un cuerpo boca abajo en el suelo, a menos de un metro de ella, inmóvil. Scarlett exhaló con un débil gemido. «Que no sea Tiffany, Dios mío. Ella no.»

A su lado, Jackson maldecía. Pero se movió más rápido que Scarlett. Pasó a su lado para coger del hombro a la chica; Scarlett supo que era una chica por los pantalones de yoga y la camiseta sin mangas. Pero era muy difícil verle la cara en medio del denso humo...

Entonces cayó en la cuenta de que parecía que el humo emergía de la chica. O, cuando menos, del lugar en el que su cara tocaba el suelo.

Jackson giró el cuerpo. Scarlett se preparó para lo que vería, poseída por el miedo de contemplar el rostro de su mejor amiga.

Pero los ojos vacíos que los miraron desde el suelo eran los de Gwen. Nubes de humo gris le salían de la nariz, la boca e incluso las orejas.

—¿Gwen? —susurró Jackson con la voz cargada de distintas emociones.

Scarlett no pudo moverse. No podía hablar. Vio cómo Jackson buscaba un pulso, lo oyó maldecir de nuevo, más veces y más fuerte. Sacó su teléfono. Y entonces fue cuando lo cogió de la muñeca.

—No podemos estar aquí —susurró—. Cuando la encuentren, la policía...

Jackson asintió con firmeza. La cogió de la mano y la levantó de un tirón.

—Vamos. —La condujo hacia la salida del apartamento.

Scarlett no podía dejar de temblar al mirarse la mano pintada de rojo con la sangre de Gwen.

Mientras tanto, un único pensamiento le daba vueltas por la cabeza, una y otra vez.

«Si Gwen está muerta... ¿Quién tiene a Tiffany?»

CAPÍTULO 31

Vivi

Mientras Vivi se aferraba al volante del coche que le había prestado Dahlia, se preguntó si habría un hechizo tranquilizador lo suficientemente fuerte para aliviar la ansiedad que le oprimía el pecho. En ese instante, ni siquiera sabía si había alguien con quien lo pudiera consultar. Seguro que para entonces el rumor de su traición se habría difundido entre las hermanas, ya fuera en persona, por mensaje o por medio del sistema de comunicación ágil y silencioso que compartían las Ravens.

Refunfuñó y le dio un golpe al volante. Había pasado toda su vida deseando tener amigas y buscando con desesperación una forma de pertenecer a un grupo, y ahora lo había arruinado en un parpadeo. Todo porque un estudiante de historia con un adorable acento sureño le había hecho sentir especial. ¿En serio había caído tan bajo?

Si hubiera estado en el asiento del copiloto, habría podido respirar hondo y permitir que el perfumado aire del mar la tranquilizara mientras conducía a toda velocidad por la costa. Pero era tan solo la tercera vez que conducía sola. Al haberse mudado con tanta frecuencia, le había resultado imposible obtener suficientes créditos en sus clases de conducir y había conseguido el carnet hacía unos pocos meses.

—Estás bien... estás bien... —murmuró Vivi, como si estuviera intentando calmar a un animal asustado y no a sí misma, mientras un camión de carga la rebasaba por la izquierda.

No obstante, sobrevivir al viaje en coche era solo la mitad de la batalla. Cuando llegara, tendría que encontrar la forma de buscar el talismán en casa de su madre. Claro, suponiendo que estuviera ahí. Daphne había tenido horas para ocultarlo.

Creyó que Dahlia la acompañaría, pero al final decidió quedarse a preparar el complicado hechizo replicador que necesitarían para crear la copia falsa del talismán. Vivi no estaba segura de qué le parecía más peligroso: entregarle el objeto mágico a quien había secuestrado a Tiffany o arriesgarse a desatar su furia.

Suspiró al tiempo que la voz del GPS le decía que tomara la siguiente salida hacia Jekyll Island, un pequeño poblado a una hora al sur de Savannah. Después de cuánto había insistido en que Vivi odiaría Savannah y de enfurecerse porque asistiría a Westerly, Daphne terminó por asentarse cerca de su hija. Era típico de su madre prohibirle algo que ella misma hacía.

Como unirse a Kappa.

Minutos después, aparcó frente a un *bungalow* achaparrado, de puerta azul y persianas amarillas, a unas cuantas manzanas de la playa. Mientras se asentaba una neblina espesa, el carrillón de viento del porche llenó el ambiente con una extraña melodía atonal. Apagó el motor y se bajó del coche, miró en todas direcciones y atravesó el caminito enmarcado por rosales mal podados.

Antes de que llegara a la casa, la puerta se abrió de golpe y en el umbral apareció su madre. Tenía más mechones canosos en el pelo y las ojeras más pronunciadas que la última vez que la había visto; por lo demás, Daphne Devereaux estaba igual que cuando Vivi se despidió de ella en Reno.

—¡Ay, Vivi! ¡Gracias a Dios! —Daphne la achuchó con fuerza y luego retrocedió para examinarla de pies a cabeza—. Las cartas decían que estabas bien, pero no sabes cuánto me alegra confirmarlo con mis propios ojos.

Puesto que Vivi ya no dudaba del poder del tarot, los instintos de Daphne le parecieron menos ridículos que antes.

—¿Puedo pasar?

Daphne titubeó y miró por encima del hombro.

—No es un buen momento, garbancito. Está todo hecho un desastre. Hay cajas por todas partes. ¿Por qué no vamos a dar un paseo por la plaza? Hay un pequeño café adorable que creo que te encantará.

—¿Cajas por todas partes? ¿En alguna de ellas está el talismán de Henosis?

—Vivi, por favor, mira...

—A una de mis hermanas la secuestraron y quien la secuestró dice que, si no le damos el talismán, la matará.

Daphne palideció y se llevó una mano al pecho.

—Por eso no puedes volver ahí. Kappa es un imán para el peligro. —Retrocedió unos centímetros, como si no supiera bien qué hacer. Luego suspiró y abrió la puerta por completo—. Quizá será mejor que entres.

Vivi entró y esperó a que Daphne cerrara la puerta y activara los múltiples cerrojos que seguramente había instalado a su llegada, como acostumbraba a hacer. Su madre era incapaz de cambiar un neumático o instalar un aire acondicionado, pero su paranoia la había convertido en una cerrajera excepcional. Sin embargo, esa paranoia ya no le parecía tan descabellada como antes.

—¿Las cosas en Louisville no salieron bien? —La sonrisa dulce de Vivi no reflejaba la mordacidad de su voz.

En la cocina, una tetera silbó.

—La energía de Kentucky era dañina —dijo Daphne y pasó de largo a un lado de Vivi—. ¿Quieres té? Estoy perfeccionando una infusión fortalecedora. Manzanilla y albahaca dulce...

—¿Tenías intención de decirme que te habías mudado a una hora de mi universidad? —la interrumpió Vivi mientras la seguía a la cocina. Era una estancia alegre, pintada de amarillo brillante, con baldosas blancas y negras en el suelo, pero era tan estrecha que sus codos chocaron cuando Daphne empezó a servir el té.

—No quería interrumpir tus estudios. —Le entregó a Vivi una taza con gesto insistente, y ella la aceptó a pesar de su enojo.

—Así que ignoras mis mensajes y mis llamadas, y básicamente me prohíbes ir a Westerly, pero luego te mudas a la misma ciudad que yo.

—Quería estar cerca de ti. Por si acaso. —Daphne se encogió de hombros y fingió no darle importancia mientras se servía té.

—¿Por si acaso qué? ¿Por si acaso me metía en problemas? —Vivi soltó una carcajada amarga—. La razón por la cual las Ravens están en peligro es porque robaste un objeto valioso hace muchos años y te niegas a devolverlo. Sé que nunca te ha importado nadie que no seas tú, pero mañana una chica morirá si no me entregas el talismán.

Daphne cerró los ojos un instante. Parecía herida.

—Creo que deberíamos sentarnos para hablar de esto —dijo en voz baja y llevó a Vivi a una pequeña sala, un espacio extraño lleno de cosas conocidas. La manta de lana favorita de su madre estaba extendida sobre un baúl azul de terciopelo que Vivi nunca había visto. El único estante en la pared contenía la selección exclusiva de libros que su madre llevaba consigo en cada mudanza. Y un tazón de cristal contenía la mezcla de lavanda y cedro que Daphne siempre colocaba en la mesa de centro. Por un instante, Vivi solo quiso inhalar el aroma reconfortante de las cosas que la habían acompañado toda la vida, de la única fuente de estabilidad que tuvo durante la infancia.

Daphne se sentó en el sofá y le hizo un gesto para que la acompañara, pero Vivi la ignoró y decidió sentarse en un raído sillón amarillo.

—¿Por qué no me dijiste todas estas cosas? —preguntó Vivi—. No lo entiendo.

—Nunca te oculté quién soy —contestó su madre, quien de repente sonaba exhausta—. Pero no podía obligarte a creer en la magia, Vivi. Tenías que vivirla por tu propia cuenta.

—¿Por qué entonces no querías que fuera a Westerly?

—Porque no hay que ser una Kappa para ser bruja. Y esas chicas no son lo que parecen. No sabes lo que están dispuestas a hacer con tal de obtener más poder.

—¿Como robar el talismán de Henosis?

—¿Quién te dijo eso?

—No he necesitado que nadie me lo dijera. He encontrado una foto en los archivos del *Gazette* en la que lo llevas puesto. Una foto en la que sales con Evelyn Waters, la chica que desapareció —contestó Vivi. Daphne apretó la taza con tal fuerza que los nudillos se le pusieron blancos—. ¿Qué le pasó a Evelyn Waters, mamá?

—Murió, Vivi. Porque se involucró en algo que no comprendía. Algo muy parecido a aquello en lo que te estás metiendo.

—¿Me estás amenazando? —preguntó Vivi con voz incrédula.

—No digas tonterías. —Su madre dejó la taza en la mesa—. Todo lo que he hecho ha sido para protegerte.

—¿Protegerme por medio de la ignorancia? ¡Qué buen plan!

—Si es necesario, sí.

Vivi se puso de pie, temblando de ira y frustración.

—Nos hemos pasado toda la vida huyendo. ¿De qué huíamos? Nunca nos pasó nada malo.

—¡Porque nadie ha logrado encontrarlo! —espetó su madre.

A Vivi le vinieron a la mente escenas de su frenética niñez. Las partidas repentinas, hacer las maletas en medio de la noche, las rutas indirectas que escogía su madre para llegar a destinos desconocidos. Cuando era pequeña, creía que era un juego. Sentía que eran espías que huían de un enemigo peligroso y que recorrían el país a hurtadillas, como si vivieran en un mundo que solo les pertenecía a ellas dos. Al crecer, se fue volviendo doloroso. Dejaba atrás amistades y chicos que le gustaban. Cada vez que empezaba a sentir que por fin había encontrado un hogar, la arrastraba lejos.

Entonces cayó en la cuenta de que todo había sido por esto. Todo había sido por Westerly, por lo que a Daphne le había ocurrido en Kappa.

—Entonces es verdad —dijo Vivi en voz baja—. Tienes el talismán en tu poder.

Daphne asintió.

—Es mi responsabilidad impedir que caiga en malas manos. Y es una tarea que me he tomado muy en serio todos estos años.

—Entonces, todo este tiempo... las mudanzas... las huidas... ¿fue por lo que le ocurrió a Evelyn?

—No entiendes que...

—¿La mataste? —Las palabras se le escaparon de la boca antes siquiera de tener tiempo de procesarlas.

El rostro de Daphne reflejó varias emociones. Desconcierto. Dolor. Indignación. Y luego tristeza... el tipo de tristeza que cala en los huesos y que podía envejecer a su madre diez años en un parpadeo.

—¿Cómo puedes pensar eso? —preguntó.

—No lo sé —dijo Vivi—. Ya no sé qué creer. Lo único que sé es que necesito el talismán para salvarle la vida a mi amiga. Pero por alguna razón a ti no parece importarte.

—Claro que me importa, pero es que no estás viendo todo el panorama. ¿En serio quieres que el secuestrador obtenga uno de los objetos mágicos más poderosos del mundo? No tienes ni idea de cuántas vidas pondrías en riesgo.

—Entonces, ¿qué? ¿Dejo a mi amiga morir?

—Esa es la otra parte de la magia, Vivi. No todo son hechizos y fiestas y mascaradas mágicas con tus hermanas de la sororidad. De esto es de lo que intentaba protegerte.

La ira que se había acumulado en el pecho de Vivi empezó a bullir.

—A lo mejor te parece bien jugar con mi vida, pero no permitiré que hagas lo mismo con la de Tiffany. —La magia se le fue a la punta de los dedos. Vivi era Oros, el palo vinculado con la magia terrenal, la salud y el valor material, así que localizar un objeto preciado no debía costarle mucho trabajo. «Encuentra el talismán», pensó.

Su magia respondió con entusiasmo, casi como si hubiera estado esperando ese momento. Sintió un hormigueo en los dedos que le ascendió por las palmas de las manos y los brazos. A pesar de estar agitada, la magia fue como una bocanada de aire fresco para sus pulmones vacíos. Fue un alivio. Al fin podía controlar algo. «Encuéntralo», ordenó, y la magia salió disparada desde sus dedos.

—¡Basta, Vivian! —le ordenó su madre, y Vivi sintió el crujido de la magia opuesta en el aire. Su madre también había conjurado un hechizo.

—¡Muéstrame el talismán de Henosis! —ordenó Vivi. Un viento se arremolinó en la sala. Los papeles que estaban sobre la mesa salieron volando, las fotografías colgadas en las paredes se agitaron y el *bungalow* pareció estremecerse por completo.

—¡Basta! —gritó Daphne. Los papeles cayeron al suelo y las fotografías se detuvieron con tal fuerza que los cristales de los marcos crujieron—. Así no lo vas a encontrar. Me he asegurado de ello.

Vivi rebuscó en su mente para intentar descifrar qué protecciones podía haber usado su madre. Miró a su alrededor y encontró un par de guantes de jardinería como los que Etta había usado para plantar el acanto gigante. Sin decirle una palabra a Daphne, se dio media vuelta, abrió los cerrojos de la puerta y salió corriendo al jardín. Tal y como esperaba, en un lado había un arbusto de flores blancas. Era evidente que la tierra en la que estaba plantado había sido removida hacía poco. Por eso el hechizo de Vivi no había funcionado, porque el acanto había bloqueado su magia y le había impedido encontrar el talismán. Pero ahora que sabía hacia dónde dirigir sus poderes, la planta dejaría de ser un impedimento, sobre todo porque era una Oros que tenía la magia de la tierra a su disposición.

Cuando alzó los brazos, la tierra empezó a moverse.

—¡Detente, Vivi! —exclamó Daphne y corrió hacia ella.

La tierra siguió arremolinándose hasta dejar ver raíces y rocas y unas cuantas lombrices.

Daphne le puso una mano en el hombro, pero al tocarla no pudo evitar gritar y retroceder. Vivi vio que la palma se le había puesto roja, como si la energía que recorría el cuerpo de su hija la hubiera quemado.

Sintió una punzada de culpa y empezó a bajar los brazos, pero luego recordó a las chicas que dependían de ella: Dahlia,

Scarlett y, sobre todo, Tiffany. Apretó la mandíbula y alzó los brazos más arriba para combatir la presión invisible. La tierra empezó a estremecerse y del lodo emergió un colgante ovalado de cristal. El colgante que parecía un amuleto contra el mal de ojo era de un azul más brillante que en la foto.

—Estás en peligro en Westerly —le susurró Daphne mientras se estrujaba la mano herida—. Lo vi en tus cartas. Estoy tratando de protegerte.

—Si de verdad quieres protegerme —dijo Vivi mientras tomaba de golpe el talismán que flotaba en el aire y lo guardaba en su bolsillo—, te sugiero que no estorbes.

CAPÍTULO 32

Scarlett

El teléfono le vibró dentro del bolsillo: era Vivi. Scarlett pulsó «Ignorar». «Capta la indirecta, hermanita.» Estaba ocupada con otras cosas. Demasiado ocupada para lidiar con la culpa de Vivi por lo que había hecho con Mason. Sin mencionar que ver su nombre en la pantalla había vuelto a abrir la herida: Mason la había dejado; Mason y Vivi estaban juntos; Mason y Vivi se besaron.

Cerró los ojos y se esforzó por ignorar el dolor de la traición. Era una Winter. Era una bruja. Era más fuerte que su corazón roto. Y tenía asuntos más importantes que atender. Miró de reojo al otro lado de la calle, donde Jackson estaba encorvado dentro de la caseta de teléfono que al fin lograron encontrar después de media hora de búsqueda.

Una sensación de irrealidad se cernía sobre la noche entera, como si se tratara de otra de sus pesadillas. Seguía esperando despertar... pero esto era real. Los coches que pasaban, cuyos neumáticos rebotaban en los baches, eran reales. El bar al final de la calle, con el letrero de neón que parpadeaba, era real. Los escalofríos que sentía en los brazos eran reales. El creciente temor en las entrañas era real. También era real que Gwen estaba muerta y Tiffany estaba...

«Basta», le ordenó Scarlett a su mente para impedirle seguir por ese camino.

El cielo estaba de un oscuro sepulcral. Era noche de luna nueva, cuando la Tierra, el Sol y la Luna se alinean de tal forma que la luna se vuelve invisible al ojo humano. Minnie le dijo alguna vez que solían llamarla «luna vieja». Sin importar cómo la llamaran, el simbolismo era el mismo. Era un buen momento para la magia destructiva, tiempo de maldiciones poderosas, tiempo de acoger la maldad propia.

No la sorprendía que quien hubiera secuestrado a Tiffany escogiera esa noche para realizar un peligroso ritual. Y Scarlett tenía solo unas cuantas horas para detenerlo, solo unas cuantas horas para salvar a su hermana.

Un movimiento le llamó la atención; se tensó por instinto. Pero solo era Jackson, que colgó el teléfono. Corrió para cruzar la calle vacía, con las manos en los bolsillos de los vaqueros.

—¿Lo has hecho? —Scarlett se apoyó en el techo del coche y lo observó preocupada.

—He hecho lo mejor que he podido para imitar la voz de Batman, por si acaso.

Scarlett esbozó una sonrisita. Sabía que Jackson intentaba mantener el ambiente lo más ligero posible para evitar que ella cayera en la desolación por Tiffany.

Decidieron que no era seguro llamar a la policía desde sus móviles. Si lo hacían, tendrían que explicar por qué estaban en la escena. ¿Y qué podrían decir? «Nos colamos en su apartamento porque queríamos averiguar si era una bruja malvada que había secuestrado a mi hermana de sororidad... Lo sentimos, agentes.»

Lo mejor era hacer una denuncia anónima. Jackson solo les dijo que había olido gas saliendo del apartamento de Gwen. Sería suficiente para que enviaran a alguien. Para dejar que encontraran... lo que necesitaban encontrar. Scarlett limpió los rastros de magia suyos y de Jackson, y de cualquier cosa que pudiera hacer que la policía se imaginara cosas o hiciera demasiadas preguntas. Encendieron el horno y se fueron de ahí.

Scarlett se esforzó por soltar el recuerdo de los ojos vidriosos de Gwen y su boca hundida. Solo podía pensar en Tiffany. «No puede estar muerta; me niego a pensarlo.» No se imaginaba encontrar a su mejor amiga en ese mismo estado, inerte y vacía.

Jackson le tocó el hombro con delicadeza. Ella se sobresaltó. No había notado que él había caminado hasta su lado del coche.

—¿Por qué no conduzco yo? —sugirió. Ella le dio las llaves, pues estaba demasiado cansada para discutir—. Te puedes quedar en mi casa, si quieres. —Ella le lanzó una mirada mientras rodeaba el coche para subir del lado del copiloto. Jackson la malinterpretó—. No, no en ese plan. O sea, te puedes quedar en la cama y yo duermo en el sofá —dijo, un poco avergonzado.

Scarlett lo miró por un instante. No se lo había imaginado; él también lo sentía. En medio de todo ese horror, algo había cambiado entre ellos. Ver a Jackson Carter nervioso frente a ella era algo que no habría concebido antes de esa noche. Y, a pesar de que se sentía completamente rota por dentro, la sonrisa tímida de Jackson la hizo olvidarse de su agobio por un instante, antes de que volviera a golpearla con todas sus fuerzas.

—Te agradezco la oferta, Jackson..., pero necesito estar con mis hermanas.

Tenía que contarles lo que había ocurrido. Necesitaban un nuevo plan. Si Gwen estaba muerta, y si ella era la secuestradora y había matado a Tiffany antes de... «¿De qué, Scarlett? ¿De matarse sola con un maleficio?»

Las nubes de humo y la falta de marcas en el cuerpo de Gwen a pesar del mar de sangre que la rodeaba eran inequívocas. Alguien le había hecho eso. Alguien la había maldecido.

Eso significaba que probablemente Gwen no era la secuestradora. Y eso implicaba que las Ravens tendrían que volver a empezar.

«¿Quién está haciendo esto?»

Escarbó en su cerebro en busca de una respuesta. Era alguien con poderes. Otra bruja. Quizá una de las chicas de Kappa que habían rechazado y que de alguna forma había logrado recuperar la memoria. Tal vez una bruja que ni siquiera había sido aspirante. Pero ¿por qué alguien atacaría a las Ravens? La única persona con un motivo real para hacerles daño era Gwen, pero ahora estaba muerta. Scarlett y Tiffany solían bromear sobre las chicas que se morían por entrar a Kappa, pero nunca se imaginó que alguien mataría por hacerlo. No tenía sentido.

Scarlett necesitaba el poder de todas las Ravens. Juntas quizá podrían intentar otro hechizo de adivinación, como el que conjuraron la mañana después de que Tiffany desapareciera. Algo, lo que fuera.

Miró hacia el cielo. Buscó la luna que, al igual que Tiffany, sabía que estaba ahí, aunque no pudiera verla. Extrañaba tanto a su mejor amiga que incluso sentía dolor físico. Siempre se sintió tan conectada con ella que a veces podían comunicarse casi sin hablar. Pero su conexión se había quedado en silencio, como si un muro mágico la hubiera interrumpido. Si tan solo pudiera hablar con ella. Si tan solo Tiffany pudiera decirle dónde estaba.

Se enderezó de golpe en su asiento. Una idea comenzaba a tomar forma en su mente. Tal vez sí podía preguntárselo a Tiffany...

—¿Estás segura de que estarás a salvo ahí? —preguntó Jackson, interrumpiendo sus pensamientos—. Digo... si quien hizo esto está atacando a brujas...

Scarlett lo detuvo con una mirada fulminante. La inundó una oleada de impaciencia, aunque sabía que sus intenciones eran buenas. Jackson tenía el irritante hábito de señalar la verdad.

—Entonces, ¿qué hago? ¿Me escondo y dejo que haga daño a mis hermanas con tal de estar a salvo? ¿Eso sugieres?

—No he dicho eso. Tal vez todas deberíais salir de esa casa. Ir a un lugar seguro, con vuestros padres o...

—No hasta que encuentre a Tiffany. —Scarlett apretó el puño con tanta fuerza que las uñas se le clavaron en las palmas, aunque no lo notó hasta que Jackson le tendió una mano y le acarició los nudillos. Con eso, se obligó a relajarse. Bastó con mirarlo un instante para ver que él quería seguir discutiendo el tema. Pero, después de unos momentos de silencio, el chico al fin asintió y arrancó el coche—. Créeme, Jackson. Puedo cuidarme sola. Quien esté haciendo esto se ha metido con la bruja equivocada.

Cuando llegaron a la casa de las Kappa, estaba a oscuras ya. Scarlett sintió una punzada de culpa por dejar a Jackson solo con esa nueva noción de lo enorme y extraño que era el mundo... sin mencionar a los monstruos que lo habitaban. Pero tenía que estar con sus hermanas en ese momento.

Y, para ser sincera, creía que Jackson estaría más seguro lejos de ella.

Scarlett abrió la puerta y contuvo la respiración al cruzar el umbral. Todo estaba en silencio, demasiado para una casa que se suponía que estaba en alerta máxima. El corazón comenzó a martillearle en el pecho y, en su cabeza, no dejaba de ver a Gwen.

¿Y si el asesino había venido aquí después de casa de Gwen?

De la forma más cuidadosa posible, cerró la puerta y cruzó el pasillo de puntillas, sin respirar. Las tablas del suelo parecían chirriar más que de costumbre. Cada paso que daba anunciaba su presencia y gritaba «¡Ven a por mí!».

Llegó a la sala, que estaba oscura y silenciosa. Entrecerró los ojos y miró hacia la escalera. Una única luz brillaba hasta arriba.

—¿Scarlett?

Casi se muere del susto. Se volvió de un salto y encontró a Mei detrás de ella, fruncía el ceño y estaba cruzada de brazos.

—¿Dónde están todas? —preguntó Scarlett, cuya voz hizo un eco estruendoso en el silencio de la casa.

Mei frunció aún más el ceño, como si Scarlett fuera quien se estuviera comportando de forma extraña.

—Durmiendo. O al menos intentándolo. Aunque creo que Sonali y otras dos chicas siguen en el piso de arriba, revisando archivos viejos.

—¿Y Dahlia? Necesito hablar con ella.

—Está preparando un hechizo nuevo y ha tenido que salir a buscar un último ingrediente.

Scarlett se resistió al impulso de maldecir a los cuatro vientos. Dahlia de verdad creía que si reunían los suficientes objetos mágicos y se cogían de las manos y cantaban, sobrevivirían a esto. Luego pensó en su teléfono y en la llamada perdida de Vivi.

—¿Qué hay de Vivi?

—Salió hace rato. Algo relacionado con su madre. —Mei vaciló y luego le tocó el antebrazo a Scarlett con delicadeza—. Oye, si vale de algo, creo que Vivi se pasó de la raya con Mason.

—Gracias. —Scarlett asintió.

Si bien sintió una oleada de dolor al oír los nombres de Mason y Vivi juntos, esta vez estuvo acompañada de una enorme gratitud hacia Mei por estar de su lado, sobre todo porque sabía que a Mei le caía muy bien Vivi, cuando menos porque era la imagen perfecta del «antes» en el inevitable cambio de *look* que le haría. Pero debería haber sido Tiffany, y no Mei, quien le estuviera ofreciendo llevar al olvido a Vivi con un embrujo.

—¿Estás bien? —preguntó Mei—. Tal vez deberías descansar un poco. Pareces exhausta.

—No puedo. —Scarlett respiró hondo y contuvo el aire un segundo, con la esperanza de que eso le calmara un poco el pulso—. Mei..., Gwen está muerta. Acabo de encontrar su cuerpo. Parecía como si le hubieran lanzado un maleficio.

Mei abrió tanto los ojos que terminaron ocultos bajo su flequillo perfecto. Scarlett vio cómo su preciosa cara pasaba por un intenso ciclo de emociones: negación, aceptación, que-mierd-ación.

—Joder. Era mala... aun así... qué horrible. Pero entonces ella no pudo haber...

—¿Secuestrado a Tiffany? No. Parece que no. —Scarlett se cruzó de brazos—. Tengo una idea de cómo podemos encontrarla. Pero necesito la ayuda de todas.

Mei dudó, pero solo por un momento, mientras miraba hacia la puerta, detrás de Scarlett.

—Dahlia no está.

—Pero, si estuviera, estaría de acuerdo conmigo. Despierta a las Kappa. Que todas las brujas vayan al invernadero. Ahora.

—¿Qué pasa? —Juliet miró a su alrededor, con los ojos entrecerrados por el sueño, mientras le cogía la mano a Jess. En la oscuridad, con solo la mitad de las velas encendidas, los árboles proyectaban lúgubres sombras sobre los rostros privados de sueño de las chicas.

Scarlett nunca había guiado a toda la sororidad durante un hechizo y sentía el peso de esa responsabilidad como si fuera una presencia física. «Ayúdame, Minnie», pensó, mientras miraba a sus hermanas. Esperaba estar a la altura.

—Hermanas, necesito vuestra ayuda. Tiffany necesita vuestra ayuda. Pero no puedo ordenároslo. Os lo estoy pidiendo. Quien no esté dispuesta a hacerlo, se puede ir. —Miró a sus hermanas, todas desaliñadas y a medio vestir en diferentes grados. Ninguna se movió—. Muy bien. Esta es magia de alto nivel. Necesito toda vuestra concentración. Vamos a conjurar un nuevo hechizo para encontrar a Tiffany. ¿Nos iluminas, por favor, Reagan? —Scarlett señaló la vela que estaba en el centro del suelo. Reagan dio un paso al frente para tocar la base de cera. Segundos después, una llama comenzó a temblar en la punta del pabilo. Scarlett le dirigió una mirada de agradecimiento y dejó que encendiera el resto de las velas.

—¿No deberíamos esperar a Dahlia y a Vivi? —preguntó Jess, buscando su teléfono mientras Scarlett volvía al círculo de Ravens—. ¿No necesitamos su poder también?

—No tenemos tiempo. Dahlia quiere encontrar a Tiffany tanto como nosotras —dijo Scarlett y se cruzó de brazos. Luego estudió una por una a las chicas que la rodeaban—. En Kappa ponemos a nuestras hermanas en primer lugar. Y, en este momento, una de nosotras está ahí fuera, en grave peligro. Si podemos ayudarla, tenemos la obligación de intentarlo. ¿Estáis conmigo?

Por un momento, su voz rebotó en las paredes del invernadero. Entonces Mei dio un paso al frente, con la mirada fija en Scarlett.

—Confío en ti —dijo.

Etta asintió después.

—Yo también.

Una a una el voto de confianza avanzó por el círculo. Hubo quienes solo asintieron, mientras que otras aseguraron con sus palabras que podían contar con ellas. Al final, hasta Juliet, después de mirar a Jess unos segundos, asintió también con brusquedad. Jess entrelazó los dedos con los de Juliet y le estrujó la mano.

—Antes de venir a casa he mirado el cielo —dijo Scarlett— y he pensado en que, aunque no podamos ver la luna esta noche, eso no significa que no esté ahí. Sigue existiendo, solo es una sombra de sí misma. —Unas cuantas chicas asintieron. En el rostro de Etta una sonrisa comenzó a dibujarse; era evidente que entendía hacia dónde iba Scarlett—. Cuando algo desaparece, no se esfuma de la faz de la Tierra. Tiene una historia. Deja un rastro. Una sombra.

Cuando Scarlett era niña, Minnie con frecuencia le contaba de la vieja magia, de la forma en que se hacían las cosas antes de que la magia se formalizara en grimorios, aquelarres y hechizos escritos. Los encantamientos ayudaban a enfocar la magia, pero ese enfoque reducido implicaba que algo se perdía: el sentimiento detrás de la magia, los deseos que no podían expresarse en palabras. Todo en el mundo tenía una energía, una esencia fundamental, y las personas dejaban rastros de sí en todo lo que tocaban. Quien se llevó a Tiffany había bloqueado todos los hechizos comunes de las Ravens para localizar su cuerpo físico, pero era posible que el secuestrador no hubiera pensado en bloquear encantamientos que buscaran su energía, aquello inefable y metafísico que hacía que Tiffany fuera Tiffany. Es más, Scarlett estaba segura de ello.

Abrió la bolsa que tenía en la mano y esparció los objetos en el piso. Un par de botines de cuero. Una falda a cuadros.

Una blusa de seda. Y un colgante de rubí de corte esmeralda que había cogido de la mesita de noche de Tiffany. Era uno de sus collares favoritos. «Es uno de sus collares favoritos», se corrigió.

Lo colocó todo en el suelo hasta formar la silueta de una mujer, tal y como Minnie disponía su ropa cuando era niña. Luego le vertió sal negra alrededor para darle fuerza y protección.

—Esta noche, buscamos a nuestra hermana perdida —dijo, alzando la voz. Sintió un escalofrío que le recorrió los brazos y oyó el susurro del viento, a pesar de que estaban en el espacio cerrado del invernadero—. Por las Copas, la invocamos. —Las brujas de Copas repitieron las palabras de Scarlett—. Por las Bastos, la invocamos. —Las brujas de Bastos fueron las siguientes. Las más jóvenes miraron a sus hermanas mayores en busca de guía—. Por las Oros, la invocamos. —Por último, el palo de Tiffany—. Por las Espadas, la invocamos. —Scarlett sintió la oleada de magia mientras sus hermanas conjuraban sus poderes—. Ravens, concededme vuestra fuerza —ordenó. La oleada la golpeó con la fuerza de un rayo. De todos lados y de todos los palos emanaba poder que fluía por el cuerpo de Scarlett. Tuvo que apretar los dientes solo para lograr mantenerse en pie y volver a hablar—. Revelad la sombra, mostrad nuestro destino —recitó—. Presentad aquello que se perdió en el camino.

Las demás se le unieron. O al menos eso supuso Scarlett. Con la magia corriéndole por las venas, apenas podía concentrarse en algo que no fuera el tacto de la mano de Juliet sobre la suya y el de la suya en la de Etta. Obligó a la magia a mostrarle el rastro mágico que la llevaría a Tiffany.

—Revelad la sombra, mostrad nuestro destino. Presentad aquello que se perdió en el camino.

La ropa en el suelo crujió, empezó a moverse al ritmo del

aire inquietante, a mecerse de un lado a otro, a estirarse, casi como si estuviera haciendo sitio para un cuerpo. Algo parecido a un humo negro comenzó a inundar el invernadero, formó columnas que se filtraron por las rendijas en el piso, por las ventanas y que murmuraron entre las plantas. El humo se arremolinó alrededor de las hermanas, les besó los tobillos, les trepó por las piernas.

—Revelad la sombra, mostrad nuestro destino —susurró Scarlett—. Presentad aquello que se perdió en el camino.

El collar se estremeció en el piso. El humo comenzó a agitarse y se hizo tan denso de repente que Scarlett no podía ver la ropa en el suelo ni las caras de sus hermanas al otro lado del círculo. Se volvió agrio y asfixiante, como le ocurrió en el apartamento de Gwen. Y entonces la magia comenzó a quemarle las venas. Scarlett podía sentir una voluntad por debajo de la suya, algo que luchaba contra ella. Algo —o alguien— no quería que completara el hechizo.

Pero no logró detenerla. Era la voluntad de un individuo contra la fuerza combinada de todas las Kappa. Scarlett cerró los ojos y contrarrestó aquella fuerza.

«Muéstrame a mi hermana», ordenó. El humo se enturbió, se arremolinó de nuevo y giró como algodón de azúcar en el centro de la habitación. De repente, salió disparado hacia el techo como un géiser y luego cayó en picado hacia el suelo.

Hazel gritó. Scarlett se preparó para el impacto. Pero, justo antes de tocar el suelo, el humo se detuvo y se quedó flotando unos centímetros sobre las baldosas, como una neblina matutina. Luego bajó con delicadeza y comenzó a meterse entre las prendas, a llenarlas, a tomar la forma de una persona. Y entonces Scarlett entendió que no se trataba de humo: era una sombra.

La chica hecha de sombras se sentó, una mera sugerencia

de un ser, un frágil rastro de la hermana que las había dejado hacía dos noches.

Scarlett jadeó. Juliet le apretó la mano tan fuerte que creyó haber sentido que un hueso crujía. A Reagan los ojos le brillaban con asombro.

—¿Tiffany? —susurró Scarlett.

La chica de sombras alzó una mano. Apuntó hacia las puertas del invernadero, hacia el patio trasero de la casa de las Kappa.

Hacia el bosque.

Scarlett alzó la mirada y vio la expresión de confusión de Mei y Etta. Temblorosa, Scarlett entendió qué significaba todo.

Tiffany estaba ahí, en algún lugar más allá de esas puertas.

CAPÍTULO 33

Vivi

Por primera vez en la vida, Vivi rompió la regla de no usar el móvil mientras conducía. Pero también por primera vez en la vida no podía darse el lujo de dejar pasar el tiempo. Con la mirada bien puesta en el camino, llamó a Scarlett. Si bien no estaban en buenos términos, seguía siendo la hermana mayor de Vivi y la mejor amiga de Tiffany. La llamada dio tono varias veces, pero luego saltó el buzón de voz.

—¡Mierda!

Vivi colgó y golpeó la cabeza contra el respaldo del asiento antes de poner el intermitente y coger la salida que llevaba a Savannah.

Era comprensible que Scarlett no le cogiera la llamada. Vivi no solo la había herido, sino que la había traicionado. Después de haber expresado lo mucho que valoraba a las Ravens y a la hermandad, Vivi directamente apuñaló en la espalda a su hermana mayor. Más tarde tendría que buscar la mejor forma de disculparse y resarcir el daño. Pero, en ese instante, lo único que importaba era llevarles el talismán y rescatar a Tiffany.

Vivi volvió a marcar, sin dejar de mirar el camino, pero esta vez llamó a un número diferente.

A diferencia de Scarlett, Dahlia contestó a la primera.

—¿Cómo te fue?

—Tengo el talismán —contestó Vivi, sin rodeos.

Al otro lado de la línea, Dahlia, por lo general imperturbable, inhaló con un entusiasmo inusual.

—¿Lo tenía tu madre?

—Al parecer fue ella quien lo robó de la casa de las Kappa —dijo Vivi y frunció el ceño—. Pero os lo explicaré cuando llegue a casa.

—No hay tiempo para eso.

—¿No hay tiempo para dar explicaciones? —preguntó Vivi confundida.

—No, no hay tiempo para volver a la casa. He venido a por los ingredientes que necesitamos para el hechizo replicador. Estaba a punto de convocar a las demás hermanas.

Algo en la actitud de Dahlia hizo que a Vivi se le acelerara el pulso. Y las palabras de su madre hicieron eco en su cerebro: «No tienes ni idea de cuántas vidas pondrás en riesgo».

—No vamos a darle el talismán a quien secuestró a Tiffany, ¿verdad?

—Por supuesto que no. —Dahlia sonaba indignada y hasta ofendida—. Con el talismán tendremos poder suficiente para encontrar a Tiffany. Confía en mí.

Claro que Vivi confiaba en ella. Confiaba en todas las Ravens, pues le habían dado lo que más había ansiado en la vida y algo que siempre le había faltado: un hogar, un lugar al cual pertenecer, una familia de verdad, una comunidad que no llevaba años mintiéndole.

—¿Adónde quieres que vaya?

—Cuando colguemos te mando la ubicación. Pero date prisa, que se nos acaba el tiempo.

Ahora, Vivi no se sentía insegura en la carretera. La magia que había conjurado para encontrar el talismán seguía fluyendo por sus venas y la hacía sentir poderosa y confiada mientras conducía a toda prisa hacia la ubicación que Dahlia le había enviado. Vivi corroboró una y otra vez el punto exacto en el mapa que Dahlia había marcado. Sin importar cuántas veces lo revisara, era siempre el mismo: en medio del bosque, lo cual le pareció extraño. ¿Es que el hechizo se debía llevar a cabo en un lugar así?

Cogió la salida correcta y giró en un camino estrecho de dos carriles bordeado por árboles altos y esbeltos. Parecía como si Dahlia le hubiera pedido que volviera a la casa de las Kappa, aunque en realidad el punto en el mapa estaba en medio del bosque, detrás de la casa. Vivi siguió conduciendo unos cuantos kilómetros más, hasta que el asfalto dio paso a un camino de tierra y los árboles se volvieron tan gruesos y frondosos que impedían la entrada de la luz de las estrellas.

El camino terminaba en un diminuto aparcamiento en un descampado. Dado que no había otros coches, por un instante Vivi pensó en esperar a Dahlia ahí. Pero la ubicación en el mapa estaba a unos trescientos metros. Tal vez Dahlia había aparcado en otro lugar y estaba esperando a Vivi en el bosque. Miró el móvil para ver si le había escrito, pero no tenía ningún mensaje nuevo. Y no había tiempo que perder.

Se encaminó hacia una pendiente empinada y ascendió con cuidado de no tropezarse con las rocas ni con las raíces para llegar al lugar marcado con un puntito en el mapa de su móvil. La noche se había cernido a su alrededor; al principio se alcanzaba a distinguir el cielo estrellado en algunos huecos que había entre las ramas, pero, conforme se fue adentrando, el firmamento pareció esfumarse.

El talismán de Henosis que llevaba en el bolsillo era pesado. Con cada paso que daba, lo sentía golpear contra su muslo. Era un recordatorio constante de su misión.

«Westerly no es un lugar seguro para gente como tú.»

«No sabes lo que el poder le puede hacer a una persona. Yo ya lo he visto. No puedes confiar en ninguna de esas supuestas brujas de sororidad.»

Su cerebro parecía reproducir en bucle «Los mejores éxitos de Daphne Devereaux», todas esas cosas que le había dicho a Vivi para disuadirla, para hacerla dudar de sí misma, de sus hermanas, de sus amigas.

No obstante, todo ese tiempo fue Daphne quien había decepcionado a la gente, traicionado a sus hermanas y robado, años atrás, un tesoro que pertenecía a Kappa.

Pero ya no lo haría. Vivi enmendaría los errores de su madre.

En el mapa, el puntito azul estaba casi encima del punto rojo que Dahlia había marcado.

—¡¿Hola?! —gritó Vivi, pero se sintió un poco tonta al escuchar el eco de su propia voz—. ¿Dahlia? ¿Estás ahí? —Cuando dejó de avanzar, se dio cuenta de lo inusualmente silencioso que estaba el bosque. No había aves graznando ni viento que agitara la hojarasca. Vivi miró a su alrededor, despacio, y se asomó entre los árboles. La linterna de su móvil iluminaba muy poco—. ¿Dahlia? —repitió, e intentó disimular el temor en su voz. Su móvil se quedaría sin batería en cualquier momento. Al volverse por segunda vez en busca de Dahlia, vio a lo lejos un pequeño claro, donde el suelo estaba cubierto de hojarasca rojiza y parda. El otoño acababa de empezar, pero ahí las hojas ya estaban muertas, como si estuvieran en pleno invierno. Vivi guardó el móvil casi sin batería y susurró—: Invoco a la Reina de Bastos. Muéstrame tu generosidad y enciende los candiles.

Segundos después, una pequeña llamita titilante se encendió sobre la palma de su mano. Vivi la mantuvo extendida mientras caminaba hacia el claro y empezó a temblar al sentir que la temperatura descendía. En la caminata por el bosque había sudado bastante y ahora la humedad se le adhería a la piel pegajosa y le provocaba mucha incomodidad.

Al acercarse más, vio que el claro estaba listo para un ritual, tal y como Dahlia había dicho. No obstante, Vivi no reconoció la mayoría de los objetos. Había velas, pero no eran las velas chatas que las Ravens usaban para sus hechizos, sino candelas altas y cilíndricas que enmarcaban la capa de hojas secas.

También había un caldero, como el que Etta guardaba en la cocina, pero en la superficie no tenía pentagramas grabados. De hecho, Vivi no reconoció los símbolos. Eran angulosos y dentados, como letras escritas en un alfabeto extranjero.

Vivi se estremeció de nuevo, pues la envolvió el mismo extraño escalofrío que sintió al ver las muñecas en los archivos.

—¿Dahlia? —Su voz apenas era un susurro—. ¿Dónde estás?

Dio un paso al frente y las hojas crujieron bajo el peso de su pie. De inmediato sintió el crujido de algo más duro que las hojas, como una rama. Al bajar la mirada, se le congeló el aire en los pulmones. ¡Eran huesos! Estaba caminando sobre montículos interminables de huesos blancos. Huesos pequeños, como de ratas o conejos, y otros más grandes, fémures de algo demasiado grande para ser un animal pequeño. Demasiado grandes...

Crac.

Otro hueso crujió a su espalda y Vivi se paralizó de pies a cabeza, salvo por su corazón, que parecía un animal salvaje que intentaba escapar de su pecho.

—Vivian. —Oyó a Dahlia detrás de ella—. Me alegro de que hayas llegado.

Al dar media vuelta, Vivi apenas tuvo tiempo para ver de reojo la sonrisa torcida de la presidenta de Kappa.

Luego un hechizo le golpeó con fuerza el pecho y todo se oscureció a su alrededor.

CAPÍTULO 34

Scarlett

Scarlett no podía quitarle la mirada de encima a la chica hecha de sombras. Cuando se mecía, los filamentos oscuros de humo sombrío se formaban y transformaban, mientras el colgante de color rubí resplandecía frente a su cuello.

Anteriormente, Scarlett sentía que su magia subía como la cresta de una ola, pero, salvo por aquel breve instante en el que casi pierde el control al escudriñar las intenciones de Gwen, nunca había sentido algo tan poderoso. Al ver lo que sus hermanas y ella habían hecho, aquella creación hecha de magia y voluntad, se sintió maravillada.

Respiró hondo y se dio permiso de ansiar que el siguiente paso funcionara tan bien como el primero.

—Iré contigo —le dijo Mei antes de que Scarlett pudiera mediar palabra. Tan pronto como Scarlett abrió la boca para protestar, Mei se puso a su lado—. Tiffany también es mi hermana.

Scarlett y Mei eran las únicas estudiantes de tercer año que quedaban en Kappa, por lo que Scarlett entendió por qué quería acompañarla. Aun así, no le gustaba la idea de que alguien además de ella arriesgara el pellejo.

Las otras Ravens se quedaron formando un círculo, con los ojos bien abiertos, mientras observaban a la chica hecha de sombras, quien seguía señalando las puertas y en dirección a Tiffany.

—Yo también voy —intervino Etta, pero Scarlett negó con la cabeza.

—Deberíamos ir todas. Las Ravens permanecen unidas. ¿No es eso lo que nos habéis enseñado? —Reagan cruzó los brazos y frunció el ceño.

—Tenéis que quedaros para seguir haciendo el hechizo —contestó Scarlett—. No sabemos cuánto durará y necesito poder seguirla hasta encontrar a Tiffany.

—Yo opino que nadie debería salir de aquí —dijo Sonali—. Al menos hasta que vuelva Dahlia.

—Tengo que encontrar a Tiffany cuanto antes. —Scarlett miró fijamente a Reagan—. No lo hago solo por Kappa. Lo hago por mí.

En las profundidades de su mente, escuchó la voz de Dahlia: «No te estás comportando a la altura de una presidenta». Y era verdad. Huir en medio de la noche y dejar a sus hermanas sin alguien que las guiara no era precisamente lo más apropiado. Pero en ese momento no le importaban ni la presidencia ni lo apropiado.

Le importaba hacer lo correcto.

Mei y Scarlett se volvieron para mirarse. Mei asintió con expresión solemne.

—Confía en mí, sombra. Llévame con Tiffany —dijo Scarlett. Mei repitió sus palabras y las otras chicas les hicieron eco hasta inundar la sala con sus voces. Las puertas se abrieron por voluntad propia y la sombra empezó a moverse hacia ellas. El hechizo estaba funcionando—. Quédate aquí y cierra las puertas con llave. Esta noche no dejes entrar a nadie que no sea una Raven —le dijo Scarlett a Mei, mientras la urgencia se intensificaba. Tenía que funcionar. La chica hecha de sombras debía encontrar a Tiffany.

Scarlett se adentró en la noche y siguió a la aparición hasta el jardín trasero. Luego oyó que la puerta se cerraba y que echaban la llave.

Se empezaron a juntar gruesas nubes borrascosas muy bajas. El aire era tan espeso como una sopa por la que Scarlett prácticamente nadó para seguir a la sombra, que cruzó el jardín, atravesó el laberinto de arbustos podados a la perfección y llegaba entonces al borde del bosque que rodeaba el campus de Westerly.

Los robles crujían con el viento y, cuando sus ramas se rozaban entre sí, producían un sonido como de violín desafinado. A lo lejos, los truenos retumbaban. Faltaba un rato para que lloviera, pero el aire húmedo ya vaticinaba la tormenta.

La chica hecha de sombras apuntó hacia el frente, como si instara a Scarlett a avanzar hacia el bosque en penumbras. Gruesas volutas de neblina flotaban hacia el bosque a ras de suelo. Scarlett apenas podía ver el camino para evitar enredarse con las raíces superficiales o alguna rama. Aun así, siguió como pudo a la figura sombría que flotaba delante de ella, con el colgante color rubí en el cuello que resplandecía como un faro de esperanza.

Tras dar unos pasos, miró por encima del hombro. Las luces de la casa de las Kappa se habían esfumado entre los árboles. Apenas podía ver. Sacó el móvil y encendió la linterna para iluminar el suelo... ¿en busca de qué?

¿Del cuerpo de Tiffany?

Scarlett no se atrevía a imaginarlo siquiera. Casi parecía una traición. «El hechizo de revelación nos lo habría dicho. Nos habría dado alguna señal de su muerte.» Claro, a menos que la chica hecha de sombras la estuviera llevando hacia el cuerpo inerte de Tiffany.

«Está bien. Tiene que estar bien.» Sin embargo, Scarlett no lograba hacer más que visualizar a Gwen... y aquel vacío tan horrendo en su mirada... y el humo que le salía de entre los labios.

La neblina se había espesado hasta convertirse en una bruma grisácea. Scarlett estaba empapada en sudor y su camiseta se le adhería a la espalda y al pecho.

Aun así, la aparición con el colgante resplandeciente seguía andando y la instaba a adentrarse cada vez más en el bosque.

Apenas vislumbraba su silueta en medio de la bruma ondulante, pues la sombra se fusionaba con las volutas de neblina. La luz de la linterna se reflejaba de forma imprevisible en la espesura blanquecina e impedía ver a través de ella, como haces de luz solar por encima de una tormenta. En algunos momentos ni siquiera alcanzaba a ver su propia mano.

Lo único que le permitía seguir adelante era el colgante resplandeciente que avanzaba sin tregua en una misma dirección, hacia las entrañas del bosque. El corazón le retumbaba en los oídos.

Pero luego, sin ningún aviso previo, el colgante también se esfumó. Scarlett maldijo entre dientes. ¿Por qué se había roto el hechizo?

—¡Tiffany! —gritó a todo pulmón. Pero el bosque no contestó.

Buscó entonces a Tiffany en su mente. «Por favor, Tiff.»

Al ver que la sombra no reaparecía, llamó mentalmente a Minnie, no porque esperara una respuesta, por mucho que la quisiera, sino porque necesitaba a su mentora con desesperación. «Ayúdame a encontrarla, por favor.»

Scarlett se volvió en todas direcciones. No sabía por dónde había llegado y ahora ya ni siquiera sabía hacia dónde avanzar.

¿Dónde estaba la sombra? ¿Dónde estaba su amiga? Se quedó quieta, pendiente de cualquier sonido. Pero no oyó nada. Ni pasos ni voces. Cuanta más atención ponía, mejor percibía los sonidos del bosque. El crujido de los árboles. Otro trueno prolongado y hambriento.

Por una fracción de segundo, un intenso destello iluminó el bosque. Eran relámpagos. Desde que se adentró en la neblina, Scarlett se preguntó si era ella quien estaba provocando la tormenta. ¿Eran los relámpagos una respuesta a sus plegarias? ¿O acaso era porque estaba perdiendo el control? De pronto, Scarlett alcanzó a ver una luz a lo lejos.

Otro destello iluminó un camino en el bosque que llevaba hacia las luces lejanas. Por la forma en que bailaba y titilaba, supuso que era fuego. Las llamas rojizas lograban atravesar la penumbra forestal.

Había alguien más ahí, alguien lo suficientemente saludable como para encender una llama. ¿Tiffany? El corazón esperanzado casi le explota.

«Allá voy, Tiffany», pensó, con la esperanza de que su amiga percibiera su presencia. Se concentró en eso en lugar de pensar en el miedo que empezaba a acecharla y en el presentimiento latente de que algo iba muy muy mal.

Siguió avanzando entre los árboles hacia la llama que se movía, hacia las profundidades de lo desconocido, con tal de acercarse a su amiga.

O a lo que quedaba de ella.

CAPÍTULO 35

Vivi

En cuanto despertó, lo primero que Vivi sintió fue algo afilado que le pinchaba en el costado, como si se hubiera dormido encima del móvil. Y luego el frío. Empezó a temblar, pero el castañeteo de sus dientes le provocó punzadas de dolor en la cabeza.

Una descarga eléctrica la atravesó cuando alzó la cabeza, de repente alerta y agitada, pero algo le impidió ponerse de pie. Era como si tuviera unos pesados grilletes atados a las manos y los pies.

Vivi volvió la cabeza a un lado y sintió el roce del césped seco. Seguía en el claro, pero el cielo estaba completamente a oscuras. La única iluminación provenía de las velas temblorosas que la rodeaban. Aunque debía de ser una escena reconfortante, no eran las velas chatas a las que se había acostumbrado, sino cirios largos y gruesos que estaban distribuidos en un patrón desigual, como dientes sangrientos. Y los huesos blancos que había pisado ahora formaban un círculo a su alrededor y daban la impresión de ser una corona cadavérica.

A unos cuantos metros, Dahlia estaba arrodillada, dibujando algo en el césped. Bajo la luz tenue, Vivi logró vislumbrar sus palmas manchadas de rojo y entonces le empezó a costar mucho respirar: Dahlia estaba pintando un pentagrama... con sangre...

Y Vivi estaba justo en el centro.

Con el corazón latiendo a mil por hora, logró enderezarse, aunque tenía las muñecas y los tobillos atados con una fuerza invisible. Musitó un hechizo para escapar que le había enseñado Scarlett, pero, cuando intentó conjurar su magia, no sintió el habitual cosquilleo en los dedos. Lo intentó de nuevo, pero era un gesto vacuo e inútil, como tocar la pantalla de un móvil sin batería.

—Ah, te has despertado —dijo Dahlia con voz dulce, como si Vivi acabara de bajar a desayunar en la casa de las Kappa y no de recobrar la conciencia en medio del bosque.

—¿Qué está pasando, Dahlia? —Era tonto preguntárselo, pero una pequeña parte de Vivi todavía creía que había una explicación lógica. Quizá era una novatada llevada al extremo. Pero, al ver el cuello de Dahlia, sintió una punzada de terror. De él colgaba el talismán de Henosis—. Lo querías para ti —dijo Vivi en voz muy baja mientras recordaba la descripción que había hecho Scarlett del talismán: «Para robarle el poder a otra bruja hay que matarla».

Dahlia se encogió de hombros.

—Espero que entiendas que no es nada personal. No como con Gwen. Eso de los espantapájaros... el tarot... No se resignaba. Insistía en encontrar formas de armar follón, aunque tuviera la boca sellada. Tuve que deshacerme de ella antes de que acabara con la casa de las Kappa y sus habitantes.

—¿Mataste a Gwen? —Vivi sospechaba que era cierto, pero de cualquier modo no pudo disimular su desconcierto. ¡Dahlia, la presidenta de Kappa, había asesinado a otra bruja!

Dahlia buscó algo en el suelo, luego alzó una daga oxidada de la que colgaban hojas secas.

—Sí. Y lo disfruté. Pero contigo es distinto. En serio. No es que quiera matarte.

—Pues no lo hagas. No tienes que hacerlo. —Vivi intentó sonar razonable, aunque sospechaba que suplicarle con desesperación a una chica que ya había matado antes no serviría de mucho.

—Lo siento mucho, Vivi —dijo Dahlia con voz triste—. Pero eres la Oros más fuerte que he conocido. —Recorrió el filo de la daga y le arrancó las hojas secas. Luego dio un paso al frente y le puso la punta de la daga en el cuello—. Necesito tu magia. Pero te prometo que haré lo posible por que sea rápido e indoloro. —Dahlia hizo una pausa y frunció el ceño—. Bueno, al menos será rápido. No creo que sea posible arrancar un corazón que sigue latiendo sin causar aunque sea un poco de dolor... —El pánico que Vivi había intentado ocultar se apoderó de ella. Gritó y su voz se hizo eco en el bosque desierto hasta que la ahogó una ráfaga de truenos.

Dahlia suspiró y alejó la daga.

—Puedes gritar tanto como quieras. Estamos demasiado lejos para que alguien te escuche.

«Haz que siga hablando», pensó Vivi con desesperación. Cuanto más tiempo ganara, más probabilidades tendría de que las Ravens la encontraran.

—¿Para qué quieres mis poderes?

—Necesito la magia de los cuatro palos para realizar ciertos hechizos. Me he hartado de esperar a los molestos rituales de luna llena y ya no necesitaré pediros prestada vuestra fuerza a las demás.

—Entonces, ¿todo eso que dijiste sobre la hermandad era mentira? ¿No crees en eso de que juntas somos más fuertes?

—¿Hermandad? —Dahlia torció los labios con amargura—. Cuando más necesitaba a mis supuestas hermanas, ninguna me apoyó. Cuando les supliqué que me ayudaran con su magia, me dieron la espalda. No me dejaron alternativa.

—¡Pero las Kappa te idolatran! Y, aunque no fuera así..., no hay pretextos válidos para hacerle esto a nadie. ¿Qué hay de Tiffany? —preguntó Vivi, lista para recibir la horrible verdad—. ¿La has matado? ¿Le has quitado sus poderes? —Imaginar que la magia de brujas muertas corría por las venas de Dahlia le repugnó; era como imaginar a alguien sacándole un ojo a otra persona y poniéndoselo en su propia cuenca vacía.

—¿Sabes qué? Ya me he cansado de esta conversación sin sentido. —Chasqueó los dedos y Vivi sintió que los labios se le pegaban. Intentó gritar, pero eso solo le provocó un dolor agonizante. Alzó los brazos tanto como pudo y con dificultad se pasó el dorso de las manos por la boca; descubrió que se la había cosido con un hilo grueso—. Relájate, ¿vale? —dijo Dahlia casi con un canturreo, mientras sostenía la daga sobre las velas—. Será cosa de un minuto. Solo tengo que sostener tu corazón el tiempo suficiente para completar la transferencia. Luego te mataré lo más rápido que pueda. No tengo el menor interés en prolongar tu sufrimiento. Te lo aseguro.

Una oleada de terror y náuseas inundó a Vivi al imaginarse tendida en el centro del pentagrama, mirando a Dahlia apuñalarla en el pecho y sacarle el corazón vivo sin poder hacer nada al respecto. ¿Se desmayaría de dolor? ¿O permanecería despierta hasta desangrarse sola en el bosque, tras haber sido abandonada por las hermanas a las que decepcionó?

Visualizó a su madre recibiendo la llamada de Westerly e imaginó a un administrativo diciéndole que lamentaba mucho informarle que había ocurrido un accidente. Un sollozo se le atascó en la garganta al ver el rostro desolado de Daphne y escucharla susurrar «No, no, no» mientras se golpeaba contra el muro. Luego la visualizó pasando la noche entera en el sofá, abrazando un peluche de Vivi como si fuera lo único que le quedara de su hija.

Luego pensó en sus hermanas, con quienes no había tenido la oportunidad de disculparse e intentar arreglar las cosas. Por último, y en contra de su voluntad, visualizó la expresión de Mason al enterarse de la versión que las Kappa decidieran que saliera a la luz: una mezcla de angustia y arrepentimiento por haber perdido a la chica que no le había permitido que la amara.

Dahlia extendió los brazos al cielo mientras echaba la cabeza hacia atrás y empezó a cantar en un idioma que Vivi desconocía.

Conforme alzaba la voz, las llamas fueron creciendo hasta que las velas parecieron antorchas de las que salía humo. Vivi observó con una mezcla de horror y fascinación las volutas de humo que empezaban a fusionarse y condensarse hasta formar la silueta de tres aves enormes con ojos oscuros y picos afilados.

Cuervos.

Las aves se alzaron por los aires y, dejando a su paso rastros de humo, giraron y descendieron en picado hacia Vivi.

Ella intentó gritar de nuevo, pero no logró producir sonido alguno. No podía gritar. No podía usar su magia. Estaba indefensa... y a punto de morir.

El primer cuervo aterrizó en su estómago. Que pesara mucho más de lo esperado le provocó escalofríos. «Es solo una ilusión —se dijo—. No puede hacerte daño.» Pero luego el ave echó la cabeza hacia delante y clavó el pico en el pecho de Vivi hasta perforarle la piel. Un segundo pájaro aterrizó en su hombro y empezó a picotearle el pecho desde otro ángulo.

Ella forcejeó y se meció de un lado a otro para intentar ahuyentarlos o quitárselos de encima, pero los picotazos solo se volvieron más dolorosos e intensos. Con cada estocada, le perforaban más la piel.

«Invoco al Emperador y a la Emperadora —pensó Vivi y gritó mentalmente tan fuerte como pudo—. Ayudadme ahora.» Era un hechizo abarcador que Scarlett le había enseñado, una invocación útil en cualquier emergencia. Pero sin sus cartas y sin voz no había nada que pudiera hacer. Era una bruja demasiado inexperta para realizar magia solo con la mente. No había forma de romper las ataduras mágicas que Dahlia le había puesto.

La presidenta alzó los brazos más alto y las aves empezaron a picotear a Vivi cada vez más rápido. Sintió la sangre que le caía por la camiseta mientras los picos le desgarraban la piel. El dolor era casi insoportable.

Los cánticos de Dahlia se volvieron graznidos. Echó la cabeza aún más atrás para gritar directamente hacia el cielo oscuro. Un relámpago dentado y anaranjado atravesó las nubes, y segundos después un trueno estremeció la tierra. El aire era espeso y amargo por culpa del sofocante humo de la magia oscura.

Otro relámpago iluminó el cielo y las puntas de los dedos de Dahlia empezaron a brillar. Se rio y giró mientras el cabello se le arremolinaba sobre la cara.

—Invoco a la Muerte y al Supremo Ser. Llamad a esta bruja y dadme su poder. —Vivi sintió que algo se le escapaba de las entrañas. Al principio creyó que era más sangre, pero provenía de lugares que las aves no habían picoteado. Intentó torcer la cabeza para ver mejor, pero estaba tan débil que ya no podía moverse. Estaba muriendo y Dahlia se apoderaba de su magia—. Invoco a la Muerte y al Supremo Ser. Llamad a esta bruja y dadme... —Dahlia se quedó callada cuando el resplandor anaranjado de sus dedos empezó a apagarse. Bajó los brazos y se volvió para buscar en la oscuridad del bosque aquello que la había interrumpido.

Otro relámpago atravesó el cielo y Scarlett entró en el círculo. Sus ojos oscuros ardían de furia y magia latente, y su piel parecía brillar desde el interior. Dio un paso hacia delante para encararse a Dahlia sin dejarse amedrentar por los indicios funestos de la magia oscura.

—No puedo creer que fueras tú todo este tiempo —dijo Scarlett. Por primera vez en la noche, algo parecido al miedo asomó al rostro de Dahlia.

—Scarlett, espera...

Pero Scarlett alzó las manos para silenciarla. El viento le hizo eco inmediatamente. Los árboles cercanos crujieron y tronaron al chocar entre sí, y empezó a lloviznar, y luego a diluviar. La lluvia caía como muros que empapaban las velas.

Segundos después, las aves se desvanecieron, y Vivi suspiró aliviada.

—¿Qué le has hecho a Tiffany? —insistió Scarlett.

Dahlia extendió las manos y las velas cobraron vida de nuevo hasta que las llamas alcanzaron el doble o el triple de su altura original. Bajo la luz de las velas, el rostro de Dahlia se veía muy extraño, como si se estuviera deformando.

—¡No lo entiendes! —gritó Dahlia por encima de la lluvia y el viento, pero su voz tenía un toque de desesperación suplicante—. Déjame que te lo explique.

—¿Que me lo expliques? —espetó Scarlett con gesto de repulsión—. Nada puede explicar que hayas matado a mi mejor amiga. —Flexionó los brazos estirados y Dahlia salió disparada hacia atrás.

De inmediato, las extremidades rígidas de Vivi se relajaron y las ataduras invisibles de las muñecas y los tobillos se disolvieron. Para cuando logró ponerse de pie, empezaba a sentir que el poder se acumulaba en su cuerpo, como agua succionada por un tsunami inminente.

Sintió que la tierra respondía al regreso de su magia. El suelo se estremeció a sus pies. Las hojas empezaron a agitarse, como si temblaran de ansias de recibir su llamada. Pero Vivi no podía concentrarse en nada más que la cara de Dahlia, que parecía transformarse.

Su nariz se hizo más pequeña y el cabello cambió de color. El encantamiento estaba perdiendo su forma, pues su energía estaba puesta en tantas otras cosas que le era imposible mantener la máscara.

Vivi ahogó un grito y Scarlett se tambaleó hacia atrás. En las alturas, una tormenta siniestra empezaba a circular, casi como un tornado, y a descender hacia ellas. Pero ninguna de las dos lo notó, pues estaban demasiado horrorizadas por lo que tenían delante.

La hermana que había hecho todo eso no era Dahlia.

Era Tiffany.

CAPÍTULO 36

Scarlett

Si no lo hubiera visto con sus propios ojos, Scarlett jamás lo hubiera creído. Pero no había forma de confundir a la chica de cabello rubio y rostro afilado. Era su mejor amiga.

—¿Qué demonios está pasando? Pensaba que estabas muerta. —Los ojos le ardían, aunque no estaba segura de si era por la lluvia, las lágrimas o ambas.

—Lo sé. Y lo siento. —La voz de Tiffany sonaba temblorosa y casi arrepentida mientras flotaba por encima del aullido del viento y el estruendo de las ramas de los árboles. Hojas mojadas les caían sobre la cabeza, seguidas de varas y ramas sueltas. Una ráfaga de viento se arremolinó encima de ellas hasta crear un tornado con los escombros de los árboles—. Tenía que simular que era yo la que estaba desaparecida para que nadie la encontrara.

¿Encontrarla? La confusión de Scarlett se transformó en repulsión al recordar la sangre en la habitación de Tiffany. Si ella estaba bien y llevaba días usando la cara de Dahlia, eso quería decir que...

—Mataste a Dahlia —dijo Vivi, que, al parecer, había llegado a la misma conclusión al mismo tiempo.

—Necesitaba su poder —dijo Tiffany, todavía mirando a Scarlett—. Si me dejas explicártelo, entenderás por qué.

—¿Entender? —La voz de Scarlett se convirtió en un graznido casi histérico al ver que su mejor amiga intentaba justificar el asesinato de su amiga. De la hermosa, brillante y feroz Dahlia, quien ponía a sus hermanas por encima de todo. Quien podía quedarse despierta con cualquiera de ellas toda la noche para ayudarles a preparar una poción para lidiar con la ansiedad de los exámenes. Quien conduciría durante cuatro horas para rescatarlas de una tormenta de nieve, incluso si esa misma tormenta había sido culpa de ellas. Dahlia, una de las brujas más talentosas y comprometidas de su generación..., había muerto. La habían apagado con la misma desconsideración que a una vela al final de un ritual y con tan poco remordimiento—. No hay nada que pueda justificar todo esto.

—Ah, ¿no? Déjame intentarlo: pasé años escuchando incontables discursos sobre cómo las Ravens deben ser la prioridad ante todo. Pero, cuando más os necesité, ninguna de vosotras estuvo conmigo.

—¿De qué estás hablando?

—Lo único que quería era ayudarla. —La voz se le quebró un poco a Tiffany—. Los doctores ya no podían hacer más, así que encontré un hechizo en el grimorio. Era de arcano mayor, algo que no podía hacer sola, así que le pedí a Dahlia que hiciéramos el ritual como aquelarre. —«Su madre. Claro.» El estómago le dio un vuelco a Scarlett al recordar lo delgada que se veía Veronica Beckett en la fiesta de bienvenida. Tiffany intentó hacerse la valiente, pero Scarlett sabía que Veronica había recibido un diagnóstico terminal y le quedaban solo unos meses de vida—. Pero Dahlia ni siquiera lo consideró —continuó Tiffany—. Dijo que era un hechizo anticuado, creado antes de que entendiéramos cómo funcionaban las enfermedades. Dijo que «alteraría el orden natural de las cosas». ¡Como si eso fuera razón suficiente para dejar morir a mi madre!

El dolor en la voz de Tiffany le apretó el corazón a Scarlett. No podía imaginarse lo que habían sufrido su amiga y su familia. Pero había ciertas fuerzas que ni siquiera las brujas podían manipular, y la muerte era una de ellas.

—¿Habría querido tu madre que hicieras esto por ella? ¿Habría querido que te convirtieras en esto? —preguntó Scarlett en voz baja.

Tiffany estaba empapada, con el pálido cabello adherido a la cara, pero irradiaba poder. Scarlett sentía cómo emanaba del cuerpo de su amiga y se apoderaba del ambiente con el ácido hedor a podredumbre. Eso es lo que ocurría cuando contaminabas tu magia. Quizá Tiffany había acumulado una cantidad antinatural de poder, pero el coste era muy alto.

Otro relámpago encendió el cielo y, por un momento, lo único que Scarlett pudo ver fue un blanco cegador. Cuando sus ojos volvieron a ajustarse a la luz, vio a Tiffany mirándola con una sonrisa triste que le heló la sangre.

—Ya es demasiado tarde —dijo Tiffany, acariciando el talismán que le colgaba del cuello—. Ya obtuve el poder de tres palos. El mío, el de Dahlia y el de una Copa a la que conocí durante el verano. Lo único que necesito es el poder de una Oros para hacer lo que me venga en gana. —Se volvió hacia Vivi con una expresión voraz.

Scarlett se interpuso entre Tiffany y su hermana menor.

—No vas a hacerle daño a nadie más. Y mucho menos a ella.

Tiffany arqueó una ceja con gesto burlón. Luego extendió los brazos y le gritó a la lluvia:

—¡Invoco a la Muerte y al Supremo Ser! Llamad a esta bruja y dadme su poder.

Scarlett se sobresaltó al escuchar las palabras del hechizo, uno que conocía bien pero que nunca había oído conjurar en voz alta. Era el hechizo de arcano mayor más mortal de todos, el cual requería el poder de todo un aquelarre. El poder de dos brujas más no podría bastar para que Tiffany lo conjurara sola. Sin embargo, el talismán en el cuello de Tiffany comenzó a brillar y un extraño aroma inundó el aire. La lluvia que le corría por los brazos a Scarlett se volvió espesa y pegajosa. Se miró el brazo y jadeó; luego se cubrió la cara y miró hacia el cielo.

Estaba lloviendo sangre.

—¡Tiffany, no! —Un trueno ahogó el grito de Scarlett. Una ráfaga de viento la golpeó y le hizo perder el equilibrio. Hubo un estruendoso crujido. Scarlett logró hacerse a un lado justo a tiempo para esquivar una enorme rama que caía de un árbol. El tornado que Tiffany había conjurado les estaba arrancando las copas a los árboles. Si no encontraban un refugio antes de que tocara el suelo, saldrían despedidas igual que las ramas.

—¡Invoco a la Muerte y al Supremo Ser! ¡Llamad a esta bruja y dadme su poder! —aulló Tiffany.

Scarlett se dio la vuelta y vio a Vivi flotando sobre el suelo, con las piernas y los brazos flácidos e impotentes como los de una muñeca de trapo. Su cuerpo parecía colgar de un cordón invisible atado a su pecho. «No puede ser», pensó Scarlett cada vez con mayor repulsión y horror al ver aparecer una masa oscura que sobresalía de la camiseta blanca de Vivi.

Era su corazón.

—¡Tiffany, no! —gritó Scarlett, pero el repique de otro trueno acalló su grito—. Invoco a la Justicia y al Juicio, cuya visión es triunfal —dijo, sin aliento—. Corregid aquello que está mal.

Era más una súplica que un hechizo, un antiguo llamamiento a dos de las fuerzas más poderosas del tarot. Pero también era un hechizo de arcano mayor que requería de la magia de todo un aquelarre.

La camiseta de Vivi se había teñido de rojo con la sangre, aunque Scarlett no estaba segura de si era por la lluvia o por la presión de su corazón sobre el esternón ante el intento de Tiffany por arrancárselo del pecho.

Scarlett respiró hondo y gritó con todas sus fuerzas:

—¡Invoco a la Justicia y al Juicio, cuya visión es triunfal! ¡Corregid aquello que está mal!

Pero la magia se negaba a escuchar sus palabras. Era imposible. Tiffany podía conjurar hechizos de arcano mayor por sí sola gracias a la magia robada que corría por sus venas, amplificada por el talismán. Scarlett no estaba a su altura. En unos minutos, vería morir a Vivi.

Algo dentro de Scarlett se marchitó. Nunca en su vida se había sentido tan vacía e impotente. Era el fin. Le había fallado a Vivi. Le había fallado a Dahlia. Les había fallado a todas.

Sintió en ese momento una presión sobre el hombro, parecida al peso reconfortante de una mano amiga. Se dio la vuelta y no vio a nadie, pero la presión se hizo más grande y le hizo sentir una profunda calidez en todo el cuerpo. Sintió que la piel le comenzaba a vibrar con una descarga de una nueva energía, la que sentía cuando conjuraba hechizos con sus hermanas.

Un momento después, la encontraron. Mei fue la primera en llegar corriendo al claro. Juliet iba detrás. Una por una, las Ravens comenzaron a abarrotar el claro en el bosque, con rostros confundidos o preocupados que se tornaron feroces en cuanto pusieron los ojos sobre Scarlett y Vivi.

Tiffany gruñó con furia, pero Mei y Hazel cogieron a Scarlett de las manos, y su miedo se esfumó. Ya no sentía el frío de la noche lluviosa. Solo era consciente de la creciente oleada de energía dentro de sí que venía de todas direcciones. Sus hermanas estaban con ella. Sentía el poder puro y sin destilar de la magia de Juliet y el flujo constante de la de Jess, sutil, pero capaz de actuar con precisión quirúrgica. Sentía el cosquilleo de la magia de Mei, que siempre resultaba fresco y reconfortante cuando conjuraba un hechizo. Scarlett creyó incluso sentir un rastro de Dahlia y de toda la intensidad de su magia, que siempre despedía un ligero aroma ahumado, sobre todo cuando la impulsaba un gran sentimiento.

—Invoco a la Justicia y al Juicio, cuya visión es triunfal. Corregid aquello que está mal —conjuró de nuevo.

Esta vez, su voz no se perdió en el rugido del viento. Estuvo acompañada de un coro de voces, las de sus hermanas, que hacían que las palabras sonaran profundas y rebosantes.

—Invoco a la Justicia y al Juicio, cuya visión es triunfal. Corregid aquello que está mal.

Las nubes comenzaron a abrirse; un solo relámpago partió el cielo por la mitad. El destello iluminó a Tiffany. Scarlett pudo verle la cara retorcida en agonía y la boca abierta en un grito silencioso.

Tiffany intentó tomar el talismán que, aunque seguía colgándole del cuello, flotaba frente a ella, apuntando hacia Vivi. La cadena de pronto se aflojó, lanzó lejos a Tiffany, y Vivi cayó al suelo.

Scarlett dirigió una parte de la magia de sus hermanas hacia Vivi para amortizar su caída, pero ya estaba flotando a unos centímetros del suelo. La sangre en su camiseta comenzaba a desaparecer y la aterradora masa se hundía de nuevo en su pecho.

En cuanto sus pies tocaron el césped, Vivi abrió los ojos. No mostraba señales de haber estado a segundos de la muerte. De hecho, parecía más viva de lo que Scarlett la había visto jamás. La piel le brillaba y los ojos oscuros parecían resplandecer mientras levantaba los brazos y decía algo que Scarlett no llegaba a oír.

Un enorme árbol que estaba detrás de Tiffany comenzó a mecerse mientras sus raíces salían del suelo y se abalanzaban sobre ella como serpientes furiosas. Se le enroscaron en los tobillos y la tiraron hacia abajo. Pero Tiffany apenas pareció notarlo; estaba demasiado ocupada intentando coger el talismán, que había comenzado a retorcerse y dar tirones. La cadena que llevaba en el cuello se puso al rojo vivo; con cada vuelta que daba, le dejaba marcas y quemaduras en la piel.

El talismán comenzó a brillar aún más y, entonces, con un estruendo, estalló. Fragmentos del cristal volaron en todas las direcciones. Tiffany aulló —un sonido más animal que humano— y luego se desvaneció mientras el claro se quedaba en silencio. El viento se detuvo; el tornado se disipó en la oscuridad. El hechizo de las Ravens había funcionado. Habían liberado la magia contenida en el talismán y habían corregido aquello que no estaba bien. Pero la fuerza de la reacción fue tanta que Tiffany no lo resistió.

Hazel cayó de rodillas y se estremeció por el agotamiento; Jess se dobló y maldijo, mientras que Sonali y Ariana corrieron hacia donde estaba Vivi. A un lado de Scarlett, Juliet respiraba con dificultad mientras se examinaba las yemas de los dedos ennegrecidas, chamuscadas por la descarga mágica. Pero Scarlett se quedó paralizada, con la mirada fija sobre Tiffany, con el corazón latiendo a toda velocidad mientras intentaba recobrar el aliento. Incluso en la distancia, incluso con la cara oscurecida por la sombra de un árbol, Scarlett supo, sin duda alguna, que su mejor amiga estaba muerta.

CAPÍTULO 37

Vivi

Scarlett fue la única persona en la casa de las Kappa que durmió un poco esa noche. Al salir del bosque, empapadas y cubiertas de tierra, Scarlett se derrumbó sobre Mei, quien conjuró un hechizo que la hiciera tan ligera como una pluma para poder cargarla de vuelta a la casa. Vivi logró caminar, apoyada en Jess, quien tenía una expresión sombría, y en Ariana, quien todavía parecía aterrada. Mientras las hermanas se abrían paso entre raíces y ramas caídas, Reagan le explicó que el hechizo que habían conjurado para invocar a la sombra de Tiffany dejó de funcionar de repente y, como se temieron lo peor, siguieron el rastro de Scarlett por el bosque, hasta encontrar el claro.

En cuanto llegaron a la casa, Scarlett se acurrucó en el sofá y, tras un buen trago de la poción del sueño de Etta, se quedó dormida, aunque, dados los ruidos ocasionales que hacía y la expresión de dolor en su rostro, era obvio que no estaba teniendo un sueño plácido. Vivi se acomodó en un sillón e inmensamente agradecida aceptó el flujo interminable de té provisto por Etta, pues, con cada sorbo, sentía que la conmoción disminuía y respirar se hacía un poquitín más sencillo.

En cuanto Vivi pudo hablar de nuevo, les dio a las Ravens una versión abreviada de los sucesos y les contó la terrible noticia que no podía esperar: Dahlia también estaba muerta.

La sororidad entera estaba apretujada en la sala: chicas acostadas en el suelo o apertrechadas en cualquier superficie libre para hacer una vigilia espontánea por las hermanas que habían perdido. Jess, quien por lo general se mostraba estoica, sollozaba sobre el hombro de Juliet, mientras esta le acariciaba el cabello. Hazel tenía la mirada perdida en la distancia. Etta y Mei estaban en el sofá, temblando mientras murmuraban cómo les darían las horrendas noticias a las familias de Tiffany y Dahlia. Frente a Vivi, Sonali y Ariana estaban sentadas en el suelo, la miraban con ansiedad, como si les preocupara que volvieran a secuestrarla.

Vivi intentó reconfortarlas con una sonrisa, pero supo que verían el engaño sin problemas. Tiffany y el talismán de Henosis ya no estaban. El peligro inmediato se había terminado. Pero las pérdidas estremecieron a las Kappa hasta la médula. Aunque no era fácil de creer, su querida y temeraria presidenta estaba muerta. Y, si bien el dolor de la pérdida de Tiffany sería mucho más complejo, no haría que fuera menor el duelo por una hermana a la que perdieron en más de un sentido.

Marjorie Winter, la madre de Scarlett, llegó a la casa cerca de las tres de la mañana. Vivi no estaba segura de si alguna de las Ravens la había llamado o si Marjorie tenía algún modo mágico de saber que su hija la necesitaba. Quizá era esto último, pues, poco antes del amanecer, alguien más llamó a la puerta de la casa: Daphne.

Por alguna razón, a Vivi no le sorprendió ver a su madre en los escalones de la entrada. Ni siquiera se molestó en preguntarle cómo se había enterado de lo ocurrido. Así era su madre. Siempre lo sabía. Y, por primera vez, a Vivi eso le resultó sumamente reconfortante.

—Estás bien —dijo Daphne con un suspiro de alivio después de examinar a Vivi desde todos los ángulos posibles.

—Más o menos. ¿Quieres pasar?

Daphne titubeó un instante; luego asintió.

—Supongo que tiene más sentido que quedarme aquí fuera hasta que salga el sol.

Dio unos cuantos pasos cautelosos hacia el recibidor, como si estuviera esperando que un hechizo la detuviera. Siguió a su hija hacia la sala, pero, antes de que Vivi pudiera presentársela a las demás, Marjorie se levantó de golpe de la silla desde la que cuidaba a Scarlett.

—¿Daphne Devereaux? —preguntó Marjorie, frotándose los ojos.

—Hola, Marjorie —dijo Daphne. Había cierta frialdad en su voz, pero, en cuanto su mirada se posó sobre Scarlett durmiendo, preguntó con suavidad—: ¿Cómo está tu niña?

Marjorie le acarició el cabello a Scarlett con delicadeza.

—Va a estar bien, con el tiempo.

Scarlett se dio vuelta en el sofá y abrió los ojos despacio.

—¿Mamá? —dijo, adormilada—. ¿Qué haces aquí?

Mei y Jess intercambiaron miradas y comenzaron a sacar a las demás Ravens de la sala. Vivi y Scarlett empezaron a contarles a sus madres lo que había ocurrido, se turnaban para completar los detalles en la historia de la otra.

—Lamento mucho que hayáis tenido que vivir esto, chicas —dijo Daphne, y le apretó la mano a Vivi—. Esto era justo lo que quería evitar que te pasara, pero creo que no lo hice de la mejor manera.

—Lo has hecho lo mejor que has podido —dijo Marjorie con tal firmeza y seguridad que ni siquiera Vivi habría sido capaz de contradecirla—. Después de lo que pasó con Evelyn, ¿qué otra opción tenías?

Scarlett miró primero a Marjorie y luego a Daphne, claramente sorprendida.

—¿Evelyn Waters? ¿Qué pasó con ella?

—Evelyn era mi mejor amiga —explicó Daphne—. Éramos inseparables en nuestro primer año, cuando nos unimos a Kappa. Las dos proveníamos de contextos modestos, al contrario que algunas de las chicas de nuestra generación, que eran brujas de familias mágicas de abolengo. —Daphne le lanzó una mirada fulminante a la madre de Scarlett.

Marjorie suspiró con pesadez.

—¿Después de tantos años sigues con esa cantinela? Tú ya eres de una familia mágica de abolengo, Daphne. Mira lo poderosa que es tu hija. Deberías de estar orgullosa.

—Tienes razón... y lo estoy —dijo Daphne, un poco sonrojada—. Pero en ese entonces no lograba entender cómo podía compararme con brujas como tú y tus conexiones, o con Evelyn y su talento innato. La nombraron presidenta de la sororidad, un gran honor y logro, pero comenzó a comportarse de forma imprevisible. Creo que tal vez fue demasiada presión para ella; creo que sentía que tenía que demostrarnos que era capaz de convertirse en una figura importante en el mundo de la magia. Pero sus hechizos no estaban a la altura de sus ambiciones. Llevó sus poderes al límite y comenzó a frustrarse. Entonces empezó a interesarse por el talismán. Todo se le hacía más fácil cuando lo llevaba puesto y, con el tiempo, comenzó a depender de él. Se volvió adicta a su poder.

—No sabíamos exactamente qué estaba pasando —añadió Marjorie—. Pero sí estaba claro que algo andaba muy muy mal. Cuando alguna de nosotras intentaba hablar con Evelyn al respecto, se ponía furiosa.

—Cuando se enteró de que iba a perder la presidencia, fue como si algo en ella se hubiera roto. —Daphne torció el rostro al recordarlo—. Comencé a sospechar que estaba planeando algo terrible. Se volvió descuidada al cubrir sus rastros de magia y tuve el presentimiento de que estaba planeando hacerle daño a la chica a la que habían propuesto para ocupar su lugar.

—Una noche Evelyn me citó en la playa —dijo Marjorie en voz baja—. No debí ir sola, pero Evelyn insistió. A fin de cuentas, aún era nuestra presidenta, y era una presidenta poderosa.

—Yo las seguí —continuó Daphne—. Por suerte, llegué justo a tiempo. Tuvimos que combinar nuestras fuerzas para detenerla.

Las dos mujeres mayores se quedaron calladas.

—Y... ¿su desaparición? —preguntó Vivi después de un buen rato.

—Esa fue solo la historia que contamos —dijo Marjorie, apesadumbrada—. Evelyn murió al intentar matarnos. Conjuró una marejada hacia la playa. Nosotras a duras penas logramos escapar, pero a ella la arrastró. Daphne y yo decidimos que era demasiado peligroso que el talismán permaneciera en Kappa. Alguien más podría sentirse tentada a hacer lo mismo que Evelyn.

—Así que yo me ofrecí a guardarlo y a cambiarlo de lugar con frecuencia para mantenerlo lejos de cualquier mal. —Daphne le puso una mano en el hombro a Vivi—. Debo admitir que... le tenía miedo. Culpaba al talismán de que Evelyn se hubiera vuelto tan peligrosa. Pensé que podría hacerme lo mismo a mí o a cualquier otra persona que entrara en contacto con él.

—Lo siento, mamá —dijo Vivi y se sonrojó de vergüenza y arrepentimiento—. No debí llevarme el talismán. Si no se lo hubiera dado a Dahlia... digo, a Tiffany, tal vez nada de esto habría pasado.

Daphne negó con la cabeza con énfasis.

—No, es por mi culpa. Debí contarte todo esto hace mucho tiempo. Creí que manteniéndote a oscuras y lejos de Westerly estarías a salvo.

—En cambio, yo quise criaros a Eugenie y a ti para que fuerais más fuertes e inteligentes que yo —dijo Marjorie, mirando a Scarlett—. Pensé que si vosotras lograbais ser las brujas más fuertes de vuestras generaciones, no caeríais en la trampa de idolatrar a la persona equivocada, como yo.

Scarlett hizo una mueca.

—No, yo solo he sido la chica que no se ha dado cuenta de que su mejor amiga se había convertido en una asesina.

—Pero una vez que has visto quién era en realidad, has hecho lo correcto, ¿no es así?

—Sí. —Vivi respondió por ella.

Scarlett había arriesgado su vida por salvarla a ella. Más allá de sus diferencias, eran hermanas. En cierto modo, su madre tenía razón: la magia era mucho más peligrosa de lo que Vivi entendía. Pero ni siquiera la magia más malvada podía aniquilar lo que Vivi había presenciado en el claro del bosque, una fuerza más poderosa que las maldiciones y los tornados, más poderosa que el miedo mismo: la hermandad.

CAPÍTULO 38

Scarlett

Dos días —dos largos días— después de que su mundo entero se transformara, Scarlett estaba asomada por la ventana de su habitación , pensando en las mismas cosas que durante las últimas cuarenta y ocho horas le habían dado vueltas en la cabeza. ¿Cómo pudo pasar por alto lo que le estaba pasando a Tiffany? ¿Cómo era posible que la chica con la que había bailado sobre mesas, la chica que la abrazaba siempre que Eugenie la hacía llorar, fuera capaz de asesinar a alguien?

¿Y cómo podía, después de todo lo que Tiffany había hecho, extrañarla y seguir queriéndola?

—Toc, toc. —Vivi estaba en la puerta, titubeante—. Solo quería ver cómo estabas.

Scarlett hizo un gesto para que entrara.

—¿Os turnáis para verme? Parece que no puedo salir de la cama, ni del cuarto.

—Scarlett, ni siquiera puedo imaginarme... —Vivi señaló hacia sus manos—. ¿Era de ella?

Scarlett miró hacia abajo. Tenía en las manos el elefante que Tiffany y ella compraron en la tienda de antigüedades el día después de conocerse.

—Sí, no sé por qué sigo aferrándome a esta cosa. —Tiró el

elefante a la basura y luego volvió a prestarle atención a Vivi, quien se quedó mirando hacia el cubo unos segundos más, como si estuviera considerando rescatar al elefante, como si pudiera salvar algo de entre las ruinas—. Quería hablar contigo —dijo Scarlett. Aunque los recuerdos de Tiffany la consumían, había otra cosa que no la dejaba en paz. No podía dejar que las cosas con Vivi siguieran como estaban antes de que Tiffany se la llevara.

Vivi se tensó, como si supiera qué se avecinaba. Scarlett agradeció que no protestara ni se pusiera a la defensiva. Tan solo asintió, cogió una silla y se sentó a su lado. Juntas vieron cómo el sol recién salido pintaba poco a poco el campus de Westerly de amarillo—. Se trata de Mason —comenzó a decir Scarlett.

Vivi la interrumpió de inmediato.

—Scarlett, no tuve la oportunidad de decírtelo, pero lo siento. No debí permitir que pasara algo con él. No volverá a pasar. Sé que es tu ex y yo nunca le haría eso a una de mis hermanas. No tengo excusa.

—No, no la tienes —reconoció Scarlett, pero luego suspiró—. Pero no puedo culparte por meter la pata cuando yo la metí mucho más. —Volvió a pensar en Tiffany, en la forma horrible y despiadada en la que admitió haber matado a Dahlia. «Necesitaba su poder.» Como si fuera tan sencillo; como si fuera solo cuestión de tomar lo que le pertenecía. Le ardieron los ojos, pero parpadeó para contener las lágrimas.

—Tu madre tiene razón, Scarlett. Tiffany no era tu responsabilidad.

—Tal vez no, pero yo la adoraba. ¿Cómo no me di cuenta de lo perdida que estaba?

—Las personas no somos una cosa o la otra. —Vivi se encogió de hombros—. No somos ángeles o demonios y ya está. Hizo cosas terribles, sí, pero las hizo por amor. Eso no hace que sus acciones sean mejores o que no fuera culpable. Pero que la culpemos no significa que no la entendamos. Descubrir lo que hizo no hace que tu amor por ella desaparezca. El amor es una cosa muy compleja.

Scarlett se rio.

—Y que lo digas. —Comenzó a morderse las uñas, aprovechando que su madre no estaba ahí para darle un manotazo—. Los sentimientos nunca siguen las reglas, ¿verdad?

—Ni por accidente —alcanzó a decir Vivi con una sonrisita.

Scarlett no pudo evitar pensar en Jackson, en la forma en que le cogió la mano antes de que abrieran la puerta de la casa de Gwen. Antes de que todo se saliera de madre, hubo una fracción de segundo en la que Scarlett pensó que tal vez...

Pero su cabeza era un desastre. Lo que fuera que sintiera por Jackson estaba enmarañado con adrenalina, miedo, dolor. Necesitaba tiempo para desenredar todo. Por ahora, sin embargo, debía asegurarse de que los demás no tuvieran que lidiar con la misma confusión.

—Mira, Vivi, lo que quiero decir es que..., para ser franca, mi relación con Mason se vino abajo cuando murió Harper y no pude contarle la verdad. Ese secreto se convirtió en una barrera entre nosotros. Y, cuando pasamos el verano lejos el uno del otro, Mason cambió. Y ahora me doy cuenta de que yo también cambié. Queremos cosas distintas. —A Scarlett le sorprendía un poco su propia honestidad y darse cuenta de que decir las cosas no era tan doloroso como esperaba.

Una expresión de alivio se apoderó del rostro de Vivi.

—Y ¿qué es lo que quieres tú?

—Quiero ser feliz. Solo tengo que descubrir qué significa eso para mí. He pasado toda la vida intentando seguir las reglas, siendo quien mi madre quería que fuera, quien Dahlia quería que fuera, quien yo creía que quería ser. Pero no tengo derecho a imponerle mis reglas a nadie más. Ni a ti, ni mucho menos a Mason. Así que, si sentís algo el uno por el otro... pues... tenéis mi consentimiento para intentarlo. Si todavía queréis, claro está.

—No tienes que decir eso —dijo Vivi, un tanto incómoda.

—Ya lo sé. —Scarlett guiñó el ojo—. Pero así de buena persona soy.

Mientras Vivi sonreía aliviada, Scarlett pensó en lo mal que le había caído su hermana menor al principio. Le desagradó que fuera impredecible, pero ahora sentía que conocía a la chica que tenía enfrente mejor de lo que conocía a sus demás hermanas. Lo más inesperado era que había comenzado a gustarle. Ahora entendía por qué a Mason y a las demás hermanas les caía bien. Era su inteligencia, su humor, su corazón. Su increíble efervescencia a pesar de todo el tiempo que pasó sin saber quién era en realidad y a pesar de todo lo que había vivido en los últimos días. Vivi encarnaba cierta libertad, cierta falta de cautela que sin duda atraía a Mason, quien estaba desesperado por liberarse de todo aquello que le habían inculcado en su infancia.

Incluso en ese momento, después de todo lo ocurrido, Kappa era donde Scarlett quería estar. Kappa era aquello por lo que quería luchar. Kappa era aquello que quería arreglar. Como fuera, imaginar a Mason con alguien más no dejaba de causarle cierto escozor. Pero, al ver a Vivi, al menos podía entenderlo. Podía verlo. Y podía dejar de castigar a la pobre chica.

Le dio un empujoncito en el brazo.

—No vayas a creer que me estoy ablandando, eh. Quizá sobreviviste a la Semana Infernal, pero sigues siendo mi hermana menor.

Vivi alzó el mentón.

—Nunca nadie va a pensar que eres blanda, Scarlett. Y no te voy a defraudar. Créeme.

La sonrisa de Scarlett se ensanchó.

—Te creo —contestó. Y lo dijo en serio.

Cuando Vivi se fue, Scarlett sacó el elefante del cubo de basura y lo puso sobre su tocador. Aunque Tiffany ya no estuviera, Vivi tenía razón. No tenía por qué deshacerse de lo bueno que quedaba de ella.

La vida en el campus retomó un ritmo inesperadamente normal. Aunque Scarlett había resuelto las cosas con su familia y sus hermanas, sabía que aún había algo más por hacer. Y sería algo difícil de conseguir.

Scarlett le pidió a Jackson que se vieran en su lugar favorito fuera del campus, un banquito que daba al río Savannah.

—Hola, forastero —le dijo mientras le entregaba un té que le había llevado como ofrenda de paz.

—¡Estás viva! —exclamó él, se sentó a su lado y cogió el vaso de cartón con té.

—Bueno, te mandé un mensaje... —protestó ella.

—Creo que merezco más que un simple mensaje de texto, Scar. —Jackson sacó el móvil—: «Supongo que tenías razón. Soy la "chica final" de la película. Te llamo cuando salga a tomar aire». —Jackson alzó los ojos por encima de la pantalla, con expresión desafiante—. No es precisamente la explicación más adecuada, señorita Winter.

Scarlett sintió una oleada de culpa.

—Escuché que pasaste por la casa. Lo siento... Es que... estaba sobrepasada.

—Me preocupaba mucho que te hubiera pasado algo. —Jackson se acercó a ella—. Y lamento mucho lo de Tiffany.

—La versión pública de los hechos era que Tiffany había

muerto a causa de un tornado inesperado que había tocado tierra cerca del campus. En cuanto a Dahlia, habían informado de su desaparición y las autoridades supusieron que había muerto en esa misma tormenta. A fin de cuentas, las Ravens no habrían podido explicar la desaparición de Dahlia días antes, puesto que la gente la había visto pasear por el campus en perfecto estado de salud—. Cuando salió la primera noticia del tornado, pensé que habías sido tú. Que algo terrible te había pasado —susurró con voz áspera.

—Lo único que me pasó fue que tuve que ir a la comisaría de policía. —Scarlett evadió su mirada—. Como te puedes imaginar, querían hablar conmigo... sobre muchas cosas.

Jackson miró a su alrededor para asegurarse de que nadie pudiera escucharlos.

—¿Qué ocurrió en realidad? Encontramos a Gwen muerta hace dos días, y ahora... —Frunció el ceño, confundido—. La policía dice que murió a causa de una fuga de gas.

—Gracias a mí. —Scarlett cayó en la cuenta de que se estaba mordiendo las uñas, así que puso ambas palmas sobre los muslos. Bueno, en realidad había sido gracias a ella y a Jess, la mejor Espada de Kappa desde la partida de Tiffany. Había sido muy sencillo implantar ideas en las mentes de los policías para que cerraran el caso. No le alegraba ocultar lo que Tiffany había hecho, pero no había alternativa. Era esencial proteger el secreto de las Ravens—. Es posible que los ayudara a llegar a ciertas conclusiones sobre ciertas cosas.

—¿Y? —Jackson se inclinó hacia delante y apoyó los codos en las rodillas—. Scarlett, no tienes ni idea de cómo me ha enloquecido todo esto. Y luego enterarme de lo del tornado... O sea, ese tipo de coincidencia no ocurre sin más.

—No —reconoció Scarlett—. No ocurre sin más.

—Entonces, ¿fue... brujería? —susurró. Una vez que Scarlett asintió, Jackson la miró con más detenimiento—. ¿Me vas a contar qué pasó? —preguntó—. Es decir, ¿lo que pasó en realidad?

Scarlett sabía que él indagaría, también que le debía la verdad. Jackson escuchó hasta el más mínimo detalle con absoluta calma: el encantamiento de Tiffany para hacerse pasar por Dahlia, los asesinatos de Dahlia y de Gwen y el secuestro de Vivi. Y la lucha de las Ravens contra su magia. La caída de Tiffany. Lo que hicieron para cubrir sus rastros.

Al terminar, Jackson le cogió la mano y entrelazó sus dedos con los de ella.

—Lo lamento mucho, Scar. Entiendo por qué necesitabais cubrirlo todo, pero me queda una duda. ¿Qué hará Kappa ahora? O sea, si alguna de vosotras hizo esto, ¿qué pasará si otra de tus hermanas se obsesiona y mata a alguien más con tal de conseguir otro talismán? ¿O si simplemente se enfada tanto que decide desquitarse con su compañera de habitación? ¿Qué pasará si...?

—No volverá a ocurrir. Yo me encargo de mis hermanas. Esto no volverá a pasar jamás —contestó Scarlett con firmeza.

—¿Cómo puedes estar tan segura? —preguntó Jackson.

—Soy bruja. Y sé cosas... —dijo con una sonrisa.

Jackson se rio, aunque no parecía del todo convencido. Sin embargo, no insistió.

—Bueno, me alegro de que estés bien. Estaba muy angustiado. No he podido dejar de pensar en ti. —Los ojos oscuros de Jackson se encontraron con los de Scarlett durante un rato. Luego, se acercó. Rozó sus labios con los de ella una sola vez, con mucha delicadeza—. Se me olvidó una pregunta: ¿las brujas tienen permitido besarse con simples mortales? ¿O uno de los dos se va a derretir?

En respuesta, Scarlett lo tomó de la nuca con la otra mano y tiró hacia ella.

—Si vamos a averiguarlo, hagámoslo bien —susurró. Entonces Jackson la besó con todo su ser. Fue un beso lento y suave, el tipo de beso en el que puedes perderte si te lo permites.

Pero Scarlett no podía. Al menos no en ese momento. O quizá nunca.

Había roto la primera regla de las Ravens. De las brujas en general: nadie puede saberlo. Revelarle a Jackson la existencia de la brujería había sido un pecado capital, pero Scarlett lo hizo porque merecía saber lo que le había ocurrido a Harper. Y porque, de algún modo, en algún momento, había empezado a sentir algo por él. Quizá porque él la ayudó cuando nadie más estuvo a su lado. Sin embargo, no podía arriesgarse a que las cosas se pusieran peor.

Se suponía que la crisis había terminado. Se suponía que estaban a salvo. Pero, siguiendo el razonamiento de Jackson, la crisis había surgido desde dentro. Gwen. Tiffany. Incluso Evelyn, hacía muchos años. Todas habían sido Ravens. ¿Cómo reaccionaría Jackson si supiera de lo que las brujas eran verdaderamente capaces? ¿Qué pensaría de que en las filas de Kappa hubiera habido más de una asesina? Jackson empezaba a hacer muchas preguntas y, cuando por fin supiera toda la verdad, ¿qué le aseguraba a Scarlett que no se empeñaría en acabar con el aquelarre? Aunque Jackson la quería, y ella lo sabía, su brújula moral señalaba más al norte que la de ella. ¿Por qué querría mantener en pie a la institución que le había quitado la vida a su hermanastra?

Scarlett no podía arriesgar a sus hermanas de nuevo, o al menos no de esa forma. Sus hermanas eran lo más importante del mundo, o al menos eso era lo que siempre había creído, y nada de esto le había hecho cambiar de opinión.

Muy a su pesar, Scarlett se separó de Jackson. Alzó su taza de té e hizo un gesto para brindar con Jackson.

—Bebe —le dijo—. Tenemos mucho de que hablar.

Él le sonrió por encima de su té. Era la sonrisa más genuina y franca que había esbozado delante de ella. Era una sonrisa de confianza. Jackson le dio un trago al té y luego otro.

Scarlett se obligó a sonreír también y sorbió su té más despacio que él. A fin de cuentas, el suyo solo era una infusión herbal de manzanilla para calmar los nervios.

El de él, en cambio, era un menjunje que Etta llevaba años perfeccionando. Después de otro sorbo, Scarlett supo que estaba funcionando por la forma en que entrecerró los ojos y su respiración se volvió más lenta. En realidad, no estaba dormido, solo tan relajado y abierto de mente que cualquiera podía influir en él.

Incluso una Copa medianamente talentosa para la magia de Espadas, como Scarlett. Se concentró y recurrió al pozo de poder que sus hermanas le compartían. Rebuscó en la mente de Jackson con un susurro, un empujoncito.

Al final, fue mucho más fácil que con la policía. Scarlett pulió algunos detalles y le hizo olvidar otros. El hechizo de magia perversa de Gwen, el hallazgo de su cadáver, la existencia de las brujas...

E incluso el beso. Scarlett no sabía por qué, pero le parecía incorrecto dejarle ese recuerdo fuera del contexto de lo que habían pasado juntos. El beso era consecuencia de que Jackson la había conocido como era en realidad. Dejarle un recuerdo de esa conexión sin saber de la magia habría sido una mentira. Había perdido a Mason porque nunca había sido del todo honesta con él. Y no podía dejar que pasara con Jackson.

Se le encogió el corazón. Esto era más difícil que cualquier otra cosa que hubiera tenido que hacer antes. Scarlett sabía que era la decisión correcta; este mundo no era el de Jackson. Y, para protegerlo, tenía que mantenerlo en la ignorancia.

Aun así, al mirarlo a los ojos, ansió que lo que había entre ellos durara unos cuantos minutos más. Unos cuantos minutos más de bromas, de la confianza que habían desarrollado al enfrentarse juntos a los peligros. Incluso quería que él la siguiera llamando su «chica final» de película, aunque le recordara el horror de la vida real que habían vivido.

Cuando Scarlett era niña, Minnie solía explicarle la historia de las brujas y del poder especial que tenían las Ravens, porque compartían su magia entre ellas. «Ser bruja implica un sacrificio; implica que te entregues en cuerpo y alma a tu aquelarre.» Scarlett siempre había creído que eso significaba que las brujas renunciaban a una pizca de su autonomía a cambio de protección y de mayor fuerza conjunta. Según ella, eso significaba ser parte de un aquelarre, ser una Raven. Y nunca había sentido que sacrificaba gran cosa, pues ser bruja era el mejor regalo que la vida le había dado.

Sin embargo, en ese momento entendió por completo el mensaje de Minnie. Nunca había sabido lo que era sacrificar algo que realmente quería con tal de ser leal al aquelarre. Hasta ahora. «La magia no solo da, también quita», decía Minnie. Y para Scarlett había llegado la hora de pagar.

Alzó la mirada cuando empezó a caer la lluvia. No era cualquier llovizna; era obra de Scarlett, y cada gota que tocaba a Jackson estaba cargada de su magia.

El corazón le dio un vuelco doloroso al coger el vaso de cartón de Jackson. Lo único que él sabría al despertar de aquel seudotrance era que había tenido una larga conversación con Scarlett en la que ella le había contado la verdad sobre la muerte de su hermanastra: había sido un accidente y nada más. En cuanto a Gwen, sabría que había muerto a causa de una fuga de gas en su apartamento, tal y como anunciaban las noticias.

Quizá no era justo. Jackson llevaba dos años buscando

respuestas que Scarlett le había dado, solo para después arrebatárselas. Así que esto era lo más cercano que podía ofrecerle para que al fin cerrara el ciclo. Ella esperaba que, aunque el recuerdo se hubiera esfumado, la paz se mantuviera.

Scarlett se agachó para poner una mano sobre el hombro de Jackson.

—No te preocupes. Será como si nada hubiera ocurrido —le susurró.

Una hora después, él estaría bien, si acaso un poco débil. Hasta entonces, se quedaría quieto, mirando el agua, soñando despierto. No obstante, cuando la mano de Scarlett tocó la suya, él alzó la mirada, semiconsciente, y entrelazó sus dedos con los de ella.

—Hola... Eres Winter, ¿verdad? ¿Una chica de la sororidad?

—Así es —contestó ella con una sonrisa acompañada de una punzada de dolor en el corazón.

La garganta le ardía por las lágrimas contenidas. Apretó los dedos de Jackson con delicadeza y luego tuvo que recurrir a toda su fuerza de voluntad para soltarle la mano e irse.

CAPÍTULO 39

Vivi

—¿Estás lista? —preguntó Ariana, y le apretó el brazo a Vivi mientras atravesaban los portones de hierro y avanzaban hacia el camino de ladrillos bordeado de árboles que llevaba a la explanada principal. Westerly tuvo la generosidad de darles a las Kappa una semana de descanso de las obligaciones escolares para que procesaran la pérdida de sus compañeras y era la primera vez que Vivi volvía al campus.

—Creo que sí. La verdad, me vendrá bien tener otra cosa en qué pensar —dijo Vivi mientras se ponía la pesada bolsa de lona de Kappa en el hombro.

Ariana no tenía clases ese día, pero se ofreció a acompañar a Vivi al campus como apoyo moral.

—Si te arrepientes, Mei ha organizado una sesión de limpieza grupal en el invernadero. Nadie te culparía si decidieras faltar a clase. —Llegaron a la explanada, que estaba rebosando de estudiantes alegres y llenos de vida, cuyo peor trauma había sido sacar «Notable» en un examen—. Parece algo injusto, ¿no? —dijo Ariana, quien al parecer estaba pensando lo mismo que Vivi—. Mientras nosotras enterrábamos a nuestra amiga, ellos se emborrachaban, pedían *pizzas* a las dos de la mañana y se contagiaban alguna que otra enfermedad venérea.

—O sea, la buena vida —dijo Vivi con una sonrisita.

—Me contagiaría de clamidia un millón de veces con mucho gusto si con eso pudiera revivir a Dahlia.

Vivi le tomó una mano a su amiga.

—Y ese es el verdadero significado de la amistad.

Ariana se rio y continuaron caminando unos minutos más en silencio. La energía de la multitud era tanto desconcertante como un agradable cambio del pesado silencio que había envuelto la casa de las Kappa durante la última semana. La muerte de Dahlia había causado gran impacto en todas, particularmente en las chicas mayores, que la conocieron mejor.

Vivi aún no sabía cómo sentirse con respecto a la decisión que habían tomado. Mentirle a la policía parecía incorrecto, pero las Ravens no podían arriesgarse a revelar la verdad... aun si no mucha gente las habría creído. Quizá Vivi solo necesitaba acostumbrarse a todo esto, a tener que esconderle una parte de su vida a la mayor parte del mundo.

Ariana la acompañó hasta la entrada del edificio de Ciencias, la abrazó y luego fue a comprar pan dulce y café para llevar a la casa. Faltaban todavía quince minutos para la clase de Vivi, así que decidió esperar en el banco de fuera en vez de en clase, donde no podría evitar las miradas y los cuchicheos de sus compañeros, en su mayoría amables, pero indiscretos. Para entonces, todos en Westerly sabían que la presidenta de Kappa y otra de sus integrantes habían muerto de forma repentina, y los rumores volaban a diestro y siniestro. Estaba a punto de sentarse cuando una figura que avanzaba por el sendero cubierto de hojarasca le llamó la atención. Era un chico espigado, de cabello castaño, que llevaba una gabardina beige con el cuello levantado para protegerse del frío otoñal que al fin había llegado a Savannah. El corazón le dio un vuelco tras dar unos pasos para acercarse y llamarlo sin tener que gritar.

—Mason —dijo. Él no se volvió, así que Vivi comenzó a correr de forma torpe—. ¡Oye, Mason!

Él se volvió, sobresaltado, pero, cuando posó la mirada sobre ella, esbozó una sonrisa.

—Vivi. —Su voz familiar era tan cálida e intensa como el café de achicoria al que Vivi le había cogido el gusto desde que había llegado a Savannah. Pero estaba ojeroso. Al parecer, él también había tenido una semana complicada—. ¿Cómo estás?

—Sobreviviendo. Gracias por el mensaje del otro día. —Mason le había mandado un mensaje corto y considerado diciéndole cuánto lamentaba su pérdida y que podía contar con él para lo que necesitara. Fue un mensaje bonito y elegante, sobre todo teniendo en cuenta que la última vez que se vieron, Vivi perdió la cabeza por el beso y echó a correr.

—No fue nada. Me alegra verte. ¿Adónde vas? ¿Te puedo acompañar a algún sitio? —preguntó Mason.

—Tengo clase en diez minutos en el edificio de Ciencias, pero te invito a caminar conmigo los... ¿qué serán? ¿Diez metros? Si quieres, claro.

—¿Qué tal un poco de aventura y le damos toda la vuelta a la explanada?

—¿Y arriesgarme a llegar cinco minutos antes de la clase en vez de diez? No lo sé... —Guardó silencio con una sonrisa y comenzó a caminar al lado de Mason.

—¿Cómo lo llevas? Sigo sin creérmelo. Dahlia y Tiffany...

—Es bastante mierda, pero estoy lidiando con ello.

—He estado pensando mucho en ti. —Mason hizo una breve pausa y luego dijo—: También le escribí a Scarlett. Vivimos muchas cosas juntos y sé cuánto quería a Tiffany.

—Era lo correcto —dijo Vivi, con absoluta franqueza.

—Ah, bien. Me alegra que os tengáis las unas a las otras en este momento. Estoy seguro de que hace que todo sea más sencillo, de algún modo.

—Sí, algunas cosas. Pero también hace que su ausencia se note más, ¿sabes? —Era muy extraño reunirse en la sala sin la presencia benevolente y dominante de Dahlia. Nadie sabía quién se suponía que debía hablar primero ni qué se debía decir. La sororidad se sentía desorientada sin su lideresa—. Pero, al mismo tiempo, nos ha unido aun más. Puso muchas cosas en perspectiva. Para Scarlett y para mí también.

—Eso es bueno..., ¿no?

—Muy bueno.

Pisaron un montón de hojarasca húmeda, con tonalidades rojas y doradas; Vivi se tensó por un instante al recordar las hojas secas que cubrían el claro en el bosque. Las velas, los huesos, la sangre.

—¿Tienes frío? —le preguntó Mason y, sin esperar respuesta, se quitó el abrigo y se lo puso sobre los hombros—. ¿Te parece bien?

—Más que bien —dijo Vivi, que se sintió más arropada y segura de lo que se había sentido en mucho tiempo.

—Bien. Es solo que... no quiero... —Sonrió y sacudió la cabeza—. ¿Sabes? No suelo ser así.

—¿Así cómo? ¿Incapaz de formar oraciones completas?

—No, por lo general no.

—Bueno, si te hace sentir mejor, deberías saber que hablé con Scarlett y me dio su consentimiento. Nos dio su consentimiento.

Mason se detuvo en medio del sendero y examinó la cara de Vivi.

—O sea... estás diciendo que... está bien si... —dijo él. Ella asintió. La sonrisa de Mason se ensanchó lo suficiente para dejar entrever el hoyuelo que siempre la derretía. Pero luego se detuvo y la miró con una expresión seria—. ¿Y tú, Vivi? ¿Tú qué quieres?

Lo pensó. Quería muchas cosas. Quería aprender cuanto se pudiera sobre magia. Quería encontrar su pasión académica y encontrar su lugar en Westerly. Quería un romance como el que siempre había fantaseado: citas en acogedores cafés, visitas a librerías, caminar cogida de la mano por la explanada al anochecer mientras los faroles de los senderos brillaban tanto como la luna. Pero no con cualquiera; solo con Mason. Quería bromear sobre sus gofres mal hechos, aprender sobre las clases de historia a las que asistía y oír todas sus aventuras europeas del semestre pasado. Quería estar con él.

Pero también quería a sus hermanas. Quería que fueran felices, sanas y a salvo. Quería que estuvieran unidas, pasara lo que pasase.

Le puso una mano sobre el brazo.

—Una condición: mis hermanas están primero. Si Scarlett cambia de opinión y decide que no se siente cómoda con esto, se acaba. ¿De acuerdo?

Mason asintió deprisa.

—Sí, claro.

Vivi sonrió, incapaz de contenerse un segundo más.

—En ese caso, si me preguntas qué quiero, Mason Gregory —se estiró, le puso una mano en la nuca y tiró hacia ella—, te quiero a ti.

Esta vez, cuando sus labios se tocaron, no hubo nada que los detuviera. Las manos de Mason en la cadera de Vivi tiraron hacia él con fuerza suficiente para levantarla del suelo. Vivi conocía un hechizo para poder levitar, pero, en ese momento, el abrazo de Mason era la mejor magia que existía.

CAPÍTULO 40

Scarlett

Scarlett estaba en el techo de la casa de las Kappa, viendo el cielo rociado de estrellas que parecían alfilerazos en el negro de la noche. El aire era fresco y apacible. Y la luna resplandecía con el brillo de la naranja más tersa de la cosecha. A su lado estaba Tiffany con un vestido blanco vaporoso que Scarlett nunca había visto. Sabía que era un sueño, pero le gustaba ver a su amiga, quien se volvió hacia el aviario, donde los cuervos hacían gorgoritos y se acurrucaban con delicadeza.

—Creo que siempre fui como los cuervos en cautiverio que vivían atados —dijo Tiffany en voz baja.

—Ojalá hubieras recurrido a mí —le dijo Scarlett—. Ojalá me lo hubieras dicho. Tal vez las cosas habrían sido distintas.

Tiffany negó con la cabeza.

—En cualquier caso, habría puesto a mi madre por encima de cualquiera de vosotras. Siendo sinceras, ¿no habrías hecho lo mismo por la tuya? ¿Por Minnie?

Scarlett se quedó quieta y pensativa.

—Quizá una parte de mí habría querido hacerlo, pero Minnie me habría matado antes de permitirme matar a otra bruja por ella. Mi madre también. —Un destello de ira asomó a sus palabras al recordar de nuevo las acciones de Tiffany—.

Traicionaste aquello de lo que estamos hechas. Y no creo que tu madre hubiera querido eso; el coste es demasiado alto. No valió la pena que murieran esas otras brujas. Tampoco valió la pena que murieras tú.

Tiffany la miró fijamente, como si estuviera eligiendo sus palabras con cuidado. Por un instante, su expresión se volvió desgarradoramente triste, pero luego sonrió.

—Fuiste mi mejor amiga, Scar. Pero nunca fuimos la misma bruja. —Tiffany caminó al aviario y le dio un golpecito. Los cuervos salieron volando y se dispersaron por los cielos—. Prométeme algo. —De repente se volvió y la miro fijamente.

—Lo que quieras —contestó Scarlett, a pesar de que una parte de ella titubeaba, pues temía que le pidiera algo que no estuviera dispuesta a hacer.

—Prométeme que estarás pendiente de ella.

Scarlett sintió que se le encogía el corazón.

—Lo haría aunque no me lo pidieras. Te aseguro que haremos todo lo posible por tu madre —prometió.

Los ojos de Tiffany se iluminaron.

—Hay otra cosa...

—¿Qué?

—Prométeme que no permitirás que mis acciones te impidan convertirte en la bruja que debes ser.

Antes de que Scarlett pudiera contestar, en las alturas sonó un intenso graznido. Al alzar la mirada, Scarlett vio a un cuervo de ojos amarillos que volaba en círculos sobre ella. Era *Harlow*, su favorito. Cuando se volvió para contestarle a Tiffany, su amiga había desaparecido. Solo había un cuervo negro con ojos azules pertrechado en la barandilla. Miró a Scarlett a los ojos, parpadeó una vez y luego, batiendo las alas con fuerza, despegó en dirección al cielo estrellado y siguió a *Harlow* hasta que se perdieron juntos en la oscuridad.

Scarlett despertó con el nombre de Tiffany en los labios y el sol entrando por las ventanas. Estaba en su cama, en la casa de las Kappa y, aunque supo que aquello había sido un sueño, no estaba del todo convencida de que la conversación con Tiffany hubiera sido un mero producto de su imaginación. Scarlett esperaba que su amiga hubiera encontrado la paz y que en cierto modo estuviera planeando por los cielos como los cuervos.

—Adiós, amiga —susurró, con la esperanza de que el espíritu de Tiffany la escuchara, sin importar dónde estuviera. A través de la ventana abierta, le pareció oír un graznido lastimero y solitario.

Esa noche, después de la cena, alguien llamó a la puerta de Scarlett.

Tras abrirla, Vivi se asomó.

—Ya casi es hora. He pensado que sería divertido que yo te ayudara a ti a prepararte, aunque sea por una sola vez.

—Me encantaría —contestó Scarlett. Su hermana menor se acercó y colocó las cartas del tarot en la mesa cercana—. Creo que has demostrado que ya no las necesitas para conjurar hechizos —dijo Scarlett, y Vivi sonrió. A pesar de cómo se sentía y de lo que habían vivido, Scarlett notó que Vivi parecía más relajada. Estaba más contenta que en los días anteriores. Se preguntó si habría visto a Mason y si ya se habrían besado y si ya eran oficialmente pareja..., pero luego se deshizo de esa forma de pensar. Había empezado a soltar a Mason, pero la recuperación no es un proceso lineal y no le servía de nada obsesionarse con los detalles.

—Cierra los ojos —ordenó Vivi, y Scarlett sintió el hormigueo de la magia mientras Vivi le decoraba los párpados. Entreabrió un ojo para mirar por la ventana. La luna llena había coronado los árboles lejanos e iluminaba el campus de Westerly con una luz amarillenta, cálida—. Deja de parpadear tanto —insistió Vivi.

Scarlett cerró los ojos de nuevo y contuvo la risa.

—Perdón.

—¿Cómo esperas que te haga un encantamiento decente para tu primera noche como presidenta si no dejas de moverte? —Scarlett percibió el tono de broma en la voz de Vivi y frunció el ceño.

—No sé. Dudo que vaya a pasar.

Su hermana menor resopló. Habían tenido esa misma discusión un montón veces.

—Ay, por favor, como si fuéramos a votar por alguien más después de todo esto.

Ante la ausencia de Dahlia, Kappa no podía esperar hasta el siguiente año para elegir sucesora. Necesitaban que alguien tomara las riendas y ocupara el puesto, preferiblemente antes del ritual de luna llena de esa noche, para el cual necesitarían una bruja experimentada que las guiara y que condujera el rito para canalizar la magia de las hermanas de forma adecuada.

En otros tiempos, Scarlett habría sido la primera en presentarse. Pero ahora...

—Sin ser presidenta he metido la pata horriblemente. No me di cuenta de que mi mejor amiga se estaba yendo al lado oscuro. Te ignoré por mero despecho por mi ex cuando debí enfocarme en los problemas de Kappa. —Scarlett había emprendido el camino hacia el discurso de: «Si tan solo hubiera contestado el teléfono cuando Vivi me llamó»—. Por no mencionar que le conté a alguien ajeno nuestro secreto.

—Pero dices que ya lo arreglaste.

Scarlett no se lo había confesado a nadie, ni siquiera a Mei. Sin embargo, noches después de borrarle la memoria a Jackson (y después de varias tazas del famoso vino caliente de Etta), se lo contó a Vivi. De hecho, le contó muchas cosas, muchas más de las que se habría atrevido a revelar en otros tiempos.

—Sí, pero no debió ocurrir nunca —contestó Scarlett y se le revolvió el estómago al recordar la última vez que había visto a Jackson en la clase de filosofía en la que ambos estaban inscritos. Él la miró un instante más de lo normal, lo que le hizo preguntarse si acaso el hechizo se había roto. Pero luego desvió la mirada e hizo un comentario sarcástico sobre la teoría de los contratos sociales. A pesar del alivio que sintió al confirmar la eficacia del hechizo, para ella fue un episodio amargo. En el fondo, anhelaba que él recordara la conexión entre ellos de forma instintiva, ajena a la memoria. Pero era una tontería que sus mismas acciones habrían impedido. «Hiciste lo correcto», se recordó. No había alternativa.

—Al final hiciste lo correcto —insistió Vivi, y Scarlett se preguntó si su hermana menor tenía una pizca de afinidad con la magia telepática de las Espadas—. Eso es lo que importa. Y hacer lo correcto no significa que tengas que comportarte como una monja. ¿Por qué no intentas empezar desde cero con Jackson? No tiene por qué enterarse de lo que pasó entre vosotros antes.

Mientras Scarlett sopesaba las palabras de Vivi, cayó en la cuenta de algo. Aunque Mason le había roto el corazón, el beso que no podía olvidar era el de Jackson. Seguía sintiendo el roce de sus labios sobre los suyos, no los de Mason. Pero tenía que dejarlo ir, a pesar de que, a diferencia de la memoria de Jackson, la de Scarlett estuviera intacta. Ella no lograba olvidar cómo la había hecho sentir. Aun así, seguía siendo una bruja y él seguía siendo humano. No se imaginaba estar con él de nuevo sin volver a revelarle la verdad.

Scarlett negó con la cabeza.

—No sería igual —contestó con voz firme.

Vivi esbozó una sonrisa triste, como si entendiera sus razones. Ambas guardaron silencio, y Vivi siguió con lo suyo. Finalmente, le dio una palmada en el hombro a Scarlett.

—Dime qué te parece.

Scarlett entreabrió un ojo y luego abrió ambos de golpe. El reflejo en el espejo era, al mismo tiempo, familiar y ajeno. Tenía los mismos ojos marrones y la piel morena de Scarlett, pero sus pómulos estaban un poquito más pronunciados, sus pestañas eran más largas y sus labios, más carnosos, aunque quizá era solo una ilusión provocada por el labial rojo brillante que Vivi había elegido.

Sus rizos estaban adornados con docenas de broches resplandecientes con forma de hojas de colores otoñales: naranja, granate y peridoto. Y el cabello le caía como una cascada de rizos perfectos sobre el vestido de fiesta negro.

Normalmente, el ritual del tiempo de cosecha servía para celebrar los frutos de su esfuerzo de meses antes de prepararse para el invierno. Sin embargo, esa noche sería un evento mucho más sombrío, pues lo dedicarían al ciclo de la vida, la muerte y el renacimiento.

Parecía lo adecuado, puesto que los funerales de Tiffany y Dahlia se habían llevado a cabo a principios de esa semana.

También parecía recordarle a Scarlett que no estaba capacitada para liderar a nadie, mucho menos a las integrantes de la casa de las Kappa. Incluso si aparentaba ser capaz, en el fondo no creía serlo.

—¿No te gusta? —preguntó Vivi, asomada por encima de su hombro, mordiéndose el labio.

Scarlett sacudió la cabeza.

—El hechizo es perfecto, Vivi. Gracias.

Se puso de pie y atravesó el cuarto hasta llegar a las puertas del balcón. Fuera, sus hermanas arreglaban el patio. Juliet atizaba la fogata, mientras Jess echaba puñados de hierbas a la leña a intervalos precisos. Esas dos no habían pasado más de un minuto separadas desde que habían ocurrido los hechos.

A Scarlett le alegró que se tuvieran la una a la otra. Después de esas semanas, ella también quería aferrarse a sus seres queridos.

Pero sobre todo a sus hermanas. No concebía volver a defraudarlas.

—¿Y si todas votan por mí y yo no hago más que meter la pata? —susurró Scarlett, y su aliento empañó el cristal. No estaba segura de que Vivi la hubiera escuchado.

Sin embargo, en una fracción de segundo, su hermana menor se materializó a su lado.

—Creo que el hecho de que te preocupes tanto significa que estás más que lista para ser nuestra presidenta —dijo Vivi. Scarlett se rio—. ¡Hablo en serio! —Vivi la miró a los ojos—. Las grandes lideresas son producto de la necesidad, no de la certeza. Te necesitamos, Scarlett. Más que nunca. Me preocuparía que no tuvieras dudas ni temores, y estuvieras convencida de que serías la mejor presidenta que Kappa pudiera tener. A fin de cuentas, ya sabemos lo que pasa cuando alguien solo quiere poder.

«Tiffany.»

Durante las últimas dos semanas, Scarlett había dedicado mucho tiempo a desentrañar lo que sentía con respecto a su mejor amiga. Probablemente sería una lucha permanente, porque en el fondo una gran parte de ella seguía queriéndola. Y haber visto a Veronica desmoronarse en el funeral le había roto el corazón. En cierto modo, entendía por qué Tiffany había hecho lo que hizo.

Y eso la asustaba. ¿Qué pasaría si un día el amor también la corrompía a ella?

No. En todo caso, haber visto lo que le había hecho a Tiffany y el horrible final al que se había enfrentado le había enseñado qué la esperaría al otro lado de la maldad y las consecuencias de ostentar poderes perversos. Ese era el aprendizaje. Scarlett tenía que confiar en que jamás olvidaría la lección ni repetiría los errores de su amiga.

Mientras tanto... debía hacerle caso a Vivi. Sus hermanas la necesitaban. Scarlett aún no estaba convencida de que mereciera ser su lideresa. Pero, si se lo pedían, lo haría por el bien de ellas.

Kappa ante todo, durante todo y después de todo.

—Estoy lista —le dijo a Vivi, mirándola a través del espejo.

Su hermana menor sonrió y se dirigió a la puerta.

—Bien. Hora de ocupar tu lugar como lideresa de estas brujas.

Mei y Etta habían organizado la mayor parte del ritual, con ayuda de Juliet y Jess. Las novatas también habían intervenido en la preparación de bollos de mantequilla y sidra caliente. Mei y Etta habían preparado un altar repleto de manzanas y peras, escaramujos y zarzamoras, melón de invierno y palosantos. Era un tiempo de celebración, de disfrute.

Sin embargo, también habían llevado una silla y una mesa de hierro del invernadero, y en la mesa pusieron un plato rebosante de comida y una copa llena de vino hasta el borde. Sobre la silla tendieron la túnica ceremonial roja de Dahlia y adornaron la mesa con velas rojas y orquídeas púrpuras que Etta había cosechado del invernadero. Era un lugar simbólico para Dahlia dentro del aquelarre.

A Scarlett se le encogió el corazón al ver aquella ofrenda. Sabía que Dahlia lo habría apreciado, pues amaba Kappa con todo su ser. Al final, había dado su vida por ellas.

Y Scarlett no la defraudaría.

Sacó la baraja de tarot de Minnie y colocó las cartas en la mesa junto a las barajas de las demás. Luego, alzó la voz.

—Hermanas, gracias por participar en esta reunión. —Las miró una por una. Todas se habían ataviado para la ocasión con vestidos de fiesta negros, salvo Juliet, que llevaba un traje elegante de tres piezas, también negro. El color de sus atuendos simbolizaba dos cosas: la negrura de los cuervos y la oscuridad del duelo. Cada una llevaba al cuello el amuleto de la sororidad—. Las últimas semanas han sido terribles para todas. Nos enfrentamos a pérdidas y traiciones. Y nos arrebataron a una de las nuestras antes de tiempo. —Todas se volvieron hacia la silla de Dahlia—. Y fuimos testigos de cómo otra de las nuestras transgredió nuestros votos más sagrados. —Por un instante, las demás guardaron silencio hasta que Ariana lo rompió con un pequeño sollozo; Vivi se acercó a ella y la abrazó—. No olvidaremos a nuestras hermanas; no olvidaremos su sacrificio ni sus errores. —Scarlett respiró hondo—. Pero la temporada de cosecha también es una época de abundancia. Es tiempo de celebrar lo que aún tenemos y prepararnos para el crudo invierno que se avecina. —Les tendió las manos. Mei se puso a su derecha y le cogió esa mano. Vivi le cogió la izquierda, aún sosteniendo a Ariana con el otro brazo. Una a una, las Ravens se cogieron de las manos—. Esta noche, el ritual servirá para renovar nuestro vínculo como hermanas. Nos comprometeremos las unas con las otras, compartiremos nuestra magia y nuestra lealtad. Pero, primero... —Scarlett se irguió—, debemos elegir una nueva lideresa. —Tradicionalmente, la presidenta en funciones hacía la primera nominación y casi siempre Kappa votaba por esa persona. Pero esta vez...— ¿Mei? —Tras darle un leve apretón a su mano, Mei la soltó y se agachó para alzar una caja que tenía a los pies. Pero no contenía las plumas blancas con las que solían votar, sino plumas negras con destellos verdes y púrpuras. Mei las distribuyó hasta que todas tuvieron una. Mientras tanto, Scarlett continuó con la explicación—: Cualquier Raven puede nominar a una candidata. Una vez que tengamos todas las nominaciones, votaremos para elegir a nuestra próxima presidenta.

Cuando Mei volvió a su lugar junto a Scarlett, le guiñó el ojo mientras le entregaba su pluma.

—Yo nomino a Scarlett Winter —dijo Mei antes de que alguien más pudiera hablar.

—Secundo la moción —intervino Vivi, a la izquierda de Scarlett.

Scarlett bajó la mirada. Eso ya lo esperaba.

—Bien. ¿Otras nominaciones? —El jardín se quedó en silencio. Miró a su alrededor, a la espera de que hubiera al menos otra nominación. ¿Quizá Jess nominaría a Juliet, o Etta a Mei? Pero el único sonido era el del viento que agitaba los árboles con suavidad, que hacía revolotear las faldas y jugueteaba con el pelo de las Ravens. Scarlett sintió un nudo en la garganta. Las Ravens simplemente la miraron, expectantes. Como si ya la hubieran elegido—. Pero... —empezó a decir.

Mei la interrumpió.

—Votos a favor —dijo. La pluma que sostenía en el puño se irguió, se volvió más brillante y, fibra a fibra, se volvió de un tono dorado metálico.

Poco a poco, el resto de las plumas del círculo hicieron lo mismo. La última en transformarse fue la de Vivi. La hermana menor de Scarlett sonrió, con un destello de orgullo en la mirada, mientras alzaba su pluma en señal de respeto hacia Scarlett. Las demás la imitaron, hasta que la única pluma negra que quedó fue la de Scarlett.

Las demás la observaron, confundidas por la interrupción del ritual.

Scarlett observó a sus hermanas y pensó en lo complicado que era ser una bruja y ser una Raven. Aunque estaba obteniendo lo que tanto anhelaba, las circunstancias eran muy distintas de las que había imaginado. No era un ascenso triunfal, sino una designación producto de la necesidad y la aflicción. Sin embargo, al ver el círculo a su alrededor, en el cual había un hueco donde solían estar dos de ellas, se dio cuenta de que era más fuerte de lo que había imaginado y que lo mismo podía decirse de sus hermanas.

Cuando Scarlett se preparaba para ingresar a la universidad, Minnie le dijo: «Puedes ser la bruja más poderosa del mundo si crees en ti misma y crees en tus hermanas. Pero ser la mejor bruja y ser la mejor Raven no siempre son la misma cosa».

En ese entonces, Scarlett pensó que no era más que una de las extravagancias de Minnie. Pero Minnie era la mejor bruja que ella había conocido y por fin entendió la dimensión de sus palabras. Ser una Raven no siempre significaba ser la mejor. Ser la más poderosa de las brujas y ser la mejor de las hermanas no era lo mismo. Las Ravens se impulsaban entre sí con frecuencia, y la presión de la competencia las obligaba a mejorar, o al menos eso solía creer. Pero ¿qué habría pasado si se hubiera detenido un instante a ver qué le estaba pasando a Tiffany? Si tan solo hubiera visto lo herida que estaba su hermana, hubiera impedido que hiriera a alguien más.

Había una parte de su historia, una parte de ellas mismas, que se negaron a enfrentar durante mucho tiempo. ¿Cuántas brujas más tenían que morir antes de que ellas aprendieran de sus errores?

Scarlett miró una por una a sus hermanas.

—Sé lo mucho que me equivoqué. Y sé que nos puse en riesgo a todas. Pero, si confiáis en mí, me gustaría que nos convirtiéramos en una sororidad distinta. Que valoremos la hermandad tanto como valoramos el poder. Creo que podemos mejorar. Sé que podemos ser mejores. Y sé que podemos asegurarnos de que lo que les ocurrió a Gwen y a Dahlia y a Tiffany, e incluso a Evelyn hace ya muchos años, no vuelva a ocurrir jamás. Pero para eso tenemos que estar atentas. Tenemos que reconocer la maldad que somos capaces de albergar. Aceptaré la presidencia siempre y cuando queráis que juntas construyamos esa nueva Kappa. Una sororidad que no ignore el mal, sino que lo encare. Una de la que todas estemos orgullosas. Os daré un minuto, en caso de que queráis cambiar vuestro voto.

Hubo una larga pausa. Jess estrujó con más fuerza la mano de Juliet. Bailey intercambió miradas con Ariana. Mei simplemente miró a Scarlett con una expresión indescifrable. Finalmente, Vivi fue quien rompió el silencio.

—La única pluma que falta por cambiar es la tuya, hermana mayor —dijo con una gran sonrisa. Las demás asintieron y sonrieron también.

Desconcertada por la oleada de emociones, Scarlett tuvo que esforzarse por contener las lágrimas. Miró una última vez el centro del círculo, donde estaba la mesa de Dahlia.

«No te defraudaré», le prometió en silencio a la que había sido su hermana mayor. Luego alzó su pluma, cuyos filamentos dorados resplandecieron bajo el cielo nocturno.

Scarlett miró a sus hermanas, una por una. Juntas habían luchado contra la maldad y habían ganado. Aunque no había forma de asegurar que no volvería a ocurrir jamás. Eso solo lo decidiría la historia.

—Acepto —dijo. Las plumas se alzaron por los aires, flotaron hacia el centro del círculo y se entretejieron hasta formar una corona. Scarlett bajó la cabeza; Vivi cogió la corona del aire y con cuidado la puso en la cabeza de la nueva presidenta. Cuando Scarlett alzó la barbilla, su mirada se encontró un segundo con la de Vivi antes de posarse sobre cada una de las hermanas.

Scarlett sintió la magia que fluía por su cuerpo. Y sintió la magia que flotaba a su alrededor. Por primera vez, entendió de verdad lo que implicaba ser bruja. El poder. El sacrificio. El privilegio. Vivi tenía razón. Podía con esto.

A fin de cuentas, Scarlett era una bruja. Y era una Raven. Y, junto con sus hermanas, serían capaces de lograr cualquier cosa.

Agradecimientos

Doy las gracias a mis amistades, colaboradores y animadores de Alloy, que ayudaron a hacer realidad mis sueños literarios: Les Morgenstein, Josh Bank, Sara Shandler, Joelle Hobeika, Viana Siniscalchi y Romy Golan. También le dedico un agradecimiento superespecial a nuestra editora Lanie Davis, cuya sabiduría, creatividad, amabilidad e inmensa proeza literaria la convierten en la bruja más valiosa de cualquier aquelarre.

Me siento muy afortunada por poder colaborar con el maravilloso equipo de HMH, sobre todo con Emilia Rhodes, cuya mente editorial es quizá una de las más astutas de la industria. Emilia creyó en este proyecto desde el primer día y su entusiasmo y visión nos inspiró a contar la mejor historia posible. Gracias también a Jessica Handelman por crear la cubierta brujeril de nuestros sueños.

Gracias inmensas al departamento de derechos y a los editores extranjeros que han hecho ediciones tan hermosas de mis libros y me han permitido conocer gente increíble en todo el mundo. En especial a Blossom Books, 20/20 Editora y Éditions Robert Laffont por su apoyo, y sobre todo a Fabien Le Roy por su ayuda con los hechizos en francés.

Como de costumbre, estoy sumamente agradecida a mi talentosísimo grupo de escritura por su apoyo constante: Laura y Michael Bisberg, Laura Jean Ridge, Matt Gline, Nick Eliopulos, Grace Kendal y Gavin Brown.

Y agrego un segundo agradecimiento a Grace, quien junto con Emily Clement me acompañó en un caótico viaje de investigación de último minuto a Savannah. No hay nadie en el mundo con quien disfrute más de beber cócteles y explorar cementerios que con vosotras dos.

Gracias también a la familia de Scholastic, en particular a Olivia Valcarce, por renovar mi amor por el tarot; a Maya Marlette, por ayudarme a ser productiva, mantenerme cuerda y hacerme reír todo el día; y a Shelly Romero, por llevar el ambiente gótico a la oficina y por su lectura sensata y astuta. Ellen Goodlett, gracias infinitas por los hechizos, la mentalidad brujeril y por ser parte de nuestra hermandad. Eres magia pura. Y doy las gracias también a mi familia nuclear, pero sobre todo a mi padre, Sam Henry Kass, por formarme como escritora.

Benjamin Hart, gracias por tu apoyo constante y por llenar mi vida de magia de verdad.

Pero el principal agradecimiento es para Danielle Paige. Gracias por esta increíble oportunidad y por ayudarme a crecer como narradora. Sigo sin poder creer que haya escrito un libro con una de mis autoras y personas favoritas en el mundo.

Kass Morgan

A mi amor, Chris Albers: eres magia pura y te amo.

A mi familia, Andrea, papá, Sienna y Josh: os amo y adoro con todo mi corazón. Sienna, tu magia es digna de todo mi amor y admiración.

A mi ahijada Fi: te adoro hasta el infinito. Ya quiero ver los hechizos que crearás algún día.

A Annie, Chris, Fiona y Jackson Rolland, mi segunda familia.

A Lauren Dell, mi amiga de por vida.

A Bonnie Datt: siempre os estaré agradecidas a ti y a Nanette Lepore, amiga.

A Daryn Strauss: no hay suficientes mensajes de texto en el mundo para darte las gracias, cielo.

A Josh Sabarra: gracias por casi dos décadas de cariño y apoyo.

A Ellen Goodlett: gracias por ser una integrante tan talentosa de nuestro aquelarre. Eres una Raven de verdad.

A Sasha Alsberg: ¡gracias por ser mi animadora y mi amiga! ¡Estoy orgullosísima de ti!

A mis íntimas amigas: Jeanne Marie Hudson, Megan Steintrager, Lexi Dwyer, Lisa Tollin, Sarah Kagan, Kristin Nelthorpe. Y a la siguiente generación de amigas del alma: Emma y Eli Brenner, Logan y Jasper Dell, Aidan y Colin Kennedy, Fritz, Julian y Montague Sutton Nelthorpe, Daisy y Clara Muñoz, Connor y Samantha Wynne.

A mi equipo de New Leaf: gracias a Hillary Pecheone, Abbigail Donoghue y Jordan Hill.

Jo Volpe y Pouya Shabazian: gracias por todo.

A mi asistente, Emily Williams, quien mantiene todo en orden y es una luz en la oscuridad.

A mi familia de Guiding Light: vosotros me disteis el primer empujón y me apoyasteis todos estos años. Jill Lorie Hurst, Tina Sloan, Crystal Chappell, Melissa Salmons, Laura Wright, Jordan's Vilasuso... y muchos más.

A Sasha Mote: gracias por la dulzura y el apoyo que me has brindado.

A Kami García: no hay ninguna otra persona en el mundo con la que organizaría un atraco, y con eso te haces una idea de lo mucho que te quiero.

A Frank Lesser: gracias por ser una caja de resonancia y por ser tan prolífico; eres una gran inspiración.

A Carin Greenberg: gracias por ser mi amiga y por ser mi oráculo.

A Lanie Davis: después de todo este tiempo, me alegra que hayamos encontrado un hechizo para trabajar juntas.

A Joelle Hobeika: gracias por tus consejos brujeriles.

A Emilia Rhodes: gracias por espolvorearle un poco de tu magia a nuestras Ravens.

Y gracias, Kass Morgan, por aceptar ser mi hermana bruja, tanto en la página como fuera de ella. La primera vez que te oí contar una historia, tu voz y tu espíritu me cautivaron. Me alegra que tuviéramos la oportunidad de hacer magia juntas. Te adoro, amiga.

DANIELLE PAIGE